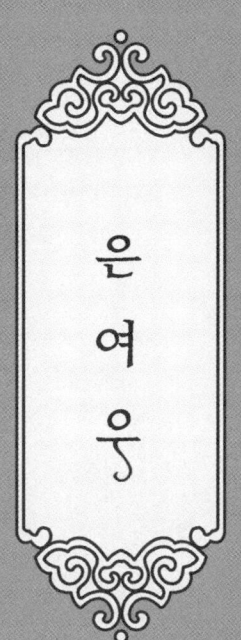

은여우

지은이 | 서지인
펴낸이 | 권순남
펴낸곳 | (주)마야·마루출판사

1판1쇄 인쇄일 | 2018년 9월 18일
1판1쇄 발행일 | 2018년 9월 27일

등록일자 | 2008년 1월 7일
등록번호 | 제310-2008-00001호

주소 | 서울시 노원구 상계 1동 1049-25 신영산업 BD 602호
대표전화 | 02-2091-0291
팩스 | 02-2091-0290
이메일 | marubooks@hanmail.net

978-89-280-9237-6(03810)

값 9,000원

* 저자와 협의하여 인지를 붙이지 않습니다.
* 잘못된 책은 교환하여 드립니다.

「이 도서의 국립중앙도서관 출판시도서목록(CIP)은 서지정보유통지원시스템 홈페이지(http://seoji.nl.go.kr)와 국가자료공동목록시스템(http://www.nl.go.kr/kolisnet)에서 이용하실 수 있습니다.」
(CIP제어번호:CIP2018029560)

MAYA&MARUROMANCE

은여우

서지인 지음

## 목차

프롤로그 ⋯ 007

1 ⋯ 013

2 ⋯ 037

3 ⋯ 062

4 ⋯ 083

5 ⋯ 113

6 ⋯ 133

7 ⋯ 156

8 ⋯ 176

9 ⋯ 203

# 은여우

10 ⋯ 224

11 ⋯ 256

12 ⋯ 277

13 ⋯ 314

14 ⋯ 335

15 ⋯ 361

16 ⋯ 384

에필로그 ⋯ 412

작가 후기 ⋯ 421

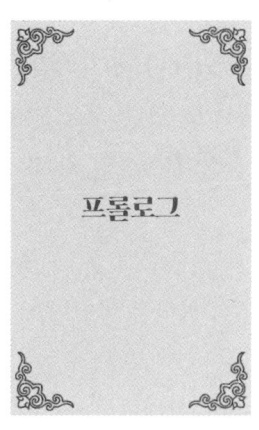

## 프롤로그

 사내는 월하노인이 내미는 인연부(人煙簿)가 적힌 죽간을 펼쳐 들었다. 그에게는 비밀이라던 죽간을 본 사내가 말도 안 되는 이야기에 웃음을 지었다.
"허튼소리군."
 월하노인은 허허 웃으며 긴 수염을 쓸어내렸다.
"아직 천 년은 지나고 지나야 일어날 일에 뭘 그리 날을 세우나. 천계의 시간은 인간의 시간과 다르니 그저 웃으며 흘려버리시게."
 노인은 바둑알을 손에 들고 한참을 망설이는 듯이 보였다.
"이보게 천호, 한 수만 물러 주게."
 천호라 불린 사내가 한참 바둑판을 보고 있다가 손을 내저었다.

"뭐, 오늘 가져다준 것도 있으니 내 그러지."

"그나저나 그대의 동생이 또 인간 세상에 환란을 가지고 왔다는군. 거기다 구중천의 가장 중심부인 원시천존의 서고에도 마음대로 들어갔다지."

사내가 인상을 썼다.

"적호가 또 무슨 말썽을 부렸다는 말인가? 나도 모르는 사이에 그런 일이 일어나다니……."

월하노인이 재차 수염을 쓸어내리며 혀를 찼다.

"장난이라 하기에는 도가 지나쳐 현천상제께서 벌을 내리실 모양이던데, 천호 자네라도 이번에는 아니 될 것 같네. 자네가 잠시 무간(無間)에 다녀온 사이 일어난 일이니 모를 수밖에."

사내는 조용히 바둑알을 보더니 죽간을 툭툭 쳤다. 본디 천상에는 세 명의 상제가 있고 그들은 자신의 일을 처리함에 단 하나의 관용도 없었다. 그것이 순리이고 천명이기 때문이다.

현천상제는 그 상제들 중 한 명으로 인간 세상이 요괴로 인해 소란해지면 어둡게 빛나는 흑요석 검을 들고 요괴를 섬멸하는, 인간 세상의 평화를 수호하는 신선이다. 그런 현천상제가 움직인다는 것은 적호가 벌인 일들이 인간 세상을 혼란 속에 밀어 넣었다는 말이고 천호로서도 어떻게 할 수 없는 문제라는 것이었다.

"천 년 후의 일보다… 월하노인 그대가 왜 적호의 일을 알려 주나 모르겠군."

노인은 한숨을 쉬었다.

"이번에 내려질 벌로 인해 적호가 어떠한 운명을 만날지 알기 때문이지. 아주 아프고 고통스러운 일을 당할 거야. 스스로 소멸을 결정할 만큼. 그리하여 무간지옥의 고통 속에 죽지도 못할 운명이 되는 것이지."

비관적인 월하의 전망을 들은 사내의 고운 눈썹이 흉하게 일그러졌다.

"말도 안 되는 소리. 적호가 무슨 일을 저질렀다면 그건 그대가 내려 준 인간의 반려 때문이 아닌가!"

노호성에도 노인은 그저 고개를 저었다.

"내가 이어 준 연이 아닐세. 이건 그 위로부터 내려진 인연. 내 역할은 다음 생을 만드는 것일 뿐이야. 그런데… 적호의 인간인 반려가 세 번의 생을 모두 끝내었네."

그 이야기를 듣는 순간 원시천존의 서고에 적호가 들어갔다는 것이 마음에 걸렸다.

"혹여 적호가 서고에서 금서를 가지고 나온 것인가? 책을 돌려드리는 것으로 처벌을 막을 수는 없는가."

노인은 고개를 저었다.

"알지 않나. 하늘의 위대한 뜻은 우리 신선들도 거를 수가 없음을. 천호 그대도 마찬가지일세. 구미호족을 통틀어 법력과 요력을 모두 가진 천호로 성장한 신선은 오직 그대뿐이니 누구보다 세상만사 돌아가는 것을 잘 알지 않는가. 서고에서 금서를 훔친 자체로도 소멸될 정도의 큰일이 아니던가."

그는 어두운 표정으로 바둑판을 보았다.

"하늘의 뜻인가."

그는 조용히 이야기하며 불어오는 바람에 뒤섞인 피 냄새에 눈을 감았다.

⚜

그 후, 천 년.

공이 통통 튀어서 도롯가로 사라지자 작은 아이는 뒤뚱거리며 공을 따라갔다.

같이 나온 엄마는 옆집 아주머니와 수다 삼매경이었다.

"엄마, 공!"

엄마를 외쳐 불렀지만 엄마는 목소리가 들리지 않는지 돌아보지 않았다.

"공."

순간 끼익하는 소리가 났고 아이의 몸은 공중으로 붕 떠올랐다. 비명을 지르는 엄마의 목소리가 귓가에 스치는 순간, 낯선 이의 목소리가 뒤섞였다.

'저런, 이 일을 어쩌누.'

아이의 눈에 얼핏 은빛으로 빛나는 뭔가가 보였지만 너무 아파서 구분을 할 수가 없었다.

"자, 자, 일어나야지?"

약간은 놀리는 듯한 목소리였다. 눈이 부셨다.

"누구야?"

"나? 나보다 네 이름은 무엇이냐?"

아이는 눈을 깜빡거렸다.

"나? 주희."

제 이름은 가르쳐 주지 않은 채 사내가 싱긋이 웃어 보였다.

"우리 주희, 많이 아팠지? 아저씨가 아주 이쁜 구슬을 하나 줄까?"

"구슬?"

그는 고개를 끄덕였다.

"그래. 아주아주 예쁘고 반짝반짝하는 구슬."

주희는 마주 고개를 끄덕이며 손을 내밀었다. 그는 웃으며 아이의 턱을 추켜올렸다.

"그런데 그 구슬은 삼켜야 하는 거야."

"삼켜?"

그는 크게 고개를 끄덕였다.

"응. 그래야 구슬을 빼앗으려는 나쁜 사람들이 못 뺏어 가거든."

그는 손바닥에 붉은색이 도는 반짝거리는 구슬을 내밀었다.

"이쁘다."

"그렇지? 이 구슬처럼 너도 예뻐질 거야. 아저씨가 먹여 줄까?"

주희는 고개를 크게 끄덕였다. 그는 환한 미소를 지었다. 그러고는 주희의 입 속에 구슬을 넣어 주었고 주희는 구슬을 꿀꺽 삼켰다.

"아저씨, 이제 못 뺏어 가?"

"음. 하나만 더. 못된 사람들에게 들키지 않는 부적을 새겨 줄게."

그는 그렇게 말하고는 주희의 이마에 가볍게 뽀뽀를 해 주었다.

"이제 주희는 건강해질 거야. 자, 아저씨하고 약속. 누구에게도 붉은 구슬 이야기는 하지 않기다. 약속."

"응, 아저씨. 그런데 아저씨 이름은 뭐야?"

그는 미소를 보이더니 안경을 밀어 올렸다.

"어차피 기억도 못 할 것을 알고 싶은 것도 많구나. 난 천호라고 한다. 앞으로 20년간 넌 날 기억하지 못할 거야. 20년 후 너에게 쳐 둔 봉인이 깨어지면 그때 다시 봉인해 주러 오마. 안녕, 꼬마."

그가 우산을 펼쳤다. 화려한 모란과 작약이 그려진 종이우산을 활짝 펼친 그는 주희에게서 뒤돌아섰다. 우산 틈으로 은빛 머리카락이 보였다.

"주희야!"

주희는 서서히 눈을 떴다. 몸이 움직이지 않았다.

"기적입니다. 정말 병원에 실려 올 때만 해도 가망이 없다고 생각했는데."

인턴이 감격한 듯 이야기했다. 주희는 눈을 끔뻑거렸다.

꿈속의 남자에 대해선 아무것도 기억나는 게 없었다. 붉은 구슬 꿈은 이야기하지 말아야 한다는 것과 그 화려한 종이우산만 기억날 뿐.

주희는 차 사고로 즉사할 뻔한 것을 살아남은 명이 긴 아이로 통할 뿐, 그다지 특별한 징후는 없어 보였다.

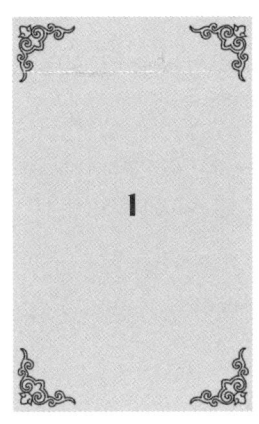

# 1

주희는 한숨을 쉬었다.
"그러니까 난 안 간다고."
"왜."
"가기 싫으니까. 집에 일찍 가야 해."
"그놈의 동물 친구가 집에 빨리 오라던? 남자들과의 미팅도 용서하지 않을 만큼? 너 만나고 싶어 목을 건다잖아. 그 덕에 나도 남친 하나 만들어 보자, 응?"

그녀는 친구를 확 노려보았다.
"너무하다, 울 공주님을. 그리고 말했잖아. 남친 억지로 만들고 싶지 않아. 왠지 운명적인 어떤 인연이 올 것 같다니까?"

지희는 한숨을 쉬더니 고개를 저었다.

"희 자매님, 그러다 꼬꼬 할망구 될 것이야. 그나저나 대단하다. 열여덟 살?"

주희는 고개를 끄덕이고는 한숨을 쉬었다.

"나이가 많아서인지 요즘 영 기력이 없어. 내가 안아 주면 힘이 좀 나는데."

주희는 입술을 꾹 다물었다가 가방을 들고 일어났다.

"난 간다. 바이."

지희는 손을 흔들어 보였다.

"잘 가. 길조심. 사람 조심. 그리고 남친 없이 거리를 헤맬 날 조심해."

주희는 깔깔 웃으며 서둘러 집으로 향했다. 자전거를 타고 돌아가는 길에 그녀의 시선 끝에 주변 풍경과는 어울리지 않는 종이우산이 보였다.

'응?'

그녀는 스쳐 지나가듯 우산을 보다가 그 우산을 쓴 남자를 보았다. 긴 은발 머리카락이 허리까지 내려오고 코에 걸쳐 쓴 동그란 안경은 마치 개화기 시대에나 쓸 법한 안경 같았다. 남자는 한 손에 곰방대를 들고는 어떤 사람과 이야기 중이었다.

'은발?'

그 남자는 그녀를 흘긋 보더니 싱긋이 웃어 주며 앞을 보라는 신호를 했고 주희는 하마터면 넘어질 뻔했다. 그녀가 멈춰 서서 뒤를 돌아보자 아까 봤던 그 남자는 사라지고 없었다.

'정말? 꿈이 아니라?'

그녀는 숨을 몰아쉬며 한동안 그가 서 있던 곳을 보았다.

"이곳에 이런 카페가 있었나?"

그녀는 처음 보는 카페 간판을 향해 중얼거리고는 다시 자전거를 출발시켰다.

집과 학교까지의 거리는 그렇게 먼 편이 아니라 빨리 도착해서 집으로 올라갔다.

"엄마, 저 왔어요."

"그래. 어서 와라."

"우리 공주님!"

늙은 강아지가 뒤뚱거리며 걸어 나오자 그녀는 얼른 끌어안았다.

"안녕, 우리 공주님! 오늘은 뭐 하고 놀았어요?"

강아지는 그녀의 품으로 파고들더니 푹 한숨을 쉬었다. 그녀는 강아지의 목덜미 부분을 부드럽게 주물러 주었다.

"아휴, 공주마마 힘드셨어요? 걸어 나오시느라 어깨가 뭉치셨어요?"

그녀는 장난스럽게 이야기하며 강아지에게 뽀뽀를 했다. 사고 이후 밖에 나가는 것을 극도로 겁내던 어머니는 그녀를 집에 돌아오게 만들기 위해 어린 강아지를 입양했고 그길로 18년을 이 강아지와 동고동락했다. 그녀는 강아지의 목덜미를 주무르다가 문득 사고 때 어렴풋이 남은 화려한 종이우산에 기억이 미쳤다.

"엄마, 나 사고 났을 때 말이야."

"응."

"혹시 종이우산 쓴 사람 못 봤었어?"

"종이우산? 아무리 예전이어도 다 비닐우산이었지, 그런 걸 쓰는 사람이 어디 있니?"

그녀는 고개를 끄덕였다.

"그렇지? 있을 리 없지?"

주희는 중얼거리며 강아지를 안고 자신의 방으로 향했다.

※

은호는 미소를 지으며 주위를 보았다.

"나에게는 없다니까 그런다."

붉은 머리카락의 여자는 은호를 노려보며 한참을 앉아 있었다.

"천호님."

"진짜 없어. 여기에 그것이 있다면 기운만으로도 알 것 아닌가. 안 그런가, 홍아."

홍아라 불린 여인은 입술을 꾹 다물더니 자리에서 일어났다.

"저희는 천호님을 예의 주시할 것입니다. 그리고 그분을 저희에게 넘겨주시길 바랍니다."

은호는 시큰둥하게 곰방대를 털어 냈다.

"그리고 그 청죽도 돌려주십시오."

그는 자신의 손에 들린 곰방대를 보고는 씩 웃었다.

"이건 선물받은 거라."

"상나라 때부터 지니시던 것입니다. 돌려주십시오."

그는 가만히 곰방대를 보았다.

"홍아, 너 따위가 감히 나에게 명령을 하는 것이냐?"

홍아는 은호의 서슬 퍼런 눈동자에 놀라 움찔했다. 이제 천호의 자리에서 물러났다고는 하나 은호는 누가 뭐래도 초대 호제후의 적통 장자다. 일족 모두를 이끌고 혼돈에서 걸어 나온 초대의 백여우, 그가 지금의 호족을 모아 요괴에 지나지 않던 호족을 신선의 반열로 끌어올렸고 환란을 몰고 오는 요수를 현천상제와 함께 처단함으로써 하늘의 신에게 인정받아 제후의 칭호를 얻었다.

천계에서도 아무도 함부로 못 하는 용맹한 호족으로서 은호는 최고의 관직까지 하사받았다. 호족으로서의 능력이 비범할 뿐만 아니라 신족으로서의 능력도 탁월하여 모두들 두려워하면서 경외로 받드는 존재였다.

홍아가 태어나기 훨씬 전에 이미 최강의 호족이라는 명칭을 얻은 자.

홍아는 호족 중에서도 힘이 미천한 집단이었으나 적호의 은혜를 입어 항상 그녀를 따르며 은호를 종종 만나기도 했었다. 한때는 그를 만나는 심부름을 하며 즐거운 때도 있었건만, 그녀가 가장 존경하는 적호를 현천상제의 명을 받아 처단함으로 해서 둘은 서로 만나는 것이 고통인 존재가 되어 버렸다. 하늘의 명인지라 핏줄이라도 그 명을 어길 수 없었던 천호의 눈물겨운 부탁으로 소멸은 막았으나 그로 인해 적호는 죽어도 죽은 것이 아니고 살아도 산 것이 아닌 상태가 되어 버렸다. 한 명의 인간을 위해 인간 세상을 엉망으로 만들어 버린 것에 대한 벌로 영혼만이 무간지옥에 유폐되어 육신은 호족의 성지에 잠들어 있었다. 천호라는 관직을 내려 둔 것도 적호의 처단 이후였다. 천호도 괴로우리라는 것을 알기는 하지만 홍아의 입장에서 왜 같은 호족인 적호의 편에 서서 구해 주지 못했는가에 대한 원망은 늘 존재하고 있었다.

"버르장머리가 없구나. 네 아비가 들으면 아주 좋아하겠어."

"송구합니다, 천호님."

"적호의 일에 민감하다는 건 알지만 이 모든 건 적호의 뜻이야. 적호가 정말 깨어나고 싶다고 생각할까? 그랬다면 날 자신의 선체를 지키는 책임자로 정했을 것 같은가?"

홍아는 주먹을 틀어쥐었다.

"그에 대한 원망은 후에 듣겠습니다. 제 염원은 오직 하나… 적호님께서 깨어나시는 것, 그뿐입니다."

은호는 다시 곰방대를 깊이 빨아들였다가 연기를 훅 하고 뱉어 냈다.

적호의 추종자들은 같은 호족이면서도 다른 호족들과 반목하고 있었다. 그도 그럴 것이 그들은 천계의 눈치를 보며 사는 것을 탐탁지 않아 했다. 요괴였던 시절, 호기로웠던 호족답게 인간 세상에 적당히 장난질도 치고 환란도 몰아오며 청구산 이외의 영토를 넓히고자 하는 야욕을 가진 자들이었다. 그들은 호전적인 적호를 맹신하였고, 천계와 호의적인 관계를 다지며 인간 세상에 간섭하지 않고 각자의 영역과 규율을 지키려는 호족과 반목을 일삼았다.

적호 살아생전에 둘의 싸움은 격렬하였으나 적호가 사라진 이후 과격파들은 구심점을 잃고 무너져 내려갔다. 그런데 그 구심점을 다시 틀어쥔 것이 적호를 되살릴 수 있다는 홍아였다. 홍아는 그들과 모두의 염원을 모아 단 하나뿐인 지도자 적호의 선체를 되찾으려 하고 있었다.

은호는 고개를 저었다. 어리석은 생각이었다. 그들이 모르는 것 하나. 그들은 그저 잠든 것으로 아는 적호의 선체에 영혼은 조금도 남아 있지 않았다. 그날, 그 전장에서 적호의 영혼은 몸과 분리되어 무간지옥으로 빨려 들어갔다.

천호로서 마지막으로 현천상제의 심부름을 하기 위해 무간에 갔을 때, 은호는 굵은 쇠사슬에 묶인 채 가시에 찔려 계속하여 피를 흘리는 고통을 당하는 적호의 원신을 보았다. 그 후 누 번 다시 무간에 가지 않았다. 이들이 그 사실을 안다면 무슨 짓을 해서라도 무간지옥까지 가려고 할 것이다. 그런 일을 용납할 수는 없다. 은호는 고개를 저었다.

"그 염원은 들어줄 수 없겠어. 내 용서하지 않을 테니."

홍아는 그를 보고는 고개를 숙였다.

"힘으로 이길 수 없음을 알고 있습니다. 하지만 재신이신 분이니 함부로 살생을 하지는 않으시겠죠. 특히 천호님은 그중 으뜸이신 분. 결코… 그러지 않으시지요."

그는 눈을 살짝 내리뜨더니 손짓을 했다.

"돌아가. 나의 은혜로움을 너무 과신하지는 말고. 난 이제 천신의 밑에서 일하지 않아. 그러니 그런 자비로움도 더 이상 보이지 않아도 되지."

홍아는 인사를 하고 물러 나왔다.

은호는 곰방대를 털어 내고는 눈을 가늘게 떴다.

천신을 도우면 뭐 한단 말인가. 적호가 그렇게 될 때까지 그는 수수방관만 하였다.

이제 해 줄 수 있는 일은 단 하나. 적호의 육신과 적호의 요기구슬을 지키는 일뿐. 그것이 유일한 보답이었다.

적호가 원한 건 조용한 죽음일지도 모른다. 영원히 돌아올 수 없는 자신의 반려와의 영원한 휴식 말이다. 하지만 적호의 요력은 너무나 강대해서 소멸되지 못하였고, 그 선체에 계속하여 요기가 모이고 있었다. 적호의 영혼은 무간에 있다지만 누군가 그 선체를 가지게 된다면 거기에 모이는 요력만으로도 무서운 짓을 저지를 수 있었다.

은호는 한숨을 푹 쉬었다. 어쩌면 마음 깊은 곳에서 언젠가는 적호가 그 벌에서 해방되어 무간에서 돌아오길 바라는 것일지도 몰랐다. 기약 없는 기다림일지라도 마음속의 그 상처가 아물면, 그 반려의 죽음에서 무뎌진다면, 언젠가 무간에서 풀려나서 그들에게 돌아오길 그는 기다리고 있었다.

"은호 형님."

"오늘은 여럿이 오는구나."

"지상계에 가게를 여셨다고 하여 들렀습니다."

은호가 한숨을 쉬며 곰방대를 내려 두었다.

"그건… 청죽이군요."

질문인 듯 질문이 아닌 사내의 말에 은호는 고개를 끄덕였다.

"그리운 것이지. 셋이서 곰방대 걸어 놓고 피우던 시절이."

검은색 머리카락이 허리까지 내려오는 남자가 그의 앞에 앉았다.

"모두들 잘 보살피는 것이냐? 넌 내가 가게 연 것과는 별개로 온 것 같구나, 현호."

현호라 불린 자는 조용히 여종이 내어 오는 차를 마셨다. 한 모금 음미한 그가 단호하게 잔인한 말을 했다.

"피가 많이 흐려진 자들이 있어 그들을 처단하려 합니다."

은호는 고개를 저었다.

"왜 그런 결정을 내린 것이냐?"

"원로들의 의견이었습니다. 적호의 건도 있고, 더 이상 인간과 우리가 맺어지는 것은 용인할 수 없는 일이 되었습니다. 그리하여 피가 흐려진 자들을 처단하기로 했습니다."

"이미 생명이 들어 있는 그릇이거늘. 그것을 파괴하려는 거냐? 그들도 나름의 힘이 있을 것인데."

그는 청죽을 다시 빨아들였다. 적호 때는 사사로이 인간과 어울리던 무리들이 많았던 것을 기억한다. 그러나 적호가 인간계에 환란을 가져온 이후 선인들이 인간과의 접촉을 꺼리게 되어 이런 결론까지 나 버린 것 같았다.

"그것들은 가두어 따로 관리하고 종족들은 모두 거두어 다시 청구산으로 돌려보내려고 합니다."

"반발이 심할 것인데."

"그리하여 제후인 제가 직접 처리하려 합니다."

그는 혀를 찼다.

"어리석은 결정이구먼."

"어쩔 수 없지요. 은호 형님이 이끄시던 때와 적호가 이끌던 때와는 다르니까요. 그리고 원로들로부터의 부탁도 있습니다."

"무슨?"

"적호의 요력을 부디 잘 봉인해 달라고요. 적호가 돌아오는 일은 결코 일어나선 안 된다는 것이 그들의 생각입니다."

은호는 인상을 찡그렸다.

"언제부터 나에게 이래라저래라 할 수 있었던 것이지? 원로라고 해 봤자 한참 어린 것들이 어디서 나에게 명령이란 말이냐!"

"노여워 마십시오."

현호가 머리를 숙이며 말하자 은호는 자신의 노기를 가라앉혔다. 현호는 그런 그를 보며 웃었다.

"역시 형님은 천호이십니다. 노기를 부리시니 바로 머리색이 변하시는군요."

그는 조용히 자신의 노기를 가라앉혔다.

"오래 살다 보니 그런 것일 뿐, 천호가 된 것을 후회할 때도 있다."

현호는 조용하게 입을 열었다.

"적호가 본디 장난이 심하기는 했습니다. 사람을 놀리길 좋아하고 괴롭히기도 좋아했지요. 인간사에 끼어들지 말라고 그렇게 말해도 인간들 사는 곳에 내려가 장난질을 쳤지요."

은호가 한숨을 쉬었다.

"그래. 그게 사달을 낼 줄 누가 알았겠어. 그럼 지금은 인간 세상으로 도주한 자들을 잡아들이는 것이냐?"

"네, 형님."

은호는 술을 한 모금 마셨다.

"분명 문제가 생길 거다. 너도 조심하거라. 마음에 드는 여자가 인간이 아닐 거라는 보장은 없으니. 혈통을 귀하게 여기는 꽉 막힌 원로들이 또 무슨 짓을 할지 모르는 일 아니더냐."

현호는 웃어 보였다. 그러고는 찻잔을 내려 두고 일어났다.

"그럼 가 보겠습니다."

은호가 고개를 끄덕이자 바람이 일어 현호의 모습을 숨겨 버렸다. 그는 술잔을 가만히 흔들었다. 적호의 요력이라. 그는 손가락을 들어 수면 위로 뭔가를 그렸다.

"벌써 20년이군."

중얼거린 은호의 입에서 다시 긴 한숨이 내뱉어졌다.

৵

"주희야!"

주희는 책에서 머리를 들었다.

"왜요, 엄마?"

"나가서 두부 좀 사 와. 오늘 매운탕 끓이려고 하는데 엄마가 안 사 왔다."

"에에, 아빠 오시는 길에 사 오라고 하지."

"아빠 늦으셔. 우리 둘이 먹어야 해."

"알았어. 돈 주세요."

어머니는 앞치마 주머니에서 5천 원을 꺼내 주었다.

"나머지는 우리 딸 까까 사 먹고."

"네에. 까까 사 먹을게요."

주희는 웃으며 말하고는 카디건을 걸쳤다.

"얘는, 추운데."

"별로 안 추워. 나 건강하잖아."

손을 흔들며 나가는 주희를 보고 엄마는 미소를 지었다. 세 살 때 큰 교통사고를 당하고도 저렇게 멀쩡한 걸 보고 사람들은 기적이라고 했다.

차에 치어 공중으로 붕 떴다가 몇 미터나 날아가서 바닥에 떨어졌었다. 아는 사람과 잠깐 대화를 나눈다는 게 그만 이야기에 빠져 딸아이를 잃을 뻔했던 것을 생각하면 지금도 진저리가 쳐졌다. 피를 얼마나 흘렸던지. 그 자리에서 즉사했을 거라고 다들 수군거렸다.

심장도 처음에는 정지했는데 갑자기 다시 뛰었고, 그러고는 정말 거짓말처럼 주희가 눈을 떴다.

팔도, 다리뼈도 부서져 철심을 박았었다. 성장판에 이상이 생겨 다리를 절지도 모른다는 말에 살아만 달라고 기도했는데. 주희는 정말 의사들 말이 무색하게 하루하루 건강해졌다.

그런 기적 같은 일에 가장 감격한 건 그 누구도 아닌 부모님이었다.

엄마는 미소를 지으며 돌아섰다.

그러다 문득 지난번 병원에서 들었던 이야기가 떠올랐다. 주희에게 사고가 났을 시기에 크게 사고를 당했던 아이들을 찾아다니는 이상한 여자가 있다는 내용이었다. 무엇보다 섬뜩한 것은 그 여자를 만난 아이들은 다시금 사고를 당했다는 것이었다. 대부분 병원에 입원할 정도의 큰 사고를 당했는데, 그 여자가 범인일 거라는 소문이 돌았다.

"괜히 애 겁먹을까 봐 주희한테는 아무 말 안 했는데……. 설마 무슨 일 나는 건 아니겠지?"

주희는 두부를 사고 과자와 음료를 챙긴 뒤에 자전거가 있는 곳으로 돌아왔다.

"아, 추워. 뭐 이래 추워?"

주희는 중얼거리고는 자전거에 올라탔다. 얼마쯤 달렸을까, 어떤 여자가 눈에 띄었다.

"아가씨, 말 좀 물어도 될까?"

주희는 인상을 살짝 찡그렸다.

'뭐지. 굉장히 고풍스럽게 부르네?'

"네. 무슨 일이시죠?"

여자는 붉은색 머리카락이 가슴께에 내려온 모습의 요염하게 생긴 여자였다.

"혹시 강민규 씨 댁이 어디인지 알아?"

"네?"

순간 그녀는 입을 다물었다. 자신의 집이라고 이야기하려고 했는데 갑자기 입이 다물리더니 입과 손이 마음대로 움직이기 시작했다.

"강민규 씨라는 사람은 잘 모르겠는데요. 아무리 같은 아파트라고 해도 주민 이름을 다 알지는 못해서요."

그러고는 아무렇지 않게 자전거에 적힌 자신의 이니셜을 손으로 막았다.

"그래? 그럼 20년 전쯤 교통사고를 크게 당했던 아이 모르니?"

"교통사고가 하루에도 얼마나 많이 나는데요. 기사 못 보셨어요? 오늘만 해도 교통사고 엄청 많은데 20년 전을 어떻게 알겠어요."

주희의 말을 듣던 여자가 눈을 가늘게 떴다. 그러더니 천천히 다가오기 시작했다. 그 모습이 어딘가 이상했다. 그 여자의 주위가 주홍색으로 타들어 가는 듯한 기분이 들었다. 시야에는 보이지 않았지만 분명한 기운이 느껴졌다. 뭔가 위험한 게 도망가야 하는데 발이 떨어지지 않았다.

"홍아."

순간 여자가 주춤대더니 그녀의 주위 불꽃이 일시에 사라진 듯한 느낌이 들었다. 웬 남자가 언제 왔는지 그들 뒤에 서 있었다. 처음 보는 복식의 남자였다. 검은색의 옷에 검은 털 장식을 걸친 모습이 무슨 역사드라마에서 갓 튀어나온 것 같았다.

"현호님."

"무슨 짓이냐."

남자는 주희를 보더니 손을 내저었고 거짓말처럼 그녀는 몸이 앞으로 휙 하고 움직이는 것을 느꼈다.

"집으로 가라, 인간이여. 여기서 본 것을 모두 잊어라."

"네."

그녀는 자신도 모르게 대답하고는 자전거를 몰아 그 자리를 벗어났다.

현호는 주희가 사라지는 것을 확인하고는 몸을 돌렸다.

"무슨 짓이냐. 여기가 어디라고 감히 인간에게 손을 대는 것이냐."

홍아는 고개를 숙였다.

"그럴 리가요."

"흥. 거짓말을 하다니. 어지간하구나, 홍아."

"그런데 이곳은 어쩐 일이신지요."

"형님을 만나고 가던 길이다. 요기가 느껴져 와 보니 네가 감히 인간에게 요기를 부리더구나. 적호 이후로 인간을 해하는 것을 금하고 있거늘. 넌 호족 모두를 적으로 돌리려는 것이냐."

홍아는 아무 말도 하지 않았다.

"다시 한번 인간계에 소동이 일어난다면 널 가만두지 않을 것이다. 그렇게 알아라."

현호는 그렇게 말하고는 그대로 자리를 떴다. 홍아는 주희가 사라진 방향을 보며 눈을 가늘게 떴다. 아주 흐리지만 그 인간에게서 요기를 느꼈었다. 그 인간을 다시 찾아야 했다. 간발의 차로 놓친 것이 너무나 안타까웠다.

　주희는 자전거를 대고는 머리를 갸웃했다. 분명 두부를 사고 자전거를 타고 올 때 웬 여자를 만났는데 그 이후로 기억이 흐릿했다.
"뭐지?"
그녀는 고개를 갸웃거리고는 집으로 들어섰다.
"두부 사 왔어?"
"네. 사 왔어요."
그녀는 엄마에게 두부를 내밀었다.
"엄마, 나 이상한 사람 만났어."
"이상한 사람?"
"아빠를 찾는 것 같더라. 그러면서 20년 전에 교통사고를 당했던 애 아냐고 물어보던데."
엄마는 순간적으로 얼굴이 굳어 그녀를 보았다.
"안 그래도 말해 줄까 말까 했는데, 요즘 20년 전 교통사고 난 아이를 찾는 여자가 있다고 하더라. 너도 그 여자 만난 거야?"
그녀는 어깨를 으쓱했다.
"모르겠어요."
"그냥… 그냥 너는 아무것도 모른다고 해."
"안 그래도 그랬어요."
어머니는 불안한 듯 미간을 모으며 주희의 손을 꼭 잡았다.

"그 여자가 찾는 아이들, 다시 사고 나서 병원 신세 진다더라. 우연이라고 하기에는 이상하지 않니? 그런 이야기 물어보면 피해야 해. 아는 척도 하지 마. 아니, 눈도 마주치지 마. 알았지?"

주희는 인상을 찡그렸다.

"그거 신종 도시괴담인가? 무서워라."

어머니는 손사래를 치고는 고개를 저었다. 그러고는 주희의 뺨을 쓰다듬어 주었다.

"난 주희 네가 다시 병원에 입원하면 기절할 것 같아. 너 없이 내가 어떻게 살아. 그러니까 어디 가서 누가 20년 전 사고에 대해 물어보면 절대 모른다고 해야 해. 알았지?"

"네. 그럴게요. 엄마, 나 배고파. 빨리빨리."

어머니는 그녀의 뺨을 쓰다듬고는 꼭 안아 주었다.

차가 달려오는데 발이 움직이지 않았다. 어릴 때도 아닌데, 지금은 다 자란 모습인데도 전혀 움직일 수 없었다.

'이대로라면 사고가!'

순간 뭔가가 그녀를 감싸는 기분이 들었다. 눈앞에 붉은색 종이우산이 확 펼쳐졌다. 모란과 작약이 그려진, 너무 화려해 웃길 정도의 우산이.

'종이우산?'

오늘 오후에 한 번 본 우산이 왜 자신의 꿈에 보인단 말인가.

그녀는 고개를 휙 저었다. 은발 머리라고 생각했는데 아래쪽이 금빛으로 빛나고 있었다.

'투톤으로 염색?'

그녀는 자신의 꿈이지만 너무 말도 안 되어 웃어 버렸다.


은호는 한참 수경을 보며 고개를 갸웃거렸다.

"고약하구먼. 투톤이라니, 그건 또 뭐지."

"무슨 일이세요? 주인님이 고작 이런 것으로 애를 먹다니요."

그는 자신에게 안겨 드는 여인을 쓰다듬어 주었다.

"인간의 모습일 때는 그렇게 안기면 안 된대도."

여자는 생긋이 웃어 보였다.

"봉인에 애를 먹는 듯합니다만."

"음. 역시 우습게 볼 것이 아니야."

여자는 손을 내저어 그의 수경을 흐리게 했다.

"수경을 통해 하시니 그렇지요. 직접 하시는 편이 좋지 않습니까?"

은호는 여자가 따라 주는 술을 들고는 웃어 보였다.

"그다지 가까이하고 싶지 않아서. 갑자기 튀어나와 봉인을 한다는 것이 우습지 않더냐. 그렇다고 인간들이 쓰는 고전적인 방법으로 다가갈 수도 없고."

여자는 웃으며 손으로 입을 가렸다.

"아니, 왜 가까이하기 싫으십니까?"

은호는 알 듯 모를 듯 이상한 미소를 지었다. 가까이하기 싫다는 것은 거짓이었다. 월하의 죽간을 본 이후 은호는 가까이 다가

가고 싶은 호기심과 조금은 거리를 두고 싶은 미묘한 마음 사이에서 갈등하고 있었다.

"요즘 인간들이 하는 방법을 따라 해 보십시오."

"호오?"

"가게에 일자리를 주는 거여요. 아르바이트라고 하지요."

"아르바이트라. 역시 꾀는 말짱하구나."

여인이 웃자 코 주위로 하얀 수염이 보였다.

"어허, 아직도."

여자는 다시 손으로 입가를 가렸다.

"제가 아직 어려서요."

그는 웃으며 머리카락을 쓰다듬어 주었다.

"그래도 잘하였다."

여인은 웃으며 그의 손에 머리를 비벼 댔다.

"아르바이트라."

그는 웃으며 청죽을 한 번 빨아들였다.

"참 신기한 일이야. 종도 아니고 노비도 아니고 아르바이트라."

그는 중얼거리고는 붓을 들어 허공에 글을 적기 시작했다.

∞

"야, 야, 꿀 알바."

"응? 꿀?"

"방학 동안 알바 모집한데. 이 앞에 새로 생긴 카페 호프."

"카페 호프?"

친구는 고개를 끄덕이더니 종이를 내밀었다. 고풍스러운 붓글씨로 적힌 아르바이트 광고는 웃음이 날 정도로 어색했다.

"이야, 요즘 세상에 붓글씨를 직접 적다니 대단한 정성 아니니?"

"시급이 지금 얼마라는 거야? 만 원? 정말?"

"응. 거기다 점심에 저녁까지 제공한데."

주희는 입술을 삐죽 내밀었다. 요즘 알바를 할까 고민은 했지만 차비 걱정 없는 곳에 시급도 센 알바라니 구미가 당기기는 했다.

"방학 중 카페 호프가 말이 되니? 아마도 장사 안 될걸."

주희는 친구인 지희의 말에 고개를 끄덕였다.

"그런데 이런 꿀 알바 자리가 남아나 있을까?"

"야, 여기서 이러지 말고 우리도 가 보자, 응? 학기 중에도 가능하대."

주희는 자신의 가방을 챙기며 지희의 눈치를 보았다.

"너 도서관 알바도 이제 못 한다며. 용돈벌이는 해야지. 용돈. 안 그래? 아직 동물병원 실습 아닐 때 돈도 모아 둬야지."

지희는 그녀의 팔짱을 끼고 이야기하더니 잡아끌었다.

"가자! 꿀 알바가 우리를 부른다."

주희는 질질 끌려가면서도 고개를 갸웃거렸다.

"시급이 너무 센 것 아니야? 주휴수당도 없고 막 이상한 일도 시키고 그런 것 아니야?"

"그런 거야 가서 물어보면 되지. 몇 달 할 것도 아니고 얼마나 돈 많은 영감인지 가서 보자, 응?"

학교 코앞에 대학생 상대로 생긴 집이라고 하기에는 꽤나 운치가 있는 집이었다. 학교 정문 앞이라 임대료가 꽤 비쌀 텐데 이렇게 화려하게 꾸며 둔 곳이라니. 게다가 지금껏 오가며 한 번도 본 적이 없었다.
"야, 대학 앞은 길게 장사해도 2년 아니냐? 그런데 엄청 돈 들였다. 주인이 부자인가 봐."
지희가 소곤거리는 순간 문이 열리더니 엄청나게 예쁘게 생긴 여자가 나왔다.
"알바 면접?"
"네? 네."
"들어와."
여자는 요란하게 엉덩이를 흔들며 걸었다. 주희와 지희는 그 요란한 걸음에 놀라서 멍하니 그 여자의 뒤태를 보았다. 여기 혹시 예쁜 여자들이 술을 따르는 그런 카페 호프인 건 아닌지, 정말 괜찮은 건지 하는 걱정이 앞서기 시작했다. 순간 앞서가던 여자가 자신의 뒤태를 바라보는 둘의 시선을 느꼈는지 몸을 획 돌려 그녀들을 보았다.
"왜? 나 이뻐?"
지희는 화들짝 놀라며 웃어 보였다.
"아, 네? 네, 네! 이뻐서요, 이뻐서."

그 여자는 손으로 입을 가리고 웃더니 들어오라고 고갯짓을 했다.

"주인님, 저기."

여자는 참으로 말을 짧게도 했다.

"주인님, 왔어요."

지희와 주희는 픽 웃었다. 주인님이라니, 정말 요즘 시대에 이런 말도 하나 싶었던 것이다. 사장이라는 남자는 고개를 들어 그들을 보았다.

"어서 와요."

그녀는 입가에 미소를 지으며 고개를 들다가 그대로 멈춰 버렸다. 긴 은발 머리에 흰 얼굴이 유달리 눈에 띄는 남자였다.

"초미남."

지희는 자기도 모르게 중얼거렸다. 그러고는 놀라서 주희를 보았다.

"누가 아르바이트를 하고 싶은 건가."

지희는 넋이 빠진 표정으로 남자의 얼굴만 보았다.

"차령아, 손님들 자리 드려라."

"네, 주인님. 여기들 앉아."

차령이라 불린 여자는 그녀들을 앉을 수 있게 해 주었다.

"저기, 성함이 어떻게 되세요."

지희는 바보처럼 물어보고 있었다. 주희는 그의 얼굴보다 그의 머리카락에 더 놀라 아무 말도 못 했다. 어제 본 그 남자임이 틀림없었다.

"혹시… 종이우산 같은 거 쓰고 다니세요?"

그는 어딘지 거리감이 있는 애매한 미소를 보였다.

"이런, 우리 구면인가요? 그쪽들도 이름을 말해 줘야지요."

"전 김지희라고 해요. 여기서 꼭 알바하고 싶어요. 여자 친구는 있으세요? 나이는요? 성함은요?"

지희가 속사포처럼 물어 대자 그 남자는 유유하게 차를 한 모금 마시고 미소를 지었다.

"김지희 양이군요."

"네."

지희는 환한 미소를 지어 보였다.

"그럼 그쪽은요?"

"친구 이름은 강주희예요."

이번에도 지희가 끼어들었다.

"주희."

그가 나직하게 부르는 순간 온몸에 소름이 달리는 기분이었다. 그러면서도 들어 본 듯한 목소리에 그녀는 인상을 살짝 썼다.

"아르바이트생으로 필요한 건 하나인데."

차령이라 불린 여자가 중얼거리자 지희가 우는 얼굴이 되었다. 남자는 미소를 보이더니 자리에서 일어났다.

"키도 커."

지희가 그녀에게 소곤거렸다.

"어쩔! 사랑에 빠져 버렸어."

주희는 억지 미소를 지었다. 그는 차를 한 잔 더 따르고는 다른 잔 두 개에 차를 따라 건네어 주었다.

"장미차예요. 여자들 미용에 좋은 차지요."

그녀는 장미 향이 그윽하게 퍼지는 차를 받으며 미소를 지었다

"둘 다 아르바이트로 고용하도록 하지요. 편안하게 시간 정해요. 차령아."

"네, 주인님."

차령이라 불린 여자는 몸을 배배 틀면서 그를 보고 이야기했다.

"그런데 사장님 성함이 어떻게 되세요. 앞으로 일할 가게인데 성함도 모르니 그렇네요."

주희가 나가려는 그를 향해 물어보자 그가 돌아보며 살짝 눈웃음을 보였다.

"백, 은호."

그의 손에는 청색의 자개로 세공한 곰방대가 들려 있었다.

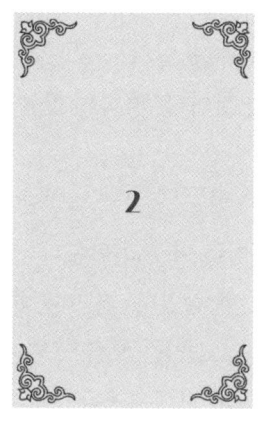

2

어머니는 몹시 불만인 표정이었다.

"아버지랑 내가 용돈 주는 게 모자라면 그렇다고 말을 하지."

"그런 게 아니에요. 학비도 비싸고 하니까 미리미리 저금 좀 해 두려고요."

어머니는 혀를 찼다.

"그래도 카페 호프라는 게 좀."

"아침에는 카페예요. 차 파는 곳이요."

"뭐, 경험이라 생각하면 좋지. 한번 해 봐. 아빠도 시간 나면 들러 보마. 가족끼리 술 한잔 해도 좋겠구나."

주희는 웃어 보였다. 사실 아르바이트를 할 마음이 막 강하진 않았다. 하지만 은호를 보는 순간 자신도 모르게 그 알바를 받아

들였다. 그놈의 종이우산 때문일지도 모르지만 왠지 그 백은호라는 남자가 궁금해졌던 것이다. 지희는 한눈에 반해서 오늘 당장 옷부터 사러 갔다.

잠시 봤지만 그 남자의 외모는 실로 놀라운 지경이었다. 나이를 알 수 없는 얼굴도 그렇고 아무리 아름다운 남자를 데리고 와도 그 사람에게는 안 될 것 같았다. 거기다 허리까지 오는 은발 머리카락을 멋스럽게 올리고 있는 모습도 꽤나 볼만했다.

"그래도 친구랑 같이 하니 다행이구나."

"네."

그녀는 웃으며 말하고는 방으로 들어갔다. 강아지는 그녀의 침대 밑에서 잠이 들어 있었다.

그녀는 강아지의 머리를 쓰다듬어 주었다.

"공주님, 건강해야 해요. 언니가 돈 벌어 좋은 사료 사 줄게."

그녀는 상냥하게 말하고는 책상에 가방을 올렸다. 그러고는 오늘 차령이라는 여자가 준 명함을 들었다. 작약꽃 무늬의 명함이라니. 그녀는 그것을 코에 대 보았다. 은은하게 꽃 향이 퍼져 나오는 게 기분이 몹시 좋아지는 향이었다.


"그래도 우선 눈은 가려 두었으니 다행이지요."

"그래. 명함이라니. 생각도 못 했구나."

차령은 실눈을 만들며 미소 지었다.

"칭찬이지요?"

"그럼, 칭찬이지. 우리 차령이."

차령은 엉덩이를 살랑거리며 흔들었다.
"쯧, 인간은 그렇게 안 해."
차령은 웃어 보였다.
"죄송해요. 제가 공력이 약해서 이러는가 봅니다."
은호는 웃으며 그녀의 뺨을 만져 주었다.
"우리 차령이는 본모습도 귀여운데."
차령은 살포시 눈웃음을 지었다.
"그나저나 너무 빨리들 움직입니다. 이러다 그 여자아이, 위험해지는 건 아닌지."
"그러니 내 이렇게 심혈을 기울이는 거 아니냐."
차령은 그 말을 하는 은호를 보았다. 옆으로 비스듬히 앉아 청죽을 입에 걸치고는 핸드폰을 하는 모습이 퍽이나 심혈을 기울이는 것으로 보였던 것이다.
"아, 네."
그는 성의 없는 차령의 대답에 피식 웃었다.
"내가 너무 과하면 그쪽이 먼저 알아차릴 거야."
은호는 그렇게 말하고는 일어나 앉았다.
"현대인의 옷은 불편하구먼."
"그래도 보기는 좋으세요. 뭘 입어도 멋있으시지만. 내일부터는 그 아이 오는데 그들이 안 따라붙을까요?"
차령이 입술을 내밀며 이야기하자 그는 한숨을 쉬었다.
"내 영역 안에는 허락 없이 못 들어오니 괜찮을 거다."
그는 조용히 손을 내밀어 새끼 여우를 안아 들었다.

"언제 클려누."

"등에 업힌 아기들도 있는걸요?"

은호는 등을 툭툭 두들겨 주었다.

"업어 주는 것 이제 그만하셔도 될 건데."

"허허, 이 어린것들이 구경 나왔는데 길이라도 잊어버리면 어쩌려구. 얼마나 귀한 아이들이냐. 그날 이후 아이가 없는 우리 일족에게 마지막 남은 희망이다."

그는 등에 올망졸망하게 업힌 여우를 돌아보았다. 인간계와 청구산을 이어 주는 길을 만들어 둔 터라 어린 여우들이 인간 세상이 궁금해 구경을 나와 있었다. 청구의 유일한 후손인 이 아이들은 모든 어른 호족의 관심의 대상이었고 그들 모두 천호인 그의 가르침을 받길 원하고 있었다. 그는 이 어린 여우들이 인간 세상을 아는 것도 중요하다는 생각에 어린 여우들은 청구산에서 나올 수 있게 해 준 것이었다. 그리고 그의 가르침을 받는 여우들이니 인간 세상에 같이 기거하는 것도 나쁘지 않은 것 같았다.

"산책 갈까?"

"안 됩니다, 주인님. 인간들이 보면 이상하게 생각한다고요. 동물용 이동장이면 모를까요."

그는 고개를 저었다.

"이동장이라니, 이 아이들이 얼마나 실망하겠느냐."

그는 느릿하게 밖으로 걸음을 옮겼다.

"잠시 바람 좀 쐬고 오마."

차령이 막으려 했지만 이미 은호는 나가 버리고 난 뒤였다.

"아아, 큰일이네. 저러다 이상한 사람들 만나면 어쩌시려고."
차령은 혀를 끌끌 차고는 하늘을 보았다.
"비도 올 것 같은데. 뭐, 우산은 항상 가지고 다니시니 걱정은 없지만."

주희는 공원 쪽을 가로지르다가 저 멀리 여자들의 시선을 받고 앉아 있는 남자를 보았다. 등에는 봇짐 같은 이상한 것을 메고 앉아 팔에 안긴 동물에게 이야기 중인 남자는 멀리서 봐도 너무 튀는 외모라 모르는 체할 수가 없었다.
"사장님, 안녕하세요."
은호는 주희를 보더니 온화하게 웃어 보였다. 동그란 안경을 쓴 그를 보자니 이상한 기분이 들었다.
"아, 아르바이트생. 격조했어요."
그녀는 그의 말투에 다시 한번 픽 하고 웃었다.
"여기는 어쩐 일이세요? 그나저나 이 개는… 아니, 개라고 하기에는 조금……."
그녀는 은호의 품에 안긴 조그마한 붉은 털의 동물을 한참 보았다.
"여우 아닌가요?"
그는 눈을 깜빡거리더니 웃었다.
"그렇게 보이나요? 알아보는 사람 많지 않은데."
주희는 그를 보고는 이상하다는 듯이 웃어 보였다. 그러고는 여우를 보았다.

"저기, 안아 봐도 돼요?"

"화낼 텐데. 뭐, 그쪽이라면 상관은 없겠군요."

그는 순순히 말하고는 주희에게 여우를 안겨 주었다. 여우는 그 작은 코를 발랑거리더니 그녀를 한참 보고는 품에 파고들어 기분 좋은 듯이 비벼 댔다.

"어머, 정말 여우가 이렇게 안길 줄이야. 그런데 웬 여우예요? 사막여우도 아니고 그냥 여우는 사람이 사육할 수 없지 않아요?"

은호는 묘한 미소를 지었다.

"그렇죠. 사람이 사육할 수는 없죠."

그의 말에 주희가 뭐라 말하려고 입을 열려는데 등 뒤에서 뭔가가 고개를 쑥 내밀었다. 또 다른 여우였다.

"어머, 몇 마리예요?"

그는 등 뒤의 봇짐에서 꿈틀거리는 여우를 타이르듯 뭐라 말하고는 그녀를 보았다.

"글쎄. 그나저나 비가 오겠군."

"오늘 일기예보에는……."

순간 머리 위로 은호의 붉은 종이우산이 펼쳐지더니 금방 후드득하는 소리가 울리기 시작했다. 그녀는 깜짝 놀랐다. 그가 천천히 일어나더니 주희를 내려다보았다.

"비가 한참 올 것 같으니 가게로 가죠. 아이 좀 안아 주시겠어요? 우산을 들고 아이까지 챙기기는 힘들어서요."

"네? 네."

그녀는 어물거리며 대답했다. 방금 전 멀리서 그를 봤을 때 분명 주위에 이런 화려한 우산은 없었는데 어떻게 우산이 갑자기 나타난 건지 주희는 영문을 몰라 하며 그를 흘금 보았다.

비녀로 올린 머리카락은 느슨해 보였다.

"혹시 염색이세요?"

은호는 그녀를 조심스럽게 내려다보더니 웃었다.

"누군지 염색 아주 잘했네요. 뿌리가 표도 안 나요."

그는 묘한 미소를 지었다.

"감사하군요. 칭찬이라 생각하죠."

그는 입가에 미소를 그리며 이야기했다. 그런데 그녀가 보기엔 그 미소가 그저 형식적인 미소로만 보였다.

"오늘부터 아르바이트인가요?"

"네? 아, 그럴 거예요."

"방학 중에 열심이군요."

주희는 웃어 보였다. 가게로 돌아오는 길이 이렇게 조용한 줄 그녀는 몰랐었다. 아까 여자애들이 그렇게 많이 서 있었는데 아마 비가 와서 흩어져 버렸는지도 모르겠다는 생각이 들었다.

그들이 가게로 들어서자 실내는 어제와는 다른 분위기로 바뀌어 있었다.

"어라. 하루 만에 인테리어가……?"

"우리 직원은 유능해서요. 오늘은 비가 오니까 꽃 화원으로 단장한 모양이군요. 비 오는 화원처럼 운치 있는 것도 드물지요."

어제는 분명 호프 같았던 분위기의 공간이 하루 만에 비가 오는 화원으로 바뀌어 있는 것에 놀라 주희는 주위를 보았다. 붉은 기와지붕이 올라간 누각과 비가 오는 연못까지. 아니, 가게 안에 비가 오는 게 가능한가? 주희는 눈으로 보면서도 믿을 수가 없었다.

"이거… 너무 다른 것 아닌가요?"

그는 미소를 지었다.

"비는 맞지 않으니 그냥 들어와요."

그녀는 기가 차서 주위를 보았다. 작은 정자에서는 연주 소리가 들렸다.

"이렇게 넓었나요?"

"음. 창고 부위까지 뜯어 낸 것 같은데 난 이런 것까지는 신경을 안 써서요."

주희는 은호를 한참 보았다.

"얼마나 부자인 거예요?"

그는 어깨를 으쓱해 보이더니 종을 흔들었다.

"오셨어요, 주인님. 어머, 학생도 왔네?"

차령이 흔들거리며 들어오다 이야기하더니 그녀를 보고는 손으로 입을 가리고 웃었다.

"아이들 챙겨라, 차령아."

"그러게 데려가시지 말라니까. 도련님들을 왜 모시고 나가서."

주희는 차령이 그녀에게서 여우를 받아 안으며 도련님이라 중얼거리는 것에 차령을 한참 보았다. 차령은 다시 손으로 입을 가리고 웃어 보였다. 그러고는 조그마하게 주희에게 속삭였다.

"이름이 도련님이에요."

"아."
"그럼 옷 갈아입어요. 저 방에 가면 있어요."
그녀는 알겠다고 이야기하며 물러나다가 긴 겉옷을 입고 머리카락을 만지는 그를 보았다. 이상한 느낌. 저 남자를 어디서 본 것 같은 기분이 계속 들었다.

"야, 꿈만 같다. 여기 옷도 너무 이쁘지 않아?"
주희는 자신이 입은 옷을 보았다.
"그렇기는 하다. 이거 비단인 것 같지?"
"응."
지희가 옷을 만지작거리자 차령이 고개를 내밀었다.
"촉금. 그냥 비단이 아니라 촉금이라는 것이야."
지희는 움찔해서 차령을 보았다. 손님들은 대학생들이 대부분인데 그저 와서 멀리 앉아 차를 마시고 있는 사장 얼굴을 보며 한숨 쉬는 사람이 대부분이었다.
"하긴 얼굴 보러 와서 차를 마시는 것도 좋을 것 같아. 그냥 차가 술술 넘어가잖아?"
지희는 그렇게 말하더니 사장을 한참 보았다.
"이름도 멋있어. 백은호."
주희는 지희를 보고는 고개를 저었다.
"그런데 주희야, 너 머리 긴 것 정말 이 옷이랑 잘 어울린다. 나도 머리 기를까?"
그녀는 자신의 긴 머리카락을 보았다.

"그런가?"

"흠흠."

그녀는 차령의 기침 소리에 고개를 돌렸다.

"일 안 해요? 지금 일할 시간인데. 청색 정자에 백주요."

"네?"

그녀는 차령이 주는 유리주전자를 받아 들고는 청색 정자를 보았다. 방금 전에 봤을 때는 몰랐는데 사장님과 다른 남자 하나가 같이 차를 마시고 있었다.

"사장님, 주문하신 백주 나왔습니다."

은호는 눈짓으로 내려 두라고 했다. 그녀는 같이 앉은 손님을 보는 순간 눈살을 찌푸렸다. 어디선가 본 것 같은데 기억이 흐릿했다. 이런 옷을 입은 남자라면 모를 리가 없을 텐데 이상하게 본 듯한 느낌에 그녀는 기분이 묘해졌다.

검은색 옷을 입은 남자가 검은 머리를 뒤로 묶고 주희를 흘금 보고는 다시 은호에게 눈을 돌렸다.

"뭘 놀라누."

"형님."

검은 옷 입은 남자는 엄하게 말했다. 형님이라고 하는데 전혀 그렇게 보이지 않고 친구라고 불러도 무관하게 보였다.

"이봐, 내 아르바이트생이 놀라지 않느냐."

검은 옷의 남자는 싸늘한 표정이었다. 뭔가에 화가 난 듯한 얼굴이었다.

"그만 가 봐요, 주희 양."

"네, 사장님."

그녀가 머뭇거리며 나가자 은호는 빙긋이 웃었다.

"벌써 봤구나."

"저 요기를 못 알아볼 리가 없죠. 어쩌자고 이러시는 겁니까. 숨겨 둬도 뭣할 상황에 이렇게 곁에 두시다니요."

은호는 미소를 지어 보였다.

"가장 안전하지 않더냐. 현호 넌 너무 융통성이 없는 것이 문제다."

"형님."

"적호의 요기는 몇 개로 나뉘어 있다. 그들이 하나쯤 가진다고 문제가 달라지지는 않아."

"왜 형님이 다 가지고 계신 게 아닙니까. 저 여자아이가 위험해지면 천계에서 형님도 벌할 텐데요. 저 아이 몸속에 있는 구슬만으로도 또 인간의 생명을 마음대로 살려 낸 것으로도 형님을 벌할 수 있는 일이 아닙니까."

은호는 한숨을 쉬었다.

"물론 처음에는 내가 다 가지고 있었지."

"그런데요."

"변덕?"

현호는 인상을 찡그렸다.

"형님, 변덕이라니요."

"천계의 명부를 봐 버리고 난 뒤에 온 변덕이라고 해 두지."

은호는 그렇게 말하고는 술잔을 빙글 돌렸다. 천계의 명부라고 둘러댔지만 엄밀히 말하면 명부가 아니었다. 월하가 자신에게 보여 준 인연부에 충격을 받은 그가 몰래 염라와 동화제군이 가지고 있는 생사부와 생애부를 보았기 때문이었다.

그가 주희를 살린 까닭을 알게 되면 앞뒤 꽉 막힌 현호가 그를 다그칠 것이 분명했고 일만 귀찮아질 것 같았다.

"며칠 새 또 오다니, 무슨 일이냐."

"일전에 저 아이를 만난 적이 있습니다. 혹시나 형님이 뭔가 아실까 하여 들렀고요. 처음 보고 무척 놀랐습니다. 그 요기라니. 두 번 다시 느끼지 못할 거라 여겼던 요기에 적호가 환생한 줄 알았습니다."

은호는 피식 웃었다.

"환생이라. 그건 완전히 소멸해야 가능한 거지. 적호는 아니지 않더냐."

현호는 어두운 얼굴로 은호를 보았다.

"인간이 가지기에는 너무 큰 요력입니다."

은호는 한숨을 폭 쉬었다.

"거두어들이기도 녹록지는 않다."

"네?"

은호는 주희를 한참 보았다.

"거두어들일까도 생각했는데 그러기에는."

현호는 주희를 유심히 보았다.

"형님에게 생각이 있을 거라 여기겠습니다."

은호는 웃으며 지나다니는 주희를 보며 혹여 저 아이 몸속에서 구슬을 빼어 낸 후 그때의 생사가 갈려 죽음을 맞이할까 하는 염려가 생겼다. 이미 몸의 상처는 다 아물었으나 혹시 모를 사태에 대해 그도 조금은 알아볼 필요가 있었던 것이다. 빠른 시간에 거두어들일 수는 있으나 될 수 있으면 주희의 몸에 부담을 주고 싶지 않은 것 또한 사실이었다. 그리고 그 구슬을 거두어들이면 더 이상 주희에 대한 궁금증을 채울 수 없을지도 모른다는 아쉬움이 크게 작용했다는 것은 현호에게 비밀로 하고 싶었다.

현호는 현호대로 요기구슬의 행방을 빨리 감추어 다시 한번 천계로부터 호족이 멸시당하는 일이 없어야 한다는 생각뿐이었다. 항상 생각이 깊던 은호가 이런 실수를 할 줄은 몰랐다.

그러고 보면 은호가 혹여 저 인간이 상할까 걱정하는 듯했다. 하긴 요기구슬의 정체를 들켜도 곤란하고 인간이 상하여도 곤란하기는 마찬가지였다. 둘 다 천계의 벌을 피할 수는 없는 것들이었다.

현호는 난감한 미소를 지으며 은호의 인상 쓴 얼굴을 보았다. 생각이 많은 듯 사색하는 얼굴에 그는 자신만이라도 더 이상 형님을 밀어붙이지 않아야 되겠다고 생각하며 입을 다물었다.

은호는 한숨을 쉬었다. 아무것도 모르고 생글거리는 주희를 보는 그의 마음 역시 가볍기만 한 것은 아니었다.

"그래. 괜한 짓은 아니어야 할 텐데. 이 나이가 되어도 계속 선택을 하고 난 뒤에 후회가 남는구나."

현호는 한숨을 쉬었다.

"무거운 이야기뿐이군요. …저 아이가 아무것도 모르는 것이

가능하길 바라겠습니다."

은호는 술잔을 입에 대더니 아무 말도 하지 않았다.

정신없는 하루였다.

"홀로그램인가요? 이 비 말이에요."

지희가 손을 뻗으며 물어보자 차령은 또 손으로 입을 가리고 웃었다. 천장에는 구름이 낀 하늘이 연출되었고 안개가 낀 듯 주위가 약간은 흐려져 옆에 테이블이 희미하게 보였다. 거기다 보슬보슬 비가 내리는 정자들이 늘어서 있고 연못으로 꾸며진 곳에는 연꽃도 피어 있었다. 이런 게 홀로그램으로 가능한 건지 알 수는 없지만 가게 문을 열고 들어오면 마치 다른 세상에 들어온 듯한 느낌이 들었다. 가게 밖 유리로 지금이 21세기인 것이 보이는 반면 안으로 들어오면 고풍스러운 분위기에 마치 신선이 된 듯한 기분마저 들었다.

"아니요. 여우비라는 거예요."

"네?"

차령이 손을 내저어 보이자 비는 거짓말처럼 멈추었다.

"뭐, 일종의 장치죠. 비밀이지만."

"사람들이 좋아하던걸요. 어딘지 평안해진다고."

"그렇죠. 평안해져야죠."

지희는 옷을 갈아입고 나오더니 주위를 보았다.

"정말 이뻐요. 컨셉 카페라고 사람들이 말하던데, 이곳 이름이 뭐예요?"

"은허(殷墟)라고 하죠."

"은허?"

차령은 웃어 보였다.

"특별하거든요. 은허의 반월지는. 그리워서일 거예요."

지희는 자신이 물어 놓고 차령이 하는 말에 혼란만 가중되어 고개를 저었다. 주희는 옷을 갈아입고 나와서는 머리를 쥐어뜯고 있는 지희의 어깨를 잡았다.

"가자."

"그래. 그럼 수고하셨습니다."

지희와 주희가 인사를 하자 어깨에 카디건을 걸친 은호가 나왔다.

"밤이 어두운데 둘 다 그냥 가기는 그렇군요. 내가 데려다주지요."

"네? 정말요?"

지희가 너무 좋아서 팔짝 뛰는데 주희는 그저 어색하게 웃었다.

"집이 가까워서 걸어가도 돼요."

"그럼 걸어서 데려다주지요."

주희는 웃으며 손을 내저었다.

"저희보다 사장님이 납치될까 봐 걱정인걸요."

지희도 그 말에 웃음을 터트렸다.

"어허, 이래 보여도 무술에 능통했소이다."

지희는 은호의 말투에 다시 웃었다.

"아이, 사장님 말투 너무 웃기세요."

은호는 미소를 보였다.

"그렇다고들 이야기하더군요. 안 웃기도록 연구는 해 보도록 하지요."

지희는 다시 함박웃음을 지었다. 주희는 아이처럼 눈을 반짝이며 웃는 지희를 보다가 다시 은호에게 시선을 돌렸다.

은호가 잘생기기는 했다. 너무 잘생겨서 비현실적인 게 문제지만 말이다. 오늘 온 손님들도 여자 남자 할 것 없이 차령과 사장에게 반해서는 다들 정신없이 해롱거리다가 돌아가는 분위기였다. 하긴 저런 타입의 남자가 흔한 것도 아니니 눈여겨 봐 둘 만은 하다. 하지만 주희의 기억 속에는 왜인지 그의 얼굴보다 뱅글거리며 돌아가던 종이우산이 남아 있었다.

'본 적이 있다면 저런 외모의 남자를 잊을 리가 없어. 거기다 지금 보기에 이 사람은 나보다 많아 봤자 다섯 살에서 일곱 살 정도일 텐데, 그 어릴 적에 만났을 리가 없잖아.'

그는 문을 열고는 하늘을 보았다.

"눈이 오려나 보군요."

"네?"

"겨울 첫눈일 겁니다."

그는 그렇게 말하고는 밖으로 나섰다. 얇은 카디건에 회색 스웨터만 입어 추워 보이는데 그는 아무렇지도 않은 듯했다.

"으, 추워. 사장님, 추워요."

지희는 얼른 그의 팔짱을 끼며 애교를 부렸다. 은호는 그런 지희를 보더니 뭔가를 주었다.

"손난로라는 겁니다. 몸이 따뜻해질 겁니다."

완만한 밀어내기. 주희는 속으로 엄지를 척 들어 올렸다. 여자를 저렇게도 떼어 낼 수 있구나 하는 생각이 들었던 것이다. 지희의 얼굴은 웃지도 못하고 울지도 못하는 표정이었고 주희는 웃음을 참기 위해 얼굴이 빨갛게 달아오를 정도였다. 순간 그녀에게도 알록달록한 비단에 싸인 개인 화로를 건네주었다.

"추우면 말을 하지. 그렇게 부들거리지 말고."

이미 주희가 웃음을 참고 있는 것을 눈치챈 것이 뻔한데 그는 웃으며 이야기하더니 차가운 바람 쪽으로 얼굴을 돌렸다.

이런저런 이야기를 하며 길을 가다 보니 이미 지희의 원룸까지 도달하였고 인사 후 그녀의 집으로 데려다주었다.

"이런, 정말 눈이 오는군."

은호는 나직하게 말하더니 예의 그 우산을 펼쳤다. 그녀는 자신의 눈을 의심했다. 아까 분명 가지고 나오지 않았던 물건이었다.

"이건 언제 가져온 거예요? 분명 없었는데."

그는 주희를 빤히 보더니 어깨를 으쓱했다.

"아까부터 내 어깨에 매달려 있었는데 몰랐어요? 난 준비성이 좋은 사람이라 항상 챙기거든요."

그녀는 어물쩍 말하는 은호를 보며 그의 어깨에 저런 물건이 없었다는 것을 확신할 수 있었다.

"없었는데."

그는 싱긋이 웃더니 입에 손가락을 올렸다.

"어떤 때는 모르는 척하는 것도 도움이 되지요."

그녀는 은호의 비밀스러운 모습을 한참 보았다. 눈이 오는데 달이 걸려 있는 이상한 풍경이었다. 그녀가 아는 한 지희의 집에서 그녀의 집으로 가는 길에는 호수도 없었고 길에 저런 나무도 없었다. 그리고 그의 머리카락이 은은한 금빛으로 빛이 나는 것을 보며 그녀는 뭔가에 홀린 기분이었다.

"손난로는 따뜻한가요?"

그녀는 그의 말에 손난로를 보았다.

"그런데 이런 것은 언제 적 물건이죠?"

"글쎄요."

그는 묘한 미소를 보였다. 둘이 걸어가는 길이 너무나 멀게만 느껴졌다.

"집이 이렇게 멀지는 않은데."

주희는 얼버무리듯 이야기하며 주위를 보았다.

"좀 돌아서 왔습니다. 조금 만나기 싫은 것들이 있어서요. 불편하신가요?"

"아니요. 그리고 말씀 낮추세요."

그는 다시 웃어 보였다.

"잘 컸군요."

중얼거리는 혼잣말에 그녀는 인상을 찡그렸다.

"네?"

그는 고개를 저었다. 화려한 붉은 우산이 머리 위로 뱅글거렸다.

"혹시 우리 예전에 만난 적 있어요? 아주 어렸을 때라든가, 아니면 다른 때에."

주희가 머뭇거리며 물어보자 그가 미소를 지었다.

"글쎄요."

처음은 단순한 호기심이었다. 말도 안 되는 인연부를 보여 준 월하에게 화가 나서 생사부와 생애부를 훔쳐보고는 그저 어린 여자아이를 보는 것으로 인연을 끝낼 마음이었다. 그 가여운 생명이 사라짐을 안타까워하고 울어 줄 심정으로 찾았었다. 그리고 두 번 다시 환생하지 못하게 그 혼을 거두려고 했었다.

하지만 그 아이를 보고는 마음이 바뀌어 버렸다. 공을 따라 뛰어가는 나풀거리는 그 머리카락을 보는 순간, 차에 치여 쓰러지고 난 후의 얼굴을 보는 순간, 그는 자신도 모르게 그 아이를 살리고 말았다. 정말 얼굴을 보지 말았어야 하는 건지도 모를 일이었다. 그 얼굴이 적호를 기억나게 하는 부분이 있어서인지도 몰랐다. 그는 깊은 한숨을 쉬었다.

그들에게는 적호를 깨울 기회가 생겼다는 헛된 희망을 주었고, 그에게는 커다란 죄를 만들어 준 여자아이였다.

은호는 눈을 내리떴다. 거두어들이는 것도 그의 마음이고 이대로 보호하는 것도 그의 마음이었다. 어쩌면 조금은 자신의 운명에 닿아 있는 여인에 대한 궁금함과 호기심을 참지 못하는 결과일지도 몰랐다. 결코 그리될 일은 없겠지만 이런 인연쯤은 거뜬히 웃고 넘길 수 있으니 어디쯤에서 이 여자아이에게 매력을 느끼게 되는지 궁금도 하고 인연 따위에 매달려 울고불고하지 않을 자신이 있기도 했다. 어쩌면 주희에게서 요기구슬을 거두어 들이지 않고 시간을 보내는 것은 그의 인연에 굴복할 일이 없다는 자만심 때문인지도 몰랐다.

 이제 그가 쳐 둔 결계가 느슨해져서 현호 정도의 단계에 이르면 요기가 보이는 모양이었다.

 아마 조만간 모두가 알아볼 정도로 요기가 새어 나올 것이다.

 그는 자신의 우산을 같이 쓰고 조심스럽게 걷고 있는 주희를 보았다.

 지금 주희는 아무것도 모르고 있었다. 이 아르바이트도 모두 그녀를 끌어들이기 위한 방법임을 말이다.

 그는 우산 아래를 보았다. 지금 걷고 있는 이 길이 청구산의 호족 마을 어귀인 것을 모를 것이다. 요도와 인간의 사잇길. 그는 한숨을 쉬었다. 그녀를 찾기 위해 적호의 무리들이 움직이고 있었다.

 "우리 집 근처에 이런 길이 있었나?"

 주희가 중얼거리자 그는 미소를 지었다. 어렸던 소녀는 20년 사이 놀랄 만큼 변해 버렸다. 인간이란 이렇게 짧은 시간에 성장해 버리는 생물인 것이다.

 그 어리던 아이가, 자신의 동생을 보는 것 같던 아이가 이렇게 자랄 줄이야. 처음 보았을 때부터 동생을 닮지는 않았지만 공을 보며 뛰어가는 그 모습에 추억이 겹쳐진 것일지도 몰랐다. 순수하게 웃으며 그가 만들어 준 오색 공을 쥐고 그를 향해 웃어 주던 그 아이의 모습이 겹쳐지며 그는 주희를 그대로 둘 수 없었다.

그는 주희를 가만히 보았다. 그녀의 얼굴을 보며 그는 머릿속에 화사한 미소를 지으며 붉은색 옷을 입고 그를 향해 빙글거리며 춤을 추던 얼굴을 떠올렸다.

"무슨 생각 하세요?"

그는 흠칫하며 얼른 시선을 돌렸다.

"문득 그리운 사람이 생각이 났소."

그녀는 피식 웃었다.

"나이도 젊으신 분이 그런 말투를 쓰니 정말 이상해요, 사장님."

은호는 그녀를 보더니 부드러운 미소를 지어 주었다.

"그럼 어떻게 말을 하면 되나요."

달빛을 머금은 눈이 미소를 지으며 그녀를 보고 있었다. 그의 머리카락은 달빛처럼 부드러운 금빛으로 물들어 있었다. 잘생긴 건 알았지만 이건 심장을 폭행하는 수준이라 그녀는 숨을 꾹 참아야 했다. 가슴이 떨린다는 말을 잘 몰랐는데 그를 보니 그런 생각이 들었다.

"올해 몇 살이지요?"

"스물셋이요."

그는 미소를 지어 보였다.

"사장님은요."

"좀 많지요."

그녀는 그의 옆모습을 보며 많아 봐야 삼십 대 초반일 건데 너무 많은 척을 한다는 생각을 하게 되었다.

"저 어리다고 그렇게 티 안 내셔도 돼요. 뭐, 걸리적거리고 질척거릴까 봐 미리 그러실 필요 없다고요."

그녀가 톡 쏘듯이 이야기하자 옆에서 웃음소리가 들렸다. 꽃잎 같은 눈발이 하늘거리며 떨어졌다.

그가 하늘로 손을 올리더니 몇 번 내저어 보였다.

"자, 이것을."

그녀는 그가 내미는 은색의 팔찌를 보며 깜짝 놀랐다.

"마술하세요? 어떻게 만든 거예요?"

그는 눈웃음을 지어 보였다.

"마술의 비밀을 말해 주면 신비하지가 않지요."

주희는 그가 내미는 은색 구슬로 이어진 팔지를 보았다.

"이런 건 받기가……."

그는 미소를 지었다.

"받아요. 우리 가게에서 일해 준 것에 대한 보답이니."

"하지만."

"지희 씨도 받았어요."

"네? 언제……?"

그는 미소를 지었다.

"아까 집에 데려다주기 전에 이미 선물했어요. 붉은 구슬로 된 팔찌죠."

주희는 아무리 기억해 보아도 그런 적이 없는 것 같은데, 뭐에 홀린 기분이 들었다.

그가 그녀의 손을 잡아 올리더니 그녀의 팔에 팔찌를 채워 주었다. 은빛으로 빛나는 구슬이 달린 팔찌는 끝에 붉은색의 여우 모양 펜던트가 달려 있었다.

"귀여워라."

그녀가 웃으며 말했지만 은호는 아무 말도 하지 않았다.

"다 왔군요."

그녀가 고개를 들자 바로 앞에 그녀의 집이 보였다.

"에? 걷지도 않았는데."

"이미 도착해 있었어요. 그럼 내일 봐요, 주희 씨."

주희는 그가 엘리베이터에 태워 주며 하는 말을 듣고는 뒤돌아보았지만 이미 문이 닫힌 후였다.

⚘

적호의 요기를 추적하는 데 모든 요력을 집중하고 있던 부하가 갑자기 정좌를 풀고는 안타까운 듯 홍아를 보았다. 홍아는 입술을 깨물었다.

"갑자기 요기가 흐려졌습니다, 홍아 님."

보름의 밤이 다가오니 적호의 요기가 넘칠 듯이 보였었는데 뭐에 가린 듯 요기가 순식간에 지워져 버린 것이다.

아무래도 그때 그 동네가 마음에 걸렸다. 은호가 갑자기 가게를 차린 것은 수상한 일이 아닐지도 모른다. 은호가 인간계로 내려온 게 수백 년 전의 이야기이니 말이다.

하지만 왜 적호의 요기가 느껴지는 이곳에 가게를 차린 걸까.

정말 인간에게 요기구슬을 넘긴 것일까?

홍아는 입술을 잘근거리며 주위를 보았다.

지금은 천계에서 관직을 버리고 내려왔다고 해도 구미호족을 통틀어 처음으로 나온 천호였다. 천계의 명을 받들어 죄와 상벌을 따지며 그 죄를 처단하는 임무를 가진 자였고 천제를 가까이에서 모시는 존재였다. 천제가 명하는 일을 수행함에 있어 거리낌 없이 모든 마물을 처단해 천계의 안정을 유지하는 것이 그의 임무였다. 그것이 비록 천호와 같은 호족일지라도.

타고난 요력과 수련으로 길러진 법력, 천호라는 직책과 함께 부여받은 신력까지 지닌 천호의 존재는 그릇부터 달랐다. 그가 지금의 지위에 오른 시간은 그들이 태어나서부터였으니 실로 그 세월의 무게만큼 가진 술법도, 능력도 많은 호족 최고의 자리였던 것이다.

호족의 무리를 이끄는 제후 또한 천호에게는 무릎을 꿇어야 할 만큼 그의 위치는 감히 범접할 수 없었다.

어려서부터 전설 같은 이야기를 듣고 자랐으니 지금 적호를 되찾기 위해 모인 무리들도 천호에게 감히 반기를 들 생각 따위는 할 수 없는 실정이었다. 아마 여기 있는 모두가 덤빈다고 해도 천호의 천뢰 한 번이면 모두 뿔뿔이 흩어질 것이다.

그런 모두가 두려워하는 은호가 이곳에 있다는 것은 홍아의 생명도 위험할 수 있다는 의미였다.

홍아는 눈을 감았다. 아직도 그녀의 머릿속에 은호의 손에 쓰러지던 적호의 모습이 남아 있었다. 그날의 은호의 모습을 아는 이들은 모두가 그의 강대한 힘에 더 이상 반발할 생각도 하지 못했었다.

 하나 홍아는 적호를 깨울 수만 있다면 무슨 짓이라도 할 수 있었다. 설령 일족 최대의 힘을 가진 천호, 백은호의 심기를 어지럽힌다고 할지라도 말이다.

# 3

 아르바이트를 하고 나서부터 신기한 일들이 많아졌다. 가게 안을 누비고 뛰어다니는 여우들도 문제였지만 가게의 인테리어가 수도 없이 바뀐다는 것이다. 차령의 말로는 자기가 힘 좀 썼다고 하는데 이렇게 쉽게 인테리어가 바뀔 수 있는 건지 정말 의문이 가득해졌다.

 나날이 여자 손님이 넘쳐 나서 요즘은 은호가 자리를 비우는 날은 손님들이 한숨을 쉬고 발길을 돌릴 정도였다.

 주희는 자리에 앉아서 주위를 돌아보았다.

 "오늘은 평범하네요?"

 "주인님도 안 계신데 힘쓸 필요 없지, 뭐."

 주희는 궁금하던 것을 물어보았다.

"그런데 정말 어떻게 바꾸는 거예요? 소품만 바꾸는 것 같지는 않은데. 홀로그램도 아니고 볼수록 신기해요."

차령은 손으로 입을 가리고 웃었다.

"그런데 차령 언니는 왜 손으로 입을 가리고 웃어요? 그냥 웃어도 예쁠 것 같은데."

차령은 눈을 가늘게 뜨고는 고개를 갸웃거렸다.

"으으응. 안 돼. 아직 어려서 웃으면… 튀어나오거든."

"네?"

차령은 손으로 입을 가리고 웃어 보이더니 살랑거리며 멀어졌다.

"너희들, 그만 뛰어. 안 그럼 동굴로 돌려보낼 거야."

순간 정신없이 뛰던 여우들이 일제히 멈추더니 머리를 푹 숙이고는 차령을 따라 걸어갔다.

"어머, 말을 알아듣네요?"

"그럼, 이제 좀 있으면 성인이 될 건데."

차령은 정말 말을 이상하게 했다. 그때 지희가 안으로 들어오더니 의자에 앉았다. 주희는 지희의 팔에 걸린 붉은색의 팔찌를 보았다.

"이쁘다."

"그치. 나도 너무 예뻐서 뺄 생각이 안 들어. 너도 그래?"

그녀는 자신의 팔에 걸린 은색의 팔찌를 보았다.

"응. 너무 예뻐."

주희는 조용히 답하고는 그 팔찌를 낀 뒤로는 꿈도 꾸지 않는다는 사실을 떠올리며 미소를 지었다.
"그런데 오늘 사장님 안 계셔?"
"응. 잘 아네."
"사장님이 계시면 이렇게 한가할 리가 없지. 아직 개강도 안 했는데 벌써 과방마다 난리더라."
"하긴 그럴 만도 하지. 우리야 자주 보니까 잘 모르지만 처음 보면 놀랄 만은 하지."
주희는 그렇게 말을 하고는 일어났다.
"점심 먹자."
"그래. 차령 언니는?"
"여우들 데리고 들어갔어."
"넌 강아지를 자꾸 여우라고 그런다."
"뭐?"
그녀는 너무 놀라서 지희를 보았다. 같은 수의학과의 친구가 여우와 개도 구별을 못 하다니 말도 안 되는 소리였다.
"강아지라니. 너도 봤잖아. 붉은 털에 세모진 눈에 얼굴까지. 그건 여우라구."
지희는 말도 안 된다는 표정으로 주희를 보았다.
"무슨 소리야. 갈색 털을 가진 진돗개들인데."
주희는 놀라서 한참이나 지희를 보았다.
"이름도 진돌이, 진순이, 진삼이라던데?"
그녀는 영문을 몰라 하며 다시 한번 못 박듯 말했다.
"여우야."

"이봐요, 희자매에서 예쁨을 담당하고 계신 주희 양. 왜 그래. 개도 키우는 사람이. 그리고 우리 아버지 동물원 의사야. 내가 개랑 여우도 구별 못 할까 봐? 내가 설마 여우 새끼 한번 못 봤을까 봐?"

주희는 기가 차서 한참을 서 있었다. 차령이 사분거리고 나오는 모습이 보였다.

"차령 언니."

"어머, 지희 학생 왔어요?"

지희는 차령이 오자 답답하다는 표정으로 입을 열었다.

"진돌이, 진순이, 진삼이 진돗개죠?"

차령은 순간 알 수 없는 미소를 지었다.

"그렇게 보이죠."

"봐."

주희는 고개를 저었다. 차령은 미소를 지어 보이더니 지희의 팔짱을 끼고는 멀어져 갔다. 말도 안 되는 소리였다. 여우가 아니라니. 어떻게 진돗개와 헷갈릴 수가 있다는 말인지.

순간 딸랑 하는 소리가 들려 그녀는 몸을 돌렸다.

"어서 오세요."

"오늘은 조용하군요."

은호가 웃으며 들어왔다. 주희는 자신도 모르게 가슴이 두근거리는 것을 느꼈다.

"아, 사장님. 오셨어요."

그는 주희의 앞에 서서 그녀를 한참 보았다.

"열이 있나요? 얼굴이 붉은데."

"네?"

주희는 당황해서 얼른 얼굴을 손으로 감싸고는 고개를 숙였다.

은호가 고개를 숙여 그녀를 찬찬히 살폈다. 그러다 주희의 얼굴을 잡아 올리더니 그녀의 이마에 자신의 이마를 댔다. 심장이 폭발할 것 같은 기분이었다. 그의 머리카락이 부드럽게 뺨에 닿는 것을 느끼며 침을 꼴깍 삼켰다.

"열은 없는데."

그가 걱정스럽게 말하더니 그녀의 손목을 가볍게 쥐었다.

"어디 불편한가요? 일이 힘들다든가."

"아, 아니요!"

그녀는 자신도 모르게 한 옥타브 높은 목소리로 대답했다. 이제는 얼굴이 불이 날 것 같았다.

"음, 실내가 너무 더운가요?"

"아니요. 그냥… 얼굴이 잘 달아오르는 체질이에요. 체질. 갑자기 열이 나고, 또 갑자기 춥고."

그녀는 아무 말이나 하면서 울고 싶은 기분마저 들었다. 처음 봤을 때는 그저 미남자라고 생각했는데 이제는 얼굴만 봐도 심장이 뛰어 대기 시작했다.

은호는 횡설수설하는 주희에게 그저 싱긋이 웃어 보이더니 가게 안쪽으로 들어갔다. 그는 머리를 다시 틀어 올리다 문득 자신이 여인에게 이토록 친밀하게 표현을 해 본 적이 있었던가를 되짚어 보았다. 그가 기억하는 먼 과거부터 지금까지 백은호가 여인이 열나는 것에 신경을 쓴 적도 없었고 그런 행동을 한 적도 없었다. 그는 순간 소름이 오스스 돋았다가 일순 툭툭 떨쳐 버렸다. 이건 운명 따위가 아닌 인간들이 사람을 대하는 방식을 따라 한 것뿐이라고 억지로 가져다 붙이며 고개를 저어 보았다. 오늘은 아무래도 이상한 날인 것 같았다. 아니, 요즘이 계속 멍청해지는 날인 것 같았다. 주희가 끼어들고 요 며칠간 한시도 평안할 틈이 없어지니 말이다.

⁂

차령이 설명에 열심인지라 은호는 차를 마시면서도 주희에게서 눈을 떼지 않았다. 어린 여우가 설명을 마치자 그가 고개를 끄덕이며 물었다.
"그래, 큰 손님인가?"
"네. 요 앞에서 궁합을 보시는 노인이시죠."
은호는 짐짓 미소를 지었다.
"나 원 참. 그런 직업으로 수행하러 올 줄이야."
은호가 고개를 절레절레 흔들며 다시 물었다.
"몇 시에 오신다고 하던?"
"곧 도착하실 것 같은데요. 아마 주희 양 때문이 아닐까 합니다. 뭔가 이상하다고 하셨거든요."
"이상하다?"
"네."

그는 인상을 찡그리고는 한참을 앉아 있다가 안경을 쓰고 책을 읽기 시작했다.

멀리서 이것을 보던 지희는 턱을 괴고 그를 보았다.

"오늘 사장님 너무 멋있으시다. 어디 다녀오신 걸까. 남자가 목티 입으면 징그럽다 생각했는데 우리 사장님 너무 멋있지 않아? 검은색 목티에 은발 머리라니. 정말 어쩜 좋아. 그리고 저 코트도 너무 멋있는 것 같아. 키가 크셔서 그런가?"

주희는 마른 행주로 컵을 닦으며 지희를 보았다.

"나날이 더 매력적이시지. 그런데 너무 멋있으셔서 사람 같지 않아."

지희는 그 말에 행주를 들고는 그녀의 옆에 서서 한숨을 쉬었다.

"그래. 그 말이 정답이다. 차령 언니도 너무 예쁘고 사장님은 말할 것도 없고. 대부분의 남자들은 차령 언니 보러 오고 여자들은 사장님 보러 오는 거니까."

지희는 입을 쑥 내밀었다.

"차령 언니 같은 예쁜 여자가 있어서 우리는 보이지도 않겠어. 너만 해도 우리 수의과 최고 미녀라고 하는데 차령 언니에 대 보니… 참, 세상 넓다 싶어."

주희는 지희를 툭 쳤다.

"어디 가서 그런 말 하지 마. 수의과 추녀동인 줄 알아."

지희는 낄낄거렸다.

"꿀 알바에 미남 사장님이라니, 완전 동화 같지 않아?"

"알바비 들어오면 이야기해야지."

지희는 입술을 다시 삐죽거렸다.

"알바 그만두기 전에 우리 사장님하고 썸이나 한번 타 봤으면 좋겠다."

주희는 웃으며 다 닦은 컵을 옮겼다. 순간 가게 안의 공기가 맑아지는 기분이 들었다.

"어서 오세요."

차령이 웃으며 달려 나왔다.

"오, 여전하구나, 차령이."

"에이, 거짓말도. 요만한 여……."

순간 차령은 입을 다물더니 손으로 입을 가리고 웃었다.

"주인님이 기다리고 계십니다. 어서 드시지요."

노인은 점잖하게 안으로 들어서다 지희와 주희를 슥 보고는 스쳐 지나갔다.

"주인님은 저곳에 계십니다."

노인은 어두운 얼굴로 안내받은 테이블로 다가갔다.

"얼마 만인가, 월하."

"천호는 그대로이시군."

은호가 웃으며 차령을 보자 차령이 서둘러 자리를 피했다.

"그래. 500년 만인가?"

"음."

노인은 그렇게 말하고는 주희를 쓱 보았다.

"큰일이군."

"무슨 소리인가."

노인은 그를 보더니 한숨을 쉬었다.

"자네가 저 아일 살려 낼 줄은 몰랐군."

"뭐… 불쌍하지 않은가."

"저 아이, 가까이서 한번 봤으면 좋겠구먼."

"부르도록 하지."

그가 눈짓을 하자 차령이 고개를 끄덕이고는 주희에게 다가갔다.

"저기 장식장 안에 있는 백주로 준비해 줘요."

"네? 백주요? 저거 장식품 아니었어요? 무지 오래된 거라고."

"음. 아주아주 오래되었지. 몇백 년 정도? 그래도 주인님의 손님이 오셨으니까 백주로 하고 잔은 백자로 준비해 주세요, 주희 씨."

"네."

주희는 백주를 집어 들었다. 꽤 오래된 것이라 그저 장식용인 줄 알았는데 정말 마시기는 하는가 보다.

그녀는 쟁반에 술과 잔을 올리고는 은호가 있는 테이블로 향했다. 노인은 주희가 술을 내려놓고 잔을 앞에 놓자 그녀를 빤히 보았다.

"자네 이름이 뭔가?"

"네?"

"이름."

"강주희입니다."

노인은 눈을 감고 뭔가를 생각하더니 눈을 뜨고는 불안한 눈빛으로 주희를 보며 한숨을 쉬었다.

"천호, 쓸데없는 짓을 했구먼."

그녀가 고개를 갸웃하자 그가 그만 가 보라고 이르며 그녀를 돌려보냈다.

노인은 묵묵하게 술을 마시더니 그녀를 다시 한번 보고는 고개를 저었다.

등 뒤에서 들리는 한숨 소리에 주희는 고개를 갸웃거렸다.

"지희야."

"응? 나 바빠. 저기 4번 테이블 안주 때문에."

"나 가엽게 생겼니?"

"응?"

지희가 무슨 말이냐는 듯이 보자 주희는 손을 내저었다.

"아니다. 나도 안주 만들어야 한다."

주희는 시큰둥하게 이야기했다. 방금 그녀에게 가여운, 이라는 말을 썼던 것을 그녀는 분명하게 들었던 것이다.

나이 차가 꽤나 나는 듯한데 오히려 노인이 더욱 공손해 보이기까지 한 모습도 이상하게 보였다.

거기다 왜 사장님을 천호라고 부르는 걸까? 혹시 은호가 가명인 걸까? 백천호? 무슨 악당 이름 같기는 하다.

그녀는 피식 웃었다. 어딘지 그 천호라는 이름이 마음에 걸렸다. 어디선가 들어 본 것 같은데 그게 어디인지 알 수가 없었던 것이다.

"지희야."

"왜, 바쁘다니까."

"너 천호가 뭔지 알아?"

"천호? 몰라. 그걸 내가 어떻게 알아. 4번 테이블 안주요."

차령이 어느새 와서는 안주를 솜씨 좋게 쟁반에 담았다.

"고마워, 지희 씨."

"저기, 차령 언니, 천호가 뭔지 알아요?"

차령은 눈을 내리깔더니 아무 말도 하지 않았다. 그리고 한참을 생각하는 듯하더니 생긋 웃어 보이며 입을 열었다.

"글쎄. 관직인가?"

그러더니 흠칫 몸을 떨고는 물러나 버렸다.

"관직?"

그녀는 그 말에 고개를 갸웃했다. 관직이라면 장관하고 법무부, 의원들, 대통령, 뭐 이 정도 아닌가 하는 생각이 들었다.

혹시 조상님의 관직인가? 하지만 관직에 영의정, 좌의정, 사또는 들어 봤어도 천호라는 관직은 처음 듣는 것이었다.

"지희야."

"응?"

"너 천호라는 관직 들어 본 적 있어?"

"그게 뭐야? 아까는 그냥 천호더니 이제는 관직이야? 천호그룹은 안다."

주희는 한숨을 쉬며 튀김기와 싸우고 있는 지희를 보았다.

"난 서빙 나간다."

"응."

주희는 다시 은호 쪽을 흘끔 보았다. 무슨 이야기를 하는지 모르지만 여태 볼 수 없었던 심각한 얼굴이었다. 그녀는 호기심에 가까이 가려고 했지만 차령이 막아서며 다른 심부름을 시켜 더 이상 다가갈 수가 없었다.

"알릴 이야기가 있어서 온 건가?"
월하는 고개를 끄덕였다.
"어제 천행을 살피다가 불길한 붉은 꼬리의 별을 보았네."
은호는 눈을 가늘게 떴다.
"생각하는 바대로 적호의 별이야. 아무래도 적호가 돌아올 모양이야."
"불가능해."
월하는 고개를 저었다.
"적호의 출현은 대대로 인간 세상에 불길함을 안겨 주었지. 적호의 탄생부터 누구이 그대의 부모들에게 주의를 주었으나 그들은 적호를 그저 어여삐 여길 뿐이었어. 형제들 모두가 오냐오냐하는 탓에 적호는 안하무인으로 자랐고 예언대로 인간 세상에 환란을 가득 몰아왔지. 오호십육국의 끝나지 않던 전쟁도, 주나라의 멸망도, 폐왕의 죽음도 모두 적호의 장난질이었어. 장난이라 보기에 그 놀음의 정도가 심했지. 그러다 끝내는 손대면 안 될 금기에 손을 대었고 현천상제께서 그러한 형벌을 내리게 된 것이지."

은호는 술잔을 입에 가져다 댔다. 월하의 질책은 매서운 것이라 어떻게 변명할 여지가 없었다. 태어날 때부터 요기만 가지고 난 아이라 모두들 그 크기에 놀랐다. 수련하지 않음에도 부릴 수 있는 도술의 종류가 어마함에 다들 적호를 우수한 대장감으로 여겼던 것이다.

은호가 천호의 직책을 받아 천상으로 불려 가자 일족의 장으로는 적호가 추대되었고 나서기 싫어하고 과묵하던 현호는 잘되었다는 듯이 그길로 여행을 떠나 버렸었다.

그렇게 일족을 이끌 세 우두머리의 길이 나뉘었다. 그것이 그들의 커다란 잘못이 될 줄은 생각도 못 하고 말이다.

"그런데 적호가 태어날 때 흐르던 그 별이 다시 돌아왔네. 그건 적호가 돌아올 거라는 소리야. 그냥 그럴 리가 없다고 무시할 일이 아니란 말일세. 그런데 그런 시기에 적호의 요력이 천호의 품이 아닌 다른 곳에 있으니······."

"적호는 스스로가 자신의 요기를 나누어 나에게 넘기고 잠이 들었어. 돌아올 리가 없어."

월하는 고개를 저었다. 그리고 조심스럽게 입을 열었다.

"환생했네. 적호가 찾는 사람이."

그는 그 말에 깜짝 놀랐다. 지금 월하가 무슨 꿈 같은 소리를 하는 건지 알 수가 없었다. 이미 몇백 년 전에 소멸된 영혼이 되살아나다니 불가능한 일이었다. 적호의 연인이자 단 하나뿐인 지독한 운명. 인간으로서 세 번의 삶을 모두 마치고 두 번 다시 환생할 수 없다 해도 영혼은 소멸되지 않을 수 있었으나 적호의 죄를 대신해 소멸을 택한 인간이었다.

 지금의 적호가 저렇게 된 원인이기도 한 사람.

 "뭐?"

 "어릴 때부터 지켜봐 왔지. 환생인이지만 적호를 부를 수 있는 능력이 있는지 없는지. 하지만 얼마 전부터 적호의 요기가 느껴지더군. 아마 적호를 자신도 모르게 부르고 있을 거야."

 그는 믿을 수 없는 말에 고개를 저었다.

 "그럴 리가."

 "적호가 영면을 택한 이유가 그 인간의 죽음 때문이었어. 그 인간은 세 번의 생을 모두 끝냈고, 더는 환생할 수 없었기에 적호 자신의 요력으로 인간의 윤회의 고리를 돌려 버렸지. 그 인간의 죽음을 두 번이나 본 적호야. 그 이상 만날 수 없다는 것에 최후의 선택을 한 것이지. 자신의 요력으로 다시 태어나되 죽지 않는 존재로. 금기를 택하고 그 금기를 성공한 것이지."

 "불가능해."

 "그 인간의 명부에는 죽음이 없네."

 월하는 눈을 내리떴다. 은호는 아무 말도 할 수 없었다. 금기를 범한 것이다. 그걸 성공시킨 것이다.

 "적호의 선체는 무사한가? 저 여자아이와 결코 마주해서는 안 될 것이야."

 은호가 고개를 끄덕였다.

 "그런데 그 인간의 존재를 누가 아는가."

 "그 인간의 명부를 보는 순간 내가 들고 왔네. 그 인간의 생사부와 인연부, 생애부 모두 보았지만 백지였어."

"백지?"

월하는 고개를 끄덕였다.

"그 인간이 어떻게 살아가는지를 하늘이 정하지 않는다. 즉, 금기의 존재인 것이지. 발각된다면 괴멸의 대상이야."

은호는 머리를 짚었다.

"숨겨 줘서 고맙군."

월하는 수염을 쓸며 조용하게 이야기했다.

"그저 금기가 어찌 성공했는지, 그 인간이 정녕 인간인지 아니면 금기로 태어난 요마인지를 알아보고 싶을 뿐이야."

월하는 잔을 들어 마시고는 가만히 은호의 고민에 빠진 얼굴을 보았다.

"천호, 이제 그만 천계로 돌아오지 그러나."

그는 고개를 저었다.

"인간 세상에 환란을 가져오고, 천계에는 금기를 범해 혼돈을 초래한 죄인의 가족이야. 있을 수가 없지."

월하는 한숨을 쉬었다.

"그건 모를 일이지. 언젠가 돌아오게 될 거야. 천계에 부탁할 것이 있어서라도 말이지."

그는 아무 말도 하지 않았다. 머릿속이 끝도 없이 복잡했다.

"참, 그나저나 저 아이를 왜 가까이에서 보자고 한 건가?"

월하는 알 듯 모를 듯한 미소를 지었다.

"그건 두 달 후에 알려 줌세."

월하는 자리에서 일어났다.
"그럼 천호, 이만 가 보겠네."
그는 고개를 끄덕였다.

은호는 잔을 기울이며 주위를 보았다. 가게 안의 여자아이들이 자신을 흘끔거리는 것을 보며 인간은 정말 변하지도 않는 족속이라 생각했다. 연약하고 이기적인 족속. 그의 시선 끝에 바쁘게 움직이는 주희가 보였다.

그도 참 궁금했다. 그저 그의 인연을 정리한 인연부에 적혀 있어서? 정말 연약한 그 몸뚱이를 그는 왜 구해 준 것일까. 그는 주희가 생글거리며 웃는 것을 보았다. 그러고는 그를 보는 그 눈빛도 보았다.

뭐가 저렇게 즐거울까. 그는 지금 주희의 존재 때문에 머리가 아플 지경인데 말이다.

거기다 왜 하필이면 지금에야 월하는 환생인의 존재를 알려 준 것인지.

가장 나쁠 시기에 적호의 요기구슬이 그의 품이 아닌 다른 곳에 존재하게 된 것이다.

그 구슬을 돌려받아야 하는데……. 그는 주희가 웃으며 수줍게 고개를 돌리는 모습을 보며 쓴물을 삼켰다. 조금만 더 있다가. 조금만 더. 아직은 그가 봉인 팔찌를 줘서 그렇게 요기가 흘러나오지 않으니 적호 무리들의 표적이 되지는 않을 것이다.

조금만 더.

그는 눈을 내리떴다. 천호는 본디 인간에게 관대한 신은 아니었다. 천계에서도 그는 법의 잣대로 벌을 내리거나 따랐을 뿐, 인간에게 특별한 마음은 없었다.

그래서 적호가 그렇게 인간 세상을 도륙 낼 때 무심하게 흘려버린 건지도 몰랐다.

모든 것을 사랑하고 평등하게 대하라는 가르침 따위 그에게는 기준점이 없는 모호한 마음이었고 그 오랜 세월을 사랑하고 아낀다는 말을 해 본 적이 없는 그였다.

그래서 적호가 사랑에 미쳐서 날뛸 때, 적호가 그 인간의 죽음에 피눈물을 흘릴 때 그는 무심하게 적호의 가슴에 칼을 들이밀 수 있었던 건지도 몰랐다.

은호는 술잔을 비웠다. 무슨 마음에 이렇게 생각이 많은 것일까. 아무리 아름다운 선녀도 그의 마음을 흔들지는 못했었다. 하물며 인간의 여자아이 따위에게 마음이 흔들릴 일은 더 없을 것이다.

그는 술잔에 손을 올려 수경을 만들었다. 눈앞에 주희가 있는데 바로 보기가 그래서 그는 수경을 통해 주희를 보았다. 뭐가 저렇게 기쁜 걸까. 뭐가 저렇게 좋은 걸까. 다른 사람을 향해 곱게 지어 보이는 그 미소가 오늘은 좀 화가 치밀어 올랐다.

차령이 다가오자 그는 얼른 수경을 지워 버렸다.

"주인님."

"무슨 일이야."

"결계에 연결해 둔 방울이 흔들렸습니다. 아무래도 반갑지 않은 손님이 오신 듯합니다."

"뭐, 분명 홍아이겠지. 아직도 내 주위를 어슬렁거리며 적호의 요기구슬을 찾고 있을 테니."

차령은 눈을 내리뜨더니 조심스럽게 입을 열었다.

"주희 학생 퇴근 시간이 다가오는데 괜찮을까요?"

그는 한숨을 쉬었다.

"내가 데려다주지."

"지희 학생은 제가 데리고 갈까요?"

"그래 주면 좋겠구나."

차령은 미소를 보였다.

"네, 주인님."

그는 차령이 멀어지고 나자 자리에서 일어나 버렸다. 술기운도 조금씩 오르는 것 같고 홍아에게 겁이나 줄 겸 산책도 좋을 것 같았다.


모든 영업을 마치고 나자 파김치가 되어 버린 기분이었다.

"오늘 정말 손님 많았다."

"방학이 이런 건지 처음 알았다."

지희도 한 소리 거들었다.

"방학이라 손님 없을 줄 알았는데 미남이 가게를 차리니까 바로 소문이 나는구나."

"그러게. 미남 레이더가 있나 봐."

"그런데 심하게 잘생기셨잖아. 안 그래? 진짜 엘프 같지 않아?"

지희는 주희에게 이야기하며 은호가 있던 쪽을 보았다.
"나가시고 안 계신가 보다. 정말 바람처럼 사라지신다니까."
주희는 웃었다.
"옷 갈아입자. 가야지."
"그래. 오늘 가다가 떡볶이라도 사 먹을까?"
지희의 말에 주희는 웃어 보였다.
"떡볶이가 뭐야?"
차령이 불쑥 말을 걸자 둘은 화들짝 놀랐다.
"언니 놀랐잖아요."
차령은 손을 가리고 웃어 보였다.
"나두 먹고 싶다. 어서 옷 갈아입자, 응?"
차령이 서두르는 통에 바쁘게 준비하던 주희는 자신의 가방에 휴대폰이 없는 것을 알았다.
"아, 내 휴대폰. 분명 넣어 두었는데?"
"충전한다고 그냥 두고 온 거 아니야? 찾아보고 와. 우리 먼저 떡볶이집 가 있을게."
"네. 가 있어, 지희야. 나도 금방 갈게."

주희는 그렇게 말하고는 얼른 가게 안으로 들어갔다. 충전하는 곳에서도 못 찾던 휴대폰이 그녀가 가지도 않던 홀 구석 화분 옆에서 울리자 그녀는 한숨을 푹 쉬었다. 누가 이런 짓을 한 건지. 그녀는 휴대폰을 주워 일어났다.
"퇴근 안 한 겁니까."
그녀는 인기척이 없었는데 뒤에서 울리는 목소리에 깜짝 놀라서 돌아섰다. 바로 앞에 서 있는 그의 가슴팍에 코가 닿고 나서야 너무 가깝다는 사실에 뒤로 얼른 물러났다.

"사장님."

아까는 단정하게 묶고 있던 머리가 풀어져 있었다. 그리고 어딘지 약간 다른 분위기에 그녀는 움찔하고 말았다.

"아, 놀랐군요. 미안해요. 간만에 운동을 좀 해서."

그는 묘한 미소를 지어 보였다.

"퇴근하는 길이면 데려다주지요."

"네? 아. 차령 언니와 함께 떡볶이집에……."

주희는 우물거리며 이야기했지만 그가 손을 내미는 순간 그 말들이 입에서 흩어졌다.

그의 은어처럼 차가운 손길이 자신의 손을 감싸 쥐는 순간 머릿속이 멍해지는 기분이었다. 왜 이 손을 예전에도 잡아 본 적이 있다고 느끼는지 알 수가 없었다.

언제 밖으로 나온 건지 기억도 나지 않는데 그와 같이 길을 걷고 있었다. 울창한 숲과 같은 길을 따라 걸으며 그녀는 왜 이 사람과 길을 걸으면 한 번도 보지 못한 광경이 눈앞에 펼쳐지는 것 같은지 궁금해지기 시작했다.

"저기, 사장님."

"네."

"전 매일 출근하면서도 이런 길이 있는지 몰랐는데요. 여기가 어느 도로인가요."

그는 피식 웃으며 고개를 숙였다. 은발 머리 사이로 그의 붉은 입술이 그리는 선이 너무 아름다워 그녀는 자신도 모르게 멍하니 보았다.

"글쎄요. 아름다운 경치를 함부로 알려 주고 싶지는 않군요."

그녀는 떨리는 목소리로 그의 말에 겨우 대답했다.

"심술쟁이."

그가 그녀를 흘깃 돌아보더니 미소 지었다.

"진짜 심술쟁이는 이렇게 있지 않아요."

"네?"

순간 그의 얼굴이 너무 가깝다 느꼈다. 그리고 그의 입술이 그녀의 이마에 닿았다. 그녀는 순간 머릿속에 뭔가가 울리는 기분이 들어 고개를 반짝 들었다. 그리고 약간은 물기를 머금은 듯한 그의 눈을 마주했다.

"혹시."

은호가 주희의 뺨을 감싸 쥐더니 그녀의 입술에 자신의 입술을 겹쳤다. 놀라 숨을 훅 들이켜는 순간 그의 입술이 그녀의 입술에 포개어지며 살짝 벌어진 그의 입에서 백주의 향이 퍼졌다. 마치 그녀도 취하는 기분이 들었다.

바람이 부는 길은 춥지 않았고 그의 입술은 너무나 뜨겁게 느껴졌다.

그의 입술이 잔잔한 입맞춤을 이어 가자 그녀는 자신도 모르게 그에게 안기며 몸을 기댔다. 그의 키스가 계속 이어지길 마음속으로 바라고 있다는 것을 그녀 자신도 모르고 있었다.

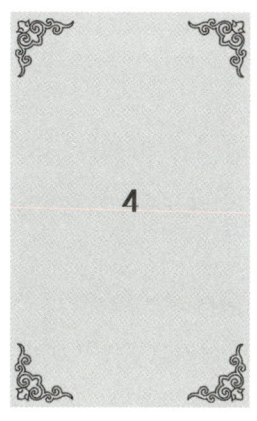

주희는 자리에서 벌떡 일어나 자신의 입술을 만졌다. 얼굴이 삽시간에 붉어지고 뺨에 열이 화끈거리기 시작했다. 무슨 그런 꿈을 꾸었는지.

그녀는 머리를 저었다. 세상에나, 생각할 사람이 없어서 사장님과 키스하는 꿈을 꾸다니 민망도 하지. 그녀는 베개에 얼굴을 묻었다. 집에 어떻게 온 건지 기억이 잘 나지는 않았는데 왜 그 꿈은 이렇게 선명하게 기억나는 건지.

'그럴 리가 없잖아. 사장님이 나 같은 학생에게……. 그렇게 예쁜 차령 언니도 있는데.'

그녀는 베개에서 얼굴을 빼꼼 들었다. 오늘 출근하면 어떻게 사장님을 봐야 할지 자신이 없었다.

"안 일어나니!"

"네. 일어났어요."

그녀는 어머니의 부름에 얼른 일어났다. 부끄럽고 자시고 간에 꿈인데 그가 알 턱이 없지 않을까. 그녀는 잠옷을 입은 채 걸어 나가 엄마를 안았다.

"아침부터 웬 북엇국? 아빠 술 드셨어?"

"어제 무슨 술을 그렇게 마시고 온 거니? 아빠 화나셨어."

그녀는 깜짝 놀라서 엄마를 보았다.

"술? 내가? 안 마셨는데?"

어머니는 무슨 소리냐는 듯이 그녀를 보았다.

"웬 은발 머리 남자가 널 들쳐 안고 왔었어."

그녀는 눈을 크게 떴다.

"진짜 안 마셨어."

어머니는 고개를 갸웃했다. 하긴 그 남자도 그녀가 술을 마셨다고 한 적은 없었다.

"하긴 술 냄새는 안 났지."

"엄마는. 나 진짜 안 마셨어. 그런데 집까지 오신 거야?"

어머니는 고개를 저었다.

"아니. 네 전화로 집으로 전화 와서 아빠가 데리러 내려갔다가 같이 올라왔어."

"네?"

"차로 왔던데? 그 남자 차에서 잠든 거야? 누구야? 남자 친구?"

주희의 얼굴이 확 달아올랐다.

"아니야. 사장님이셔."

어머니는 눈을 끔벅이고는 미소를 지었다.

"우리 딸 꿀 알바라더니 사장님 얼굴에 꿀이 뚝뚝 흐르더구나."

그녀는 입술을 깨물며 붉어진 얼굴로 화장실로 들어가 버렸고 어머니의 웃는 소리가 들려왔다.

주희는 화장실에 들어가 곰곰이 생각에 빠졌다.

사장님이 차를 몰고 데려다준 적이 있었나? 그녀는 도리질을 했다. 분명 차령 언니랑 지희와 함께 떡볶이를 먹었을 텐데 왜 사장님이 데려다준 건지 알 수가 없었다.

"에계계? 너 어제 잠들어서 기억 안 나나 보다."
"뭐가?"

지희가 웃어 댔다.

"어제 마치고 떡볶이 먹는데 사장님도 같이 왔잖아. 늦게까지 놀다가 집에 가야 하는데 네가 잠이 들어서 사장님이 차 가지고 와서 다 데려다준 거야. 기억 안 나? 어떻게 그렇게 잠이 들어?"

그녀는 어안이 벙벙해졌다.

"내가 잠이 들어? 난 사장님이 왔다는 기억도 없는……."

순간 그녀의 흐릿한 기억 속에 이상한 기억이 떠올랐다.

"휴대폰."
"응?"

지희가 되물어보자 그녀는 고개를 저었다.

"아니. 아니야."

지희는 이상하다는 듯이 주희를 보고는 주방으로 들어갔다.

"차령 언니, 주방에 물건 떨어진 것 있어요."

"뭔데, 뭔데."

차령이 수선스럽게 들어가는 것을 보고 주희는 빗자루를 들고는 바닥을 쓸었다. 뭔가가 기억이 겹쳐지는 것이 있었다. 분명 지희와 함께 떡볶이집에 간 기억도 있는데 휴대폰을 가지러 들어온 기억도 있었다. 거기서 은호를 만난 기억까지.

"멍하니 있군요. 신경 쓰이는 일이라도?"

그녀는 깜짝 놀라 마침 들어오는 은호를 보았다.

"사장님……."

인사를 하려던 주희는 그의 얼굴을 보는 순간 뺨이 달아올라 얼른 고개를 숙였다. 은호는 그런 주희의 모습을 보며 눈을 가늘게 떴다.

"무슨 문제라도 있나요? 얼굴이 붉은데."

"아니요. 아무것도."

그녀는 서둘러 말하고는 얼른 돌아서서 빗자루를 쓸었다.

그는 코트를 벗어서 의자 등받이에 올리고는 소매를 걷어붙였다. 검은 바지에 흰 셔츠 차림으로 서 있을 뿐인데 벌써부터 여자들이 가게로 들어오려고 시도 중이었다.

"죄송합니다. 아직 영업시간이 아니라서요."

그녀가 상냥하게 이야기하자 여자들은 괜찮다고 기다리겠다고 했다.

은호는 테이블 정리를 도와주면서 그녀를 흘끔 보았다.

"이상하군요. 오늘은 말도 안 하고. 내가 뭘 잘못했나요?"
"아니요. 절대 아니에요. 그냥 제가 좀……."

그녀가 얼굴이 빨개서 어쩔 줄 모르자 그가 살짝 인상을 찌푸렸다.

"잠시만요, 주희 씨."
"네?"

순간 그가 다가오더니 그녀의 머리카락을 쓰다듬어 주었다. 주희는 심장이 튀어나올 듯이 쿵쾅거리는 것을 느끼며 숨을 참았다.

"머리카락에 먼지가 붙었네요. 몰랐나 봐요."

은호가 부드럽게 웃어 주자 주희는 얼굴이 완전히 빨개져서 얼른 고개를 숙여 버렸다.

언제까지 이렇게 가까이 서 있을 건지. 이러다 그녀가 심장마비로 먼저 죽을 것 같은 기분이 들었다.

분명 기억 못 할 텐데 저렇게 얼굴을 붉히는 이유가 뭔지 은호는 주희를 예의 주시했다. 어제의 일은 순간적인 그의 실수였다. 술에 취했다고 일단 말해 두는 것이 좋을지도 몰랐다.

그 오랜 시간 인간 세상에 살았지만 단 한 번도 인간과의 애정사에 휘말린 적이 없었다.

그는 테이블 정리를 하고는 차령의 눈치를 받으며 자리에 앉았다.

"주인님, 오늘따라 이상하시네요?"

감이 좋은 여우였다. 그는 차령을 향해 미소 지었다.

"왜 그리 생각하느냐."

"일부러 기억까지 바꿔 두실 필요는 없었는데 왜 그러신 건지. 홍아 님도 어제는 기척도 없었는데요."

그는 찻잔을 들어 올렸다.

"변덕, 이라고 하지."

"음. 그 변덕이 왜 주희 양 한정인 듯 보이는지 모르겠습니다."

그는 차령이 앙큼을 떨며 하는 이야기를 들으며 눈살을 찌푸렸다.

"많이 건방져졌구나."

차령은 얼른 고개를 숙였다.

"죄송합니다, 주인님."

그는 차를 마시며 눈을 내리떴다. 차령에게 괜히 뭐라 한 거지 사실 그도 의심스러울 정도로 변덕이 주희에게만 죽 끓듯이 하고 있었다.

그때 월하의 인연부와 염라의 생사부를 보지 않았다면 어떻게 되었을까. 그랬다면 궁금하다는 이유로 저 아이를 보러 가지는 않았을 것이고 보러 가지 않았다면 살리지도 않았을 것이다.

하지만 그날 만약 저 아이가 잘못되었다면…….

그는 소름이 오싹 돋아 눈살을 찌푸렸다.

어쩌면 이기적인 생각으로 구해 준 건지 몰랐다. 하지만 그것이 또 다른 문제가 될 거라고는 예상도 못 했다.

그는 한숨을 쉬었다.

'어쩐다. 월하가 하겠다는 말은 아직 시간을 두고 기다려야 하고. 내 변덕에 저 아이를 저렇게 방치하고 있으니.'

그는 다시 차를 따랐다. 잠시 천계에 가서 그의 일신에 무슨 변화가 일어났는지는 알아봐야 할 것 같았다.

"차령아."

"네, 주인님."

"잠시 나갔다 오마."

"네? 멀리 가십니까?"

그는 고개를 저었다.

"잠시 나갔다 올 것이니, 혹여 모를 일에 대비하거라."

"네, 주인님."

그는 우산을 들고 바로 밖으로 나가 버렸다.

"사장님, 코트!"

지희가 뛰어나와 외쳤지만 이미 그는 나가고 나서는 어디로 갔는지 찾을 수가 없었다.

지희는 고개를 갸웃거리며 들어왔다.

"왜? 너 양파 까다 말고 어디 간 거야?"

"미안. 사장님 나가시길래 코트 챙겨 가라고 이야기하는데 그냥 사라지셨어."

"에이, 그냥 나갔겠지."

그녀는 양파를 썰면서 이야기했다.

"오늘의 주제는 맥주인가 보다. 소시지 잔뜩이야."

지희는 얼른 화제를 돌리더니 소시지를 하나 입에 물었다.

"맛있다. 진돌이, 진순이 가져다줘야지."

"안 돼. 넌 수의학 하는 애가 동물한테 간된 음식을 주면 되니."

"그런가? 음, 그래도 귀여워서."

"그래도 안 돼."

주희는 엄하게 말하고는 칼을 내려 두었다.

"다 했다."

그녀는 손을 씻고는 앞치마를 풀었다.

"난 이제 가게 열 준비 하러 테이블 돈다. 넌 마저 정리하고 나와."

"알았어."

주희는 밖으로 나와 차령과 담소를 나누며 테이블에 올릴 램프를 정리하기 시작했다.

※

"웬일인가. 그대가 이곳에 들다니."

은호가 웃으며 인사를 했다.

"문창제군을 뵈옵니다. 저의 생사부에 문제가 생겼는지 알기 위해 잠시 들렀습니다."

문창제군은 웃었다.

"월하가 이야기 안 했던가?"

"네?"

문창제군은 그에게 앉으라는 신호를 보냈다.

"그대의 생사부에는 변화가 없으나 그대의 인연부에는 변화가 생겼지."

그는 눈을 가늘게 떴다.

"알다시피 생사부가 아닌 이상 내가 주관하는 바가 아니라서 말일세. 그건 월하에게 가야 할 것 같은데. 월하는 지금 인간 세상에서 수련 중이라 그대가 찾기에도 쉬울 것이야."

은호는 억지 미소를 지었다.

"그런가요. 하지만 약을 대로 약은 월하가 제가 올 것을 알았는지 먼저 도망을 치고 없었습니다."

문창제군은 껄껄거리고 웃었다.

"아마도 어떠한 인연이 그를 즐겁게 하는 모양이지. 설마 도망을 갔을까 봐. 천호의 노여움을 사서 뭐 하려고 그러겠는가."

은호는 차를 마시며 눈을 내리떴다.

"그렇다면 질문을 바꾸어 이야기드리겠습니다. 적호의 생사부를 알고 싶습니다."

문창제군은 눈살을 찌푸렸다.

"그건 나도 명령을 내려야 알겠지만, 그대가 궁금하다 하면 내가 죽간을 보내도록 하지."

"감사합니다, 문창제군."

그는 공손히 인사를 하고 물러나왔다. 천계는 아직도 시간이 멈춘 듯 예전과 같은 방식을 유지하고 있었다. 적호가 사라진 후에 말썽도 일어나지 않고 순리대로 흐르는 듯 그렇게 고인 물과도 같이 말이다.

그는 다시 인간계로 내려오면서 어디선가 붉은 요기가 피어오르는 것을 느꼈다.

'적호……!'

※

한가한 매장을 둘러보던 지희는 바(bar)에 기대어 섰다.

"차령 언니, 넘나 심심한 것 있죠. 우리 강아지들이라도 풀어 주면 안 돼요?"

"심심해? 손님이 없어서 그런가?"

지희는 고개를 끄덕였다.

"그럼 우리 아가들 풀어 주자. 안 그래도 답답해 보이던데."

"그럼 가서 데리고 와야죠. 그나저나 매장을 비울 수는 없으니 주희야, 네가 지키고 있어. 알았지?"

"왜 나야? 나도 울 귀염둥이들이랑 놀고 싶은데."

"그러니 데리러 가잖아. 잠시만 있어. 금방 데리고 올게. 알았지? 언니, 가요."

주희는 재빠르게 달아나는 지희를 보며 고개를 저었다. 잔머리는 지희를 따라갈 수가 없었다.

그녀는 바에 앉아 주위를 보았다. 분명 거리에 사람이 넘쳐 났던 것 같은데 순식간에 한산해졌다.

'뭐지? 가슴 부분이 뜨거워지는 것 같은데.'

그녀는 자신의 가슴께를 손으로 눌렀다. 뭔가 야릇한 기분이 들었다.

그리고 한참을 있으려니 누군가 문 앞에 서 있는 것이 느껴졌다.

"어서 오세요."

붉은 머리카락의 여자가 문 앞에 서 있기만 할 뿐 들어오지는 못하고 그녀를 빤히 보고 있었다.

"여기에 김지희라는 학생이 아르바이트하죠."

그녀는 눈을 깜빡거렸다. 어디선가 본 적이 있는 여자인데 기억이 나질 않았다.

"네. 지희는 방금 차령 언니랑 안에 들어갔는데요."

그녀는 자리에서 일어나서는 들어오라 권하려고 했다. 하지만 왜인지 입이 떨어지지 않았다. 누군가 입을 막은 것처럼 아무 말도 할 수 없어 그녀는 당황해서 입을 뻐끔거렸다.

"언령인가?"

순간 지희와 강아지를 데리러 갔던 차령이 언제 온 건지 주희의 앞에 서 있었다.

"너냐? 저 아이 입을 막은 것이."

"이런, 오면 안 되는 분이 왔네. 초대 안 하면 들어오지 못하시지 않습니까. 이런 아이 초대로 여길 마음대로 들어오시면 주인님이 화내실 건데."

"그분은 계신가."

"지금은 출타 중이십니다만."

차령은 생글거리며 이야기했다. 붉은 머리의 여자는 미소를 지으며 차령을 보았다.

"그분에게 드릴 말씀이 있어서 왔는데 뵐 수 없으려나? 잠시 앉아 기다리기라도 하고 싶은데."

주희는 영문을 몰라 차령의 옷을 당겨 댔지만 차령은 그녀의 손을 잡을 뿐 뒤도 돌아보지 않았다.

"아잉~ 모르는 처지도 아니시면서. 안 된다는 것도 알고 오시고는 능청을 떠신다. 어디서 여우의 꾀를 내십니까."

차령이 생글거리며 말하자 상대방의 눈빛이 금방 붉은색으로 변했다. 주희는 자신이 지금 보는 광경이 뭔가 싶어 움찔거렸다. 하지만 주위의 다른 사람은 아무렇지 않게 거리를 지나다가 가게 안을 흘깃 보고 지나쳐 버릴 뿐이었다.

"감히 어디서 내게 훈계질이냐."

"주인님 오실 시간 다 되셨는데 이러시면 곤란하지요, 홍아 님."

차령이 다시 웃었다. 순간 날카로운 바람 같은 것이 확 불어오더니 차령의 뺨에서 피가 흘렀다.

"어어어, 이러시면 저도 참기 힘든데. 누가 더 요기가 강할까요. 방금 전에 승격된 신선? 아니면 아직도 요기에 굶주린 요괴?"

주희는 너무 놀라서 입을 딱 벌리고 있었다. 손도 대지 않은 뺨에서 피가 흐르질 않나, 신선이니 요괴니 무슨 말도 안 되는 소리인지 알 수 없지만 이 기이한 일에 질려 가고 있었다. 두 사람의 기 싸움에 몸이 뒤로 밀리는 기분이었다. 순간 그녀를 짓누르던 힘이 가벼워지는 것이 느껴졌다. 누군가 그녀를 뒤에서 당겨 안아 주었다.

"이게 무슨 짓이냐, 홍아."

순간 붉은 머리 여자의 눈이 다시 검은색으로 돌아왔다.

"은호 님."

"차령아."

"네, 주인님."

차령이 주희를 향해 입을 가리고 웃어 주더니 그녀의 손을 잡고는 뒤로 걸어 들어갔다.

은호는 홍아를 가만히 내려다보았다.

"예의 따위는 버린 모양이구나. 어디서 감히 난동이냐."

홍아는 가만히 그를 보았다.

"그저 확인할 것이 있어서 그랬을 뿐, 저 어린 여우가 제게 대들 줄은 몰랐습니다."

은호는 가만히 홍아를 보았다.

"물러가라. 여기에 네가 찾는 적호는 없다."

홍아는 무릎을 꿇었다. 방금 요기를 날렸을 때 돌아오는 적호의 요기를 느꼈었다. 요 며칠 차령이 직접 집에 데려다주는 여자아이를 면밀히 관찰했었다. 요기를 중화시키는 붉은 구슬 팔찌를 분명히 팔에 차고 있었다. 그 아이를 잡아가기 위해 온 거란 말을 한다면 이 자리에서 죽임을 당할지도 몰랐다.

"선체만이라도 돌려주십시오. 그럼 두 번 다시 찾아오지 않겠습니다."

그는 홍아를 보았다.

"네 속셈이 눈에 보인다. 선체를 받고 나면 어떻게 해서든 인간을 수십, 수백을 희생시켜서라도 적호를 깨우려 하겠지. 그런데 너희들의 그런 행동이 더욱더 적호를 고통스럽게 만든다는 것을 왜 모르는 것이냐. 돌아가라."

"천호!"

그는 몸을 돌렸다.

"그 칭호를 버린 지 천 년이다. 돌아가라."

그는 매몰차게 말하고 손을 한번 휘저어 큰 바람을 만들었다. 홍아가 그의 바람에 휘말려 저만큼 떠밀려 사라지고 나서야 은호는 한숨을 쉬었다.

저들의 욕심에 놀아나던 적호를 생각하면 아직도 이마에 주름이 지는 기분이었다. 그나저나, 대부분 인간들은 그들의 대화나 상처 따위 보지 못할 텐데 왜 주희는 그것들을 보고 듣는 것처럼 보였을까. 그가 준 팔찌가 그런 것들을 막고 있는 데다, 적호의 요기로 여우 같은 능력을 발휘할 수 없도록 차단하고 있을 것인데 어떻게 된 일인지 초조한 마음이 들었다.

어쩌면 그의 예상보다 적호의 요기구슬이 주희의 몸에 많이 흡수된 건지도 모를 일이었다.

그는 차령과 함께 차원을 이동했을 주희를 찾아갔다가 정말 난감한 현장을 목격하고는 그대로 멈춰 섰다.

경악한 표정의 주희와 주희에게 손이 잡힌 채 억지 미소를 띠고 있는 차령. 그리고 차령의 코에 난 털을 보며 그는 한숨을 폭

쉬는 수밖에 없었다.

차령의 손에 끌려 들어간 주희는 이곳이 가게와는 완전히 다른 곳임에 놀라서 주위를 보았다.
"하여튼 끈질기기는. 누가 붉은 여우족 아니랄까 봐."
차령은 투덜거리더니 얼굴에 손을 댔다. 그러고는 손으로 얼굴을 슥 문지르는데 그 크던 상처가 한순간에 사라졌다.
주희는 눈앞에 나타난 놀라운 모습에 걸음을 우뚝 멈추었다.
"왜?"
"차령 언니, 상처."
순간 차령은 아차 싶었다. 그저 홍아에게 당한 게 분해서 엉겁결에 상처를 치료해 버린 것이다. 그냥 인간이 보기에 얼마나 이상한 상황일까. 이건 뭐라 설명해야 하는 걸까. 차령은 이제 겨우 천 살이라 아직 인간의 기억을 조작할 줄은 몰랐다. 은호에게 부탁하는 방법뿐인데 지금 은호는 홍아와 이야기 중일 거라 불가능했다.
"아아. 생각보다 심하지 않아. 그 여자 손톱이 무지 길었잖아. 그래서 살짝 긁힌 거야. 자세히 보면 상처 보여. 응."
그녀는 얼버무리며 밝게 웃었다. 주희는 혼란스러운 눈으로 차령을 보았다. 아무리 문 하나 건너왔다고 해도 이런 동굴은 처음이었다. 이 집이 이리 넓을 리도 없었다.
비 오는 날 꾸며진 전각의 모습들도 일반인은 만들어 낼 수 없는 것이었다.

혼란스러운 생각에 주희가 주춤댔다. 차령은 미소를 지어 보였다.

"왜 그래, 주희야?"

차령이 웃으며 다가오는데 갑자기 이상한 기분이 들었다. 요즘에는 뭔가 이상한 일들만 일어나는 것 같았다. 그녀는 뒤로 한 걸음 물러났다.

"주희야? 이상하게 그런다. 어서 가자."

차령은 눈웃음을 지어 보였다. 그녀는 오싹한 기분에 주춤거렸다. 어색한 미소. 말도 안 되는 생각인 것을 알지만 아까 중얼거렸던 붉은 여우족이라는 말도 그렇고, 그녀는 차령을 같은 인간이라고 생각할 수가 없었다.

"당신… 누구예요. 정체가 뭐야?"

"뭐? 무슨 장난이야, 주희야."

차령은 손으로 입을 가리고 웃음을 지었다. 주희는 그 순간을 놓치지 않고 차령의 손을 잡아 아래로 내렸다.

순간 차령의 코에 난 털을 보고 말았다. 코끝도 사람과는 달랐다.

"대체……."

그녀는 경악한 얼굴로 차령을 보았다. 차령은 억지로 웃어 보였다.

"아. 나 많이 흉한데."

"여기서 그런 말을 할 건 아닌 것 같구나, 차령."

그녀는 놀라서 뒤돌아봤다. 은호가 언제 온 건지 그들의 뒤에서 있었다.

"주인님!"

차령이 기쁜 듯이 불렀다.

"하여튼 넌……."

그는 따끔하게 말하고는 주희를 보았다.

"이런, 많이 놀랐는가 보군요."

주희는 손이 떨리는 것을 꼭 움켜쥐었다. 이 사람도, 아니 사람이 아닌 것도, 아니 뭐라 말해야 하는 걸까.

"저, 그러니까……."

"음, 의심하는 것처럼 사람은 아니지요."

"네?"

"하지만 짐승도 아니지요."

그는 미소를 보였다. 그는 웃어도 차령처럼 변하지는 않는 모양이었다.

"대체 당신들, 누구세요?"

"내가 천호님이라고 말했잖아."

차령은 자신의 귀를 앞발로 쓸어내렸다. 이제 숨길 마음도 없는 모양이었다.

"여우가 말을… 해?"

순간 주희는 그대로 앞으로 풀썩 쓰러졌고 은호가 그녀를 받쳐 안아 주었다.

은호는 혀를 끌끌 차며 차령을 보았다. 그루밍을 하는 모습을 보며 그는 한숨을 쉬었다.

"그러지 말래도 그런다."

"그래도 이게 편한걸요."

"아무리 편해도 인간 세상에서는 거기에 맞는 법도대로 살아야지."

차령은 앞발을 가지런히 모으고는 그를 올려다보았다.

"그나저나 이 아이 어쩌죠? 제 본모습도 보았고 여우 굴도 보았고 싸우는 것도 봤으니."

그는 주희를 번쩍 들어 안았다.

"지희처럼 환술을 걸어야지. 손님 싸움에 휘말려 넘어진 걸로."

"네, 주인님."

"어서 변신을 하거라. 이대로는 가게로 돌아가지 못하지 않느냐."

"네, 주인님."

차령은 서둘러 변신을 마쳤다.

"아, 참으로 번거롭습니다. 이런 모양도."

"어허."

"네네. 자, 주희는 저에게 주십시오. 제가 옮기겠습니다."

그는 고개를 저었다.

"여자가 여자를 번쩍 안아 들고 간다고? 괴력을 가졌다고 소문이라도 내려고 그러느냐?"

차령은 코를 비벼 댔다.

"그래두요. 주인님이 여자를 안다니. 그것도 인간 여자를요. 싫어하셨지 않습니까."

은호는 움찔해지는 기분이었다. 인간의 여자아이를 싫어한다는 말은 정곡을 찌른 말이었다. 단 한 번도 여자에게 그것도 인간 여자에게 친절한 적은 없었던 것이다. 그는 헛기침을 하며 목소리를 가다듬었다.

"지금은 그런 것을 따질 때가 아니다. 어서 돌아가도록 하자. 그리고 이 아이만 여우 굴로 데리고 오는 것은 삼가거라. 홍아가 눈치챌 수도 있으니."

"네네, 주인님."

차령은 신나게 이야기하더니 허공에 손으로 네모 문양을 그려 문을 만들었다.

"먼저 건너가시지요."

그는 주희를 안고는 안으로 들어섰다.

꿈속에 여러 가지가 돌아다녔다. 차령이 여우로 변신해 그녀 앞에서 재주를 넘더니 은호가 빛나는 은색 여우로 변해서 그녀에게 설교를 해 댔다.

그런데 그 이상한 꿈 사이에 소름 돋는 목소리 하나가 들려왔다.

'누구냐. 넌. 내 딸이냐? 넌 누구냐.'

그녀는 깜짝 놀라 눈을 크게 뜨고는 숨을 급하게 몰아쉬었다. 나직하지만 섬찟한 목소리였다. 그 이상한 동화 같은 꿈속에 무슨 호러물 목소리가 들어 있는지.

"괜찮아?"

그녀는 깜짝 놀라 지희를 보았다. 눈물이 가득한 지희를 보니 무슨 일이 난 건가 싶었다.

"응? 무슨 일이야. 여기는 어디고?"

"사장님 개인 공간. 너 쓰러져서 사장님이 여기로 데려다주신 거야."

"내가 쓰러져?"

"그래. 어머, 너 진짜 심각하다. 기억 안 나? 손님 싸움에 말려서 밀려서 쓰러졌잖아. 병원 가서 머리 사진이라도 찍자. 이러다 큰일 나겠어."

그녀는 손을 내저었다. 싸운 기억 따위 없었다. 붉은 머리의 여자가 들이닥친 것 그리고 동굴 같은 곳. 웃던 차령이 은호를 가리켜 천호라 말하는 소리. 중간중간 기억이 흐릿한 부분이 있지만 싸움을 한 사람은 차령과 그 붉은 머리 여자였다. 그때 차령의 뺨에 상처가 생겼었다.

"차령 언니는?"

"괜찮아. 뺨에 상처는 생겼지만 응급치료 했어. 참 이상한 여자야. 차가 마음에 안 들면 다른 걸 시키거나 조용히 말하면 되지. 뺨에서 피가 철철 흘렀다니까?"

지희는 손짓 발짓을 해 가며 이야기했다. 차령의 뺨에 난 상처가 여자 손님이 깬 유리잔 때문이라고? 그녀는 눈살을 찌푸렸다. 그녀가 본 것은 완전히 달랐다. 손 하나 대지 않고 바람으로 차령의 뺨에 상처를 냈었다.

그녀는 비틀거리며 일어났다.

"좀 더 누워 있으라니까!"

말리는 지희를 뒤로하고 그녀는 옷을 바로 하며 밖으로 나갔다. 손님에게 주문을 받는 은호가 보였다.

"사장님."

은호는 그녀를 보고는 아무 말도 하지 않았다.

"차령 언니는요."

"심하게 다친 건 아니라서 주방에 있어요. 들어가 보도록 해요."

그녀는 은호를 흘긋 보고는 주방으로 들어갔다.

"차령 언니."

그녀는 주방에 들어가 차령을 돌려 보았다. 차령의 뺨에는 커다란 거즈가 붙어 있었다.

"놀랐지? 이제 괜찮은 거야? 맞은 나도 놀랍지만 너 기절해서 더 놀랐어."

그녀는 거즈를 떼어 보고 싶은 것을 누르며 차령을 보았다. 여우가 아니었다. 역시 꿈이었던 것이다. 그녀는 자신도 모르게 안도의 한숨을 내쉬었다.

"다행이다."

"왜? 무슨 안 좋은 꿈이라도 꾼 거야?"

"아니요. 그저……."

그녀는 얼버무리며 문간에 서 있는 은호를 보았다. 그리고 자신의 팔찌의 구슬 중 두 개의 색이 붉은색으로 변해 버린 것은 나중에야 알게 되었다.

은호는 아무래도 모든 것을 기억하는 것 같은 주희를 가만히 보았다.
'요기구슬의 부작용인가.'
은호는 한숨을 쉬었다. 회수를 해야 하는데 그러려면 보름밤의 의식이 필요했다. 보름밤의 의식을 치르려면 먼저 호족의 성지로 돌아가야 하는데 그 모든 기억을 지우고 돌아오기에는 인간 세상과 시간의 차이가 있어서 자칫했다가는 주희의 생활 속 기억이 전혀 맞지 않을 수가 있었다. 그는 골머리가 아파지는 것을 느끼며 뒤돌아섰다.

너무 무르다. 주희에게는 왠지 무르다. 그는 목뒤를 주물렀다. 그저 작은 아이일 뿐인데, 이러나저러나 상관없는 아이인데 뭘 망설이는 걸까.

그는 뒤돌아서다가 다시 돌아서서 그녀를 봤다. 요즘 들어 느끼는 건데 주희가 저렇게 생겼었나를 고민하게 되는 부분이 있었다. 어딘지 모르게 묘하게 자신이 아는 누군가를 닮아 가는 듯하여 영 기분이 나빠지기 시작했다.

차령은 멀리서 그들을 보는 은호를 보고는 그에게 다가왔다.
"주희가 기억을 하는 것 같습니다만."
"나도 그렇게 느끼고 있다."
"어떻게 된 거지요? 천호님의 능력에 문제라도."
그는 고개를 저었다.

"지희가 저렇게 완벽하게 기억을 못 하는 것과 상당한 차이이지."
차령은 인상을 찡그리며 앞치마를 다시 하는 주희를 보았다.
"혹시 천호님이 준 저 팔찌 때문이 아닐까요?"
"글쎄."
그는 모호하게 이야기하고는 차령을 보았다.
"그런데 차령아."
"네, 천호님."
"저 아이 누군가를 닮았다 생각되지 않느냐?"
차령은 고개를 갸웃거렸다.
"사실 처음 볼 때부터 저는 느꼈습니다."
그는 조용히 고개를 끄덕였다. 처음부터라는 것을 보니 그만 몰랐었던 것 같았다.
"그래. 그러고 보니 적호가 아주 아끼던 꼭두각시 인형과 몹시 닮았구나."
차령은 고개를 끄덕였다.
"적호님의 특기였지요. 꼭두각시 술법. 그래서 처음 왔을 때 의심도 했었는데요. 저는."
그는 인상을 찡그렸다.
"정말 나만 몰랐었나 보군."
그는 중얼거리고는 주희를 한참 보았다.
"더 강한 주술이 필요한 듯합니다. 천호님의 피라면 걸려들지 않을까요?"
그는 한참 동안 인상을 썼다. 주희의 기억을 완벽하게 통제하기 위해 그의 공력을 몸속에 주입하는 방법으로 피를 사용할 수는 있다. 주희에게 그의 피를 매개로 주술을 건다면 완벽하게 기억을 조작할 수 있을 것이나, 만의 하나 적호의 요력이 좀 더 강력하게 그녀를 지배하고 있다면 공력을 밀어내기 위한 주술 받아치기라도 일어날 시 그가 인간이 아니라는 것만 주희에게 들킬 뿐이었다.

그는 신중하게 생각해야 한다고 되뇌며 결코 피를 보기 싫다거나 아플까 봐는 아니라고 생각했다.

꼭

모처럼 휴일이라 주희는 학교 도서관으로 향했다. 계속해서 그 천호라는 말이 마음에 걸렸던 것이다. 인터넷으로도 찾아봤지만 책으로 확실하게 보고 싶었다.

그리고 인터넷에 출처로 밝혀져 있던 〈산해경〉이라는 중국 고서도 읽고 싶었다. 그녀는 서둘러 도서관에 가서 책을 꺼내 읽기 시작했다.

천호가 무엇인지를 알아 가며 그녀는 고개를 저었다.

"고려의 관직이겠지. 설마 여우이려고. 조상 중 하나가 그런 관직에 있었나?"

그녀는 중얼거리고는 책을 덮고 대여를 하기 위해 들고 일어났다. 책을 대여하고 밖으로 나오니 도서관 벤치 쪽에 여자들이 수군거리고 난리도 아니었다. 그녀는 가까이 다가가다가 여우들과 산책 나와 있는 은호를 보았다.

"사장님?"

"아. 주희 씨 안녕하세요."

그가 상냥하게 웃자 여기저기서 신음 소리 같은 여자의 비명이 터져 나왔다. 햇빛 아래 보니 은호의 머리카락은 은빛의 실과 같이 빛나고 있었다.

'저 머리가 진짜 염색으로 나올 수 있는 색일까?'

그녀는 눈을 가늘게 떴다.

"여기는 어쩐 일이세요? 가게는요?"

그는 웃더니 여우들을 자신 어깨에 태웠다. 두 마리는 어깨에 올라타고는 꽉 매달렸고 하나는 그의 품에 얌전히 안겨 있었다.

"잠시 산책을 나왔어요. 요즘 막둥이가 기분이 좋지 않아서요."

"기분이 좋지 않아요?"

은호는 고개를 끄덕였다.

"구슬을 삼켰거든요."

그녀는 깜짝 놀랐다.

"병원을 가 봐야죠. 안 가셨어요? 이 근처에 우리 선배가 개원한 병원이 있어요."

주희는 다급하게 말했다. 그는 고개를 저었다.

"아니요. 이미 토해 냈어요. 너무 걱정하지 말아요."

그녀는 그가 안고 있는 여우를 보았다. 그리고 아주 진지하게 은호를 보았다.

"전부터 궁금한데요. 이 아이들, 여우죠?"

그는 미소를 지었다.

"왜 그렇게 생각하십니까? 대부분 개로 아는데요."

"저 수의학과인데 그냥 봐도 여우예요. 여우는 개인 사육이 불법이라고요."

그는 눈을 내리떴다.

"요즘은 북극여우다, 사막여우다 해서 애완용으로 기르지 않나요?"

그녀는 코에 주름을 잡아 보였다.

"불법이라고요. 그 애들의 생태계를 파괴하는 거고요. 귀엽다는 이유로 그냥 기르면 안 되는 거잖아요."

은호는 자리에서 일어나 그녀를 내려다보았다. 왠지 알 수 없는 표정이었다. 웃는 듯 마는 듯한 표정의 그는 앞서 걸었다.

"저기요."

"아직 어려서 잠시 데리고 있을 뿐, 곧 어미에게 돌려보낼 거랍니다."

그녀는 그제야 그를 쪼르르 따라갔다.

"여우죠?"

"글쎄요."

주희는 화가 나는 것을 참으며 은호를 살짝 흘겨보았다.

은호는 자신의 눈으로 확인하고 싶어서 그녀를 찾아왔다. 역시 그 아이를 닮아 있었다. 적호가 그렇게 심혈을 기울여 만든 인형. 자신의 딸이라고 부르며 아끼던 그 꼭두각시와 몹시 닮아 있었다. 본디 꼭두각시술은 그 사람의 피나 머리카락으로 만들 수 있는 것으로 본 주인의 성격과 얼굴을 그대로 닮은 모습으로 형상화되었다.

하지만 적호의 꼭두각시는 달랐다. 개인적인 생각을 가지고 움직이는 인형. 나무에 적호의 기를 불어넣어 만든 완전히 다른 형상의 사람의 모습을 가지는 것으로 이 세상에 단 한 명, 적호만이 가능한 술법이었다. 그도 꼭두각시술을 쓰기는 하나 은호가 할 수 있는 건 외형과 성격도 똑같은 그림자일 뿐이었다.

적호가 하나하나 그리고 조각해 만들던 그 꼭두각시를 그는 잊은 적이 없었다. 그 모습으로 어떤 환란을 일으켰는지 아는 그로서, 은호는 지금의 주희와 그 인형의 모습을 생각하며 고개를 갸웃했다.

처음에 봤을 때는 이런 느낌이 아니었던 것 같은데. 아닌가? 어려서 그가 몰라본 걸까?

그는 그녀를 보았다. 검은 머리가 허리까지 내려오는 가는 선의 여인. 지금 시대에는 몰라도 예전이라면 전쟁을 몇 번 일으켰을 미인이었다.

어딘가 붉은 기를 띠고 있는 눈꼬리라든가, 약간 긴 듯하면서 큰 두 눈과 하얗게 빛나는 피부는 정말이지 흡사하게 닮아 있었다.

"닮았군."

그가 중얼거리자 그녀가 우뚝 멈추었다.

"닮다니요?"

그는 움찔해졌다. 혼자 한 밀어를 알아듣다니. 정말 뭐가 이상해진 걸까?

"내가 무슨 말을 했던가요?"

그가 다시 물어보자 주희는 고개를 갸웃했다.

"들렸던 것 같은데요."

그는 웃어 버렸다.

"전 아무 말도 안 했는데요."

그녀는 손을 내저었다.

"학교 안이라 그런가 봐요. 참, 한 마리는 절 주세요. 제가 안고 갈게요."

그는 세 마리를 한 번씩 쓰다듬어 주더니 품에 안긴 아이를 넘겨주었다.

"그 아이가 안기고 싶어 하는군요."

주희는 피식 웃었다.

"동물과 말을 하세요?"

"이상한가요?"

그녀는 고개를 저었다.

"아니요. 그냥 사장님은 그러실 것 같아서요. 그런데 그 머리카락 염색인가요?"

그는 어깨를 으쓱했다.

"아니요. 늙어서 빛이 바랬다고나 할까요."

"네?"

그는 키득거렸다. 장난임이 분명했다.

"장난치지 마세요."

"죄송합니다. 믿어 줄 것 같아서요."

그녀는 웃으며 그와 보조를 맞추어 걸었다. 그는 일부러 느릿느릿 걸어 주는 것 같았다.

"다른 사람이라면 이상했을 것 같은데 사장님은 무척이나 잘 어울려서요. 본디 그런 색이었던 것처럼."

그는 그녀의 말에 걸음을 멈추더니 그녀를 한참 보았다.

"왜요?"

"밖에서도 사장님이라 부르니까 어색해서요. 전 주희 씨라고 부르는데 주희 씨도 절 은호라고 불러 주는 게 어떨까요."

눈이 온 거리에 눈이 녹는 소리가 후드득 울렸다. 주희의 얼굴이 달아오르며 지난번 꿈에서 그가 키스하던 모습이 생각났다.

"그래도… 지금은 좀……."

그는 미소를 보였다.

"그럼 다음에는 불러 주시겠어요?"

"네."

그녀는 개미 소리같이 작게 대답했다. 그가 손을 내밀었다.

어깨에는 여우 두 마리가 매달려 있는 남자가 태연하게 손을 내미는 모습에 그녀는 자기도 모르게 웃으며 손을 잡았다.

그와 손을 잡고 걸어가니 사람들의 시선이 타는 듯이 그녀에게 파고들었다.

"저."

"음?"

"혹시 조상님이 관직에 계셨어요?"

은호의 눈이 가늘어지더니 생각에 잠긴 듯했다.

"그건 왜 물어보죠?"

"아니면 혹시 천호식품이랑 무슨 관계라도……."

그는 그녀의 말에 풋 하고 웃었다. 아. 차령이 말실수를 한 것을 조사해 본 것이 분명했다.

"그 식품 회사랑은 아무 상관이 없습니다. 그리고 그 천호라는 것 때문에 그러는 거라면 제 이름이 은호다 보니 장난으로 그렇게 부르는 거라 여기시면 됩니다."

그녀는 고개를 끄덕여 주고는 한숨을 쉬었다.

"사는 곳은 어디세요?"

"청구사… 아니, 청구 아파트요."

그녀는 다시 눈이 가늘어졌다. 청구산이라 발음하려던 게 아니었을까? 〈산해경〉에서 보면 여우들이 있는 산의 이름이 '청구'라고 했다.

"진짜요?"

"다음에 한번 놀러 오시겠어요?"

그녀는 그가 자신의 집으로 놀러 오라는 말에 갑자기 〈산해경〉이고 뭐고 기억 속에서 사라지고는 눈이 커다래졌다.

"네?"

"혼자 말이에요."

그녀는 은호의 말에 움찔거리며 눈을 깜빡였다. 지금 은호가 자신에게 작업을 거는 건지 그냥 직원으로서의 초대인지 감도 잡을 수가 없었다.

5

지희는 불퉁한 얼굴로 앉아 있었다.
"지희야 안녕."
"안녕하지 못해."
"왜?"
"어제 우리 사장님이 미녀와 길을 걸었대. 다들 소문났더라."
그녀는 일순 뜨끔해졌다. 미녀는 아닐지라도 같이 걸어간 건 사실이라서 뭐라 말할 수가 없었던 것이다.
"뭐, 그럴 수도 있지."
"그런데 분위기가 장난이 아니었다잖아. 사장님 완전 다정하시고. 누구야, 대체. 울 사장님 낚은 여우가."
주희는 조용히 지희의 옆을 빠져나왔다. 여우라니. 낚다니. 이

거 잘못하다가는 사장님 팬들에게 괴롭힘당하는 건 아닌가 하는 걱정이 앞설 정도였다.

"좋은 아침, 주희 씨."

"네? 조, 좋은 아침입니다, 사장님."

그는 주희가 얼굴을 붉히자 웃으며 그녀를 바라봤다.

"열나는 건 아닐 테고. 몸이 불편한가요?"

"아니요."

그가 다가오더니 그녀의 머리카락을 넘겨 주었다.

"매일 묶어서 몰랐는데 풀어 내린 쪽도 아름답군요. 하지만 지금은 일하는 중이니 잠시만 그대로 있어요."

"네?"

그는 그녀의 등 뒤로 가서 머리카락을 끌어 올리더니 솜씨 좋게 올려 주었다. 그러고는 하나로 묶어 주고는 미소 지었다.

"이쁘군요."

그녀는 그의 웃음에 멍하니 있다가 얼른 고개를 숙였다.

"감사합니다."

그녀가 종종걸음으로 멀어지자 그는 웃음을 싹 지웠다. 차령이 빼꼼하게 고개를 내밀더니 그의 옆으로 왔다.

"왜 저 장식 비녀를 주신 거예요? 요력이 새어 나오는 건 이미 팔찌로 막아 두셨잖아요?"

"기분이 좋지 않아. 홍아도 그렇고. 저 지희라는 아이는 네가 옆에서 보호해 주지만 그래도 너무 무방비로는 둘 수 없지 않느냐. 상황이 급박하면 바로 소환되는 술법을 걸어 두었으니 무슨 일이 생긴다면 곧장 알게 되겠지."

차령은 고개를 끄덕였다.

"하긴 수경으로 보는 건 좀 그렇죠. 지난번에는 욕조에 있었던가요?"

그는 천천히 차령을 돌아보았다. 차령은 입을 꾹 다물고는 손으로 입을 가리고 웃어 보이더니 얼른 도망쳐 버렸다. 그는 차령이 가고 나자 못마땅한 표정으로 한참을 서 있었다. 수경을 보는 걸 언제 훔쳐본 건지.

그는 혀를 끌끌 찼다. 그러다 차령이 말한 그 장면이 아직도 머릿속에 둥둥 떠다니는 것 같아 얼른 고개를 돌렸다.

욕조에 앉아서 거품놀이라니. 그는 괜히 얼굴이 뜨거워지는 기분이 들었다.

여인들의 나신이야 얼마든지 보았고 마음이 동하는 여자도 있기는 했었다. 하지만 그 정도일 뿐, 그가 두고두고 생각할 그런 여인은 단 한 명도 존재하지 않았다.

적호가 자신의 야심작이라고 만든 꼭두각시가 인간의 황제들을 미혹하여 나라를 망하게 만들었을지는 몰라도, 그는 단 한 번도 그 꼭두각시가 인상적으로 아름다웠던 적은 없었다.

그런데 이상하게 약간은 분홍빛을 띤 뺨을 하고 머리를 올리고 물속에 앉아 있던 주희의 모습은 그의 머릿속을 둥둥 떠다니는 중이었다. 얼른 수경을 닫아야 한다는 것도 잊어버리고 멍하니 보았다니. 그가 몇만 년 가까이 살아오면서 이런 적은 처음이라 그도 몹시 당황스러웠다. 그저 100년도 못 사는 인간 하나에 흔들리다니. 그도 참 별것 아니게 된 기분이 들었다.

지희는 주희의 머리를 흘긋 보더니 입을 딱 벌렸다.
"이쁘다."
"응?"
그녀는 손을 올려 머리를 만지다 머리 장식이 만져지자 움찔했다.
"어디서 샀어? 진짜 이쁘다. 무슨 꽃이야?"
"응?"
주희는 얼른 거울을 보았다. 하얀색의 꽃이었다.
"글쎄."
"선물받은 거야? 아까는 없었잖아?"
그녀는 머뭇거렸다. 차마 은호가 머리에 이런 것을 꽂아 줄 거라고는 상상도 못 했던 것이다.
"어라. 이것 생화는 아니고, 신기하다."
지희는 꽃을 만져 보며 이야기했다.
"빙화야."
그녀는 차령의 목소리에 돌아보았다.
"3번 테이블 손님 주문. 아메리카노 두 잔, 라떼 한 잔."
"네."
지희가 얼른 대답하고는 커피머신으로 다가섰다.
"귀한 거야."
주희는 머리를 매만지고는 차령을 보았다.

"빙화가 뭐예요?"

"아. 옥련설산에 피는 꽃이야. 환상의 꽃이라고도 하는데 겨울에만 볼 수 있고 봄이 오면 녹아서 사라진다고 하지. 이쁘지? 신계의 꽃이야."

"신계?"

차령은 그녀의 머리를 다시 만져 주었다.

"아주아주 귀한 꽃인데 선물받다니 좋겠다."

차령은 그렇게 말하고는 그녀를 보았다.

"귀한 꽃이니 꼭 지녀."

차령은 웃으며 말해 주더니 지희가 내려 준 커피를 챙겨 서빙을 하러 갔다. 주희도 손님들이 들어와서 서빙을 가느라 더 이상 말할 짬이 나지 않았다.

오늘따라 은호는 조금 심각한 얼굴로 바둑판만 보고 있었다.

주희는 서빙을 하는 틈틈이 은호를 보았지만 은호는 조금의 미동도 없이 그렇게 앉아 있을 뿐이었다.

주희는 꽃을 만지작거렸다. 정말 이런 꽃을 왜 준 걸까. 어디서 난 걸까. 그녀는 은호가 혹시나 자신에게 조금은 마음이 있나를 생각해 보고는 괜히 얼굴이 달아올라 손으로 부채질을 해 댔다.

"주희, 사장님 자리에 철관음."

"네."

그녀는 철관음차를 우려낼 다기를 준비해서는 그의 자리로 갔다.

"사장님."

"아. 주희 씨도 앉지."

"네?"

"혼자 마시기에는 그러니까. 찻잔도 두 개 가지고 왔군."

그녀는 분명 하나를 가지고 온 줄 알았던 찻잔이 두 개인 것에 움찔하고 놀라서 그를 보고는 조심스럽게 앞에 앉았다.

"저기."

"음?"

"감사해요. 머리 꽃비녀인 줄은 몰랐어요."

은호는 보일 듯 말 듯 미소를 지어 보였다. 그러고는 차를 우려 그녀에게 주었는데 그 예법 동작에 그녀는 넋을 놓아 버렸다. 차를 우릴 뿐인데 저렇게 절도 있고 정확하고 우아하게 우리는 것은 처음이었다.

"다도 따로 배우셨나 봐요?"

그는 그녀를 흘긋 보더니 고개를 갸웃했다.

"그런가요? 본디 이렇게 우려먹어서 이게 편할 뿐인데. 주희 씨는 어떻게 마시나요?"

"전 티백으로 마셔요."

그녀가 우물거리며 말하자 그는 픽 웃었다.

"비웃으시는 거죠?"

"아뇨. 당연히 그럴 거라고 예상은 했지만 실지로 그런 줄은 몰랐군요."

그녀는 입술을 불퉁하게 내밀며 차를 한 모금 마시고는 눈을 크게 떴다.

"부드럽고 맛있어요."

"그런가요?"

그는 웃으며 말하고는 차를 마셨다.

"티백이랑 직접 우린 차에 이렇게 큰 차이가 있는지는 몰랐어요."

그는 찻잔을 손에 들고 그녀를 한참 보더니 입을 열었다.

"그럼 다도를 배워 보지 않겠어요?"

"네?"

"내가 알려 줄 테니 한번 배워 봐요. 집에서 우려 드리면 부모님도 좋아하실 것 같은데."

그녀는 그 말에 그를 보았다.

"사장님이 직접요?"

그는 고개를 끄덕여 주었다.

"직접. 내일부터 시작하죠. 개학도 다가오니까요. 주희 씨 시간은 어떠신가요?"

"저도 괜찮은데요."

모기만 한 소리로 말하면서도 얼굴이 화륵 달아올랐다. 은호와 단둘이 있다는 생각 때문인지 자꾸만 가슴이 쿵쾅거려 왔다.

그는 찻잔을 내려 두고 그녀를 한참 보았다.

"무슨 하실 말씀이라도……?"

"아니요. 예뻐서요."

그녀는 눈을 크게 떴다가 내리뜨고는 차를 벌컥 마셨다. 뜨거운 것도 모를 정도였다.

은호는 킥 하고 웃어 보였다. 분명 장난인데 이렇게 흔들리는 자신이 바보스럽게 느껴졌다.

그럼에도 주희의 뺨이 붉어졌다가 창백해졌다가 하는 모습이 재미있어 은호는 은근히 놀려 보고 있었다. 다른 사람들은 지금 그들을 볼 수가 없었다. 마음 편하게 여인을 놀려 본 지가 얼마인지 까마득한 기분이었다.

까만 속눈썹이 팔랑거리며 눈에 그림자를 만드는 모습이라든가, 붉은 입술이 앙 다물렸다가 풀렸다가 반복하는 것이라든가, 뺨에 홍조가 올랐다 사라졌다 하는 것이 어찌 이리도 재미있다는 말인가. 그중 최고 일품은 그녀의 흔들리는 눈망울이었다.

호기심과 호감이 일며 동시에 흔들리는 그 눈빛을 보며 그는 은근히 좀 더 보고 싶기도 하였다.

지금 주희가 이렇게 당황도 하고 주저도 하는 상대가 자신인 것을 알기에 오는 여유인지도 몰랐다.

그는 그녀의 머리에 장식한 빙화를 보았다. 그의 기로 만든 빙화인지라 은색을 보이고 있었다. 만약 그녀에게 무슨 일이 생긴다면 빙화가 그를 부를 것이고 그녀에게 상처 입힐 수 없게 결계를 작동시키게 되어 있었다.

이 정도로 누군가를 보호해 보기는 그로서도 처음이었.

적호는 잘도 알아서 나쁜 짓을 일으키니 오히려 인간들을 보호해야 할 지경이었고, 현호는 꽉 막힌 성격 탓에 피를 보는 것을 싫어해서 그저 책이나 보고 위험한 일은 피하고 보는 녀석이었다.

다른 여우족들은 장난이 심해서 그렇지 결코 타 종족에게 피해 가는 짓을 하지는 않았다.

물론 적호는 예외라서 애를 먹은 적이 있지만 다칠까 봐 걱정을 해 본 적은 단 한 번도 없었다.

하지만 지금 눈앞에 있는 생명은 달랐다. 조금만 힘을 주어 쥐면 그대로 사라져 버릴 생명이었다. 인간은 너무 약해서 잘도 다치고 잘도 죽어 버렸다. 처음 그녀를 보았을 때도 저 작은 몸뚱이가 공중으로 날아올랐었다. 그렇게 피를 흘리는 아이를 보는 순간 그러면 안 된다는 것을 알면서도 적호의 요기구슬의 힘을 빌려서라도 아이부터 살리고 봤었다.

봉인은 해 두었지만 20년이 흘러 그 봉인이 느슨해져서 적호의 요기가 흘러나옴과 동시에 보러 온 아이는 너무나 변해 버렸었다. 아마 적호의 요기가 아니었다면 그도 못 알아봤을지도 모른다.

그는 찻잔을 보았다. 그때는 아주 조그마한 아이였는데 지금은 완전히 성숙해져 버렸다.

인간은 이다지도 빨리 자라고 빨리 늙어 버리는 존재들이었던 것이다.

이 아름다운 것이 너무나 빨리 사라질 거라는 생각을 하니 괜히 기분이 이상해지는 것에 그는 심란해져서 인상을 찡그렸다.

"사장님, 미간에 주름요."

주희가 손을 내밀더니 은호의 미간의 주름을 손가락으로 꾹 눌렀다. 그는 그런 그녀를 올려다보았다.

아아. 월하의 말이 틀린 것은 아니었던 모양이다. 그는 그렇게 생각하고는 그녀의 손을 쥐었다.

"사장님?"

그는 그녀의 손을 끌어 자신의 입술로 손바닥에 키스해 주었다. 주희의 뺨이 빨갛게 달아오르는 것을 보면서 그는 미소를 지어 주었다.

"어색한가요? 나 같은 나이 많은 남자가 이러는 것?"

그녀는 너무 놀라 아무 말도 못 하고 그를 한참이나 보았다. 그녀의 작은 심장이 빠르게 뛰는 소리가 그의 귀에 울렸다. 너무나 감미로운 마음의 소리가 그녀가 그에게 호감이 있음을 알려 주고 있었다.

그는 손을 뻗어 주희의 빨갛게 달아오른 뺨을 톡톡 쳐 주었다.

"차가 몸을 따뜻하게 덥혀 주는 모양이군요. 뺨이 복숭아같이 되었어요."

그녀의 얼굴은 더욱 빨갛게 달아올랐다. 그는 미소를 지어 보였다. 그러고는 그녀의 손을 놔주고는 다시 그녀를 보았다.

"마치고 데려다줄게요. 기다려요."

주희는 자신도 모르게 고개를 끄덕이고는 홀린 듯이 자리에서 일어나 인사 후에 주방으로 들어갔다.

차령은 눈을 가늘게 뜨고 그에게 다가왔다.

"주인님, 아까 왜 결계까지 치신 거예요? 저도 못 보게?"

그는 차를 마시다가 차령을 흘긋 보았다.

"넌 아직도 수양이 부족하구나. 주인이 치는 결계 안도 못 보다니."

그가 시치미를 떼고 이야기하자 차령은 입술을 삐죽 내밀었다.

"아니죠. 제 수양보다 주인님이 그렇게 두껍고 여러 겹으로 쳐서 그런 거죠."

그는 툴툴거리는 차령을 보고는 웃어 주었다.

"웃음으로 때우는 건 인간들이나 가능한 거죠. 일순 지희가 주희를 찾을까 봐 조마조마했어요."

"걱정 마라. 환술로 열심히 일하는 주희를 보고 있었을 테니."

차령은 궁금해 미칠 것 같다는 얼굴로 그를 보았다.

"주희가 좀 특별한 거죠? 그렇죠?"

그는 인상을 살짝 썼다.

"오늘따라 말이 많구나. 나가 볼 테니 일이나 보거라."

그가 자리에서 일어나자 차령은 인상을 찡그렸다.

"주인님은 부끄럼쟁이."

"어허!"

그는 호통 치듯 말하고는 그대로 밖으로 나가 버렸다.

홍아는 그가 나가는 모습을 한동안 바라보았다. 요기구슬을 가진 여자가 분명 이곳에 있다. 그 지희라는 붉은 팔찌를 찬 아이가 확실했다. 그런데 지난번에 본 주희라는 여자아이가 자꾸만 눈에 밟혔다.

일순 착각할 정도로 적호님이 아끼던 인형과 닮은 아이였다. 홍아는 적호가 그 인형을 얼마나 애지중지하며 만든 것인지 알고 있었다.

인형이 사라지기는 했지만 인간으로 환생은 불가능한 것이다. 주인인 적호가 없는데 인형이 살아 움직일 일도 없었다.

우연의 일치일까? 적호의 요력 없이는 움직일 수 없는 인형이었는데. 그리고 적호의 인형은 적호만 움직이게 할 수 있었다. 그렇다면 정말 인간이라는 것이다. 그저 닮게 태어난 것이다.

홍아는 인상을 찡그렸다. 은호가 자리를 비운 시간 동안 저 애송이 신선을 처단해야 했다. 만약 저 신선을 해치우면 천계에서 그녀를 죽이러 올 것이 분명했지만 적호의 요력을 찾아 깨우는 것이 급선무였기에 자신의 목숨 따위는 아무것도 아니었다.

그녀는 은호가 보라색 구름을 불러 사라지는 것을 보았다. 아마 천계에 들러야 하는 것이 분명하리라. 지금이 기회라면 기회였다. 기필코 오늘 그 지희라는 여자아이에게서 요력을 빼앗아 올 것이다.

홍아는 가게 안으로 들어가는 여자아이들을 유심히 보았다. 지희가 나오는 것을 기다리는 것보다 환술로 여자아이들을 이용하는 게 빠를 것 같았다.

홍아는 지나가는 여자 중 마음에 불만을 가진 여자를 골라내서는 그녀에게 환술을 걸었다.

저 여자의 눈을 통해 지희를 볼 것이고 지희를 끌고 나올 것이라 마음을 먹었다.

그녀는 그 여자에게 명령을 내리고는 차령을 밖으로 끌어내기 위해 자신의 요력을 끌어올려 가게에 쳐 둔 결계를 흔들었다.

이상하게 인상을 잔뜩 쓴 여자였다. 차령은 뭐가 바쁜지 잠시 나갔다가 온다고 하고는 사라져 버렸는데 주희는 신경이 쓰여 그 여자를 보았다.

"뭐가 저렇게 화가 난 거야?"

"몰라. 주문하고부터 계속 저런다. 사장님을 찾던데 안 계시다고 하니까 저래. 아는 사이인가?"

지희는 건성으로 이야기하고는 빗자루를 들었다.

"그나저나 차령 언니는 어디 간 거야?"

"급한 볼일이 있다고 달려 나갔는데 아직 연락이 없어. 무슨 문제나 없었으면 좋겠는데."

주희는 걱정스럽게 말하고는 밖을 보았다.

손님들이 점점 들이차는데도 그 화가 난 손님은 계속해서 이쪽을 노려보고 있었다.

"여기요."

뭔가 시비를 거는 듯한 목소리에 주희는 얼른 달려갔다.

"네, 손님."

"너 말고, 저기 저 여자."

"네?"

"너 말고 저 여자 오라고 그래."

"저, 손님, 제게 말하셔도."

그 여자는 갑자기 발로 탁자를 밀어 주희의 정강이를 때렸다. 주희는 정강이가 아파 움찔하며 서 있었다.

"야, 너 말고. 말귀도 못 알아들어? 귀가 먹었어?"

다른 쪽에서 주문을 받던 지희는 그 소리에 인상을 찡그리며 다가왔다.

"무슨 일이십니까?"

"어, 마침 잘 왔네. 너."

지희는 못마땅한 얼굴의 여자를 보고 서 있었다. 주희는 아픈 다리를 문지르고 고개를 들다가 손님의 옷자락에서 붉은색 끈을 보았다.

'뭐지?'

그녀가 천천히 고개를 드는데 그 붉은 끈이 그 손님의 손과 발 그리고 머리에 칭칭 감겨 있었고 눈은 붉은 천으로 뒤덮여 있었다.

'이게 뭐지? 왜 저런 거지?'

그리고 그 끈은 길게 문밖으로 연결되어 있었다.

그녀는 지희를 꽉 잡았다. 그 실들이 지희 쪽으로 살아 있는 듯 감겨들려고 했다.

"지희야, 화내지 마."

상대방이 말도 안 되는 소리를 하자 지희도 점점 화를 내기 시작했다. 평상시 화를 내는 지희가 아니었는데. 그녀는 실이 지희의 팔목에 감긴 것을 보고는 자신의 손으로 지희를 잡았다. 그러자 그 실이 갑자기 눈앞에서 사라졌다.

"지희야, 화내지 마. 괜찮아."

"뭐?"

그녀는 그 여자를 가만히 보았다. 그러고는 그 여자의 팔목을 잡았다.

"손님, 잠시만요. 손에 먼지가."

"뭐?"

그녀가 손목을 잡자 지희와 같이 빠르게 사라지지는 않았지만 천천히 실이 투명해지는 것이 보였다. 그리고 얼마 후에 은호가 그녀의 뒤에 서 있는 것이 느껴졌다.

"이런, 이런. 손님, 뭘 끌고 오신 건지."

나직하지만 차가운 목소리였다. 지희도 은호가 갑자기 말을 하자 놀란 듯 돌아보았다. 은호는 웃으며 주희의 어깨를 쥐고는 옆으로 살짝 밀고 그 여자의 앞에 섰다.

"손님, 잠시만 절 보시죠."

은호가 웃으며 말하자 그 여자가 고개를 들었고 순간 뭔가 반짝이는 것이 퍼지는 것 같았다. 이윽고 그 여자를 감아 돌던 붉은 실들이 은빛으로 빛나더니 사라졌다.

주희는 고개를 돌려 은호를 보았다. 금빛으로 빛나는 머리카락이 바람결에 흔들거렸다.

홍아는 일순 몸을 움찔했다. 이 어린 신선과의 싸움도 힘이 드는데 그녀가 조정하던 인간과 연결해 둔 실들이 사라져 버렸다.

'천호님이 오신 건가?'

홍아는 손에 들린 철검을 얼른 숨겼다.

"왜, 이제 밀리는 게 실감이 나나?"

차령이 칼을 들고 웃으며 말했다.

"흥. 그건 아니야. 네 주인이 나타났구나."

차령의 눈이 가늘어지더니 미소 지었다.

"그래서 내빼려고? 어머, 천하의 홍아 님이 말이 아니시네?"

홍아는 사납게 차령을 노려보고는 뒤로 물러서려 했다.

"어디를 그리 급히 가는 것이냐."

홍아는 움찔해서 뒤를 돌아보았다.

"천호."

그는 흰색의 정복 차림이었다. 그리고 눈은 붉게 빛이 나고 있었고 머리는 금빛으로 물들어 있었다.

'신력과 요력을 같이 끌어올리셨다. 이대로 날 처리하실 참인가.'

"무슨 짓이냐."

온화한 목소리, 하지만 그만큼 화가 나 있다는 증거이기도 했다. 은호가 언제 화를 내며 소리 지른 적이 단 한 번이라도 있던가. 흐르는 물과 같이 조용한 사람이었다. 그저 화를 낼 때는 그도 숨길 수 없는 요력이 나오는 것으로 모두들 알아볼 뿐이었다.

홍아는 이곳을 벗어날 것을 모색하는 중이었다.

"날 화나게 했다면 그에 따른 것도 생각해 뒀겠지."

구름 위의 세 사람 주위로 보라색의 번개가 일기 시작했다.

'천뢰.'

홍아는 움찔했다. 천호의 천뢰를 맞고 살아난 자는 극히 드물었다. 그것은 신선이든 요물이든 마찬가지였다. 단지 인간처럼 그 자리에서 죽지는 않아도 지독한 통증과 요력이 약한 경우 시름시름 앓다가 죽을 수도 있었다.

"무슨 짓을 벌이든 상관하지 않았다. 하지만 내가 쳐 둔 결계 안에서 일어나는 일이라면 상황은 다르다. 아직도 인간을 꼭두각시 삼아 사고를 치다니. 넌 적호의 일로도 교훈이 되지 않는구나."

"천호!"

홍아는 다급하게 불렀다. 점점 구름이 어두워지면서 선명하게 몸에서 이는 보라의 불꽃이 보이기 시작했다.

차령은 얼른 칼을 거뒀다.

주희는 은호가 나가는 것을 보고 얼른 따라 나갔지만 은호는 보이지 않았다. 일순 그의 눈이 붉어지는 것을 본 듯해서 그녀는 이상한 기분을 느꼈다.

"어. 비 오려나 보다."

사람들이 말하는 소리에 그녀는 고개를 들어 하늘을 보았다. 어두운 구름 주위로 보라색의 번개가 이는 것이 보였다.

'무슨 일이지?'

그녀는 하늘을 유심히 보았다. 주희의 귓가에 말소리 같은 것이 울렸다.

적호라는 말과 홍아라는 이름 그리고 천호라고 부르는 소리. 어디서 들리는지 울리듯 그녀에게 흐릿하게 전달되었다.

그녀는 초조하게 하늘을 올려다보았다. 지희는 갑자기 머리가 아프다면서 자리에 앉았고 그 여자 손님은 기절해 버렸다. 119를 불러서 차가 도착하는 것을 보고 그녀도 다시 가게 안으로 들어갔다.

그녀는 간략하게 상황을 설명하면서도 차마 설명할 수 없는 그 실과 같은 것들에 대해서는 말을 하지 않았다. 누가 보면 그녀를 미쳤다고 할지도 모를 일이었다.

"마른하늘에 번개가 치네?"

사람들이 웅성거리는 소리에 그녀는 다시 밖으로 나가 보았다. 하늘이 두 쪽 날 듯 번개가 치고 있었다. 일상적으로 보던 색이 아닌 보라색 번개라 그녀는 섬찟한 기분마저 들었다.

순간 등 뒤에서 누군가 그녀를 잡았다.

"넌 괜찮아?"

"차령 언니."

차령은 숨이 찬 듯이 가쁘게 몰아쉬더니 하늘을 보았다.

"오늘 번개가 이상해요."

"뭐가?"

"보라색 번개잖아요."

차령의 눈이 가늘어졌다.

"무슨 소리야. 흰색이야. 흰색 섬광."

그녀는 고개를 저었다.

"분명한 보라색인걸요."

차령은 난감한 얼굴로 보더니 고개를 돌렸다.

"안에 들어가자."

주희는 차령에게 끌려 들어가다시피 안으로 들어갔다.
"저기, 사장님은?"
"응?"
"방금 전에 사장님이 오셨는데 금방 사라지셨어요."
"어. 금방 오실 거야. 좀 처리할 것들이 있으셔서."
그녀는 다시 밖을 보았다. 천둥소리가 너무나 사납게 울리고 있었다. 차령은 인상을 살짝 썼다.
"겁주기도 심하게 하신다."
차령은 혼잣말처럼 이야기하고는 지희에게 다가가 이마를 짚었다.
"호되게 당했네. 참 나. 이렇게까지 끌고 가고 싶었을까."
차령은 눈을 감고는 한참 동안 지희의 이마에 손을 대고 있었다. 차령에게서 얼핏 빛이 나는 것 같아 보였다.
"차령 언니?"
"응?"
주희가 차령의 손을 한참 보고 있었다.
"지희 안색이 좋아지네요. 언니 손이 빛나더니 지희가 좋아지는 것처럼 보여요."
나직하게 중얼거리는 소리에 차령은 천천히 손을 뗐다.
"너 보이니?"
"네?"
차령은 느릿하게 몸을 돌려 주희를 보았다. 순간 모든 사람들의 움직임이 멈추었다.

'뭐지? 무서워.'

차령은 주희를 엄하게 바라보았다.

"나의 선기가 보이냔 말이다."

주희는 지금 일어나는 일에 머리가 따라가지 않아 주춤대며 물러서려 했다.

"아무래도 그런 것 같구나. 선기뿐만이 아니라 모든 면에서 말이야."

그녀는 나직하게 들리는 은호의 목소리에 놀라 그를 돌아보았다.

처음 보는 흰색의 옷을 입은 그는 긴 머리카락에 관을 쓴 모습이었다. 옷은 상고시대의 것과 같이 소매가 넓었고 그의 머리카락은 금빛으로 물들어 있었다.

"천호."

그는 주희를 가만히 보았다.

"아무래도 적호의 요기구슬에 너무 많이 동화되어 버린 듯하구나."

그녀는 이 알 수 없는 두 사람을 보며 뒤로 물러섰다. 뭔가 봐서는 안 되는 걸 본 기분이었다. 이럴 때 영화에서는 어딘가에 죽어서 매장되는 것으로 끝을 내곤 했었는데. 그녀는 침을 크게 삼키며 어느 시점에 무릎 꿇고 앉아 목숨을 구걸해야 하나 걱정에 빠져들었다.

주희는 천천히 주위를 보았다. 모든 것이 정지해 있는데 은호와 차령 두 사람은 이 세상 사람이 아닌 듯한 옷차림으로 그녀를 보고 있었다.

"저기요."

그녀는 목소리를 진정시키며 물었다.

"절 어쩌실 건데요?"

은호는 한참 동안 그녀를 내려다보았다. 그리고 손가락을 딱 하고 마주치자 그의 옷이 평상시 그녀가 보던 옷으로 바뀌었다. 머리색도 천천히 은빛으로 변했다.

"천호, 어떻게 하실 겁니까."

"미룰 수가 없을 것 같구나. 아직 달은 안 차올랐지만 이 아이에게서 적호의 요기구슬을 꺼내야 하겠다."

주희는 알아들을 수 없는 말에 눈만 깜빡거렸다.

"인간들은 이대로 두실 겁니까?"

"아니. 그들을 풀어 주거라. 그리고 주희는 내가 데려가마."

그녀는 이대로 그에게 끌려가 죽는 건가 싶어 다리가 덜덜 떨려 왔다.

은호가 주희의 떨리는 몸을 본 건지 조용히 그녀의 손을 잡았다.

"걱정할 것 없어요."

그녀는 그를 올려다보았다. 은호는 그녀를 일으키더니 가게 문을 열고 밖으로 나갔다. 밖은 완전히 다른 세상으로 변해 있었다.

"여기는?"

그는 눈을 내리떴다.

"당신에게 보여 줄 마음은 없었어요. 그저 잘 살아가길 바랐는데 일이 점점 안 좋게 흘러가는군요. 시간이 많이 지났으니 지금 그 구슬을 빼낸다고 해도 그대가 잘못될 일은 없을 겁니다."

그녀는 '꺼낸다'는 말에 별의별 상상을 다 했다. 배를 가르는 걸까? 무슨 구슬? 어디에? 엑스레이를 찍은 적도 있지만 한 번도 구슬 따위 보이지 않았는데.

그녀가 불안한 표정으로 자신의 몸을 더듬거리는 것을 보고 은호는 자신도 모르게 웃고 말았다. 눈에 빤히 보이는 그녀의 행동이 그를 웃게 만들었다. 이대로 두었다가는 정말 홍아에게 끌려가 구슬뿐만 아니라 영혼까지 빼앗길 것 같아 더 이상 시간을 지체할 수 없는 지경에 이르렀다.

"걱정하지 말아요. 피가 나거나 그런 일은 없으니. 목숨도 걱정할 일이 없어요. 그저 평범하게 돌아가는 것이니까."

그는 그렇게 말하고는 그녀를 정좌하고 앉게 했다.

"저기요."

"아프지 않을 거예요. 걱정하지 말아요."

그는 주희의 손목에 끼워진 팔찌를 보았다. 구슬들이 붉게 빛나기 시작했다. 은호는 눈을 가늘게 떴다. 요력이 그만큼 강하게 뿜어져 나오는 것이다. 막기 위해 봉인들이 하나씩 깨어지고 있었다니. 그는 한숨을 쉬고는 그녀의 머리 위로 손을 뻗었다. 그녀는 얼른 그의 손을 꽉 쥐었다. 그가 놀란 듯 그녀를 보았다.

"잠시만요. 이유나 알아야죠. 구슬이라니요?"

그는 그녀의 치켜뜬 눈을 한참 보다가 손을 거두었다.

"기억이 없으니 그럴 만하군요. 그럼 기억부터 돌려주는 게 먼저이겠지요."

그는 그렇게 말하고는 그녀의 이마에 손을 올렸다. 그가 눈을 감고 법문을 외우자 안개가 낀 듯하던 그녀의 사고 당시의 기억이 떠오르기 시작했다. 갑자기 밀려드는 그날의 기억들에 그녀는 눈을 커다랗게 떴다.

그의 그 종이우산이 눈앞에서 흔들리는 것 같아 그녀는 눈을 빠르게 깜박거렸다.

"설마."

그는 그녀를 가만히 보았다.

"잠깐만요."

"응?"

"왜 살렸어요? 그래 놓고 왜 다시 빼앗아 가려고 해요?"

사실 자신의 입으로 무슨 말을 하는지도 몰랐다. 말이 마구 터져 나오는 중이라 목소리도 새 되게 갈라져서 나왔다.

"그 구슬인가 뭔가 왜 먹였어요. 나 토해야 해요?"

은호는 그녀의 속사포 같은 말에 웃지 않으려고 노력했다. 눈을 동그랗게 뜨고 마구 말을 하며 손을 내저어 보이는데 그 모습이 너무 귀여웠던 것이다.

"아니. 토하지 않아도 되는 거예요. 그 구슬은 기로 된 것이라 다시 모으기만 하면 되니까."

"그런데 왜 먹였어요? 병원 가면 살지도 몰랐는데."

그의 인상이 어두워졌다.

"그대의 생사부가 그날로 마지막이었어요. 그래서 그대는 병원을 가도 살 수가 없었지요."

그녀는 충격을 받은 표정으로 있다가 머리를 저었다.

"그럼 그 구슬 때문에 지금 내가 살아 있다, 뭐 그런 건가요? 그럼 빼면 난요?"

그는 그녀의 머리를 톡톡 쳐 주었다.

"그 상처가 다 나음으로 인해 더 이상 구슬의 힘은 필요가 없어졌어요."

주희는 안도의 한숨을 내쉬다가 다시 인상을 썼다.

"그런데 정체가 뭐예요?"

은호는 그녀를 한참 보았다. 뭐라 설명할까. 어차피 구슬을 빼고 나면 기억을 지울 것이다. 가게는 자연스럽게 다른 사람이 인수할 것이고 기억 속에서 그렇게 사라지게 될 것이다. 추후 만날 일도 없을 것이다.

"천호라고 하던데."

그는 눈을 내리떴다.

"말 그대로지요."

주희는 말 그대로라는 말에 눈앞이 가물거리는 기분이 들었다. 〈대백과 사전〉에서 읽고 〈산해경〉에서 읽었던 천호에 대한 것들을 기억해 내려고 애썼다. 그림은 분명 여자였던 것 같은데. 여자가 남자로 변신이라도 한 걸까?

"남자 맞아요?"

그는 웃으며 손을 벌려 보였다. 적응도 빠르지. 놀라서 기절이라도 할 줄 알았는데. 아니면 몰래카메라냐고 얼버무리기라도 할 줄 알았는데 그가 남자인지 여자인지가 궁금하다니. 정말 엉뚱하기가 이루 말할 수가 없었다.

"보다시피. 그런데 무섭지 않아요?"

그녀는 고개를 저었다.

"무섭다거나 아니라고 말을 할 수 있는 단계가 아니에요. 실감도 안 나고. 하지만 이미 다른 것들을 봐 버린 후라. 그나저나 그 보라색 번개, 당신이 불러들인 건가요?"

그는 한참을 있다가 겨우 입을 열었다.

"번개라기보다는 여우불의 상급이라고 해야 할 거예요."

"여우불요?"

그는 고개를 끄덕였다.

"여우불을 하늘 위에서 다스린다는 소리인데……. 그 직책이란 게 그런 거예요? 그러니까 천호가 무엇인지 묻고 있어요. 정말 구미호인가요?"

그는 그 말에 눈살을 찌푸렸다. 주희는 그의 본 정체가 여우일지도 모른다 생각하니 갑자기 오한이 들었다. 어쩐지 여우를 등에 업고 다닐 때 알아봤어야 했다.

"그럼 차령 씨도 여우인가요? 부부? 그 아기들은 두 사람의……?"

순간 웃음소리가 들렸다.

"아니야! 고귀하신 천호가 어떻게 내 짝이 될 수 있겠어. 난 천호를 모시는 시종 선인일 뿐이야. 천호, 아직 구슬을 꺼내지 않으셨습니까?"

그는 고개를 끄덕였다. 차령은 들어서더니 웃어 보였다.

"될 수 있으면 모르게 하고 싶었는데 홍아 님 때문에 이런 꼴을 보이네."

"지희 씨는?"

차령은 손을 동그랗게 말아 보였다.

"걱정하지 마세요, 천호. 제가 이미 기를 불어넣어 줬습니다. 조금만 늦었어도 따라 나갈 뻔했어요."

은호는 안심한 듯 고개를 끄덕이더니 그녀를 보았다. 차령은 몸을 앞으로 하더니 그녀에게 말을 걸었다.

"그 여우불이 궁금한 거니? 내가 말해 줄까?"

주희는 고개를 끄덕였다.

"본디 여우불은 요력으로 만들어져. 천호께서는 요력과 신력, 법력까지 가지고 계신 분이야. 천호의 여우불은 낙뢰의 형식을 보이는데 그건 요력의 붉은색과 법력의 파란색이 함께 뒤섞이며 나타나는 형태야. 이 하늘과 땅 사이에 보라색 낙뢰를 떨굴 수 있는 분은 유일무이하게 천호님뿐이셔."

차령은 밝게 말하고는 그녀를 보고 방긋 웃었다.

"너에게 들키기는 두 번째구나."

"두 번?"

그녀는 눈을 빠르게 깜빡거리고는 지난번 꿈이라 여겼던 것을 기억해 냈다.

"설마."

"봐요, 봐요, 천호. 그 일도 어느 정도 기억하고 있습니다."

"알고 있다. 이제 조금 후면 모든 것을 잊게 될 것이다."

"정복으로 갈아입으셔야 하는 것 아닌지요."

"그 정도 힘은 필요 없다."

그는 그렇게 말하고는 주희를 보았다.

"이제 그만 구슬을 꺼내야 할 것 같군요. 홍아를 막아 두었다고는 하나 언제 또 노리고 나타날지 모르고, 그대를 잡기 위해 또 다른 인간들을 해칠지 몰라요. 그러니 시간을 지체할 수 없군요."

주희는 이 남자를 믿어야 할지 말아야 할지 몰라 몸을 잔뜩 웅크렸다.

"그런데 왜 하나도 안 늙었어요? 그게 20년 전의 일인데."

차령은 눈을 동그랗게 뜨고 그를 보았다.

"늙었……."

그러고는 차령은 입을 가리고 깔깔거리며 웃었다.

"어허."

은호는 차령에게 뭐라 하고는 그녀를 보며 웃었다.

"우리와 그대의 시간이 다를 뿐, 늙고 병듦이 없는 것은 아니랍니다."

그는 그렇게 말하고는 그녀를 보았다.

"겁먹지 않아도 돼요. 오늘의 일은 모두 잊어버리게 될 테니까. 그러니 조금만 참아요."

주희는 두려운 눈으로 그를 보았다.

"괜찮아. 겁먹지 마."

차령도 그녀를 안심시켜 주며 그녀의 손을 잡아 주었다. 은호가 그녀의 머리 위로 손을 올렸고 그녀는 천천히 눈을 감았다. 자고 일어나면 아마 그들에 대해 모두 잊어버릴 것이다.

은호는 주희의 머리 위로 손을 올리고 구슬의 기를 모으려고 했다. 순간 뭔가가 방해하는 기분이 들었다. 그는 움찔하며 손을 물렸다.

"천호?"

"이상하구나."

"네?"

그는 다시 손을 뻗으려고 했다. 하지만 뭔가가 강하게 거부하며 그를 밀어냈다.

'구슬이 자신의 의지로 돌아오려 하지 않는다.'

그는 잠시 기다리라 하고는 옷을 정복으로 갈아입고 돌아왔다. 그리고 손을 들어 공중에 법호를 쓰며 다시 힘을 끌어올렸다.

순간 자신의 거처가 흔들리는 느낌이 들었다.

'왜?'

'손대지 마라. 나의 딸의 목숨을 위협하지 마라. 내 딸을 건드리면 죽여 버릴 것이다!'

그는 움찔해서 손을 물렸다. 생생한 적호의 목소리였다.

'적호.'

"천호 왜 그러십니까?"

"적호의 구슬이 이 아이를 지키고 있다."

"네?"

차령이 놀라서 되물었다. 그는 유심히 그녀를 보았다.

"이미 동화되어 뗄 수가 없게 되었다. 이건 적호만이 회수할 수 있게 되었다."

차령은 주희를 보았다.

"그렇다면……."

"…원시천존을 뵈어야 할 것 같구나. 이 아이를 부탁하마."

그는 서둘러 자리를 떠났다. 그때 저 아이를 살리기 위해 상처가 나을 때까지 잠시만 빌려준 구슬이었다. 그런데 이런 일이 생기다니. 게다가 적호 자신의 아이라니. 이게 무슨 소리라는 말인

가. 은호는 그 당시 적호의 요기구슬에 뭔가 다른 것이 있었던가를 기억해 내려 애썼다.

그가 구름을 타고 천계에 도착하자 시종이 그를 기다리고 있다가 공손히 절을 했다.
"천호, 안 그래도 원시천존께서 기다리고 계십니다."
그는 그 말에 시종을 따라 구천으로 들어갔다.
"원시천존을 뵈옵니다."
그는 공손하게 절을 했다.
"천호, 왔는가. 궁금해서 온 것일 테지."
그는 조용히 다음 말을 기다렸다.
"천호, 지금 그 아이의 몸에서 요기구슬을 꺼낼 수는 없네."
그는 놀라서 고개를 들었다. 원시천존의 손에는 염라의 명부가 들려 있었다.
"그 아이는 이미 인간으로서 생이 끝난 아이라네."
"인간의 생이 끝나다니요. 분명……."
원시천존은 인자한 미소를 지었다.
"그대가 받아 본 것은 월하의 인연부였을 테지. 하지만 그대는 명부를 살피지 않는 실수를 범했어. 그 인간 아이는 이번 생이 끝나면 윤회의 바퀴를 지나 다음 운명인 호족의 운명을 타고날 아이였지. 하지만 그 윤회의 바퀴에 들어갈 아이를 자네가 적호의 구슬로 살리고 만 것이야. 즉, 그 순간 그 아이의 운명은 인간이 아닌 호족의 운명이 된 것이지. 20년의 시간 동안 요기구슬은 그 아이의 신체를 서서히 바꾸기 시작했고 천호의 능력으로도 막을 수 없게 점점 요기가 강해지고 있을 것이야."

은호는 너무 놀라서 그대로 입을 다물어 버렸다. 다른 누구도 아닌 그, 천호가 대역죄를 저지른 것이다. 인간을 살려 내다니. 윤회의 수레에 거치지도 않고 누군가가 낳아야 할 아이를 가로채 버린 것이다.

"원시천존, 이 죄에 대한 벌은……."

원시천존은 손을 들어 그의 말을 막았다. 백발을 늘어뜨린 원시천존은 인자한 미소를 지었다.

"죄라고 할 것은 없을 것 같군. 그 아이, 분명 다음 생은 적호의 현신이 될 아이였으니."

그는 그 말에 더욱 충격을 받았다.

"적호의 윤회라는 말씀이십니까? 적호는 죽은 것이 아니라 잠이 든 것일 뿐입니다. 그런데 어찌 윤회를 할 수 있다는 말입니까."

원시천존은 은호를 보며 미소를 지었다.

"그러게나 말이야. 분명 적호는 아닐 테지 말이야."

원시천존은 아리송하게 말하고는 돌아섰다. 그러고는 명부를 다시 말아서 소매 속에 감추었다.

"천호, 그대의 벌은 그 아이를 적호를 되살리려는 무리에게 빼앗기지 않고 지키는 것일 테지. 그런데 궁금하군. 그 아이 환생하면 호족이 되리라는 것을 알면서 왜 그 아이를 살리려고 한 것인가."

그는 아무 말도 못 하고 있었다. 원시천존은 그런 그를 곁눈질로 보고는 웃으며 다가와 그의 어깨를 툭툭 쳤다.

"천호, 월하의 호의를 무시하는 짓을 벌였으니 하늘이 벌을 내린 것일지도 모르지 않겠는가? 우리는 저 하늘의 신성한 임무를 수호하는 자들이지 하늘 자체는 아니지 않던가."

은호는 고개를 숙였다.

"송구합니다, 원시천존."

그는 원시천존에게 예를 올리고 돌아 나오면서 자신이 왜 그런 선택을 했던가를 생각했다.

처음 월하의 인연부를 보며 그는 조금 짜증이 났다. 그 오랜 시간 홀로 있던 그에게 생긴 인연이 지금은 인간으로 태어났으며 인간으로서의 생을 마치고 나서 호족으로 환생하면서 인연이 시작되리라 이야기하였다. 월하는 그에게 드디어 인연이 생겼다며 기뻐했지만 그는 인연 따위 만들고 싶은 마음도 없었다.

사고가 난다는 날 찾아갔던 것도 조금이라도 인간으로서 더 살려 두고 싶은 마음, 혹은 다음 생을 시작할 수 없게 만들고 싶은 마음 두 가지였다. 그의 안이한 생각이 인연의 시기를 더욱 앞당긴 것이다.

이미 호족으로서의 생이 시작되었다니. 주희는 누군가로부터 태어나지도 않고 부모도 없이 그의 욕심으로 인해 환생 아닌 환생을 해 버린 것이다.

그의 인연부는 어떻게 바뀌었을까. 분명 호족의 귀족으로 태어날 예정이었던 아이인데 이런 식으로 태어났으니, 어쩌면 그와의 인연 자체가 사라졌을지도 모른다.

그는 인상을 찡그렸다. 적호의 인형을 닮아 보였던 것도 이미 호족으로서의 변화가 온 것일지도 몰랐다. 그는 한숨을 쉬었다. 머리는 인간의 기억 그대로인데 어떻게 자신이 호족인 것을 받아들일까. 대부분 호족은 여우로 어린 시절을 보내는데 저 아이는 인간의 모습을 유지하고 있으니 여우로 변신 자체가 불가능할지도 몰랐다. 호족 가운데 요력이 높은 아이들은 태어날 때부터 인간의 모습을 하고 태어나지만 대부분은 여우로 태어나는 것을. 그는 주희를 인간도 호족도 아닌 존재로 만들어 버린 건 아닌가 하는 걱정에 휩싸였다.

※

깊은 잠이 들었는데 누군가 그녀에게 손짓을 했다. 온통 붉은색 옷을 입은 사람인 건 알겠는데 나머지는 보이지 않았다. 웃는 것 같은 기분이 들었다.

하지만 이야기하는 소리는 하나도 들리지 않았다. 입술이 움직이는 모습이 보였다.

'뭐라고?'

웃는 입가가 보이더니 금방 붉은 연기가 되어 사라졌다.

주희가 손을 내저어 보이자 누군가 그녀의 손을 쥐어 주었다. 천천히 눈을 뜬 주희가 놀라서 은호를 보았다.

"나 아직도 다 기억해요. 이상한가 봐요. 여긴 어디예요?"

그녀가 새 되게 외치자 차령이 걱정스러운 얼굴로 그녀를 보왔다.

"잠시 나가 있거라."

"네, 천호."

은호는 한숨을 쉬고는 일어나 서성였다.

"일단 기억을 모두 되돌려 두었어요. 사고 나던 날을 기억하나요."

"네."

그는 곤란한 얼굴로 그녀를 보았다.

"본디 인간이나 선인이나 축생이나 모두 윤회의 굴레에 들어가게 되어 있어요."

그녀는 눈을 깜빡거렸다.

"그대는 그 사고로 사실은 인간으로서의 생을 마칠 예정이었어요."

은호는 벽을 보고 이야기 중이었다. 그녀는 전혀 이해할 수 없는 말을 하는 그를 올려다보았다.

"그래서요? 그럼 제가 좀비라는 말이에요?"

"좀… 뭐?"

그가 당황해서 다시 되물어보자 그녀는 그를 빤히 올려다보았다. 그는 한숨을 쉬더니 무겁게 입을 열었다.

"그날 죽어 가는 그대를 살리기 위해 난 요기구슬을 그대에게 먹였어요. 그런데 내가 그대에게 요기구슬을 먹이기 전에 이미 그대의 인간으로서의 생은 마쳤던 것 같군요."

그녀는 빠르게 눈을 깜빡였다.

"그게 무슨 소리냐고요."

"지금의 그대의 몸에 변화가 느껴지나요?"

그녀는 그의 말에 몸을 더듬다가 그가 얼른 얼굴을 돌리자 같이 얼굴이 달아올라 고개를 숙였다.

"흠흠. 그런 건 없어요."

그는 흠 하고 기침을 하고는 그녀의 앞에 앉았다. 정복 차림이라 부르던 옷을 입은 그는 마치 사극에서 튀어나온 듯이 보였다.

"남들과 다른 것이 보인다든가, 다른 이의 목소리가 들린다든가 하는 것 말이에요."

그녀는 순간 아까 전에 본 그 여자 손님의 눈을 덮고 있던 붉은 실들이 생각나서 입을 꾹 다물었다.

"내 실수로… 부모 없이 호족으로 환생을 한 것 같군요."

그녀는 황당한 이야기에 웃음이 터졌다.

"이거… 몰카죠? 말도 안 되는 소리 말아요. 음, 사장님과 차령 씨가 좀 이상한 것 알아요. 초능력 뭐 그런 것이겠죠. 그런데 제가 죽었다가 다른 것으로 태어났다니 말이 돼요? 저 부모님도 있고 집도 있고 친구들도 있어요. 어릴 때부터 기억 하나 사라진 것 없고요. 사고 후에 의사선생님도 놀랄 만큼 건강하게 퇴원했고 사진도 있어요. 그런데 다시 태어나다니요? 말도 안 되는 소리 말아요."

그녀가 황망해하며 이야기하는 것을 보며 그는 한숨을 푹 쉬었다.

"그대는 내가 만든 선기를 봤을 거예요. 그건 일반인의 눈에는 보이지 않는 것이죠. 이 인간계에는 선인들이 더러 섞이어 같이 지내고 있어요. 인간의 인연을 관장하는 월하나 인간의 생사를 담당하는 명왕의 경우 인간과는 아주 밀접한 인연을 이어 가죠."

"그렇다면 당신은요? 믿을 수가 없는 이야기잖아요. 월하노인이라든지 명왕이라든지."

그는 그녀를 한참 보았다.

"난 호족의 잘못으로 인한 죄를 청하고자 천호의 자리에서 물러났지요. 하지만 아직 정식으로 확정되지 않은 상황이다 보니 아직도 천호로 불리는 것이에요."

그녀는 고개를 저었다. 정말 말도 안 되는 소리였다.

"아무래도 꿈인가 봐요. 좀 더 자고 나면……."

그는 한숨을 쉬었다.

"금방은 어려울 거라 생각해요. 하지만 시간이 지나면 지날수록 그대의 호족으로서의 힘은 커질 것이고 그대의 힘을 알아보는 자들이 그대를 해치려고 할 것이에요. 그대는 물론이거니와 그대 가족들이 피해를 입을 거예요."

주희는 인상을 찡그렸다.

"그럴 리가."

"진실이죠."

그녀는 두 눈을 손으로 가렸다.

머릿속이 엉망진창이었다. 말도 안 되는 이야기를 믿을 수도 없었지만 믿지 못하는 것도 이상한 상황의 연속이었다.

그는 한숨을 푹 쉬었다.

"좀 더 자도록 하세요. 나중에 집에 데려다줄 테니."
그녀는 그가 나가는 소리를 들으며 눈을 뜨고 주위를 보았다. 정말 무슨 일이 일어난 건지 알 수가 없었다.

차령은 심각한 얼굴로 은호를 보았다.
"정말 가능하기나 한 일입니까?"
"원시천존께서 명부를 보여 주셨다."
"그럼 부모가 되신다는 말입니까?"
은호는 고개를 저었다.
"아니."
"그럼 어찌 되는 것입니까? 주희가 갑자기 호족이라니. 거기다 낳아 준 부모도 없는 호족이라니, 납득하지 못할 이들도 많을 것입니다."
그는 한숨을 푹 내쉬었다.
"다 내 잘못이야."
그는 고개를 저으며 손을 내저어 옷을 바꾸었다.
"그럼 호족에 대한 설명도 하지 않으셨다는 말입니까? 그럼 그냥 구미호로 알 건데요."
"호족의 존재가 구전되다 보니 그런 식으로 바뀐 것은 유감이기는 하나 저렇게 부정만 하는 아이에게 뭐라 말을 하겠느냐."
은호는 조용하게 말하고는 매장을 보았다.
"지희는 괜찮은 것이냐? 홍아의 미혹에 당했다면 꽤나 힘들었을 것인데."

"다행히 주희가 그 미혹을 잘라 냈습니다. 거의 완벽하게 잘라 내서 제가 더 이상 할 일이 없을 지경이었습니다. 그런데 무슨 요력이 이리도 강할 수 있는 것인지. 혹시 적호님의 요력을 흡수하여 호족이 된 것입니까? 그렇다고 하기에는……."

그는 고개를 저었다.

"아니다. 이미 그 아이의 생사부에 다음 생은 호족으로 환생할 것이라 되어 있었다. 내가 인간의 생이 끝나는 날 그 아이에게 요기구슬을 주면서 그 아이의 호족으로서의 생이 시작되어 버린 것 같다."

차령은 고개를 저었다.

"저렇게 그냥 둘 수는 없습니다. 호족이라면 더욱더요."

"나도 안다. 하지만 인간으로 자라 온 아이다. 갑자기 호족이라고 하면 들을 것 같으냐?"

"하지만. 인간으로 20년이나 지나다가 호족으로서 능력이 발현되는 거라면 갑자기 능력이 깨어나기 시작할 거란 말입니다. 인간들 세상에 어떤 변고가 생길지는……."

"이미 봉인을 해 두었으니 그리 큰 변화는 없을 것이다. 그리고 내가 지켜보도록 하마."

"이건 홍아 님보다 더 큰 문제입니다."

"알고 있다.

"왜 그러셨습니까. 원시천존께서 이 일을 그냥 넘기실 리가 없지 않습니까."

은호는 차령을 보았다.

"이미 한 소리 들었다. 너까지 날 몰아붙이는 것이냐?"
"천호답지 않은 실수였지 않습니까."
그는 자신을 닦달하는 차령을 가만히 보았다.
"많이 컸다, 차령아."
"네. 컸습니다. 천호께서까지 실수를 하시면 우리 호족의 체면은 땅에 떨어지니까요."
그는 한숨을 다시 쉬었다.
"알았다."
"어떻게 환술이라도 걸어서 주희를 데려와야 하는 것 아닙니까?"
"한창 선인으로 올라가는 단계인지라 환술도 통하지 않는구나."
"누가 주희에게 걸라고 했습니까?"
그는 의아하다는 듯이 차령을 보았다.
"제가 알아서 할 테니 사장님은 무너진 결계나 바로 해 주십시오. 홍아 님을 어디로 날려 버렸는지 모르겠지만 그 힘에 우리 결계까지 무너졌습니다."
"미안하구나."
그는 약간은 시선을 돌리며 말을 했다. 차령이 신선이 되고는 잔소리만 나날이 심해지는 기분이 들었다.

지희는 사장실 안으로 들어서서는 잠들어 있는 주희를 내려다보았다. 주희는 지희의 시선을 느끼고는 잠에서 깨어 지희를 보았다.
"지희야."

"괜찮아? 그 여자 때문에 너도 다치고. 미안해. 내가 순간 그 여자 말을 못 참겠더라. 다리 다친 건 괜찮아?"

그녀는 눈을 빠르게 깜빡였다.

'내가 언제 다리를 다친 거지?'

그녀는 억지 미소를 지었다. 그리고 얼른 생각을 했다. 뭐라 했더라? 환술? 아마 그런 것을 걸어 지희의 기억을 바꾼 것이 분명했다. 호족이라고 했는데 구미호랑은 다른 것일까?

"지희야, 너 호족이 뭔지 아니?"

지희는 인상을 썼다.

"야, 역사 시간이냐? 지난번에는 천호를 물어보더니 이제는 호족이야? 왜 그래, 너?"

주희는 입을 다물었다.

"미안. 내가 이상한가 보다. 난 괜찮아. 넌 어때? 어디 아프거나 그런 거 아니지?"

지희는 고개를 저었다.

"없어, 없어. 오늘 사장님이 공주 안기 해 주셨다. 얼마나 따스하던지. 완전 번쩍 안아 들어 주시는데 황홀하더라."

지희는 꿈을 꾸듯 이야기하며 얼굴까지 빨갛게 달아올랐다. 주희는 그런 모습을 보며 어떤 반응을 지어야 할지 알 수가 없었다. 모든 게 복잡하게 꼬여만 갔다.

엄마와 아빠가 있는데 그녀가 이미 죽었다니. 그녀는 괴물이라는 소리일까?

주희는 몸에 소름이 돋아나는 기분이었다.

"지금 아빠에게 전화해서 데리러 와 달라고 해야겠다."

"에이, 사장님이 데려다준다더라. 그 덕에 나도 사장님 차 좀 타 보자, 응?"

주희는 조금은 망설이다가 고개를 끄덕였다. 지희가 이런저런 말을 했지만 그녀는 가만히 그의 말을 생각하고 있었다. 아무리 봐도 그녀는 인간이었다. 그가 해 준 말도 안 되는 허무맹랑한 이야기에 속을 정도로 그녀는 무지하지 않았다,

이건 꿈일 것이다. 집에 가서 한숨 자고 나면 아무 일도 없다는 듯이 지워질 것이다.

그녀는 자리에서 일어나 지희의 도움으로 옷을 바로 했다.

"나도 나가서 일 도울게. 아직은 끝날 시간도 아니잖아."

"괜찮아. 쉬어도 돼. 다른 여자 손님들을 위해서 말이야."

"뭐?"

그녀는 일어나려다 정말 다리가 아파 움찔했다. 어디서 다치기는 한 것 같았다.

"나가 보면 알아. 그냥 앉아 있어. 그게 많은 여자 손님들을 위하는 길이니까. 알았지?"

그녀는 지희의 부축을 받으며 밖으로 나섰다. 홀 안에는 여자 손님들이 장사진을 이루고 있었다. 여기저기 찐한 향수 냄새가 진동을 해서 머리가 아팠다.

"웬 향수 냄새가 이렇게 심해?"

"무슨 냄새? 난 아무 냄새도 안 나고 맛있는 튀김 냄새만 나는데? 봐. 치킨 냄새야. 으으, 먹고 싶다. 오늘 치킨 진짜 맛있게 되

었던데."

지희가 그렇게 말하자 주희는 인상을 찡그렸다. 공기 중에 향기가 떠다니고 있었다. 여러 가지 빛깔의 향기들이 얽히고 있었다. 그녀는 눈앞에 펼쳐지는 여러 가지 빛의 향연에 머리가 아파 오기 시작했다.

"주희야?"

그녀가 비틀거리자 언제 온 건지 은호가 그녀를 잡아 주었다.

"좀 더 쉬지 않고 왜 나온 거지요?"

그녀는 그제야 은호를 보았다. 가르송 차림의 그는 은발을 뒤로 느슨하게 묶고 있었다. 여자들은 그런 그의 모습을 보며 분해 죽겠다는 표정으로 주희를 노려보았다.

"어, 전 괜찮아요. 말짱해요, 정말."

그는 그녀를 한참 보더니 의자에 앉으라고 권하고는 다른 곳으로 가 버렸다.

주희는 그런 그를 보며 자리에 앉았다. 은호의 행동은 정말 단정하면서도 절도가 있었다.

차령이 열심히 설명해 준 바에 따르면 호족 최고의 권위를 가지고 호족 중 최초로 천호가 된 인물이라고 했다.

나이는 중요하지 않다고 웃으며 말했지만 얼마나 많을지 짐작도 가지 않았다.

세 명의 천존과 세 명의 제군이 있고 그 밑에 선인이 있다고 들었는데. 더 자세하게 나누어 직급을 설명해 줬지만 도통 머릿속에 들어오지 않았다.

그가 호족의 대표격인 건지, 아니면 다른 건지도 잘 구분은 안 갔지만 하여튼 천호라고 하는 걸 보니 높기는 한 것 같았다.

반짝이는 은발 머리가 금빛으로 물들어 가던 모습을 그녀는 똑똑히 보았었다. 그리고 하늘에 그려지던 보라색 벼락까지. 그의 힘의 형태라고 들었다. 뭐라 했더라? 법력과 요력 그리고 신력까지 타고나기는 호족 사상 처음이라고 했었다.

태어날 때부터 천호가 될 운명을 타고났었다고, 마치 지금의 여학생들이 아이돌을 말하듯 그렇게 눈을 반짝이며 이야기했었다.

아직 결혼도 안 했고 아이도 없다고. 감히 천호에게 어울릴 여자가 없어 월하노인도 꽤나 애를 먹고 있다고 이야기했었다.

전설인 줄 알았던 이야기들이 나올 때마다 실감도 안 나고 웃음까지 나왔지만 잘도 참고 있는 중이었다.

은호가 여자들과 이야기를 나누고 웃는 모습을 보자니 살살 배 언저리가 아파 오기는 했다.

행동 하나하나에 품위가 있어 보였다. 그의 차분한 얼굴을 보자니 그녀도 심술이 났다. 다른 여자들에게 저렇게 웃어 주다니 화가 치밀어 올랐다. 순간 그녀가 인상을 찡그리자 머리에 열이 나는 것 같은 기분이 들었다. 그리고 방금 전 은호에게 컵을 받은 여자의 손에 있던 컵이 산산조각이 났다. 그가 고개를 들어 놀란 듯 그녀를 볼 때까지 주희도 자신이 무슨 짓을 했는지를 알아차릴 수가 없었다.

7

분명 주희가 쓴 힘이었다. 미약하기는 하지만 이제 컵 하나 부숴 먹을 정도로 그녀가 힘을 사용하기 시작한 것이다.

위험한 일이 일어나는 것을 느끼며 은호는 그녀를 돌아보았다.

"주희."

그녀는 그의 입 모양을 보고 자신을 부르는 것을 알고 자리에서 일어나려 했는데 강한 힘에 눌려 그 자리에 앉아 있었다.

그가 수건으로 컵을 치우고 사죄를 하고는 그녀에게 다가왔다.

"잠시 나 좀 보지요."

그는 그녀의 팔목을 잡고 다른 방으로 걸어 들어갔다. 그리고는 그녀를 보며 입을 열었다.

"화가 난 건가요?"

은호가 주희를 찬찬히 보았다.

"요력이 뿜어져 나오는군요. 결계석으로 팔지를 만들었지만 그 힘을 이기기는 힘든가 보군요. 내가 하는 대로 해야 해요."

그녀는 그를 보았다. 그리고 자신의 손을 보니 정말 실과 같은 붉은 빛들이 그녀의 손끝에서 나오고 있었다. 그녀가 흠칫해하자 그가 그녀의 손을 꼭 잡았다.

"놀라지 말아요. 괜찮아요. 당황하거나 놀라면 더욱 힘에 끌려다니게 되니까 좋은 일이나 다른 것을 생각해 봐요."

그녀는 그의 말에 더욱 당황하게 되었다. 아무것도 생각이 나지 않고 몸 안에 쿵쿵 울리면서 뭔가가 폭주하듯 끓어 넘치는 기분이었다.

"못 하겠어요."

"괜찮아요. 할 수 있어요. 마음을 가라앉히고……."

주희의 눈에서 눈물이 굴러떨어졌다. 분명 자신의 몸인데 어떻게 해야 할지 알 수가 없었다. 은호도 당황하기는 마찬가지였다. 인간의 몸으로 이런 요력을 발현하면 생명에 지장이 올 수도 있었다. 모두가 그의 잘못이었다.

"주희."

그는 그녀를 보았다. 적호의 요력이 모양을 이루며 하나의 형태로 만들어지고 있었다. 적호의 요력은 불꽃. 그것도 저승의 불꽃이라 불리는 핏빛의 홍련이었다. 그는 그녀를 꽉 끌어안았다.

"무서워요."

그녀의 두려움이 적호의 요력에는 좋은 먹잇감이었다. 그는 그녀의 눈물 흐른 뺨을 손으로 닦아 주었다.

"괜찮아요. 괜찮아요. 내가 있으니까. 자, 긴장을 풀어요."

그는 그녀를 안고 등을 쓸어 주었다. 하지만 그녀의 눈물이 증발될 정도의 요력은 그녀를 더욱 괴롭게 할 뿐이었다.

"몸이 이상해요. 너무 뜨거워요."

은호는 그녀를 꼭 안고 법술로 그녀의 요력을 누르려고 했다. 하지만 각성의 때가 다가온 요력의 고리는 좀처럼 가라앉지를 않았다.

"아무 생각하지 말아요. 머리를 비워 버려요."

그녀는 그의 말을 들으면서도 자신의 몸에서 뿜어져 나오는 뜨거움에 두려움이 일었다. 온몸이 불타는 듯한 아픔이 이어졌다. 심장이 쿵쿵 울리고 머릿속에 뭔가가 들이찬 듯 화를 억누를 수가 없었다.

"안 돼요. 몸이 말을 듣지 않아요."

그는 그녀의 얼굴을 들어 눈을 보았다. 눈동자가 붉게 빛나는 것이 보였다. 벌써 각성을 하려는 것일까?

그는 그녀의 뺨을 양손으로 쥐며 어떻게 해서든 이 각성을 멈추려고 노력했다. 성인이 되면 호족들의 몸에 변화가 생기듯, 인간 세상에서 요기구슬을 삼킨 후 20년이 지나자 그녀의 몸 안에서 호족으로서의 각성이 시작된 것이 분명했다.

호족들은 인간처럼 별 힘도 없이 그저 날렵하고 빠른 것이 전부이다가 대부분 이 시기를 기점으로 요력이 증가하며 계층이 나뉘게 되는 것이다. 아마 지금 주희의 몸에서도 그런 변화가 시작된 것이 분명했다.

그는 그녀의 변화를 똑똑히 보았다. 머리카락이 끝부터 바래듯이 색이 변하기 시작하더니 적호와 같은 검붉은 색으로 흩날렸고 눈은 요기를 머금어 붉게 빛나기 시작했다.

"주희, 진정해요."

아무리 말을 해도 그녀의 떨림은 멈추지 않았다. 그는 그녀의 모습을 보며 왜 적호의 인형과 닮았다고 느꼈던가를 다시 한번 알게 되었다. 적호의 요기가 불러온 변화였고 인간으로서의 수명이 끝난 후 요기의 주인을 닮아 가는 것이었다.

변화가 서서히 진행되면서 그녀의 부모들은 물론 주변인들 역시 눈치채지 못한 것이다. 시간 덕분에 부모와 닮은 듯 닮지 않은 주희의 모습을 사람들은 익숙하게 받아들여 올 수 있었다. 하지만 지금의 변화는 한꺼번에 몰려나와 그녀의 인간으로서의 부분을 지워 가는 중이었다.

은호는 그녀의 가녀린 숨결을 느끼며 그가 요력을 꺼낼 수 있는 유일한 방법을 생각하고는 입술을 깨물었다. 그의 피가 매개가 된다면 멈출 수 있을지도 몰랐다.

그는 그녀의 고개를 들고 그녀의 입술에 입술을 겹쳤다. 그녀의 몸 안에 가득 찬 사악한 요력을 그의 몸으로 전이시키기 위해 그녀를 바짝 당겨 안아 입술을 겹치고는 그녀의 입술을 열어 몸 안으로 적호의 요기를 받아들였다.

주희는 눈을 크게 떴다. 입술에 뭔가가 흐르는 듯하더니 몸 안에서 갑자기 힘이 빠져나가는 기분이 들었다. 그의 입술이 자신의 입술 위로 겹쳐지더니 그의 혀가 입 안으로 파고들었다. 입술이 강제로 벌려지는 순간 그녀를 그렇게 괴롭히던 뜨거운 것이 가라앉기 시작했다.

그녀는 눈을 감고 그의 품에 늘어지듯 안겨 들었다. 그의 몸이 차가워서 너무나 기분 좋게 느껴졌다. 아까의 뜨거움이 사라지고 산뜻한 기분이 들어 그녀는 그의 목에 팔을 감았다.

그가 천천히 입술을 떼는 순간 그녀는 눈을 뜨고 그를 올려다보았다. 그의 입술이 유독 붉어 보였다. 그리고 그의 눈동자가 흔들린다 생각한 순간 그의 입술이 다시 입술로 내려 덮였다.

아까와는 다른 느낌이었다. 뜨거운 것이 가라앉기보다 다시 차오르는 느낌이었다. 그의 손이 허리춤으로 돌아 그녀를 꽉 안고는 그의 혀가 아까처럼 입을 벌리기 위한 수단이 아니라 그녀의 혀에 와서 감겨들자 아까와는 완전히 다른 기분이 들었다.

숨이 차오르고 머릿속이 쿵쿵거렸다. 그녀의 손이 그의 가슴으로 미끄러지고는 그의 어깨로 다시 올라갔다. 그녀는 그의 혀에 자신의 혀를 얽으며 뜨겁게 그에게 몸을 밀어붙였다. 그의 입술이 다시 떨어졌다가 고개를 옆으로 돌리고 다시 입술을 겹치기를 계속 반복하는 동안 그녀는 그의 목을 단단히 안고 그의 키스에 빠져들었다.

그런데 갑자기 그가 떨어졌다.

"아… 어머, 죄송합니다!"

당황한 목소리. 그녀는 놀라 제정신이 번쩍 들었다. 어디 쥐구

멍이라도 들어가고 싶은 심정이었다.

"이건……."

"넘치는 요력을 제어한 것뿐이에요. 아직 다루는 법을 모르니까."

그가 약간은 쉬어 버린 목소리로 이야기하고는 흠흠 하고 목소리를 가다듬었다.

주희가 얼굴이 달아올라 어쩔 줄 몰라 하자 은호가 다시 그녀의 팔을 잡아 그녀의 얼굴을 보았다.

"또 요력이 흘러나오는 거예요? 얼굴이 붉어졌는데."

그녀는 얼른 그의 손을 뿌리쳤다.

"아니에요."

그녀는 새 되게 말했다. 부끄러워 얼굴이 붉어진 것이 그의 오해를 불러온 모양이었다.

"아."

탄식하는 그의 목소리에 그녀는 얼른 그를 올려다보았다. 그가 그녀의 엉덩이 쪽을 보고 있었고 그녀는 너무 놀라 입을 벌렸다.

"어디를 보는 거예요!"

그는 손가락으로 뭔가를 손짓했다.

"꼬리가……."

"네?"

그녀는 그의 말에 놀라서 뒤를 돌아보고는 붉은색의 탐스러운 여우 꼬리에 그대로 기절하고 말았다.

여우가 이리저리 팔짝거리고 뛰었다. 동물원인 것 같았다.

"야, 너도 이리 와."

"뭐? 난 사람인데?"

여우 하나가 뽀르르 달려와 그녀 앞에 서더니 두 발로 번쩍 일어나 건방지게 앞발을 허리에 올리고 두 발로 걸어 다니며 그녀를 유심히 보았다.

"에이, 거짓말. 너 꼬리 있는데. 너도 여우구만."

"아냐. 난 사람이야."

"봐. 꼬리 있잖아."

그녀는 겁에 질려 천천히 자신의 엉덩이를 만져 보았다. 털이 복슬복슬한 꼬리가 손에 잡히자 그녀는 비명을 질렀다.


"으아아! 꼬리, 꼬리. 엉덩이에 꼬리가!"

"일어났어? 비명은."

그녀는 차령의 말에 깜짝 놀랐다.

"여기가 어디예요?"

"주인님 침소."

"네?"

그녀가 놀라서 말하자 차령은 한숨을 쉬었다.

"그 꼴로 집에 갈 수는 없잖아."

"부모님께서 걱정……."

순간 그녀는 자신의 주위로 한들거리는 꼬리를 보았다.

"기절하지 마."

그녀는 입술을 꾹 다물고 울 것 같은 표정이 되었다. 차령은 한숨을 쉬었다.

"네가 요기를 잘 다룰 수 있으면 그 꼬리도 사라지게 할 수 있어."

"진짜요?"

차령은 고개를 끄덕였다.

"첫 요기의 발현은 우리도 괴로운 거야. 하지만 우리들은 여우에서 인간의 모습으로 변하는 것이라 꼬리를 숨기는 것쯤은 아무것도 아니지만, 지금의 경우 전혀 요기를 다룰 줄 모르는 상황이라 어떻게 할 수가 없어."

주희는 난처한 얼굴이 되었다.

"부모님이 기다리실 건데."

"그건 걱정 마."

"네?"

"너 기절한 동안 주인님이 네 머리카락으로 꼭두각시를 만들어서 집으로 보냈어. 한동안 가게도 그 아이가 대신할 거야."

"꼭두각시요?"

차령은 고개를 끄덕이더니 그녀에게 옷을 주었다.

"이것 입어. 꼬리 때문에 이 옷이 더 편할 거야."

"그런데 이 꼬리는?"

"아, 그건 요력의 형상화야. 요기와 요력의 차이를 모를 테니 설명은 천천히 해 줄게."

차령은 그렇게 말하고 그녀에게 옷 입는 법을 알려 주었다.

"이 꼬리는 눈에 보이지만 만져지는 건 아니야. 한마디로 요기가 발현되면서 요기의 힘인 요력이 형태를 이루는 것을 말해. 넌 지금 꼬리 한 개가 생겼으니 앞으로 여덟 번은 더 이런 일이 일어날 거야."

"네?"

그녀는 황망한 표정을 지었다. 아까 요기의 발현 때는 그녀의 힘으로 누를 수 없어서 그가 키스로 눌러 주었다. 앞으로 여덟 번이나 더 그와……. 주희의 얼굴은 삽시간에 붉어졌다.

차령은 다 안다는 듯이 피식 웃었다.

"네가 누를 수 없을 때는 너보다 힘이 강한 사람이 눌러 줘야 하는데 난 네 요력보다 약하니 어쩔 수가 없구나."

"네? 약해요?"

차령은 고개를 끄덕였다.

"네가 가진 그 요력의 주인은 우리 호족 사상 가장 강한 요력을 타고난 분이셨어. 요기의 첫 발현 때 산천초목을 태우는 홍염의 불꽃을 피워 올렸고 두 번째 발현 때는 바다를 증발시켜 버렸다고 해. 그래서 대륙 한가운데 사막을 만들었다고도 하지."

"말도 안 돼."

그녀는 옷을 갈아입으며 중얼거렸다.

"그래. 말도 안 되지? 그런데 그분은 정말 그렇게 하셨어. 본디 가장 강한 힘은 천호가 가지고 계시지만 천호는 천계에 올라가셔야 하기에 호족을 이끌 수 있는 힘을 가진 자가 바로 지금 요력의 주인이셨거든."

그녀는 뭐가 뭔지 모를 이야기지만 그냥 고개를 끄덕였다.

"본디 현호님이 물려받아야 했지만 현호님은 호족도, 천계도 인간계도 관심이 전혀 없는 분이시라 그 동생 되시는 분이 물려받은 거야."

차령은 씁쓸하게 이야기했다.

"그 힘이 문제였어. 더 강한 힘만이 누를 수 있었기에 지금의 천호께서 저런 아픔을 가지고 계신 거지."

차령은 불쌍하다는 듯이 이야기하고는 그녀의 허리에 띠를 둘러 주었다.

"자, 다 됐다."

그러고는 주희를 한참 보더니 한숨을 쉬었다.

"정말 많이 닮았다."

"네?"

"아니야. 참, 여기서 나가지 마. 여기는 가게가 아니니까."

"그럼 여기가 어디인가요?"

"청구산. 호족의 본거지야. 너 때문에 호족들과 상의할 일이 생겨서 지금 천호께서 많이 어려우시거든."

그녀는 그 말에 그대로 침상에 앉아 있었다. 산이라서 그런지 공기가 맑기는 했다. 옷도 완전 옛날 옷 같았고 집도 옛날 집 같았다. 이건 상고시대 복장이라고 들었던 옷차림인데. 그녀는 크게 한숨을 쉬고 자리에 앉으며 혹시 꼬리를 깔고 앉는 건 아닌가 걱정이 앞섰다. 그녀의 강아지가 꼬리를 말고 앉던 모습을 생각하며 자신도 그렇게 앉아야 하는 건가 하는 생각이 들었다.

현호는 난감한 얼굴로 원로들의 말을 듣고 있었고 은호는 혼자 차를 마시는 중이었다.

"천호."

그는 귀찮은 듯이 손을 내저었다.

"그대들이 나설 일이 아니다."

"하지만 어찌 그런 말도 안 되는 결단을 하셨습니까."

그는 차갑게 원로 중 하나를 노려보았다.

"시끄럽구나. 어린 너희가 무엇을 알 수 있다는 말이냐. 이 모든 것이 천계에서 정한 일이거늘."

원로는 입을 다물었다. 호족은 요력의 크기에 따라 용모도 결정되고 수명도 달라진다. 은호가 가장 나이가 많다고 하지만 현호보다도 어려 보이는 이유도 그 때문이었다.

"하지만 이 일은 어찌해야 한단 말입니까. 인간이 갑자기 호족이 되다니요."

"갑자기는 아니다. 저 아이의 다음 환생이 호족이었다. 그 시기가 당겨진 것일 뿐. 인간의 몸에서 탈피하고 있어서 조만간 완전한 호족으로 각성할 것이다."

"하오나, 저 아이가 지닌 요력의 주인이……."

"깨어날 일은 없다."

"그래도……."

현호는 손을 들어 원로의 말을 잘랐다.

"무엄하구나. 이것이 천호에게 말을 하는 태도이더냐."

"죄송합니다, 제후."

원로는 두 손을 모으고 고개를 숙여 현호에게 절을 했다. 현호는 차가운 얼굴로 장로를 내려다보고는 은호를 향해 예를 갖추었다.

"천호, 설명을 해 주시지요."

그는 한숨을 쉬고는 차를 따랐다.

"적호가 깨어난다 해도 이제 완전해질 수 없다는 뜻이다. 저 아이가 적호의 요력을 가지고 있는 한 예전 같은 힘을 발현할 수가 없다."

원로들이 술렁였다.

"그렇다면……."

"우린 저 아이를 지키면 되는 것이다. 적호가 깨어나더라도 지난 대와 같이 힘을 발휘할 수도 없을뿐더러 싸운다 해도 호각을 이룰 아이이니 오히려 우리에게 득이 아니겠느냐."

원로들은 서로 수군거리기를 반복했고 그사이 은호는 자리에서 일어났다.

"그럼 호제후, 난 그만 가 보겠소."

현호는 일어나 그에게 예를 차렸다. 그는 모두를 뒤로하고 자신의 집으로 향했다. 입술 안쪽에 난 상처가 약간 욱신거렸다. 역시 불의 기운인 적호의 요기는 은호와는 상극이었다.

아까 그도 정신을 살짝 잃을 것 같았던 미혼술을 기억해 내고는 머리를 저었다. 첫 발현이 미혼술이라니 적호다운 고약한 술법이었다. 그나저나 주희는 미혼술이 뭔지도 모를 것인데 이것을 어떻게 설명해야 할지 실로 난감한 기분이 들었다.

"오셨습니까, 천호."

그는 차령이 문을 열고 나오자 인상을 찡그렸다.

"어찌 그 문으로 나오는 것이냐."

"가게는 가 봐야지요. 지희 혼자인데."

그는 한숨을 쉬었다.

"주희는?"

"일어나 있어요. 이번엔 꼬리 보고 기절은 안 했어요."

그는 다시 한숨을 푹 쉬었다.

"넌 들어오지 말거라."

"네."

그가 문을 밀치고 들어가자 완전히 그를 경계하듯 앉아 있는 주희가 보였다. 그는 조금은 죄스러운 마음에 가까이 다가가다 그녀에게서 나는 향기에 살짝 뒤로 물러섰다.

아직도 미혼술이 이 정도로 떠돌고 있다니. 다른 남자라면 금방 주희에게 달려들지도 모를 일이었다.

"이제 일어났나요."

그녀는 침상 끝 쪽으로 몸을 옮기더니 은호를 보았다.

"어떻게 할 거예요?"

"네?"

"절 잡아먹냐구요!"

그는 영문을 알 수 없는 그녀의 말에 놀라서 그녀를 보았다.

"잡아먹다니? 별의별 이상한 소리를 다 듣는군요."

그는 그렇게 말하고 다기를 바로 하고는 차를 우려냈다.

"한잔 마시겠어요?"

그녀는 도리질을 했다. 그는 그녀가 무슨 상상을 하는지 빤히 보이는 것을 모르는 척했다.

"이미 호족이거늘, 어찌 그런 생각을 하는지 모르겠군요."

그녀는 인상을 찡그렸다.

"아니거든요!"

그는 싱긋이 웃더니 그녀를 보았다.

"그럼 거기 달린 건 무엇이죠?"

그가 꼬리를 향해 손짓하자 그녀는 얼른 옷으로 가렸다. 하지만 역시 옷 위로 두둥실 나타나는 꼬리였다. 그는 그녀의 당황하는 모습에 웃음을 터트렸다.

"놀라기는요. 겨우 꼬리 하나로."

그녀는 그의 말에 눈을 가늘게 떴다.

"그럼 천호는 꼬리가 천 개인가요?"

그는 차를 따르더니 그녀에게 가져다주었다.

"음. 꼬리라는 것이 무엇이라 말을 해 주던가요?"

그녀는 기억을 더듬어 보고는 겨우 고개를 끄덕였다.

"요기의 발현이라고… 요력이 형태를 가진 것이라고 이야기했어요."

그는 고개를 끄덕였다.

"우리 호족의 꼬리는 자신이 가진 요력을 말하는 것이지요. 지금 나온 첫 번째 꼬리는 그대가 가장 잘 다룰 수 있는 요기의 형태를 가진 것이고."

"가장 잘 다뤄요?"

그는 고개를 끄덕였다.

"그럼 제 요기는 뭐죠?"

"음, 그럴 때는 요력. 요기가 가진 힘 중 하나인 요력이라 불러야 하는 거지요."

그녀는 그놈의 복잡한 요력, 요기의 개념에 머리가 아파졌다.

"하여튼요. 뭐 인간이 되는 요력 그런 거예요?"

"그럴 리가."

그는 간단하게 말하고는 찻잔을 내려놓았다. 그러고는 그녀를 찬찬히 보았다.

"주희의 요력은 미혹인 것 같군요."

"미혹?"

"다른 사람의 마음을 미혹시켜 마음대로 다루는 기술이지요."

그녀는 말도 안 된다는 표정을 지었다.

"그나마 다행한 것이 사용할 줄 모른다는 것이니. 참."

그는 혀를 차며 이야기하더니 그녀를 한참 보았다.

"지금 주희의 요기를 눌러 줄 사람은 이 호족들 사이에서는 나뿐일 겁니다. 그러니 조금은 힘들더라도 나에게서 요기를 다루어 요력을 누르는 법을 배워야 할 거예요."

그녀는 자리에서 일어났다.

"집에 가고 싶어요."

"꼬리 안 보이게 할 수 있다면 언제라도. 주희를 잡아 두고 있는 것은 아니니까요."

주희는 그를 한참 보았다. 은발 머리를 멋들어지게 올려 비녀로 고정한 그는 찻잔을 잡은 손도 아름다워 보였다.

"불공평해요."

"음?"

"꼬리가 천 개냐고 물었는데."

그는 미소를 지었다.

"꼬리가 천 개라기보다 요력이 천 가지라고 하는 편이 좋겠지요."

그는 다시 차를 따랐다.

"그런데 그 차 마시는 게 요력을 제어하는 거랑 무슨 관계라도 있어요?"

그는 눈을 커다랗게 뜨고는 호탕하게 웃었다.

"아니. 전혀."

그녀는 인상을 찡그려 보였다.

"혹시 거울을 본 적이 있나요?"

"거울요?"

그는 한숨을 쉬더니 손을 내저어 공중에 수경을 만들어 주었다. 그녀는 그의 술법에 깜짝 놀라 뒤로 물러났다가 수경에 비치는 자신의 모습에 눈을 크게 떴다.

"이게 저예요?"

"그렇게 많이 변하지는 않았습니다만."

주희는 자신의 머리카락을 만져 보았다.

"하루 만에 머리가 이렇게 자랐는데요? 거기다 붉어요. 꼬리도 있고 피부도 너무 창백하잖아요!"

그는 그녀를 한참 보았다. 그러고는 손을 휘저어 수경을 치워 버렸다.

"내가 보기에는 아름다운데요."

순간 그녀의 얼굴이 붉어졌다. 그녀의 향기가 점점 진해지는 것을 느끼며 그는 눈을 가늘게 떴다. 주희의 입술에서 느껴지던 그 촉촉하고 부드럽던 기억이 머릿속에 확 들어오면서 살짝 혼미한 기분마저 들었다. 그는 얼른 고개를 저었다.

주희는 그의 말에 아까의 키스를 떠올렸다. 의식하지 않으려고 하는데 자꾸만 의식이 돼서 그를 볼 때마다 가슴이 두근거렸다.

그녀는 고개를 살짝 돌리다가 그를 보고는 그가 다시 안아 준다면 어떤 기분이 들까 궁금했다. 그 순간 그가 자리에서 일어나더니 그녀를 돌려 안아 주었다, 그녀가 놀라서 눈을 크게 뜨자 그는 그녀를 가만히 내려다보더니 한숨을 쉬며 이야기했다.

"정말 강하군요. 당신의 미혹의 힘은. 조금만 긴장을 풀어도 이렇게 되어 버리니."

"네?"

그는 미소를 지어 주었다.

"지금 무슨 생각 했지요?"

그녀는 눈을 깜박였다. 그가 안아 줬으면 좋겠다고 생각했던 것을 기억하고는 얼굴이 더욱 빨갛게 달아올랐다.

"당신이 가진 첫 번째 힘이에요. 다루는 법을 알지 못한다면 정말 곤란해지겠지요? 당신의 미혹의 힘만으로 날 움직여 이렇게 안게 만드니 말이에요."

그녀는 자신의 속마음을 완전히 들킨 것 같아 한없이 부끄러워졌다. 그렇게 크게 당황하다 보니 그가 너에서 당신이라고 부르는 것도 모르고 있었다.

"그럼 그때 입맞춤도 제가 원한 건가요?"

그녀가 조심조심 물어보자 그는 한참 그녀를 보더니 그녀의 턱을 들었다.

"당신의 요기를 누르려고. 그다음은……."

그는 그 이상 말을 하지 않더니 겨우 고개를 돌렸다.

"미안해요."

은호는 그렇게 말하고는 그녀를 놔주고 그대로 방을 나가 버렸다.

은호는 앞마당의 대나무 사이로 급히 들어갔다.

'위험해. 위험해.'

그는 속으로 중얼거리며 차가운 공기를 듬뿍 들이켰다. 망할 적호! 어떻게 저런 사악한 술법만을 담아 둘 수 있을까.

그는 자신의 입술을 쓸었다. 긴긴 시간을 살아오면서 가까이한 여자는 단 한 명도 없었다.

그런데 지금 그가 한 짓은 젊은 아이들에게 너무 가볍다고 혼내곤 했던 그런 것이었다.

비록 미혼술이니 뭐니 해도 그가, 천호라는 명을 가진 그가 그렇게 쉽게 홀딱 넘어가 버리다니 말도 안 되는 소리였다.

'바보냐.'

그는 대나무를 손에 쥐고 한숨을 쉬었다.

"뭐 하는 겁니까? 형님."

그는 얼른 몸을 바로 했다.

"벌써 이야기는 끝난 것이냐?"

"원로들은 그저 말없이 돌아갔지만 우선 저 아가씨의 문제가 있군요. 호족으로 다시 태어난다니. 거기다 인간이 윤회의 수레를 거치지 않고 말입니다. 그렇다면 그녀는 전생의 기억이 있고 호족의 부모가 없는 상태인데 이 일은 어떻게 책임지실 겁니까?"

그는 인상을 찡그렸다.

"현호야, 그런 건 잠시 있다가 생각해도 천제께선 화를 안 내신단다."

현호는 그 이상 말을 안 하다가 갑자기 생각난 듯 그를 보았다.

"그런데 저 아이 호족으로 환생하리라는 걸 어떻게 아시고 사고 자리에 가신 겁니까? 명부라는 것을 잘 보여 주는 것이 아니지 않습니까? 특히 인간의 생사에 선인들은 관여하면 안 되는 것인데 어찌 형님에게는 그 명부를 보여 준 것입니까?"

은호는 진땀이 흐르는 기분으로 그 말을 들으며 억지 미소를 지었다.

"현호가 오늘따라 궁금한 것이 많구나."

현호는 인상을 찡그린 채 그의 대답을 기다리고 있었고 은호는 말하지 않기 위해 입술을 꾹 다물어 버렸다.

"형님."

"현호야, 그만 말하도록 하자."

현호는 이상함을 눈치채고는 눈을 가늘게 뜨고 은호를 보았지만 은호는 현호의 눈을 피해 대나무 길을 걸었다.

# 8

'이게 인연의 효과인가?'

은호는 가슴이 두근거리는 기분을 느꼈다. 미혹술이라 여겼던 것이 미혹이 아닌 것일까? 아니, 그건 확실한 미혹이었다. 하지만 그가 이상해진 건 어제오늘 일이 아니었다, 사실 그전부터 그답지 않은 짓을 하고는 있었다.

주희가 어렸을 때 살려 줄 때는 그저 어린 계집 하나 구해 주는 인정 정도로 여겼는데 다시 만나고부터 묘하게 흔들려 온 것이다. 지난번 그녀의 봉인을 강화하기 위해 입을 맞출 때부터 그답지 않았었다. 그는 얼굴을 붉히며 입술을 손으로 눌렀다.

백은호가 살아온 그 만 년이 넘는 시간 동안 여인에게 단 한 번도 허락하지 않았었던 입술이었다. 어느 누구도 그의 기백에 눌려 다가오지 못하였고 그도 인연을 만나지 못해 그 긴 시간을 외롭다 느끼지도 못하고 살아왔다.

월하가 천 년 전에 장난처럼 그의 인연부를 보여 주었을 때 그저 웃고 말았다. 인연을 만나도 흔들리지 않을 거라는 자신감이 있었기 때문이었다.

그는 많은 이들이 인연에 흔들리는 모습을 보며 그저 인연부에 적힌 한 줄에 저렇게 호들갑이라니, 하며 속으로 비웃었었다. 적호가 자신의 인연을 살리기 위해 원시천존의 서재에 들어가 금서를 갈취하고 구중천을 피로 물들이고 금기를 서슴없이 행할 때는 어땠나. 그는 적호의 인연부가 벌이기 때문에 피하지 못할 뿐이라고, 이성적으로 굴라고 으름장을 놓았었다.

하지만 자신의 인연을 만나고 보니 그도 욕을 할 처지는 못 되는 것 같았다. 이렇게 속절없이 흔들리다니. 본디 호족이 평생을 걸쳐 단 하나의 인연을 둔다고 하지만 이건 너무 심하다 할 정도로 그녀의 향취에 힘도 못 쓰고 있는 처지였다. 호족 최초의 천호이자 수행만 만 년이 넘게 했는데 이렇게 겨우 스물 정도의 인간에게 무너지다니, 말도 안 되는 소리였다.

그는 고개를 저었다. 그러다 그녀의 변해 버린 모습을 기억해 내고는 다시 얼굴을 붉혔다.

'천호가 아름답다 여기는 여성상이 무엇입니까?'

그 순간 적호의 장난스러운 목소리를 기억해 내고 그는 인상을 찡그렸다.

'여자겠지.'

'에이, 또 그러신다. 천호, 피부는 하얀 것이 좋겠지요? 머리색은 저 같은 검붉은 색도 좋을까요? 키는 어떠합니까?'

그는 못마땅하다는 듯이 인상을 쓰고는 적호가 꼭두각시를 만드는 동안 참견을 하며 그 인형이 완성되는 모습을 보았다.

'천호, 생명을 불어넣을 것인데 처음 보는 얼굴이 천호여도 되겠습니까?'

그는 왜 그러냐고 물었었다. 그러자 적호는 맑게 웃으며 그를 보았다.

'잘생긴 사람을 눈에 담아야 다른 인간에게 흔들리지 않을 것 같아서요. 그래야 제가 바라는 대로 움직일 것 같습니다. 이 아이는 저의 분신이며 저의 딸과도 같은 존재가 될 것인데 아무 남자에게나 반한다면 만든 인형사의 입장으로서 자존심이 상하지 않겠습니까?'

그는 적호의 말에 웃으며 적호의 머리를 부채로 한 대 톡 하고 때려 주었었다. 이제는 너무나 오래된 추억이지만 그는 그날의 일을 기억하며 한숨을 쉬었다. 놀랍도록 그 인형을 닮은 아이라니.

'적호여, 그대는 날 이렇게 놀리는구나. 언젠가 내 흐트러진 모습이 그렇게 보고 싶다고 하더니, 이 사악한 여우 같으니라구.'

그는 한동안 생각에 잠겨 아무에게도 주희와 그의 인연을 말하지 말아야 한다고 다시 한번 다짐했다.

만약 원로들이 알고 나면 주희의 존재에 대해 더욱 말이 많아질 것이고 그도 꽤나 괴롭힘을 당할 것이다. 그리고 뭐니 뭐니 해도 주희가 인간 세상으로 두 번 다시 돌아가지 못할지도 모른다.

주희는 이제서 호족의 세상에 온다 해도 이방인과 마찬가지이고 인간 세상에 돌아간다 해도 더 이상 인간과 같은 시간을 살 수 있는 몸이 아니었다.

이건 모두가 그의 잘못이라 어떻게든 주희가 선택할 수 있게 도와줘야 한다는 생각이 들었다.

"형님, 아까부터 혼자서 무슨 생각을 하시는 겁니까."

그는 깜짝 놀라 뒤를 보았다.

"아직 가지 않은 것이냐?"

현호는 고개를 끄덕이고는 한숨을 쉬었다.

"그나저나 그 아이에게 자신의 처지를 확실히 설명해야 하는 것 아닙니까?"

"그건……."

그때 뒤에서 바스락거리는 소리가 났다.

"어, 사장님, 저기."

그가 순간 놀라서 뒤를 돌아보자 현호가 천천히 고개를 돌리다 깜짝 놀란 얼굴을 했다.

"넌······."

"주희다."

현호가 뭔가 말을 하려 하자 그가 단번에 잘라 버렸다.

"실물은 처음 뵙는군요."

주희는 어쩔 줄 몰라 했다. 분명 지난번에 본 그 남자였다. 이 사람도 호족일 거라고는 생각했지만 여기서 보게 될 줄은 몰랐던 것이다.

"주희는 아직 우리 호족의 관계에 대해 알지 못한다. 주희, 이쪽은 호족의 제후인 호제후, 현호예요."

"제후?"

그녀는 고개를 갸웃하고는 아주아주 얇은 자신의 역사 지식을 들추어 보았다.

"쉽게 말해 호족의 땅 모두를 다스리는 자이지요."

그는 짧게 이야기하고는 그녀를 보았다. 주희는 어정쩡하게 서 있었다.

"제후를 보면 예를 갖추어야 해요."

"예? 인사요?"

그는 억지 미소를 지었다.

"그래요. 제후에게는 항상 인사를 해야 하죠."

"괜찮습니다. 아직 이곳의 관습도 모르시는 분께 그런 것을 강요할 마음은 없습니다. 그러니 너무 형식에 얽매이지는 마세요."

그녀는 현호의 말에 다시 한번 어쩔 줄 몰라 하며 치마를 손으로 구겼다. 현호는 그녀를 한참 보더니 천천히 다가왔다. 설마 이 사람도 미혹인가 뭔가에 사로잡혔나 하는 생각에 움찔하는 순간, 그가 허공중에 손을 뻗어 뭔가를 쥐더니 그녀에게 내밀었다.

"이것은 요패입니다. 호족의 요패가 있어야 이곳에서 활동이 가능하지요. 형님이 챙겨 주신 것 같지 않으니 이것을 사용해 주세요."

그녀는 그가 내미는 하얀 옥으로 된 패를 보았다.

"저기, 이건."

"허리춤에 다시면 됩니다."

현호의 친절한 설명을 들으며 그녀는 잔뜩 긴장한 은호를 보았다. 은호는 성큼 다가와 그녀의 가는 허리에 옥패를 늘어뜨려 감아 주었다.

"그럼 형님, 이만 가 보겠습니다. 주희 님은 어서 요력을 다스려 주시기 바랍니다."

그는 현호를 보다가 잡고는 그녀에게 안 들리는 암어로 물어보았다.

[그녀를 보고 이상한 것 못 느꼈어? 아주 강한 미혹인데. 어떻게 그렇게 아무렇지 않을 수 있지?]

현호는 놀란 듯 그를 보았다.

[형님, 미혹이라니요? 전 느끼지 못하겠습니다.]

은호는 현호를 놔주며 놀란 눈으로 주희를 보았다. 이렇게 강하게 유혹이 느껴지는데 현호는 못 느낀다니. 설마 정말 미혹이 아니라는 것일까? 그는 주희가 자신을 올려다보자 가슴이 두근거렸다. 아니, 이건 확실한 미혹술이었다. 아마도 현호가 미혹술에 강한 것 같았다. 천호 시절 천상에서 어여쁜 선녀들을 봐서 무뎌졌다 생각했는데, 반대로 호족 여인을 많이 보지 못해서 호족 여인에게 약한 것이라 생각하면서도 은호는 어찌할 바를 몰라 했다.

주희는 은호가 곤욕스러워하는 모습을 보며 주춤댔다.

"저기, 저도 집에 가야 하고요."

"그 모습으로는 어려울 거예요."

그녀도 고개를 끄덕였다.

"그러니 이 요력을 다룰 수 있게 도와주세요. 최대한 따라가도록 할게요. 개강도 얼마 안 남았고 부모님도 걱정하시고."

그녀가 간절하게 말을 하자 은호가 얼굴을 붉히더니 고개를 돌렸다.

"네?"

"저기."

그는 조심스럽게 그녀를 보고는 손가락질을 했다.

"그 옷, 그렇게 숙이면 다 보여요."

그녀는 그제야 자신이 입은 옷이 앞섶이 교차로 여미는 옷이라 부실하게 벌어진다는 것을 알고는 화들짝 놀랐다. 거기다 속옷도 못 입었으니 얼마나 잘 보였을지. 그녀는 부끄러워 자리에 주저앉아 버렸다.

"흠. 보지는 않았어요. 그러니 일어나요. 최대한 알려 줄 테니. 수련이 필요하겠지만 꼬리만 숨기는 거라면 내 요력으로 도와

주도록 하죠."

그가 내민 손을 잡으며 그녀가 일어나자 그가 서툰 그녀 대신 옷깃을 여며 주었다.

그녀는 그를 올려다보았다. 그가 다시 고개를 돌렸다.

"그런대 변한 외모는 어떻게 하죠?"

"음, 머리는 잘라 내도 그대로일 거예요."

"왜요?"

그는 난처한 미소를 지었다.

"머리카락은 요력의 형상화라 자를 수가 없어요. 당신의 머리색이 붉은 것은 붉은 호족의 특성이고 머리색의 진하기에 따라 요력의 크기를 보이는 거라서 잘라 낼 수가 없지요. 머리카락도 요력을 가지고 있어서 그 머리카락을 잘라 내려면 같은 요력을 가진 자여야만 해요. 즉, 당신의 부모만 가능한 일인 것이지요."

그녀는 아무것도 모르겠다는 얼굴로 그를 보았다.

"너무 복잡해요."

은호도 난감한 미소를 지었다. 어릴 때부터 배워 오던 거라 너무나 쉽게 받아들였는데 주희는 완전히 다른 세상에서 들어온 거라 전혀 이해가 안 될 만했다.

"그저 그런 거라 생각하고 우선 꼬리에 신경을 집중시켜요. 꼬리는 요기의 발현 요력의 형상화라고 했지요?"

"네."

"그 요력을 자신의 안으로 받아들인다 생각해 봐요."

"받아들여요?"

"힘을 누른다고 생각하면 돼요. 그러니까 화를 누른다든가 참는다든가 그런 것을 생각해요."

주희는 은호의 말을 들으며 하나도 모르겠다는 표정을 지었다.

그도 난감하기는 마찬가지였다. 여태 인간으로 살아온 주희에게 뭐라고 말해야 할지 설명하는 것이 이렇게 난감할 줄 몰랐던 것이다.

그녀는 영 감이 안 잡히는 표정을 했다. 그는 한숨을 쉬고는 그녀에게 손짓을 했다. 주희는 천천히 그에게 다가왔다.

은호는 그녀를 보고 한참을 있다가 손을 뒤집어 뿔 모양이 이마에 달린 말과 닮은 인형을 주었다.

"뭐예요?"

"이걸 눌러서 최하층까지 뿔을 넣어 봐요."

"이게 뭐죠?"

"일각수."

"일각수?"

그는 고개를 끄덕여 주었다.

"이건 호족 아이들이 가장 좋아하는 장난감이지요."

그녀는 그 일각수라는 것을 흔들어 보았다. 말랑말랑한 것이 솜도 아니고 털이 아주 복슬복슬하고 촉감이 좋았다.

"그 뿔을 눌러 봐요."

그녀가 아무 생각 없이 뿔을 누르자 손가락에 피가 흘러내렸다.

"아야."

그는 혀를 끌끌 찼다.

"일각수의 뿔은 힘으로 누르는 것이 아닌 기로 눌러야 하는 것이에요. 지금 주희는 요기뿐이라 그 요기로 눌러야 하는 거지요. 기를 다루어야 력을 누를 수 있어요."

"피나는데요?"

그는 고개를 저어 보이고는 그녀의 손을 잡아 상처를 치료해 주었다.

"요기를 집중시켜 봐요. 요기를 볼 수 있다면 자신의 몸에서 뿜어져 나오는 요기도 볼 수 있겠죠."

그녀는 자신의 손을 한참 보고는 모르겠다고 고개를 저어 보였다. 그러자 그는 한숨을 쉬었다.

주희는 자신이 마치 바보가 된 기분이었다. 이상한 나라에 떨어졌던 엘리스도 이렇게 황당하지는 않았을 것이다.

"날 봐요."

그녀가 그를 보자 은호는 그녀에게 손을 뻗어 보였다. 그의 손가락 끝에서 푸른색 빛이 보였다.

"무슨 색이지요?"

"푸른색이요."

"그래요. 이건 나의 선기. 신선의 기운이죠."

그가 그렇게 말하자 그 빛들이 일순 사라졌다.

"그리고."

그의 손에 다시 빛이 만들어졌다. 이번에는 선명한 붉은 빛이었다.

"붉은색."

"이건 나의 요기. 호족으로서의 기운이죠."

그는 다시 손을 주먹 쥐어 그 빛들을 떨구어 낸 후 손을 펴 보였다. 이번에는 흰색의 기운이 올라왔다.

"이건?"

"이건 나의 법기. 즉, 정법의 힘으로 얻어 낸 법사의 기운이죠."

그녀는 일전에 호족 최초로 세 가지의 힘을 가졌다고 이야기하던 것이 기억났다.

"그럼 요기는 모두 붉은색인가요?"

"그래요. 요기는 모두 붉은색이지요. 단지 그 힘의 크기에 따라 선명한지 아닌지로 나눌 수 있어요. 자, 이제 당신의 손을 펼쳐 봐요. 그리고 손끝으로 몸에 흐르는 힘을 내보낸다 생각해요."

그녀는 그가 시키는 대로 손을 펼치고 한참 동안 인상을 쓰며 바라보았다. 하지만 그녀의 요기는 쉽사리 피어오르지 않았다. 그가 그녀의 다른 손을 깍지 껴 잡자 몸 안에 뭔가가 소용돌이치는 기분이었다.

"놀라지 말아요. 내 요기로 당신의 요기를 어지럽히는 것이에요. 이것도 요기를 끌어내기 위한 방법이니 너무 놀랄 필요 없어요."

그녀는 은호가 만들어 주는 소용돌이에 휘말리는 기분이 들었다. 몸속에서 뭔가 뜨거워지면서 넘쳐흐르는 듯하더니 그녀의 손끝에서 실처럼 가늘게 빛이 퍼져 나왔다.

"어머나."

그녀가 조용하게 말하자 그는 피식 웃었다.

"자, 그럼 그 요기를 손가락 끝으로 모은다고 생각해요. 이 붉은 실들을 모아서 손가락에 감는다고 여겨요."

그녀는 은호의 말대로 해 보았다. 실처럼 보이는 빛이 모이는 듯하다가 사라지길 반복할 때마다 그는 참을성 있게 그녀에게 힘을 불어넣어 주었다. 그렇게 있기를 세 시간 만에 그녀는 겨우 일각수 인형의 뿔을 한층 밀어 넣을 수 있었다. 그리고 만 하루가 지나서야 끝까지 밀어 넣을 수 있었다.

주희가 자신의 꼬리를 사라지게 한 것은 그로부터 이틀 뒤였다.

"이제 집에 가도 돼요?"

은호는 난처한 얼굴로 그녀를 보더니 가까이 오라 하고는 그녀에게 술법을 걸어 주었다.

"요기가 발현하지 않으면 이 술법은 깨지지 않을 거예요. 우선 예전 모습으로 돌려 두었어요. 차츰 익숙해지게 서서히 모습을 바꾸도록 하죠."

그녀는 고개를 끄덕였다.

"그리고 이 팔찌."

"네?"

"지난번 팔찌는 그날 요력을 제어하지 못해 부서졌어요. 그러니 새로운 결계의 팔찌를 줄게요. 그리고 당신을 노리는 사람들이 존재하니 앞으로 움직일 때는 내가 동행할 거예요. 알았죠?"

은호와 함께 다닌다니. 그녀는 순간 난감한 표정을 지었다.

어딜 가나 눈에 띌 것이다. 분명 모두들 수군거릴 것이다. 대부분 사람인 줄 알 건데. 하긴 그녀도 이제 사람이 아니다. 그녀는 울고픈 심정을 느꼈다.

이미 사람이었던 시간이 전생이라니. 호족이라니. 이런 말도 안 되는 이야기를 받아들이는 자신도 무서울 지경이었다.

"우선 알아 둬요. 음……."

그는 조금 뜸을 들이다가 이야기했다.

"인간 세계와 이곳은 시간이 좀 달라요. 천계와 호족의 시간도 다르고. 지금 인간의 시간은 그날 이후로 두 달이 지났으니 주희가 다니던 학교에선 중간고사도 이미 치렀어요."

주희는 깜짝 놀라 그를 보았다.

"두 달이라뇨? 전 여기 온 지 4일 정도라고요."

그는 난처한 얼굴을 했다.

"이곳과 인간계는 시간의 흐름이 달라요. 청구의 하루는 인간계의 보름 정도의 시간이죠. 그러니 4일이 두 달이 되는 거고요. 그리고 산책을 하던 그 선계와 인간계 사이의 길은 시간의 흐름이 없는 길이라 지난번 집에 데려다줄 때 그 길을 걸으면 집에까지 시간이 전혀 안 간 것이 되는 거죠."

그녀는 머리가 핑글거렸다.

"그럼 어떻게 되는 거예요? 학교는요? 전 두 달 동안 학교도 집도 안 간 건가요?"

그는 고개를 저어 보였다. 그러고는 곤란한 듯 이마를 문질렀다.

주희는 은호가 좀처럼 안 하던 행동을 한다는 생각에 그를 빤히 보았다. 지금 그녀가 머무는 방이 그의 침실이라는 것을 알고는 기겁을 해서 다른 곳을 찾으려 했지만 그녀가 머물수 있는 곳은 어디에도 없었다.

매일 아침을 은호와 식사하고 그와 함께 수련하며 지내면서 참으로 단조로운 사람이라는 것을 알게 되었다. 그리고 이상하게 그를 어려워하는 사람들이 많아서 주로 혼자 있는 시간이 많다는 것도 말이다. 혼자 차를 마시고 혼자 바둑을 두거나 책을 보고 혼자 수련하고. 식사는 다른 사람들이 준비해 주지만 은호만 보면 인사하고 할아버지 대하듯 하는 게 여간 이상한 것이 아니었다. 언젠가 물어보려 했는데 워낙에 나이 든 어른들도 경어를 써서 그녀도 막 물어볼 수 없는 부분이 있었다.

"그리고요?"

"그날, 그러니까 그 요력의 발현일에 지희 씨가 우리를 본 듯해요."

"요력의 발현일?"

그녀는 그 말을 따라 하다 은호와 키스했던 것을 기억하고는 얼른 고개를 떨구었다가 번쩍 들었다.

"지희가 봐요?"

그는 난감한 듯 웃어 보였다.

"그래서 작은 오해가 있어요. 지금 현 상황에서 당신과 난… 그러니까… 서로가, 그러니까……."

"애인 사이요?"

은호는 간신히 고개를 끄덕였다. 그가 얼굴이 붉어지는 것을 보며 그녀는 그 말이 그렇게 어려운가를 생각하고는 피식 웃어 버렸다.

"여자 친구 있으실 건데 그분이 뭐라 하는 것 아닌지 모르겠어요."

"여자 친구?"

"네. 애인 같은 것요."

"아."

그는 심드렁하게 말하고는 그녀를 한참 보았다.

"인간은 여러 사람을 만나고 헤어지지만 우리 호족은 그렇지 않아요."

그녀는 은호의 진지한 목소리에 그를 보았다.

"우리 호족은 단 한 사람을 만나 사랑하고 평생을 함께하지요. 만약 상대가 잘못되면 평생을 혼자 살아가요."

그녀는 그를 한참 보았다.

"그럼 사장님도 그런 분이 있으신가요?"

그는 눈을 내리떴다.

"오래전부터 그런 운명이 없었어요. 인연부에 인연은 나타나지 않았지요."

주희는 이해할 수가 없었다. 이렇게 잘생긴 사람에게, 아니 호족에게 연인이 없다니. 호족 여자들은 인간과는 다른 관점인 것일까?

"흠흠. 죄송해요. 하지만 이런 이야기 이해가 안 가네요. 이렇게 멋진 분을 누구도 차지하려 안 하다니. 저 같으면 당장에 사귀자 할 텐데."

그녀는 밝게 이야기하고 그를 보았다. 하지만 은호는 굳어 버린 듯 아무 말도 안 하더니 헛기침을 하고는 돌아섰다.

"그래서 두 달간 당신을 대신한 꼭두각시가 나와 당신이 사귀는 척을 했어요. 지희 씨가 상당히 집요하게 우리들의 이야기를 듣고 싶어 해서 적당하게 꼭두각시가 이야기한 듯한데, 당신의 요기로 만든 인형이지만 어째서인지 당신 성격과는 많이 다른 듯해요. 아주 과장되게 이야기를 하는 바람에 상당히······."

그녀는 그의 말에 눈을 깜박거렸다.

"하여튼 꼭두각시를 불러 그 요기를 다시 당신의 안으로 받아들이면 무슨 일이 일어났는지 알게 될 테니 지금 출발하지요."

"그런데 거기는 어떻게 가요? 옷은요?"

은호는 웃으며 손을 내밀었다. 주희는 그의 손을 살며시 잡았다. 하긴 시도 때도 없이 손을 잡아서 이제는 손잡는 게 아무렇지도 않았다.

그의 손을 잡자 갑자기 주위가 바뀌며 동굴 같은 것이 나타나더니 문이 보였다. 그가 문손잡이를 돌려 들어가자 스태프실이 보였고 그 안에는 정좌를 하고 있는 그녀가 보였다.

"어머."

"자, 이제 돌아가도록 하지요."

은호가 꼭두각시의 위로 손을 올리자 그 인형의 몸에서 빛이 나더니 조그마한 구슬로 변했다.

"손을 줘요."

주희가 그를 향해 손을 내밀자 그가 그녀의 손에 구슬을 올려 줬고 구슬은 녹아들어 가듯 그녀의 손안으로 사라졌다. 순간 그녀가 사라졌던 2개월간의 일들이 마치 자신이 경험한 듯 머릿속에 펼쳐지기 시작했다.

"이게 뭐죠?"

"이게 그 꼭두각시가 한 일들이죠."

그녀는 손으로 얼굴을 가렸다. 지희에게 말도 안 되는 소리들을 한 것이다.

"아아. 어쩌면 좋아. 그나저나 옷은."

"잠시."

은호가 그녀에게 다가와 어깨를 쥐자 주희의 옷이 빛이 나더니 단숨에 꼭두각시가 입었던 옷으로 변했다.

"야, 휴식 너무 길……. 어머, 죄송합니다."

그녀는 지희가 얼른 문을 닫자 난감한 미소를 지었고 그도 미소를 보였다.

"정말 오해할 만한 상황인가요?"

"그렇지요."

그는 좀 더 그녀의 어깨를 꼭 쥐고는 그녀를 내려다보았다. 순간 주희의 얼굴도 홍조가 피어올랐다. 은호는 미소를 보이더니 그녀의 이마에 입술을 맞추었다.

"나가 봐요."

주희는 이마에 손을 대고는 얼굴을 붉힌 채 가게 안으로 들어섰다. 예전에는 보이지 않았는데 백색의 큰 막이 돔 형태로 가게를 에워싼 것이 보였다. 아마 은호가 말하는 결계인 듯했다.

"야, 너 시도 때도 없이 러브러브냐?"

"응?"

"이건 부끄러워서 들어갈 수가 있어야지. 우리 과에도 너 소문 쫙 퍼졌어. 여기 사장과 러브러브 중이라고."

주희의 얼굴은 더욱 빨갛게 달아올랐다.

"뭐?"

"다들 초미남과 열애에 빠져서 공부도 안 할 줄 알았는데 시험 잘 봤다고 원성이 자자해."

그녀는 민망함에 죽을 것 같았다.

"아하."

그녀는 시큰둥하게 말했다.

"그런데 너 정말 끝까지 간 거야?"

"뭘. 끝이라니?"

"아니, 그러니까 사장님과 밤까지."

"야!"

그녀가 기겁을 해서 부르자 지희는 엉큼하게 웃었다.

"아이, 난 네가 넘겼다고 해도 이해해. 저렇게 잘생긴 미남인데 나였으면 벌써 넘겼어. 그나저나 너 첫 번째 남자 친구지."

"으응."

그녀는 괜히 뒷목덜미를 긁었다.

"사장님 정확한 나이가 몇이야? 둘이 부모님께 말한 거야?"

정확한 나이라는 말에 그녀도 모른다는 생각이 들었다.

"부모님께는 아직……. 하하. 나 테이블 정리할게."

그녀는 얼른 자리를 피했다. 아아, 주희의 꼭두각시가 아주 당돌했던가 보다. 지금도 기억이 흘러들어 오는데 당황하는 은호의 팔을 잡고 늘어지는 모습부터 여러 모습들이 주마등처럼 지나가고 있었다.

그녀는 민망해서 자리에 주저앉으려다가 다른 좌석에 앉아 차를 마시는 그를 보았다. 오늘은 셔츠에 청바지 차림이었다. 상고시대 옷을 입어도 멋있었는데 청바지에 흰 셔츠만으로도 눈이 부시게 멋있었다. 동그란 안경을 쓰고 있는데도 저렇게 멋있을 수 있는 사람이 몇이나 있을까. 그녀는 자신도 모르게 은호의 모습에 얼굴이 붉어졌다.

"호옹, 주인님의 기를 너도 느끼는구나. 대단하지? 맑고 드높아서 아무나 다가갈 수 없는 기백이시지. 여자들 모두 우러러보는 분이셔. 너도 그런 존경이 솟아나지?"

그녀는 깜짝 놀라 차령을 보았다.

"안 보이시더니요."

차령은 미소를 지었다.

"너희 집 주변 정리와 지희 집 주변 정리."

"네?"

차령은 살짝 불안한 표정을 지었다.

"홍아가 도망쳤거든. 천호께서 다친 홍아를 놔주시기는 했지만 저렇게 싹 사라졌다는 것은 다음 일을 꾸미는 거니까. 넌 걱정 마. 주인님이 보호해 주실 거야. 주인님이 보호한다면 넌 아무 문제가 없어. 우리 호족에서 주인님을 이길 수 있는 사람은 아무도 없어. 호각으로 싸울 수 있는 상대는 잠이 들어 버렸으니까."

주희는 은호를 보던 것이 들켜 부끄러워졌다. 하지만 차령은 아무렇지 않게 주희를 밀었다.

"주인님께 가 봐. 주인님도 좋아하실 거야."

"네?"

차령은 주희를 밀어 은호의 앞에 앉게 했다. 은호도 약간 긴장한 듯 보였다.

"지희가 자꾸만 놀리네요."

그녀가 겸연쩍게 이야기하며 은호의 눈치를 살피자 그는 대수롭지 않다는 듯이 차를 따라 그녀에게 주었다.

"마셔요. 오늘따라 차가 잘 우러나서 좋군요."

그녀는 차를 두 손으로 쥐고 가만히 마시다 그를 보았다. 은호의 은발 머리카락이 올려진 비녀를 가만히 보던 그녀는 그 비녀를 누가 올려 주는지 알고 싶었다. 그리고 모든 호족들이 왜 그에게 존대를 쓰는 것인지도 궁금했다.

"말투는 내가 천호라는 관직을 했다 보니 모두들 존경의 의미로 그렇게 하는 것이고, 머리는 혼자 올리는 거예요."

주희는 깜짝 놀라 그를 보았다. 어떻게 그녀의 생각을 알아낸 건지, 그녀는 몸부터 사려졌다.

"당신의 생각은 나에게 아주 잘 들리는군요."

그녀가 놀라서 눈을 크게 뜨자 그는 웃으며 주희의 손을 쥐었다.

"당신이라고 했어요? 왜요?"

은호는 미소를 보이더니 그녀의 손을 엄지손가락으로 문질렀다.

"놀라지 말아요. 우리들은 다른 이의 생각을 읽을 수 있어요. 서로의 파장이 잘 맞으면 서로가 알 수 있지요. 당신과 난 파장이 잘 맞아서 당신의 생각을 읽을 수가 있어요. 아마 조만간 당신도 모든 힘을 개방하고 나면 내 생각을 알 수 있겠지요. 그리고 다른 사람들이 연인이라고 알고 있는데 너라고 부르는 건 아닌 것 같아요. 당신이라는 칭호가 더 어울릴 것 같군요."

은호는 그렇게 말하고 그녀의 손목 안쪽을 손가락으로 쓰다듬어 주며 그녀를 살폈다. 당신이라 부르기 시작한 건 청구산에서부터였다. 이미 그녀가 인연임을 인정하기에 호칭도 자연스럽게 변한 거지만 그녀는 그 상황이 너무 이상했서 이제야 당신이라 부르는 것을 눈치챈 모양이었다.

주희는 얼굴이 붉어지다 못해 불이라도 나는 듯 뜨거워졌다. 하지만 그의 이런 행동이 싫지 않았다. 이상하게 마음이 더욱 동한다고 해야 할까? 그와 있으면 주변 온도가 한 5도 정도 올라가는 기분이 들었다.

그녀는 그가 따라 준 차를 마시면서 눈을 내리떴다. 차의 향긋한 향이 가게 안에 스며드는 것 같았다.

"그때 만났던 홍아를 기억하나요?"

"홍아라면, 그 붉은 머리의?"

그는 고개를 끄덕였다.

"홍아는 지금 당신이 가진 요기구슬을 찾으려고 애를 쓰고 있지요. 홍아는 될 수 있으면 만나지 않는 게 좋아요. 지금 당장은 당신의 요기가 발현된 것을 모르지만 알게 되면 더 귀찮아질 수도 있어요."

그녀는 이상하다는 듯이 그를 보았다.

"요기구슬이 왜 필요한 거죠?"

은호는 한참을 망설이는 듯이 보였다.

"그건 호족의 금기라 여기서 말하기는 그렇군요. 나중에 돌아가면 말해 줄게요."

"하지만 전 집에 가야 해요. 저희 공주도 걱정이고 부모님도 뵙고 싶어요."

그는 가만히 잔을 만지작거리더니 마지못해 고개를 끄덕였다.

"그런데 사장님, 항상 호족의 마을로 돌아가시는 거예요?"

"그냥 은호라고 불러 줄래요."

"네?"

"모두들 이름으로 부르지를 않아서 당신만이라도 이름으로 불러 주면 좋을 것 같아요."

그녀는 그를 가만히 보았다. 은빛 속눈썹 속에 숨겨진 검은 눈이 오늘따라 깊어 보여 속을 알 수가 없었다.

"네… 은호 씨."

그는 미소를 지어 주었다. 밝은 빛이 가득한 가게 안에 시원한 바람이 불어오는 기분이 들었다.

집에 와 보니 엄마와 아빠는 주희가 다른 사람이었던 것도 모르고 그녀의 반가운 포옹을 징그럽다면서 떨쳐 내셨다.

오직 자신의 애견 공주만이 꼬리가 빠져라 흔들면서 늙은 몸을 이끌고 지척거리며 다가와 그녀의 손을 핥아 댔다.

"알아봐 주는 건 너뿐이구나."

그녀는 강아지를 안아 주며 이야기했다. 강아지의 측은한 눈빛이 그녀의 마음을 아프게 했다. 갑자기 눈물이 흘렀다.

'어라? 왜 갑자기 울지?'

그녀는 눈물을 떨구며 강아지를 쓰다듬었는데 미세하게 조금은 차가운 기분이 들었나.

"왜?"

"그녀가 아프군요."

그녀는 깜짝 놀라서 고개를 들었다. 언제 온 건지 은호가 심각하게 강아지를 보고 있었다.

"언제 오신 거예요? 어떻게요?"

"그건 나중에 알려 줄게요. 그나저나 이 아이, 몸이……."

그는 강아지의 앞발을 쥐고 한동안 강아지를 보았다.

"네? 어디가 아픈가요?"

은호는 고개를 저었다.

"조금 피곤하다는군요. 아주 많이 걸어서 피곤하다고."

주희는 그를 올려다보았다.

"혹시 강아지랑 말도 통해요?"

"희미하게 그녀가 내게 이야기를 하는군요."

주희는 은호를 올려다보았다. 은호의 얼굴이 약간은 슬퍼 보였다.

"많이 아파요?"

그녀가 당황해서 이야기하자 그는 강아지를 쓰다듬어 주었다.

"당황하지 말아요. 그녀는 단지 피곤하다고 이야기하고 있어요. 그냥 집에서 당신과 있고 싶다고 하는군요."

그녀는 울상이 되었다.

"하지만, 어디가 아픈 건지는 알아야지요."

은호는 그녀의 눈물이 가득한 눈을 보았다.

"왜 슬퍼하지요?"

그녀는 자신의 눈가를 닦았다.

"전 수의학과예요. 바보가 아니라고요. 지금 손바닥을 통해 공주의 심장박동을 느낄 수 있어요. 많이 안 좋은 것 같아서 검사를 해야 할 것 같아요."

그는 주희의 손을 쥐고는 고개를 저었다.

"그녀는 주삿바늘도 차가운 병원도 싫다며 당신이 안아 주면 좋겠다고 하고 있어요. 내일이면 기운을 차릴 거라고."

주희는 믿을 수 없는 말을 하는 그를 보았다. 그리고 다시 강아지를 보는데 강아지를 쓰다듬는 그의 손에서 푸른색 빛이 일어나더니 강아지의 몸속으로 흘러들어 가는 것이 보였다. 그녀는 마른침을 삼켰다.

"내일 병원에 데리고 갈래요. 피곤하다고 하면 링거도 맞고 영양제도 먹고 하면 기력을 차릴 거예요."

은호는 한참 그녀를 보더니 한숨을 쉬었다. 그러고는 주위에 손을 휘둘러 뭔가를 그렸다.

"뭐죠?"

"당신을 보호하기 위한 결계니까 걱정 말고 자요. 그럼."

"은호 씨."

그는 자신의 이름을 부르는 주희를 돌아보았다.

"고마워요. 이렇게 걱정해 주셔서."

그는 아무 말 없이 미소를 지었다.

"오늘 밤이면 떠날 생명을 그렇게 신선의 기운까지 나눠 주며 시간을 더 주신 이유를 모르겠습니다, 천호."

은호는 미소를 지었다.

"오래 떨어져 있던 강아지가 돌아오는 날 바로 떠난다면 얼마나 상심이 크겠느냐. 이별을 할 수 있는 시간을 준 것이다."

"그래서 결계도 쳐 두신 겁니까? 명부에서 데리러 올 것을 대비하여?"

그는 주희에게 오랫동안 시선을 주고 있었다. 그의 존재를 보지 못하는 그녀는 강아지를 보느라고 정신이 없었다.

"이별을 할 수 있는 시간을 주는 것은 중요한 것이다."

"적호님 때의 일 때문에 그러십니까?"

그는 한숨을 쉬었다.

"내가 천계로 불러다 벌을 내리지 않았다면 연인의 임종은 지킬 수 있었겠지. 그랬다면 그렇게 폭주하지는 않았을 것이다."

차령은 고개를 떨구었다.

"그 당시는 전 아직 어릴 때인지라 이야기만 들었을 뿐입니다."

"자신의 인연을 만난 적호가 세상을 화염지옥으로 만든 건 그 인간의 두 번의 죽음 때문이었다. 그다음 생에서는 이별할 틈도 없이 죽음을 맞이하였지. 적호는 세 번의 환생을 그렇게 마친 자신의 반려를 위해 할 수 있는 모든 것을 했다. 나라면 그렇게 할 수 있었을지……."

그는 쓰게 이야기하고는 돌아섰다.

"천호, 자책하시는 겁니까?"

그는 고개를 저었다.

"난 인연의 끈을 모른다. 서로의 끌림도 모른다. 우리 중 가장 먼저 운명을 마주한 건 적호이기에 그 아이의 선택을 내가 뭐라 말할 수는 없는 것이다. 적호는 모든 것을 내던져 사랑을 했고 난 아무도 사랑하지 않았지. 그것이 우리 둘의 차이일 뿐이다."

차령은 주희를 보았다.

"천호, 제가 보기에 천호께서 주희를 무척이나 아끼는 듯합니다. 그저 적호님의 요기 때문은 아닌 듯이 보입니다."

은호는 그 자리에 한참을 서 있다가 고개를 떨구었다.

"쓸데없는 걱정을 하는구나. 돌아가자."

차령은 그렇게 말하고 돌아서는 그를 미심쩍은 눈으로 바라보았다. 은호는 그의 말처럼 사랑 따위 모르는 호족이었다. 항상 예법에 따라 모든 일을 처리하고 자신의 종족에게도 모든 천계의 법률을 적용하였다.

그의 머리색처럼 차갑다고, 호족의 뜨거운 마음을 모른다고들 말할 정도였다. 은빛 물결처럼 잔잔하던 그가 갑자기 저런 어린 여자아이를 살리기 위해 적호의 요기구슬을 썼다는 말을 들었을 때부터 뭔가 이상하다고 생각은 했었다.

그녀는 조심조심 월하의 기를 찾으려고 노력했다. 월하노인이라면 분명한 해답을 줄 수 있을 것이다.

차령은 조용히 그를 따르면서 혹시 천호의 반려가 될 아이라면 이 인간 세상에 둘 수 없다고 생각했다.

만 년이 넘는 세월을 홀로 지낸 천호에게 생전 처음 나타난 반려였다. 거기다 호족으로 다시 태어났다면 지난 대 적호처럼 거부할 원로들도 없을 것이다.

차령은 조심스럽게 자신의 요기로 나비를 만들어 하늘로 날렸다. 꼭 월하를 찾기를 바라는 마음이 나비 속에 담겨 하늘로 날아올랐다.

 동물병원에서는 공주가 너무 늙어서 그런 것이라며 점점 신체의 주요 기능들이 멈추어 간다고 이야기했다. 아직 살아 있는 것이 신기할 정도라고.

 강아지를 안아 들고 병원을 나오면서 주희는 은호가 한 말을 기억해 냈다. 피곤하다고 말했다고, 바늘도 싫고 그저 그녀의 품에 안겨 있고 싶다던.

 그 뒤, 주희는 거의 일주일을 학교에 나가지 않았다. 어머니도 걱정을 하셨지만 강아지를 두고 나갈 수가 없다는 주희의 심정을 헤아려 주셨다.

 일주일의 마지막 날, 급격하게 호흡이 흐려지는 공주의 모습에 주희는 눈물을 터트렸다. 한참을 울고 또 우는 사이에 갑자기 은호가 나타나더니 예의 그 종이우산을 펼쳤다.

"왜요."

"꼬리가 나왔어요. 몰랐어요?"

그녀가 놀라서 돌아보자 그의 말대로 꼬리가 보였다. 그런데 꼬리 끝이 갈라져 있었다.

"뭐죠?"

그녀가 불안하게 물어보자 그는 침을 삼켰다.

"청구산으로 가야겠어요."

"왜요?"

"이 아이의 죽음이 두 번째 발현으로 이어지는군요."

"하지만……."

"이 아이도 같이 가지요. 거기라면 이 아이도 당신에게 인사는 할 수 있을 거예요."

그는 우산을 쓴 채 한 손으로 뭔가를 그리듯이 허공에 손짓을 했다. 곧 허공에서 문이 나타났고 그녀는 그와 함께 그 속으로 들어갔다.

은호는 그녀의 품 안에 있는 강아지를 받아 안았다. 그러고는 자신의 선기를 불어넣어 강아지의 기력이 돌아오게 했다.

"이곳과 인간의 시간은 다르다고 했죠?"

은호는 고개를 끄덕였다.

"그때, 선기로 이 아이의 목숨을 잡아 준 건가요?"

그는 아무 말도 하지 않았다.

"왜 말해 주지 않았어요."

그는 가늘게 숨을 쉬는 강아지를 그녀의 품에 안겨 주었다. 강아지는 눈을 들어 그녀를 보았다.

**'그를 탓하지 마라. 내가 그러자고 했어.'**

"공주야?"

**'고마웠어. 행복했어. 안아 줘서 좋아. 같이 있어 줘서 행복해.'**

그녀의 눈에서 눈물이 굴러떨어졌다. 정말 평온해 보이는 얼굴이었다.

**'잠을 잘 거야. 한동안. 나중에 다시 만나.'**

그녀는 공주의 이마에 자신의 입술을 올렸다.

"나중에 꼭 다시 만나."

강아지는 깊은숨을 몰아쉬었다. 마지막 숨을 쉬기 위한 애처로운 몸짓에 그녀의 눈에서 눈물이 떨어졌다.

"너무 슬퍼 말아요. 이제 다시 만날 수 있어요."

은호가 그녀의 어깨를 쥐고 조용히 말해 주었다.

'안녕, 나의 친구.'

그녀는 마지막으로 겨우 이야기하고는 깊은 잠이 든 강아지를 꼭 안았다.

가슴속에 뭔가가 흘러들어 왔다. 숲의 한가운데에서 죽은 여우를 안고 울부짖는 사람의 모습이. 그리고 뭔가가 터져 나가듯 불길이 번지는 것이 보였다.

가슴속이 뜨거워졌다. 뒤에서 그가 그녀를 꼭 안았다.

"괜찮아요. 걱정하지 말아요."

그녀가 아파하는 모습을 보며 그의 가슴 한쪽 어귀도 아파 왔다. 어찌 이리도 적호와 같은 발현이 일어나는 것일까. 적호의 두 번째 발현도 아끼던 동생의 죽음에서 비롯되었다. 그녀의 몸 안에서 일어나는 불꽃을 보며 은호는 그녀를 꼭 안았다. 그의 기로 누를 수 있기를 바라며 그는 그녀를 안고 자신의 기로 그녀를 감쌌다. 불길이 퍼져 나가지 않게 그녀를 안고는 그녀의 발현이 일어나는 것을 그대로 받아들여 주었다.

얼마나 아플지 발현을 겪은 모두가 아는 일이었다. 하나이던 꼬리가 갈라질 때마다 새로운 능력이 올라온다. 하지만 그 능력을 갖기 위한 아픔은 이루 말로 표현할 수 없는 것이다. 이번의 고통은 이별의 아픔이 분명했다. 그는 주희의 귀에 나직하게 괜찮다고 속삭이며 거세게 휘몰아치는 아픔의 불꽃을 버텨 주었다. 그녀의 머리카락이 일렁이며 붉게 물들고 그녀의 눈에서 떨어지는 눈물이 화염을 만들어 주위를 산화시키는 것을 막으며 그는 눈을 감고 그녀를 꼭 안아 주었다.

한동안 울음이 멈추지 않다가 서서히 멎어 가자 주희는 자신의 품에 안긴 강아지를 보았다. 평안히 잠이 든 듯한 모습에 다른 것이 있다면 눈을 감지 못한다는 것이었다.

"부모님이 걱정하실 거예요."

그녀가 목이 메어 이야기하자 은호는 천천히 그녀를 풀어 주었다.

"이 아이를 어떻게 해야 하죠?"

"이곳 청구산에 묻어 주지요."

"네?"

"청구산에 묻어 주면 다음 해에 이 아이의 무덤에서 꽃이 피어나요. 무엇으로 환생했는지 꽃의 색을 보면 알 수 있어요. 그리고 그 꽃을 잘 길러서 그 아이를 축원해 주면 그 아이가 평탄한 삶을 살아갈 수 있다고 해요."

그녀는 눈물을 떨구었다. 그러고는 조금 시간이 걸려 겨우 꼬리를 사라지게 할 수 있었다.

"가요."

은호는 그녀를 안고 한순간에 그녀의 방으로 갔다.

어머니가 방으로 들어오시더니 그녀를 안고 위로를 해 주고는 화장을 해야 하는데 같이 가 줄까 하고 물어보았다. 그녀는 고개를 저었다. 어머니가 나가고 나자 그녀는 조용히 입을 열었다.

"엄마는 제가 이 아이 간호하다가 오늘 떠난 줄 아시는군요. 꼭 두각시인가요?"

그가 고개를 저었다.

"그저 환술일 뿐이에요. 그럼 다시 청구로 가지요."

주희는 고개를 끄덕이고는 그와 함께 다시 차원의 문을 건너 청구산으로 돌아갔다.

나지막하고 볕이 잘 드는 곳에 강아지의 무덤을 만들어 주었다. 그는 그녀의 머리카락 끝을 쥐더니 붉은색 가위로 아주 조금 잘라서 강아지와 함께 묻어 주었다.

"자르지 못한다고 하지 않았나요?"

"이 가위는 요력의 주인이 만들어 둔 가위니까요."

그는 그렇게 말하고는 비틀거리는 주희를 안아 주었다.

"왜 저에게 잘해 주세요?"

은호는 묘한 표정을 지었다.

"그저 절 살린 미안한 마음 때문이라면 그러지 않으셔도 돼요. 전 감사하니까요. 비록 인간이 아니라고는 해도 살아 있어서 여러 사람을 만나니까요."

그는 한동안 침묵했다. 주희가 그런 그를 올려다보았다.

"은호 씨?"

그는 그녀의 머리카락을 쓰다듬어 주었다.

"그냥, 도와주고 싶어서라고 하지요."

그렇게 얼버무리듯이 이야기하더니 그는 그녀를 품에서 놓지 못한 채 계속 그녀의 머리카락을 쓰다듬었다. 왠지 뭔가를 망설이는 듯하였다.

"혹시 하실 말씀이라도……?"

그는 아주 진지한 얼굴로 그녀를 보았다.

"아니. 아니."

그녀를 풀어 주는 그의 손길이 못내 아쉬운 듯 보였다. 주희는 그의 등을 보며 한참을 서 있었다. 왜 그가 망설이고 아쉬워한다는 생각을 한 건지 이해할 수가 없었다.

은호는 자신의 입을 막고 싶었다. 진지하게 그녀에게 이 청구산 자신의 저택에서 살 마음이 없는지 물어보려 했다. 이건 분명 누군가 그를 조종하는 것이 틀림없었다.

주희는 그에게 전혀 끌리지 않고 있는데 그 혼자 인연이니 뭐니에 매달려 갈대처럼 흩날리고 있는 기분이 들었다.

 주희는 어떤 기분일까. 원망은 안 한다고 했지만 갑자기 이런 큰 힘을 가지고, 거기다 부모님이 있음에도 부모가 아닌 기묘한 상황이 모두 은호 때문인데…….

 그는 한숨을 쉬었다. 운명에 휘둘리다니, 그에게 있을 수 없는 일이었다.

 거기다 그녀는 이제 겨우 스물세 살 정도의 어리디어린 여우일 뿐이었다. 만 살이 훨씬 넘은 그에게는 너무나 나이 차이가 나지 않는가.

 그는 문득 자신의 용모가 어떤지 걱정이 되었다. 그녀가 자신을 어떻게 생각하는지. 이런 상고시대 옷을 그녀가 좋아하는지도.

 그는 자신이 한심해서 자리에 푹 주저앉았다. 그러다 인연부에 그의 인연은 그녀의 환생인인 호족이지만 주희가 인간이었을 때 주희의 인연부의 인연은 누구였을지가 문득 떠올랐다. 본디 인연부에 상대가 죽고 나서 새로운 인연이 고쳐 써지는 것이라, 인간으로서 주희가 세 살에 삶을 마쳤어도 호족으로 변화하는 동안 인간의 모습으로 있었기에 아직 인연부에 인간의 반려가 존재할지도 몰랐다.

 혹시 아직도 인간으로서의 인연이 존재하는 건 아닐까 하는 의구심과 함께 갑자기 화가 났다. 순간 월하를 잡으러 꼭 가야 할 이유가 생겼다.

그는 얼른 술법을 써서 월하의 행방을 찾을 나비를 만들어 하늘로 날렸다. 잡히면 이번에는 그를 속인 죄를 물을 작정이었다.

그는 몸을 돌려 주희에게로 돌아갔다.

"작별은 다 했어요?"

"네."

그는 고개를 끄덕이더니 다시 차원의 문을 열어 그녀를 집으로 데려다주었다. 주희는 머뭇거리다가 고맙다는 인사를 했다. 요력을 눌러 주어 그녀의 꼬리도 감추어 주고 무척이나 다정하고 상냥한 사람이라 그 친절이 얼마나 고마운지 몰랐다.

"정말 감사합니다."

그는 그녀를 한참 보더니 고개를 저었다.

"모두 나 때문에 일어난 일이거늘."

그녀는 그의 품이 넓은 상고시대 복장을 보며 그의 옷깃을 바로잡아 주었다. 은호는 놀란 듯 얼굴을 붉히더니 뒤로 물러났다.

"그럼."

"네, 은호 씨. 잘 가요."

그는 서둘러 그녀의 방에서 빠져나오면서 참았던 숨을 훅 몰아쉬었다.

이상하게도 그녀의 요력이 증가할수록 은호를 참을 수 없게 만드는 이상한 향도 더욱 진해지고 있었다.

'이놈의 월하! 무엇을 숨긴 것이냐.'

그는 씩씩거리며 자신의 별채로 들어섰다.

월하는 난감한 표정으로 차령을 한참 보았다.

"이 문제는 너와는 상관이 없다는데도 그러는구나."

"아니지요. 일족은 모르는데 이것이 얼마 만의 일입니까. 분명 그 인간 아이는 이제 인간이 아닌 몸이 되었습니다. 거기다 만 년 이상을 홀로 지내신 천호의 반려가 될 운명이라면 이런 혼탁한 인간 세상에 둘 수는 없습니다. 얼마 전에도 홍아가 그 인간 아이에게서 요기구슬을 빼앗으려 했습니다."

월하는 입을 꾹 다물었다.

"어린 여우야, 이런 일은 어른들의 일이다. 그러니 자신의 인연이나 물어보려무나."

차령은 발을 굴렀다.

"정통성도 만들어야 하는데 원로들이 알면 난리 날 거라고요."

"어허."

그는 차령이 발을 구르든 말든 부채를 부칠 뿐이었다.

"자꾸 이러시면 천호께 어디 계신지 이야기해 버릴 거예요."

"흠, 천호가 찾고 싶으면 언제든 찾을 것을 뭘 그리 난 체하누."

월하는 시치미를 떼며 말하고는 차령을 보았다. 분해 보이는 얼굴에 수염이 돋아난 것도 모르고 있었다.

"그놈의 수염이나 어떻게 하거라."

차령은 얄미운 듯이 월하를 노려보고는 등을 돌렸다.

"네 주인이 찾을 것이다. 어서 돌아가거라."

차령은 뒤도 돌아보지 않고 뾰로통해져서 문을 열고 나가 버렸다.

"쯧쯧, 성질머리하고는. 저러니 짝이 안 보이지."

그는 혀를 차고는 가게 안을 둘러보았다. 아직 봄인데 꽃이 잘 피지 않는 것으로 보아 분노한 누군가가 자신을 찾아다니고 있을 것이 분명했다.

"허허, 그 인연부 한번 보여 준 것이 어찌 내 잘못이라 할 수 있누. 본디 그런 것을."

그는 자리에서 일어나더니 부채를 휘둘렀다.

"여기 있으면 천호의 나비에게 잡혀가겠구먼그래. 잠시 피접을 가야겠구나."

그는 웃으며 말하고 인연부에서 몇 글자를 빼서는 붉은 실로 묶어서 책상 위에 두었다.

∽

노기탱천해서 요기를 마구 발산하며 들이닥쳤지만 이미 월하는 도주하고 난 뒤였다.

은호는 주먹을 쥐고 부들거리다가 책상 위에 있는 붉은 끈이 달린 죽간을 보았다. 아마 그의 나비가 이것을 보고 월하의 기라 착각한 것일지도 몰랐다.

그가 죽간을 들어 올리자 죽간이 스르르 풀어졌다.

"나에게 남긴 거군."

그는 죽간을 들고 읽으며 인상을 팍 구겼다. 역시나 그녀에 대한 인연부였고 그는 또다시 확인을 한 결과만 되는 것이다.

본디 세 살에 죽을 운이었는데 왜 보여 줘서는 이런 사달을 낸 건지.

은호는 혀를 끌끌 차다가 그의 개입으로 운명이 바뀐 인연을 보게 되었다. 세 살에 주희가 졸함으로 인해 다른 여인과 인연이 되어야 할 남자의 이름이 아직도 주희 옆에 붉은 글로 연결되어 있었다.

"그녀가 세 살에 죽었다면 만나지 않았을 인연이 아직도 존재한다 이건가?"

그는 인상을 심하게 찡그리며 죽간을 말아서 손바닥에 올려 사라지게 하고는 서둘러 가게로 돌아갔다.

은호가 들어서자 주희가 웬 남자와 이야기 중이었다. 그는 눈을 가늘게 뜨고 주희를 보았다.

"오셨어요, 주인님?"

"저 남자는 누구냐?"

"손님이요."

그는 살짝 눈살을 찌푸리고는 자신의 자리로 갔다.

"차 드려요?"

"그래."

은호가 자리에 가서 앉자 여자들의 시선이 몰려들었다. 주희는 그를 흘끔 돌아보고는 다시 그 손님의 주문을 받았다. 그 모습에 은호의 심기가 조금 어지러워졌다. 아니, 보고도 인사도 안 하고 저렇게 태연하다니. 그만 의식하는 건지 어떻게 저렇게 평온할 수가 있다는 말인지.

그가 차가운 표정으로 앉아 차에 손을 뻗자 찻잔에 살얼음이 끼기 시작했다.

그는 눈살을 찌푸렸다. 이 정도로 화가 난 것은 아닐 건데 왜 이런 현상이 나타나는 건지. 그는 자신의 화를 누르려고 애를 쓰며 찻잔을 놓았다가 다시 집어 들었다.

"웃, 추워. 왜 갑자기 춥지? 꽃샘추위라고 하기에는 너무 늦은 것 아닌가?"

그녀는 추위를 느끼지 못했는데 지희가 그렇게 말하며 소름이 돋은 팔을 보여 주었다.

"추워?"

"그래. 갑자기 춥잖아."

영문을 몰라 주위를 보니 손님들도 추운지 팔을 손바닥으로 비비며 주위를 보고 있었다. 순간 차령이 인상을 찡그리더니 주희에게 다가왔다.

"화나셨다."

"네?"

"주인님 화나셨다고."

그녀는 지희의 눈치를 보다가 차령에게 말했다.

"화가 나시는 거랑 온도가 무슨 상관이에요?"

"주인님이 화를 잘 내지 않으시는데 화가 나면 급격하게 온도가 떨어지고 나중에는 벼락이 떨어지거든. 그래서 조심해야 하는데 주로 자기가 화가 난 상대의 머리 위로 벼락이 떨어져. 과연 누가 그 불운한 대상일지."

그녀는 놀라서 은호를 보았다. 무표정하게 차를 마시는데 그녀의 시선에 찻잔에 살얼음이 낀 것이 보였다.

"왜 화가 나신 거죠?"

"글쎄. 주희가 가 봐. 어서."

"제가요?"

주희는 차령에게 등이 떠밀려 그의 앞에 갔다. 검은색 목티에 검은 바지 차림으로 가지런히 뒤로 머리카락을 묶은 은호는 그냥 보기에도 꽤 멋있었다. 하지만 그의 북풍이 일 것 같은 눈빛에 그녀는 움찔했다.

"사장님, 저기."

"무슨 일이지요?"

주희는 우물거리고 그의 앞에 앉았다.

"차가 식어 보여서요."

"괜찮은데요."

그녀는 그의 잔에 얼음이 동동 떠 있는 것을 보며 한숨을 쉬었다. 그의 주위로 차가운 기운이 휘몰아치는 것이 보일 정도였다.

그녀는 손을 내밀어 은호의 푸르게 보일 정도의 손을 쥐었다. 얼음처럼 차갑다는 말이 이런 뜻일 것이라 생각할 정도로 그의 손은 차디찼다.

"이렇게 손이 차가우신걸요?"

그가 움찔하는 듯하더니 주희를 보고는 눈을 가늘게 떴다. 주희는 그의 손을 두 손으로 쥐고는 자신의 입 가까이 대고 호호 불어 주었다.

"손이 이렇게 얼음장인데 괜찮다니요."

주희는 야단을 치는 듯이 이야기하고는 그를 올려다보았다. 은호가 그녀를 한참 보더니 한숨을 푹 내쉬었고 순간적으로 손에 온기가 돌아오는 것이 느껴졌다.

"그만해도 돼요. 이제 화는 가라앉았어요."

"무슨 일로 그러신 건가요?"

"별로."

은호는 퉁명스럽게 이야기했다. 그녀는 그를 한참 보았다.

"아니, 호족 중 가장 높으신 분이라면서 왜 이렇게 속 좁게 화를 내요?"

그가 발끈한 듯 눈을 크게 떴다.

"속이 좁다니, 그건 무슨 소리요?"

그녀는 그의 말투가 또 이상하게 바뀐 것을 눈치채고는 피식 웃었다.

"천호께서는 비교도 안 될 나이를 가진 어린 인간들에게 화내지 마시라, 뭐 그런 거지요."

그는 아주 불쾌한 표정으로 그녀를 보았다.

"비교도 안 될 나이라고 강조하는 이유는 뭐요."

그녀는 그의 토라진 듯한 어투에 은호를 흘긋 보았다.

"나이가 무슨 소용이에요. 이렇게 젊어 보이시는데. 다른 남자들과는 비교도 안 되는걸요."

그는 그녀를 한참 보았다.

"지금 뭐 하는 거지요?"

"네?"

"지금 날 가지고 뭐 하는 거냐고 물어보는 거요."

"뭘 하다니……. 그럴 리가요."

그는 주희를 한참 보았다. 왜 하필 이 여자인가를 생각하다가도 지금 주희를 보는 다른 남자들의 시선을 모두 차단해 버리고 싶었다.

"화는 풀리신 건가요?"

그는 자신의 손을 쥐고 있는 그녀의 손을 보고는 고개를 저었다.

"아니. 더욱 화가 나려는 중인데."

"네?"

그는 다른 손을 내저어 주위의 시선을 모두 가렸다.

"사장님."

"은호라고 부르더니."

그녀는 그를 올려다보았다. 그가 천천히 그녀의 뺨에 다른 손을 올리고 쓸어내리자 마치 감전된 것 같은 기분이 들었다.

"무슨."

"당신에게 쳐 둔 결계가 지워져서요."

은호가 나직하게 말하자 그녀는 그를 가만히 보았다. 그가 그녀의 뺨에 한쪽 손을 올리고 천천히 고개를 숙였다. 주희는 눈을 크게 뜨고는 그의 키스를 받아들였다. 주위에는 그들이 안 보이는지 일상적인 이야기를 하며 스치고 지나가고 있는데 두 사람만 서로의 체온을 나누고 있었다.

 탁자가 있어 더욱 가까이 다가갈 수는 없었지만 지그시 누르듯 입술을 겹친 그의 숨결에 그녀의 눈이 스르륵 감겼다.


✧


 차령은 빙긋이 웃으며 은호의 주위를 얼쩡거렸다.
 "그 표정은 무엇이냐?"
 그가 책을 보면서 퉁명스럽게 입을 열자 마치 기다렸다는 듯이 차령이 앞에 주저앉았다.
 "몰랐습니다. 주인님이 이렇게 변하실 수 있다니."
 "그건 무슨 소리냐."
 그가 시치미를 떼고 말하자 차령은 능글맞은 표정으로 턱을 괴었다.
 "천호께서 거짓말하는 모습이라니. 제가 태어나서 처음 보는 모습이었지 뭡니까. 사실대로 말하십시오. 인연이지요?"
 그는 인상을 찡그리더니 차령을 보았다.
 "무슨 소리더냐."
 "에이, 결계가 흐려지다니요. 말도 안 되는 소리를."
 은호는 차령을 의식하지 않고 인간들의 눈만 가리기에 급급해서 결계를 한 겹만 친 것을 후회했지만 이미 차령이 보고 난 후였다. 그도 그 상황에서 왜 그런 거짓말을 했는지, 그리고 주희가 피하지 않고 왜 그의 키스를 받아들인 건지에 대해 난감해하는 중이었다.

"사실대로 말하십시오."

"뭘 말이냐."

"인연이지요?"

"허허, 별의별 일에 관심이구나. 자꾸 그렇게 방자하게 굴면 한동안 인간으로 변하지 못하게 해 줄 테다."

차령은 혀를 쏙 빼물었다. 그러고는 자리에서 일어나 얼른 달아나 버렸다. 은호는 못마땅한 표정으로 차령이 간 쪽을 보다가 손으로 얼굴을 부채질하고 있는 주희와 눈이 딱 마주쳤다. 시선을 일부러 천천히 돌렸지만 사실 그녀를 좀 더 보고 있고 싶기는 했다.

못돼 먹은 적호가 그렇게 그의 마음에 드는 인형을 만들겠다고 큰소리치더니 그 인형과 저리 똑 닮은 아이가 나타날 거라고는 상상도 못 했었다.

지금은 인간일 때의 모습으로 감추고 있다고는 해도 그의 눈에는 인간의 모습과 많이 융화되어 변해 가는 주희의 모습이 보였다. 처음 여자를 보는 것도 아니고 그리 어여쁜 선녀들이 주위에 가득인 생활을 하고도 인간 여자 하나에게 반해서 허우적거리는 꼴이라니. 만 년이 넘는 나이가 하나도 쓸모없는 허섭스레기 같은 기분이 들었다.

정말 인연의 힘이 이리도 무섭다는 것을 실감하며 그는 고개를 저었다.

예전 적호의 인연을 그리도 하찮게 여겼던 자신이 민망할 정도였다.

차령은 그저 그를 놀리는 것이 재미있는지, 아니면 만 년이나 시간이 지난 후에 나타난 그의 인연이 소중해서인지 저리 호들갑이었다.

은호는 주희가 자리를 옮기자 남자들의 시선이 뒤따르는 것을 보며 인상이 절로 찌푸려졌다. 인간 남자들이 호족 여자를 보면 자신도 모르게 매료되는 것은 알고 있지만 인간의 모습으로 두어도 저렇게 반해서 난리를 부릴 줄 누가 알았을까.

그는 인간 남자들을 모조리 밖으로 몰아내 버릴까도 싶었다가 늙은이가 주책이라는 생각에 그만두기로 했다. 길게 살아야 백 년인 인간에게 속 좁게 무슨 짓인지 그도 자신의 마음을 다 알 수가 없었다.

지희는 전공 서적을 들고는 주희를 흘끔 보았다. 도서관 안은 조용했지만 여자들은 시샘 어린 시선으로 주희를 흘긋 보고 지나치고 남자들은 넋이 빠진 듯 주희를 보고 있었다.

"어이, 희자매님."

"네, 희자매님."

지희는 책을 내리더니 인상을 찡그렸다.

"너 연애를 해서 그런가? 나날이 예뻐진다."

"응?"

"본디 예쁘장하기는 했지만 요즘 들어 예뻐져. 부쩍. 뭐야. 남친이 너무 잘생겨서 어디 가서 시술이라도 받은 거야?"

그녀는 자신의 얼굴을 손으로 만졌다.

"어디가? 아니야. 그런 적 없어."

지희는 고개를 저었다.

"요즘 들어 이상하게 그렇게 느껴진다는 말이지. 자, 사실대로 읊어. 자매님 시술하셨습니까? 보톡스? 필러? 그런데 우리 나이에 보톡스는 아닌 것 같은데. 뭐지?"

주희는 한숨을 쉬었다.

"아니야. 그런 것 한 적 없어. 했으면 네 손을 잡고 덜덜 떨면서 갔겠지. 안 그래?"

"하긴 우리 주희가 주사를 얼마나 무서워하는데. 강아지는 잘 놔주면서 자기가 맞는 건 그렇게 벌벌 떠는데 말이지."

주희는 주위 눈치를 보았다.

"차라리 나가자. 이렇게 이야기하면 다른 사람에게 실례야."

지희는 고개를 끄덕이더니 가방을 들고 일어났다.

"야, 너랑 사장님 진도 어디까지 나간 거야? 요즘 그냥 두 사람 꿀이 뚝뚝 떨어지더만."

주희는 화들짝 놀랐다.

"아니야. 그럴 리가."

지희는 다 안다는 듯이 손을 내저었다.

"아 참. 너 우리 아버지 일하는 동물원에 다친 여우 들어온 것 알아?"

"다친 여우?"

지희는 고개를 끄덕였다.

"탐스러운 붉은 털에 큰 여우인데, 아빠 말로는 어디 모피 때문에 잡혀 있다가 나온 것 같다나 봐. 진짜 이뻐."

"넌 본 거야?"

"응."

지희는 그렇게 말하고는 사진을 보여 주었다.

"진짜 붉은 여우네?"

지희는 크게 고개를 끄덕였다.

"구경 갈래?"

주희는 지희의 말에 잠시 멈칫거렸다. 이 여우가 그냥 보기에 여우로 보일지 몰라도 그녀의 눈에는 분명 호족으로 보였던 것이다. 저 탐스럽게 많은 꼬리가 지희 눈에는 하나로 보이는 것일까?

"어… 응. 그러자."

지희는 함박웃음을 지었다.

"나도 동영상만 봤거든. 어느 정도 회복되면 가서 보자. 지금은 많이 아프대."

"상처가 심한가 보다."

주희가 심각하게 말하며 사진을 한참 보자 지희는 미소를 지었다.

"그래도 우리 아빠가 열심히 치료하시는 중이야."

지희의 말속에는 아버지에 대한 뿌듯함이 담겨 있었다. 그녀는 웃으며 지희를 보다 문득 의아한 생각이 들었다. 은호가 나이가 아주 많고 늙지 않는 호족이라면 그녀도 늙지 않는 것인가. 정말 그렇다면 이 인간 세상에서 어떻게 살아가야 하는 걸까.

그녀는 머리가 지끈거렸다. 아르바이트를 가면서도 여전히 두통은 계속되었다. 뭔가 불안한 마음. 그리고 어딘지 콕콕 쑤시듯 아픈 기분이 들었다.

10

 주희는 심각했지만 듣는 차령은 전혀 심각하지 않았다. 뭘 걱정하는 건지 모르겠다는 표정으로 주희를 한동안 보더니 어깨를 으쓱했다.
 "넌 호족이야. 인간을 왜 걱정해? 어차피 우리 호족은 인간에게 해를 끼쳐도 안 되고 인간에게 우리의 존재를 말해도 안 되는데."
 "하지만 저에게 들켰잖아요."
 "넌 호족이잖아."
 주희는 한숨을 쉬었다. 차령은 호족으로 태어나 호족으로 자라서인지 전혀 그녀의 입장은 고려해 주지 않았다.
 "호족은 늙지 않는 건가요?"
 차령은 고개를 저었다.

"아니. 우리도 늙지."

"하지만 사장님은······."

차령은 고개를 끄덕였다.

"지난번 호족 장로들 봤지?"

"네."

그녀는 기억을 떠올리며 은호보다 훨씬 나이 들어 보이던 사람들이 은호에게 꼬박꼬박 경어를 쓰던 것을 기억해 냈다.

"그 호족 장로들이 천호라서 경어를 쓴 거라고 생각하면 착각이야."

"네?"

"주인님은 호족 중에서도 태고시대 신이시라 부모님과 상제와 천존, 제군을 제외하고는 가장 나이가 많으신 분이야. 이 세상이 혼돈일 때 태어나셔서 지금에 이르신 분이지."

그녀는 차령의 말에 눈을 깜빡였다.

"너희가 흔히 말하는 그 과학보다 더 오랜 시간을 사신 분이니까."

"그럼 지구 나이와 같다는 거예요?"

"지구 나이는 뭐니?"

그녀는 입을 다물어 버렸다.

"본디 인간계가 생기기 전에 천계와 호족이 사는 중간계는 이루어져 있었으니까, 이상하게 생각할 만하지."

그녀의 머리는 점점 복잡해지고 마치 이상한 사이비 종교에 빠져 버린 기분이 들었다.

"하지만 늙지 않으셨잖아요."

"응. 워낙에 신력과 법력, 요력이 강하신 분이라 우리와는 그릇이 다르셔."

"그럼 강해야 늙지 않는다는 거예요?"

차령은 흔쾌히 고개를 끄덕였다.

"아마 내가 무로 돌아가도 주인님은 저 모습 그대로이실 거야. 내가 아주 어릴 때부터 저 모습 그대로셨어."

주희는 눈을 빠르게 깜빡였다.

"그럼 전 힘이 없으니 빨리 늙겠죠? 인간과 같은 속도로."

차령은 웃으며 손을 내저었다.

"아니야. 아무리 힘이 없어도 인간과 같은 건 말이 안 되지. 우리 호족은 성인이 되는 시기만 해도 천 살이 넘어야 하는걸?"

주희는 입을 딱 벌렸다.

"그럼 우리 부모님은 어떻게 해요?"

"그러니까 그걸 왜 걱정해?"

그녀는 다시 돌아온 차령의 왜 걱정하냐는 말에 고개를 푹 숙였다. 가슴속에 다시 뭔가가 일렁거렸다.

불안함과 걱정이 앞다퉈 똬리를 틀듯이 가슴에 자리를 잡아갔다.

은호는 차령과 주희의 이야기를 멀리서 들었지만 모르는 척하며 그녀를 보았다. 심각한 얼굴로 보아 인간 부모에 대한 걱정이 앞서는 것이 분명했다.

인간과 호족의 시간은 확실히 다르다. 아마 그녀의 부모들도 앞으로 몇 년 후면 그녀의 모습의 변화와 늙지 않는 사실을 알게 될 것이다.

그러고 나면 그들은 어떤 시선으로 주희를 보게 될까. 그녀는 어떤 상처를 받게 될까.

그는 한숨을 쉬었다. 차령의 말대로 청구산으로 데리고 가서 인간 세계와 영원히 분리시키는 게 그녀를 보호하는 걸지도 모른다는 생각을 처음으로 하게 되었다.

은호는 책을 읽으며 머릿속에 떠오르는 여러 망상들을 지우려 노력 중이었다.

"주인님."

그는 차령을 보았다.

"아까 보니 은나비들을 날리셨던데 무슨 일이 있으세요?"

그는 한숨을 훅 하고 쉬었다.

"찾아볼 것이 있다."

"혹시 그 찾아본다는 게 월하노인이세요?"

"본 적이 있더냐?"

차령은 입술을 삐죽거렸다.

"요 앞에 점집하고 계신데."

그는 한숨을 쉬었다.

"알고 있다. 그런데 찾아갔을 때는 이미 자리를 뜬 뒤였다."

그는 무심하게 말하고는 다시 주희를 보았다. 차령은 그런 은호의 시선을 따라가다가 배시시 웃었다.

"주의하셔야 해요."

"그건 무슨 소리냐."

"주희 씨요. 아름답잖아요. 점점 더 아름다워질 건데 요즘 주희 찾아오는 손님들이 얼마나 많은지 아세요? 아까 주인님이 자리를 비운 사이 꽃을 들고 찾아온 손님도 있었어요. 이렇게 뜨뜻미지근하다가는 홀랑 빼앗겨 버릴걸요?"

은호는 인상을 찡그리며 차령을 보았다.

"그건 또 무슨 소리냐?"

"네?"

"남자라니?"

차령은 속으로 빙긋이 웃었다. 호족 남자들은 질투가 강하기로 유명하다. 아무리 은호라도 주희에게 남자가 다가온다 생각하면 털을 세우고 달려들 것이 분명했다.

은호는 입술을 꾹 다물었다. 그러고는 태연한 척 책장을 넘겼다.

"본디 호족 여인에게 인간 남자들이 잘 반하지 않더냐."

"네. 그렇지요. 하지만 주희는 호족으로서 자각이 없으니 인간 남자가 더 좋지 않겠습니까?"

차령은 일부러 은호가 화날 소리만 해 댔다. 은호는 심기가 불편한 표정으로 차를 들이켰다. 차령은 주희를 보다가 그를 다시 보고는 자리에서 일어나 멀어졌다. 또 심기 불편해서 주위를 얼려 버리기라도 하면 곤란하니 이제 그만 놀려야겠다는 생각에 서였다.

은호는 심각한 표정으로 핸드폰만 만지작거리고 있었다.

"사장님 저러는 모습 처음 본다. 사장님과 핸드폰. 어딘지 묘하게 안 어울리지 않아?"

그녀는 지희의 말에 고개를 돌리다가 은호가 너무나 심각하고 진지한 표정으로 폰을 보는 것에 움찔했다. 호족이 핸드폰을 하는 모습이라니, 그녀의 입가에 미소가 어렸다.

"이구. 그냥 좋아 죽네. 죽어."

지희가 놀리자 그녀는 깜짝 놀랐다.

"아니야."

"아니기는. 좋아 죽는구만. 그저 보고만 있어도 좋지? 하긴 나도 그럴 것 같아. 황송할 정도잖아."

그녀는 아니라고 부정을 하면서도 얼굴이 달아올랐다. 이유를 말할 수 없어서 한 거짓말 때문에 더 이상 물러설 자리도 없었다. 그리고 공식적인 은호의 여자 친구가 된 것에 그녀는 난처해서 죽을 지경이었다.

"정말 아니라니까."

"뭐가 아니라는 거야?"

지희는 놀라서 고개를 들었다.

"어, 정훈 선배!"

주희도 놀라서 자리에서 벌떡 일어났다.

"선배."

"이야, 지희는 여전히 명랑하고 그대로구나. 우리 주희는 나날이 예뻐진다. 잘 지냈어?"

지희는 그에게 다가가 손을 잡고 호들갑을 떨었다.

"선배 개원한 이야기는 들었어요. 역시 가장 먼저 개원하셨네요?"

정훈은 웃으며 비어 있는 자리에 앉았다.

"오늘 학교에 들렀다가 너희가 여기서 아르바이트한다는 말 듣고 왔지. 안 그래도 회식도 할 겸 애들도 불렀다. 참, 주희 여기 사장님과 사귄다며? 어떤 분이야? 소문이 자자하던데."

"네?"

주희는 당황해서 은호 쪽을 보았다. 어느새 은호는 사라지고 없었다.

"아… 저, 그게."

"소문날 만해요. 일대 여자들 짝사랑 상대를 그냥 홀랑 낚아 버렸다니까요."

정훈은 놀란 얼굴을 하고 지희를 보았다.

"그 정도야? 얌전하기로 소문난 주희가 그럴 정도로 잘생긴 거야?"

지희는 손을 내저었다.

"말이 필요 없죠. 사장님이… 어라? 어디 가신 거야?"

"글쎄."

주희는 주위를 둘러보는 지희를 보며 어색하게 웃었다.

"자리에 앉으셔야죠, 손님."

정훈은 돌아보다 얼굴을 붉히며 주춤댔다. 차령이 눈을 깜빡이자 얼굴이 불이 날 것 같았다. 역시 차령의 미모에 금방 빠져들어 버린 것이다.

"차령 언니, 이쪽은 저희 과 선배이신 정훈 선배예요. 이번에 개업하신 분이죠."

차령은 고개를 끄덕이며 손을 내밀었다.

"안녕하세요. 차령이라고 해요."

"아, 차령 씨. 전 신정훈이라고 합니다."

정훈은 그렇게 말하고는 서둘러 양복 주머니에서 명함 지갑을 꺼내어 명함을 한 장 건네었다. 차령은 명함을 받고는 그를 다시 보았다.

"참 미인이시네요."

주희는 정훈의 말에 자신도 모르게 풋 하고 웃음이 터지는 것을 억지로 참았다. 정말 차령의 말처럼 호족 여자에게 인간 남자는 약한 것 같았다.

⚜

은호와 마주한 월하는 미소를 지어 보였다.

"그때 한다던 말은?"

"이미 눈치챘을 것 아닌가?"

은호는 화가 치민 표정으로 있다가 부채질을 하며 숨을 몰아쉬었다.

"그 아이 몸에 구슬이 완전히 녹아들었다는 말을 안 한 이유가 뭔가."

월하는 손으로 자신의 턱을 툭툭 쳤다.

"내가 말했다면 그 아이를 그냥 버려두고 도망쳤을 것 아닌가. 지난번 인연부를 보여 주고 그대가 한 짓을 생각해 보게. 내가 말을 해야 했는지."

은호는 눈을 가늘게 뜨고 있다가 한숨을 쉬었다.

"그래. 그대 덕에 아주 단단히 걸려들어 버렸어."

월하는 웃으며 수염을 쓸었다.

"웃을 일이 아니야."

"곤란하게 된 것이 내 탓은 아니지 않은가. 상제께서도 이번 일은 크게 생각지 않으시는 듯한데 왜 그러는가. 혹여 어린 자네의 인연이 그대를 저어하기라도 하나? 아직 호족으로서 완벽한 각성을 하지 못해서 그런 것은 아니고?"

은호는 발끈해서 월하를 노려보았다. 월하는 허허 웃었다.

"벌써 내 부인은 자네 아이 점지할 생각에 기뻐 춤을 춘다네."

월하는 그렇게 말하고는 차를 한잔 따랐다. 은호는 못마땅한 표정으로 차를 마셨다.

"역정 내지 마시게. 본디 인간들이 여러 인연을 자신의 인연이라 착각하기도 하는 것이고 아직은 어린 여우라 연인을 못 알아보는 것일 게야."

그는 월하의 말에 한숨을 내쉬었다.

"못 알아보는지 어떤지는 모르지만 호족의 각성으로 이 인간계에 혼란을 가지고 오지는 않을지 걱정이야."

월하는 부채로 그를 툭툭 쳤다.

"원, 별걱정을 다 하는군. 자네가 다 막아 줄 것 아닌가. 그러면서 정도 깊어지고 그러는 거지."

은호는 엉큼하게 말하는 월하를 보며 입술을 꽉 다물었다.

"정을 쌓아야 할 것 아닌가. 허허. 자네도 워낙 여인과 정을 통해 보지 않아 모르는 것은 아니겠지?"

은호는 발끈해서 털이 곤두서는 기분이었다. 불쾌하고 말도 하기 싫어 고개를 홱 돌렸다.

"그리고 내가 남겨 둔 주희 양의 인연부 봤나? 거기에 적혀 있던 그 남자가 지금 자네 카페에 있는 것을 알고나 있는 겐가? 그래도 인간으로서 인연인데 이대로 두었다가 인연이 발동이라도 한다면 어쩌려고. 아무리 호족으로 환생을 했다고는 해도 인연은 인연이지 않은가? 안 그런가?"

은호는 벌떡 일어났다. 월하는 서둘러 사라지는 은호를 보며 웃음을 속으로 삼켰다. 그렇게 매사 무정하더니 자신의 인연에는 어쩔 수 없는 모양이었다.

"허허, 내 살아생전에 이런 것을 보게 될 줄은 몰랐군."

그는 껄껄 웃으며 재미있다는 듯이 바둑판을 바라보았다.


은호는 될 수 있는 한 화를 죽이고 정문으로 천천히 걸어 들어갔다. 지난번처럼 또 주위를 얼려 버린다든지 하면 주위 모두에게 환술을 걸어야 할 테고 그의 공력도 많이 소진될 것이다.

그는 이를 악물고 안으로 들어서다가 주희가 이야기하며 웃고 있는 남자를 보았다. 아니, 남자들을 보았다. 무슨 놈의 남자들이 저렇게 많다는 말인가. 저 중에 누가 인연부의 남자인지 어찌 알아본다는 말인가. 알아봐야 사달을 내든 어디로 날려 버리든 운명부에 장난이라도 쳐 줄 터인데. 그는 이를 갈며 천천히 주희에게 다가섰다.

"어머, 주희의 남친분."

누군가가 반갑게 외치자 그는 영문을 몰라 그 자리에 멈춰 섰다. 주희가 난감한 얼굴로 은호를 보며 미안한 미소를 지었다.

"이쪽으로 오세요. 뭐 하니, 주희야. 남친님 모셔야지."

여자들의 이상한 환호를 받으며 그는 얼떨결에 주희의 옆에 앉았다. 지희가 일어나더니 조용히 하라고 했다.

"죄송합니다, 사장님. 주희의 남자 친구가 궁금해서 가게에서 과 모임을 하게 되었네요."

은호가 주희를 흘긋 보자 주희가 미안한 듯 그의 눈치를 살폈다. 그는 웃으며 손을 내저어 모든 사물을 멈추게 했다.

"어머."

"지금 이 상황은 뭐지요?"

"죄송해요, 은호 씨. 보시다시피 모두가 모인 거라서."

"과 모임이라니?"

주희는 입을 우물거리다가 말했다.

"학교 친구들이요, 모두가 저와 은호 씨 사이를 오해해서. 정말 죄송해요."

은호는 오해라는 말에 눈을 가늘게 뜨고는 속으로 이리저리 머리를 굴렸다. 분명 이들은 모두 그녀와 그가 연인 사이인 줄 아는 것이다. 호족은 남자가 있는 여자에게 덤벼들지 않지만 인간들은 다르니 그도 확실하게 만드는 것이 중요할 듯했다.

그는 손을 내저어 다시 시간이 흐르도록 만들었고 그녀는 입을 꾹 다물었다,

"자자, 사장님, 두 분 정말 사귀는 사이인지 이야기 좀 해 주십시오!"

은호는 지희가 물어보는 말에 웃으며 주희의 손을 쥐었다.

"보시는 바대로입니다. 이렇게 아름다운 여성을 잡아 두지 않으면 남자라고 할 수 없겠죠."

주위에서 우- 하는 야유가 터져 나왔다. 은호가 웃으며 그녀를 마주 보는데 그의 웃는 얼굴에 여자들은 이미 비명을 올리며 그녀를 시기의 눈빛으로 바라보았다.

"아, 나쁜 기집애. 이쁜 것이 저렇게 멋진 남자랑. 부러워 미치겠네."

지희가 크게 외치자 다들 맞는 말이라며 그녀에게 뭐라 한마디씩 했다. 주희가 귀까지 빨개져서 그를 올려다보자 은호는 웃으며 그녀를 다정하게 내려다보았다.

하지만 그의 마음속은 지금 모여 있는 이 남자들을 확인하느라 정신이 없었다. 인연부에서 본 이름이 분명 있을 터. 누구인지 알아야 떼어 놓든 뭘 하든 할 것이 아닌가.

차령이 다가오더니 안주와 술을 내려 두었다.

"차령아."

"네."

그는 웃어 보였다.

"귀한 손님들이니 홍주로 부탁하마."

차령이 눈을 깜빡거리고는 웃으며 술잔을 싹 바꿔 가지고 나왔다. 스물이 넘는 사람들에게 홍주라니, 그녀는 경악한 얼굴로 그를 올려다보았다.

"그것 백주만큼 비싼 것 아닌가요? 귀한 분들 오지 않으면 내놓지 않는 것으로 아는데."

지희도 눈을 동그랗게 떴다.

"사장님, 저기 특별장에 장식해 둔 그거 말하는 거세요? 어마무시하게 비싼 술?"

은호는 웃을 뿐 아무 말도 하지 않았다.

"무슨 소리야, 지희야? 어마무시하게 비싸다니?"

지희는 고개를 휙 돌렸다.

"정훈 선배, 큰일 났다. 우리 가게에 홍주라고 500년 넘은 술 있거든요. 더 비싼 것도 있다고 들었는데, 저것도 순도가 어마무시하게 높고 해서 진짜 귀한 손님 오지 않으면 열지도 않아요."

정훈의 얼굴이 창백해지는 것을 보며 은호는 눈을 가늘게 떴다. 정훈이라고 했다. 분명.

"아, 걱정하지 마십시오. 이건 제가 제 아름다운 연인을 위해 돌리는 잔이니까요."

우- 하는 비난 비슷한 찬사가 또다시 터져 나왔다. 정훈은 겸연쩍은 미소를 지으며 얼굴을 쓸어내렸다.

"처음 뵙겠습니다. 신정훈이라고 이 녀석들 선배입니다."

그는 미소를 지으며 손을 내밀어 마주 잡았다. 이 녀석이구나

하는 생각을 하며 그를 면밀히 보았다. 얼굴이 밉지는 않으나 호족같이 아름다운 용모는 아니었다. 키도 작은 편은 아니나 늘씬하지 않았다. 분명 월하가 놓고 도망쳤던 인연부에 그녀 학교의 선배가 되고 개원하여 아르바이트를 하는 주희에게 호감을 가지게 된다, 라고 나와 있었다. 하지만 그건 어디까지나 인간일 때의 인연. 이제 주희는 호족이니 이따위 인연을 남겨 둘 수는 없었다. 그가 살린 주희를 감히 넘보게 된다는 소리인데 용서할 수 없는 일이 아니던가.

"저기, 그런데 그 은발, 진짜인가요? 가까이서 보니 속눈썹도 은빛이라."

은호를 향한 질문에 주희가 그를 올려다보자 그는 웃어 보였다.

"본디 제 머리색입니다."

모두들 술렁거렸다. 여자들은 어머어머를 외쳤고 남자들은 저럴 수가 없다고 부정 중이었다. 차령이 가지고 온 술을 따르자 모두들 잔을 들고 향을 음미하고는 높이 들고 위하여를 외치고 마셨다. 차령은 손으로 입을 가리고 미소 지었다.

"언니, 무슨 할 말 있어요?"

지희가 물어보자 차령은 은호를 슬쩍 보았다.

"홍주는 본디 딸이 태어나면 담가 두었다가 딸이 시집가면 대접하는 술이거든. 그런데 홍주를 내라고 하셨으니……."

주희는 차령의 말에 놀라서 그를 보았다. 은호는 그녀의 손을 꼭 쥐고 미소만 지을 뿐 아무 말도 하지 않았다.

견제는 완벽했다. 은호는 그렇게 자부했다. 인간이 감히 호족의 천호에게 겨룰 수는 없을 것이다.

그는 술에 취해 비틀거리는 사람들을 보며 입가에 잔잔한 미소를 띠었다. 차령은 천천히 다가오더니 인상을 찡그렸다.

"너무 강한 술이었나 봅니다."

"그런가?"

그는 심드렁하게 말하다가 정훈과 기대어 잠이 든 주희를 보고는 소스라치게 놀랐다.

"저, 저, 저."

차령은 그가 손가락질하는 것을 보며 흠 하고 기침을 했다. 몇백 년을 모신 주인의 채신머리없는 행동은 차령으로서도 봐 주기 힘든 것이었다.

"그러니까 술이 너무 강했다 하지 않았습니까."

그는 부채를 획 내저어 주희를 둥실 띄웠다.

"주인님!"

그는 아랑곳없이 그녀를 자신의 품에 안아 올렸다. 차령은 주위를 획 돌아보았다. 본 사람은 없는지 걱정이 먼저 되었던 것이다. 그는 주희를 안아 들고는 바로 의자에 앉아 이마에 손을 올렸다.

"이런, 술이 과했구나. 며칠 일어나지 못할 것 같은데."

"네?"

차령은 놀라서 치우다 말고 자리로 뛰어왔다. 그는 맥을 다시 짚더니 혀를 끌끌 찼다.

"술을 잘 못하는 체질이거늘 어찌 이리도 마시고는. 안 되겠구나. 청구산으로 데려가야겠다."

"그 정도입니까?"

은호는 고개를 끄덕였다.

"약초탕에 몸을 푹 담그지 않으면 한참 동안 술에서 깨지 않을 것 같구나."

차령은 그의 서툰 거짓말을 들으며 고개만 끄덕였다. 그저 청구산과 인간계의 시간이 다르니 저 남자랑 떼어 두고 싶어서 저러는 것이 분명했다. 하여튼 주인님도 어쩔 수 없는 남자인지.

그는 주희를 안아 들더니 스태프실의 문을 열고 들어섰다.

"어? 술 깨는 약 사 왔는데. 주희야!"

차령은 지희가 언제 왔는지 깜짝 놀라서 일어났다.

"아니, 주인님이 봐주실 건데 뭘 걱정해."

"에이, 주희가 본디 술이 약해요. 제가 약 좀 전해 주고 올게요."

"아니. 내가 전해 줄게. 내가."

지희는 웃으며 손을 저었다.

"에이, 스태프실인 것 봤는데요, 뭐. 제가 들어갈게요."

차령이 미처 말릴 사이도 없이 지희가 들어가는 것을 보며 차령은 입술을 깨물었다.

"어라?"

지희가 돌아 나오더니 눈을 비볐다.

"분명 봤는데……."

"아니야. 잘못 본 거야. 아까 사장님이랑 출발했어."

차령은 지희에게 암시를 걸며 이야기했다. 지희는 한동안 서 있다가 눈을 깜빡거렸다.

"그렇구나. 나도 취했나 봐. 헛 게 보이네. 선배들 깨워서 들어가야겠어요. 너무 어질러 됐는데 내일 일찍 와서 정리하면 안 될까요?"

차령은 손으로 입을 가리고 웃었다.

"아냐. 괜찮아. 혼자 할게. 그냥 가."

사실 이들이 얼른 가 버려야 도술로 이곳을 정리할 수 있었다. 차령은 환하게 웃으며 모두 강제로 깨워 집으로 돌려보내면서 정훈이라는 남자를 유심히 보았다. 분명 저 남자의 행동으로 화가 난 것 같았는데……. 하여튼 좀 더 두고 볼 일이다.

은호는 자신의 아이 같은 행동에 대해 반성하고 싶은 마음이 손톱만큼도 없었다. 그는 자신의 침상에 주희를 눕히고는 한숨을 푹 쉬었다.

월하는 일을 어떻게 하기에 인간일 때 인연 하나 정리해 두지 않았다는 말인가. 이미 인연이 사라졌는데 그 남자는 왜 나타난 것이며 아르바이트를 구한다니. 말도 안 되는 소리가 아닌가.

그는 짜증스럽게 팔짱을 끼고 주희를 보았다. 술법을 걸어 다른 이의 눈에 밉게 보이게 해 둘까 생각했다가도 그건 아닌 것 같아 한숨을 쉬었다.

가장 좋은 방법은 월하를 잡아다가 인연부를 다시 적게 하는 것뿐이었다. 생사부야 천상에서 관리한다 해도 생사부 안에서의 인연은 월하노인이 정하고 아이 점지는 그의 부인인 삼신할멈이 관장하는 일이었다.

그런데 인간일 때 인연이 남아 있다니. 그럼 그녀가 인간계에서는 저 남자와 이어지고 신계에서는 그와 이어진다는 말인가?

온몸의 털이 하늘로 솟구치다 못해 노기로 부르르 떨릴 지경이었다.

평생을 한 명의 반려만을 사랑하고 인정하는 호족으로서 그런 정조 관념은 용서할 수 없는 것이었다.

호족의 재가는 모든 생을 먼저 마친 쪽이 아직 남은 생을 살아가는 쪽을 잊어 줌으로 해서 새로운 연이 생기는 것이었다.

영원으로 돌아가지 않는 한 그들의 인연은 계속 이어지기 마련이거늘. 어찌 인간일 때 다른 남자가 있을 수 있다는 말인지. 그는 분노로 바들거리며 주위를 서성거리다가 잠이 든 주희를 내려다보았다.

세상에나. 그의 생전 이토록 사랑스러운 여인을 본 적이 없다. 술기운에 붉게 물든 뺨에 속눈썹이 드리우는 그림자가 길게 여울지고 오똑한 콧날 아래 붉디붉은 석류와 같은 입술이 보였다. 그는 자신도 모르게 그녀의 뺨을 손으로 만지고는 그녀의 입술을 손가락으로 쓸었다.

순간 그녀가 입술을 삐죽 내밀더니 그의 손끝에 쪽 소리 나게 입을 맞추었다.

그가 화들짝 놀라 손을 치우려고 하는데 그녀가 그의 손가락을 깨물었다.

"뭐 하는 거지?"

그녀가 천천히 눈을 뜨더니 흐릿한 눈동자로 그를 보며 키득거렸다.

"유혹."

"뭐?"

그녀는 고개를 비스듬히 하고 그를 보더니 그의 손을 두 손으로 쥐고 뺨을 손에 문질렀다.

"사장님."

"은호 씨, 라고 불러야지."

"으으응."

그녀가 투정부리듯 하더니 배시시 웃으며 그를 올려다보았다.

"노래해도 돼요?"

"노래?"

그녀는 고개를 끄덕이더니 그의 침상이 떠나가라 노래를 하기 시작했다. 고풍스러운 집에 어울리지 않는 랩이라는 인간계 노래를 들으려니 고막이 찢어질 것 같았다. 그는 얼른 결계를 펼쳐 다른 호족들의 고막을 보호하기 위해 노력했지만 자신의 고막을 되살릴 수는 없었다.

그는 손바닥으로 귀를 막으며 그녀를 찌푸린 얼굴로 보았다. 술에 취해 고래고래 노래 부르고 있는데도 그렇게 이뻐 보일 수가 없다니. 아무리 생각해도 미쳐도 단단히 미친 것 같았다.

그녀는 노래를 멈추더니 몸을 일으켰다.

"사장님."

"응?"

그녀는 그의 옷을 움켜쥐더니 그의 가슴팍에 꼭 달라붙었다.

"사장님."

"왜."

"우리 사귀는 거예요?"

그는 그 말에 눈살을 찌푸렸다.

"나에게 아무 말도 안 했으면서 왜 키스했어요? 진짜 봉인 때문에?"

그녀는 그를 보지도 않고 이야기하더니 고개를 번쩍 들었다.

"자꾸 키스하지 말아요. 자꾸 그러니까, 그러니까……."

그는 그녀의 턱을 쥐고 고개를 숙이지 못하게 했다.

"그러니까?"

주희는 얼굴이 더욱 달아오르더니 조그마하게 이야기했다.

"자꾸만 더 해 달라고 하고 싶잖아요. 진짜 남친이었으면 좋겠다고 바라게 되고. 우리… 사귀는 거예요?"

그는 귀엽게 입술을 삐죽 내밀고 말하는 주희를 보며 녹아내린다는 말이 뭔지를 알게 되었다. 그는 그녀의 뺨을 부드럽게 만지며 미소 지었다.

"반칙."

"응?"

"그렇게 웃으면 반칙이잖아요. 너무해."

그가 그녀의 말에 영문을 몰라 하자 그 작은 손이 꼬물거리며 그의 뺨 위로 올라오더니 그의 입술을 손으로 부드럽게 더듬었다. 그러고는 천천히 다른 손으로 그의 목을 잡아당기더니 그의 입술 위에 자신의 입술을 겹쳤다.

그리고 침상 위로 쓰러지는 데에 단 1초도 걸리지 않은 것 같았다. 그녀의 입술이 먼저 닿기는 했지만 와락 달려든 건 은호였다. 그녀의 혀가 자신의 입 안으로 들어오는 순간 더욱 반겨 맞이한 것도. 그는 그녀의 입술을 탐하며 그녀의 옷자락을 손에 쥐고는 당겼다. 상고시대 옷이 좋은 점이 잘 벗겨진다라고 누군가 말을 해 준 것 같은데 어렴풋이 생각날 뿐 누가 한 말인지 도통 떠오르지 않았다.

은호는 그녀의 옷섶을 풀어 내리고는 그녀의 가슴을 손에 쥐었다. 약한 신음 소리가 들리기는 하는데 그것을 자각할 여유조차 없었다.

이미 결계도 쳐 뒀겠다, 누군들 그의 결계 안을 볼 수는 없을 것이다. 그는 고개를 들어 그녀를 내려다보았다. 주희는 손을 들어 그의 뺨을 만지고는 그의 목에 팔을 감았다.

"키스해 주세요."

그녀가 애가 탄 듯 말하는 소리에 그는 다시 입술을 겹쳤다. 방금 전 마신 홍주의 향이 그에게도 풍겨 왔다. 주희의 벌어진 입술 사이로 그의 혀가 파고들자 그녀는 약하게 신음 소리를 내며 그의 혀에 자신의 혀를 얽고 그의 허리에 한쪽 다리를 휘감았다.

그는 자신의 손 밑으로 느껴지는 그녀의 부드럽지만 단단하게 부푼 가슴을 손에 쥐고는 천천히 애무하기 시작했다.

그녀가 고개를 젖히고는 신음 소리를 내더니 그의 옷을 풀어

내리기 시작했다.

주희의 그런 행동에 그는 그녀의 옷을 풀어 옆으로 완전히 밀쳐냈다. 눈앞에 보이는 분홍색으로 달아오른 그녀의 얼굴과 장관을 이루는 그녀의 가슴이 만들어 내는 절경에 그는 눈을 가늘게 뜨고 천천히 손가락으로 그녀의 젖무덤을 쓸어내렸다. 그녀의 손이 그의 맨살에 파고들더니 만족한 듯 그의 어깨에서 옷을 벗겨 내렸다.

"주희."

그가 머뭇거리며 말하자 그녀는 인상을 찡그렸다.

"내가 싫어요?"

자신 없는 목소리에 은호는 신음 소리를 흘리며 그녀를 누르듯 안았다. 그는 그녀의 가슴 쪽으로 입술을 내려 그녀의 오뚝 일어선 분홍빛 정점을 입에 물고는 혀로 누르듯이 핥아 보았다. 주희의 등이 휘며 그녀의 손이 그의 머리를 움켜쥐었다.

올라간 치마 사이로 그녀의 하얀 허벅지가 드러나 그의 허리를 에로틱하게 문지르며 손이 그의 등으로 미끄러졌다.

"더. 더 해 줘요."

그는 그녀의 다른 쪽 가슴에 입술을 올리고 힘차게 빨아들이고는 그녀의 옷을 좀 더 아래로 끌어 내렸다.

주희가 숨을 몰아쉬더니 그의 얼굴을 끌어 올려 입술을 겹쳤다. 뜨겁게 떨리는 그녀의 숨결이 아찔할 정도였고 그녀의 향기에 온몸이 저릿거려 왔다. 그는 입술을 겹친 채로 손을 내려 그녀의 가장 연약한 부분을 찾아냈다. 그는 그녀의 약한 부분을 손가락으로 빙글거리듯이 만지다가 안쪽으로 손가락을 밀어 넣고는 천천히 움직이기 시작했다.

"으음."

그녀가 약하게 신음하더니 입술을 떼고 그를 올려다보았다. 가쁜 숨소리가 울리며 그녀가 그의 목을 안고는 흐느끼듯 그의 이름을 부르기 시작했다. 그는 그녀의 귓바퀴를 입술로 애무하고는 혀로 귀 안을 적셔 나갔다.

"으응… 은호 씨."

그녀가 몸을 틀며 그를 부르더니 그의 손을 따라 허리를 들어 올리기 시작했다.

그는 좀 더 깊이 손가락을 밀어 넣어 그녀의 젖어 들어가는 뜨거운 부위를 가늠해 보았다.

그녀의 허벅지가 가늘게 떨리며 그를 향해 몸을 밀어 올렸다.

그는 손을 치우고 그녀의 옷을 완전히 끌어 올려 다리가 드러나게 하고는 그녀의 발목을 잡아 올려 입술로 문질렀다. 그의 입술이 천천히 종아리를 거쳐 허벅지로 그리고 그가 가장 맛보고 싶었던 곳으로 움직이자 그녀의 입에서 날카로운 비명이 터져 나왔다.

"앗. 안 돼요. 안 돼."

그녀가 머리를 휘저으며 외치더니 우는 소리를 내기 시작했다. 그의 양손이 엉덩이를 움켜쥐고 들어 올리듯 해서 입술을 밀착하자 그녀는 더욱 흐느끼며 몸을 떨었다. 그의 혀가 안으로 밀려 들어 가자 그녀는 더욱 몸을 떨며 길고 긴 교성을 울렸다.

일순 그녀가 축 늘어지자 그는 고개를 들고 그녀를 보았다.

"이런."

그가 혀를 차고는 피식 웃었다. 그러고는 그녀의 드러난 가슴에 얼굴을 묻고는 한숨을 쉬었다.

다리 사이가 뻐근했다. 뭔가가 모자란 기분에 더욱 그 사람에게 달라붙었다.

머릿속이 번쩍거리는 것 같더니 어느 순간 하얘졌고 그대로 정신을 잃고 말았다.

주희는 아픈 머리를 누르며 자리에서 일어나다가 자신의 가슴을 스치는 다른 이의 팔에 흠칫해서 몸을 돌렸다. 순간 이불이 미끄러지며 환한 햇빛 아래 그녀의 가슴이 그대로 드러났고 마침 눈을 뜬 은호의 눈에 그녀의 나신이 그대로 비쳐 들었다.

주희는 얼굴이 홍당무가 되어 몸을 움츠렸다. 머릿속이 복잡했다. 순간 어제 그에게 키스해 달라고 조르던 자신의 모습이 스쳤다.

'말도 안 돼.'

가슴에 키스하는 그를 더욱 부추기던 목소리, 그의 옷을 벗기던 모습도 연달아 떠올랐다. 그녀는 얼굴이 창백해지기 시작했다. 그는 천천히 손을 올려 그녀를 다시 품에 안더니 몸을 굴려 그녀를 자신의 아래로 두었다.

"저기."

그녀가 입을 열자 그는 그녀의 뺨을 쥐고는 천천히 입술을 겹쳤다. 그녀는 순간 머리가 멍해져 눈을 감고 그의 목을 껴안았다.

어쩜 좋을까. 그의 키스가 너무 좋았다. 점점 더 그의 키스가 좋아지고 있었다. 그에게서 나는 독특한 그 백단 같은 향이 좋았다. 그녀는 그의 키스에 점점 더 빠져들고 있었고 그의 손이 스치기라도 하면 마치 온몸에 전기가 통하듯 찌릿해졌다.

그가 천천히 고개를 들자 아쉬운 기분에 그의 허리에 손을 둘렀다가 얼른 손을 뗐다.

"어제의 벌."

"네?"

그는 피식 웃더니 자신의 풀리지 않은 욕망을 그녀에게 밀어 붙였다.

"아."

그녀의 얼굴이 삽시간에 붉어졌다. 이걸 예스라고 해야 하나? 하지만 아직 그럴 정도는 아닌 것 같은데. 아니, 어제 무슨 일이 있었나?

"없었어요. 아무 일도."

그가 조용하게 이야기하더니 그녀의 머리카락을 쓰다듬어 주었다.

"욕조를 준비해 줄 테니 씻어요."

그가 그렇게 말하고는 몸을 일으켜 그녀의 벗겨진 옷을 던져주었다. 그녀는 이불 속에 숨어 그를 보며 얼굴이 빨개져서 어쩔 줄 몰라 했다.

"나가 있을 테니 옷을 입어요."

그는 다정하게 말하고는 그대로 나가 버렸다. 아아. 그의 옷은 약간 흐트러진 정도이지만 그녀는 자신의 몰골에 기가 막혀 죽을 것 같았다. 무슨 생각으로 그런 짓을 한 걸까. 술에 취해 아무 말이나 하던 자신의 입을 그녀는 손바닥으로 때려 주었다.

"요놈의 방정맞은 입. 어떻게 이제. 그런 부끄러운 소리를 마구 해 댔으니."

그녀는 이불을 뒤집어쓴 채 발을 동동 굴러 보았지만 방법이 있는 건 아니었다. 그래. 기억이 안 나는 척 뻔뻔스럽게 굴어 보는 게 가장 좋을 것 같았다.

그녀는 옷을 이불 안에서 껴입고는 얼굴을 손으로 가렸다. 문을 두드리는 소리에 그녀는 얼른 일어나 몸을 나무처럼 뻣뻣하게 하고는 시선을 45도 위로 향했다.

"목욕물이 준비되었습니다."

그녀는 아직은 어려 보이는 여우 꼬리를 한 아이를 보았다.

"그, 그래."

그녀는 어색하게 말하고는 아이를 따라나섰다. 긴 회랑을 지나 도착한 곳에는 나무로 된 욕탕이 있었다.

"샤워기는? 욕조는?"

"네?"

아이는 어리둥절한 얼굴로 그녀를 보았다.

"아. 아니야."

그녀는 어색하게 웃었다. 하긴 이 마을은 시간이 정지한 듯하기는 했다. 현대 문명이라고는 찾아볼 수 없는 곳이었다. 정말 국적 모를 어느 동양의 고전시대 사극의 촬영장 같은 곳이었다.

그녀는 아이가 나가고 나자 눈치를 보다가 옷을 벗고는 욕탕 안으로 들어갔다. 물 위에 띄워 둔 꽃의 이름은 모르겠지만 향긋한 향에 몸이 나른하게 풀어지는 것 같았다. 그녀는 욕탕에 몸을 푹 담그고는 한동안 앉아 있었다. 술기운에 그런 짓을 했다고 하기엔 그녀답지 않은 부분들이 많았다. 예전에는 술을 마셨다고 해도 이런 적이 없었는데 왜 이런 바보짓을 하는 건지 알 수가 없었다.

주희가 목욕을 위한 샤워젤이나 샴푸가 없는 것에 어찌할 바를 몰라 할 때쯤 아까 그 아이가 다시 들어왔다.

"머리 감는 것을 도와 드릴게요."

"에? 아니, 혼자 할 수······."

아이는 콧방귀 비슷한 것을 뀌더니 그녀의 뒤로 와서 능숙하게 그녀의 머리를 감기기 시작했다. 은은한 향이 감도는 물로 깨끗하게 머리를 감기고는 무명을 손으로 말아 그녀의 몸 구석구석까지 닦아 주자 그녀는 놀라서 펄쩍 뛰었다. 하지만 아이는 아랑곳없이 그녀를 닦아 주고는 헹구어 주기까지 했다.

"이제 준비한 옷을 입으시면 됩니다."

그녀는 너무 능숙한 아이에게 민망함을 느끼며 잠시 몸을 닦았다.

"인간 세상에서 자랐다고 하더니 모르는 것이 많으시군요. 제가 이제부터 열심히 알려 드리도록 하겠습니다."

아주 엄한 목소리였다. 그녀는 아이를 한참 보았다.

"저기, 실례가 안 된다면 나이가?"

아이는 인상을 찡그렸다.

"이런 때는 이름부터 물어야지요. 제 이름은 차윤. 차령의 언니 되는 사람입니다."

"네?"

그녀는 자신도 모르게 존대를 했다. 차윤이라 소개한 여우는 차령과는 다르게 키도 아담하니 작고 완전히 인간의 모습은 아니었다.

"놀랄 것 없습니다. 전 차령과 같은 신선으로서의 능력을 타고나지 못한 것뿐이니까요."

그녀는 눈을 깜박였다. 자매가 이렇게 다를 수 있다는 것에 놀랐다.

"오랜 수련으로 신선이 된 차령은 저희 집안의 큰 자랑이지요. 그래서 주인님을 그리 가까이에서 모실 수 있는 것이니까요."

그녀는 겨우 고개만 끄덕였다. 차윤은 고개를 살살 저었다.

"이런 분이 인연이실 수도 있다니, 원."

"네?"

"아닙니다."

심술스러운 목소리였다. 주희는 조금은 위축이 되어 욕실을 빠져나왔다.

"저기, 은호 씨?"

은호는 깜짝 놀라 돌아보았다. 아무래도 청구산으로 돌아오니 그의 요력이 풀린 건지 그녀는 호족의 모습으로 그를 보았다.

"무슨 일인가?"

주희는 주저하다가 입을 열었다.

"그러니까 어제 술을 많이 마셔서······."

그는 주희가 주저하며 변명하는 것을 가만히 보다가 웃어 버렸다.

"술을 마셔서 이성이 없었다라는 건 아닌 것 같은데요."

"네?"

그는 그녀에게 오라는 손짓을 했다. 주희는 삐죽거리며 앞으로 나갔다.

"이미 여기서 하루가 지났으니 원래 있던 곳에서는 시간이 많이 변했을 거예요."

그녀는 고개를 끄덕였다.

"또 제 분신이 가 있나요?"

"아마도."

그녀는 한숨을 푹 쉬었다. 그러다 문득 그 분신이 하는 짓이 그녀가 술 취했을 때 하는 짓과 비슷하다는 것을 알게 되었다. 그녀는 놀란 얼굴로 그를 보았다.

"제 분신 말이죠. 혹시 다른 사람에게도 그렇게 애교 부리고 아양 떨고 그러나요?"

그는 천천히 고개를 저었다. 그러고는 주희를 빤히 보았다.

"향이 좋군요. 차윤이 도와주었나 보지요?"

그녀는 고개를 끄덕이고는 한숨을 쉬었다.

"제가 아닌 것 같아요. 분명 기억은 저인데 자꾸 내가 안 하던 행동을 하니."

그는 웃으며 차를 마셨다.

"그건 아닐 거예요. 그러니 너무 걱정은 말아요."

그녀는 은호의 앞에 앉았다. 그러고는 그를 빤히 보았다.

"그런데 은호 씨는 매일 차만 마시네요. 신선은 그런 직업인가요?"

은호는 그녀의 말에 처음으로 심각한 표정을 지었다.

"직업? 그건 대체 무슨 관점인가요?"

그녀는 그의 말에 한참 동안 고민에 빠졌다.

"그러니까… 관직?"

그는 고개를 끄덕이더니 미소를 지었다.

"직업과는 아무 상관 없는 나의 생활일 뿐."

"흠, 노인 같아요."

그는 그 말에 움찔하더니 그녀를 보았다.

"노인?"

그는 인상을 찡그리며 그녀를 한참 보았다.

"정말 그렇게 생각하는 건가요?"

그가 이상하게 예민하게 반응하는 기분이 들어 그녀는 의아했다.

"아니요. 그냥 생활 습관이 그러신 것 같아서요."

그는 인상을 찡그린 채 다시 차를 마셨다. 그러고는 그녀를 기분 나쁘다는 듯이 보았다.

"그럼 어떻게 해야 노인 같지 않은 거지요?"

주희는 픽 웃었다.

"저랑 같이 놀러 가실래요?"

은호는 눈을 가늘게 뜨고 주희를 보고는 미소를 보였다.

"자, 그럼 가 보도록 할까요. 그런데."

"그런데?"

"돌아가야 하는데 요력이 풀려서요."

그녀가 머뭇거리고 이야기하자 은호는 웃으며 주희에게 다가왔다.

"이 모습이 훨씬 아름답군요."

"네?"

그녀가 놀란 듯 물어보자 그는 그녀의 머리카락을 쓰다듬어 주었다. 흰 피부에 붉은색 머릿결 그리고 커다란 눈과 오뚝한 콧날까지. 인간의 모습일 때보다 더욱 고혹적이고 아름다웠다.

주희는 빨려들듯 그를 보았다. 은색 머리카락에 검은 눈동자가 인상적이었다. 그녀를 내려다보는 표정이 진지해서 자신도 모르게 그를 넋을 놓고 바라보았다.

"…괜찮아요?"

그의 얼굴에 빠져들어 그가 하는 말을 듣지도 못하고 있다가 멍하게 그를 보았다.

"네? 네."

얼떨결에 대답하는 순간 그가 고개를 숙여 그녀의 입술을 눌렀다.

주희는 눈을 동그랗게 뜨고 그의 어깨에 손을 올린 채 가만히 있었다. 지난번처럼 술법을 걸기 위함일까? 그녀는 그의 입술이 기분 좋게 밀착되어 오는 것을 느끼며 자신도 모르게 눈을 감아 버렸다. 그의 손이 머리카락을 파고들더니 그녀의 목덜미를 쥐는 것이 느껴졌다. 좀 더 과감하게 그가 입술을 움직이며 그녀의 입 안으로 혀를 밀어 넣었다.

어색하거나 그런 기분은 전혀 들지 않았다. 오히려 가슴이 두근거리고 그의 키스를 좀 더 받고 싶어 그의 목을 끌어안았다. 숨소리가 점점 거칠어지고 그녀 안에서 뭔가 끓어 넘치는 것 같았다. 어제보다 더욱 몸이 뜨거워지는 기분도 들었다. 그가 입술을 떼더니 그녀를 한참 보았다.

"점점 힘들어지는군."

그가 조용하게 이야기하자 그녀는 거친 숨을 내쉬며 그를 올려다보았다.

"당신도 나도, 점점 더 이성이 흐려질지도 몰라요. 이대로는 어려울 것 같아요."

주희는 영문을 몰라 눈을 깜빡였다. 그의 말을 들으면 마치 둘의 이런 사이를 예측한 듯 말하는 것이 아닌가.

"저기."

"나중에."

"그런데 우리는……."

은호는 그녀의 뺨을 만져 주었다.

"그냥 사귄다 생각해요."

11

 사람들의 시선과 웅성거림에 주희는 점점 자신이 없어졌다. 하긴 너무 튀는 외모를 자랑하는 남자와 왔으니.
 은호는 검은색 셔츠에 청바지 차림으로 그녀와 앉아 커피를 마시며 알 수 없는 표정을 지어 보였다.
 "이건 가게에도 있는 건데 왜 여기까지 와서 마셔야 하는지 모르겠군요."
 그가 심드렁하게 이야기하자 그녀는 인상을 썼다.
 "우리 가게와는 다르죠."
 그는 커피를 마시고는 다시 인상을 썼다.
 "아름다움도 없고 깊은 맛도 없는데요."
 "꼭 그렇게 말해야 해요? 참, 그냥 사귄다니, 그건 뭐예요?"

"혼인 전 단계."

먹던 커피가 그대로 뿜어져 나올 것 같아 그를 봤다.

"네?"

은호는 그녀를 한참 보더니 턱을 괴고는 웃어 보였다.

"그럼 천상의 천호까지 지낸 나의 입술을 희롱하고는 그대로 잡아떼려 한 건가요?"

그녀는 너무 놀라서 입을 딱 벌렸다가 얼른 입을 가렸다. 그러고는 조심스럽게 그에게 물어봤다.

"뭐예요? 키스하면 결혼해야 하는 거예요?"

은호는 웃긴 걸 겨우겨우 눌러 참으며 엄하게 고개를 끄덕여 주었다. 그녀는 얼굴이 달아올라 그를 보더니 더 작게 물어보았다.

"설마 호족의 율법인가요?"

그가 진지하게 고개를 끄덕여 주자 그녀의 얼굴이 더 빨개졌다.

"하지만 술법을 걸기 위해서였잖아요."

"부부가 아니라면 누가 그런 술법을 걸어 주겠어요?"

그녀는 민망한 표정으로 그를 한참 보았다.

"그럼 내가 책임져야 하는 거예요?"

그는 천천히 고개를 끄덕이며 주희의 표정 변화를 보았다. 언제라도 놀리는 건 재미있는 일이었다. 하지만 그 웃음도 잠시, 그의 영역 안으로 뭔가 다른 것이 침범한 듯이 찌르르하고 울렸다.

'뭐지?'

주위를 둘러보았지만 어디에도 그가 느낀 그런 힘은 존재하지 않았다.

"왜 그래요? 갑자기 무서운 얼굴로?"

"음, 결혼식을 생각해서 그런가 보지요."

주희는 그의 손등을 때려 주었다. 그는 깜짝 놀라 그녀를 보았다. 무엄하게 감히 그의 손등을 때리다니. 그는 그녀의 가는 손을 꽉 잡았다.

"무엄하군."

"네?"

"감히 내 손을 때린 자는 당신이 처음일 거예요."

"뭐지? 이런 것도 처음이라니."

그는 웃어 보이더니 그만 나가자고 했다.

"왜요?"

"당신 분신이 돌아다니고 있는데 둘이면 이상하니까요."

그녀는 고개를 끄덕이고는 생각난 듯 말했다.

"참, 저 지희 아버지 계시는 동물원에 가 봐도 돼요?"

"뭐, 상관없지 않나요?"

그녀는 알겠다는 듯이 한숨을 쉬었다. 하지만 이내 호족인 듯한 여우가 있다는 이야기를 하지 않은 게 마음에 걸렸다.

꼬

지희는 광분에 가까운 상태였다. 선배가 자주 카페를 찾아온다는 것과 아무래도 자신에게 관심이 있는 것 같다고 이야기 중이었다.

"세상에, 처음에는 차령 언니에게 관심 보이더니 너와 사장님이 러브러브하니까 그냥 풀이 팍 죽더라구."

"에이, 설마."

지희는 손을 흔들었다.

"아냐. 진짜라니까. 내가 이야기 들어 주며 같이 술 마신 이후로 갑자기 나에게 잘해 주면서 내가 그런 속 깊은 여자였다는 걸 몰랐다는 거 있지. 드디어 나의 진가가 발휘된 거라니까."

주희는 웃으며 그렇냐고 이야기하고는 지희의 밝은 얼굴을 보았다. 사랑을 하면 저렇게 예뻐지는구나 싶었다. 설렘이랄까? 지희의 주위로 아름다운 빛들이 떠다니는 것이 보였다. 이게 호족의 능력인가 하는 생각이 들었다. 주위 사람들의 기분이 보이다니 말이다.

그녀는 슬쩍 은호를 보았다. 역시 반짝거리는 은빛의 물결만 보일 뿐 그의 주위에 다른 빛을 찾을 수는 없었다.

"뭘 그렇게 봐? 매일 보면서?"

주희는 차령의 말에 얼굴이 빨갛게 되어 차령을 손가락으로 찔렀다.

"저기, 잠시만요."

"응?"

"혹시, 호족은 모두가 저렇게 보여요?"

"보여? 뭐가?"

"아니, 빛 같은 거요. 사람들에게서 나오는 빛 같은 것. 선기나 이런 거요."

차령의 얼굴이 눈에 띄게 어두워졌다.

"뭐? 아니야. 그런 선기나 이런 것을 누구에게 보이려는 의도나 큰 힘을 쓰지 않는 이상 보이지는 않아."

주희는 놀란 듯이 차령을 보았다.

"설마 그런 것들이 보이는 거야? 사람의 감정이나 이런 것들과 선기가?"

그녀는 천천히 고개를 끄덕였다.

"이상한가요?"

"아니. 그 능력을 사용하는 이는 우리 호족 중에 단 두 명이야."

"두 명요?"

"한 분은 현존하고 계신 천호이시고. 다른 한분은 전대 호제후였어."

"지금의 호제후는 아니고요?"

차령은 한숨을 쉬며 멀리 보았다.

"전대 호제후는 지금의 제후의 동생이셨어. 능력으로는 지금의 호제후보다 더한 힘이었어. 호족을 통틀어 천호에 버금가는 능력을 가지신 분이었지."

차령은 그리운 듯이 이야기하더니 고개를 저었다.

"하지만 그분은 지금 현존하지 않으니까."

"왜요?"

"금기를 저질러서 처단되셨어."

"금기?"

차령은 웃어 보이고는 더 이상 말하지 않았다.

그녀는 지희가 언제 동물원을 갈 것인지 이야기하는 것을 들으며 그 여우가 이제는 많이 나아서 돌아다닌다는 이야기를 들었다.

은호가 다가와 그녀 옆에 섰다.

"언제 가기로 한 거예요?"

"내일요."

그는 그녀를 한동안 보더니 손을 뒤집어 꽃 한 송이를 보여 주었다.

"이건."

"혹시 모를 위험에 대비하기 위해서예요. 결계가 되어 주기도 할 테고 위험한 순간 날 부르기도 할 테니 가지고 가요."

그녀는 순백색의 꽃을 만지작거렸다.

"예쁘네요. 꽃을 주셔서 괜히 설레었어요."

그는 웃더니 그녀의 손을 꼭 쥐었다.

"꽃이 좋다면 얼마든지 줄 수 있는데요."

"됐어요."

그녀는 서둘러 말하고는 손을 빼내고는 멀어졌다. 은호는 그런 주희의 뒷모습을 보며 피식 웃고는 자신에게 날아온 전서구를 보았다.

☙

"무슨 일인가. 이렇게 불러내게."

퉁명스러운 목소리에 월하는 깊은 한숨을 쉬었다.

"화내지 마시게. 긴급한 일이야."

"음?"

"자네의 작은 연인은 어디 간 건가?"

"왜 그러나?"

은호는 소맷부리에서 작은 새를 꺼내며 물어보았다.

"이상한 힘을 느끼지 못한 건가? 오늘 소집을 명한 건 내가 아닐세. 동화제군이시지."

그는 눈을 가늘게 떴다. 아무 이상 없는 날들이었는데 갑자기 그녀에게 관심을 가진다니 이상하지 않을 수 없는 노릇이었다. 동화제군은 삼제군의 수장이라 모든 일을 감독하고 판결을 내리시는 분이었다. 그런 삼제군의 수장이 부른 거라면 뭔가 심각한 일일 수도 있었다.

"동화제군이 무엇을 본 것인지 알 수 없지만, 현천상제께서는 알고 계신가?"

월하는 고개를 끄덕였다.

"그대가 불려 온 걸 보니 인연과 관련된 것인가?"

"그렇다고 봐야지."

은호의 인상이 어두워졌다.

잠시 후.

"동화제군."

동화제군은 그들에게 예를 거두라 명하고는 앉으라고 했다. 옆으로 관성제군과 문창제군을 거느린 동화제군은 삼제군 중 으뜸인 자였고 누구도 그의 말은 거역할 수가 없었다.

"어쩐 일이시기에 월하와 저를 청하셨습니까?"

"천호, 급할 것이 무엇인가. 다 자네 집안일이거늘."

은호의 인상은 더욱 어두워졌다. 동화제군은 그런 은호를 보며 미소를 지어 보였다.

"왜, 긴장되는가? 내 천호의 이런 얼굴 보는 것이 근 몇백 년 만에 처음인 듯하구먼."

동화제군은 부채를 부치며 이야기하고는 그를 보았다.

"현호가 무슨 문제라도 일으켰습니까?"

동화제군은 고개를 저었다.

"그럴 리가. 그 착하고 순해빠진 호제후가 그럴 리가 없지. 전대 호제후라면 모를까."

"하지만 적호는."

동화제군은 한숨을 쉬었다.

"그래. 금기를 범해 요력을 모두 빼앗기고 영원한 잠에 빠져들었지. 하지만 그 요력이 하나둘 깨어나기 시작했다네."

"그럴 리가요. 제가 적호의 모든 요기구슬을 가지고 있는데요."

동화제군은 고개를 저어 보이고는 월하를 보았다.

"자네가 이야기해 주게, 월하."

월하는 공손히 제군에게 절하고는 입을 열었다.

"적호의 인연이 다시 환생했네. 즉, 적호가 자신의 요력을 쏟아부은 금기가 실현된 것이지. 본디 깨어난 것은 알았으나 적호를 부를 수 있을지 그냥 인간인지가 가장 중요했지."

은호는 월하가 그의 눈치를 보는 것을 보며 이미 동화제군이 모든 것을 알아챘다는 것을 알 수 있었다. 월하가 수련이라는 평계를 대고 금기의 인간을 찾아다녔고, 마침내 찾아내었다는 것을. 월하가 그렇게 숨기려 노력한 그 금기의 존재를 찾았음을 눈치챌 수 있었다.

"그런데?"

월하는 한숨을 쉬고는 낡은 인연부를 그에게 내밀었다.

"예전에 기록을 멈춘 적호의 인연부가 다시 나타났고 그자가 적호의 요력을 모아 주고 있어. 즉, 적호의 선체에 머물 수 없던 요력이 그를 그릇 삼아 모이고 있는 것이지."

"그럴 리가."

은호는 당황해서 인연부를 받아 들었다. 적호가 살아생전 갖고 있던 요력은 모두 그가 보관하고 있지만 잠이 든 적호의 몸으로 자연적으로 모여드는 요력은 결계를 이용해 분산시키고 있었다. 그런데 그 흩어진 요력이 새로운 그릇을 찾아 모여들고 있다니. 이것까지는 선계도 호족도 생각하지 못한 일이었다.

"어떻게 호족이 아닌데 요력의 그릇이 된다는 말인가."

동화제군이 부채를 팔락거렸다.

"아마 환생의 수레를 거꾸로 돌리면서 이미 혼백이 사라져야 하는 것을 잡기 위해 적호의 요력을 사용했던 모양이야. 죽어 버린 인간의 육체와 혼을 만드는 것은 금기이거늘 그 불가능한 것을 적호가 이룬 것이지. 즉, 그 인간은 적호이면서 적호가 아닌 또 다른 존재라네."

 그는 입술을 꾹 깨물었다.

 "그 말인즉, 비어 있는 그릇으로 물이 따라지는 것과 같은 것입니까? 적호의 흩어진 요력을 적호가 금기를 범한 인간의 몸으로 찾아들었다는 말입니까."

 월하는 고개를 끄덕였다.

 "확실히. 그자는 인간으로 태어났지만 인간이 아니야. 그렇다고 전생의 기억이 있지도 않아. 하지만 그자가 커 가면 커 갈수록 적호의 요력이 불어나고 있지. 자네의 인연인 그 여자아이도 인간이었으나 호족이 되지 않았나."

 "그 말은."

 "적호가 깨어날 시기가 멀지 않았다는 거지. 아마 적호가 깨어나면 가장 먼저 자신의 요력을 찾으려 할 테니 그 아이의 목숨도 보장할 수 없다는 것이야. 하루라도 빨리 청구산으로 데려오는 게 좋지 않겠는가?"

 그는 동화제군을 보았다. 동화제군도 고개를 끄덕였다.

 "그 아이 요기의 발현이 두 번 있었지? 그 힘으로는 적호에게 반항도 못 할 것이 아닌가. 아마 아홉 꼬리가 다 발현해도 적호를 이길 수는 없을 것이야. 우리도 적호가 깨어나 자신의 모든 요력을 되찾는 것은 반대일세. 물론 자네 호족의 일이긴 하나 적호는 구천의 가장 큰 죄인임을 잊지 말게."

 그는 천천히 고개를 숙였다.

 "동화제군의 뜻은 잘 알았습니다. 오늘부터 적호의 선체를 지키는 자를 늘리고 혹여 깨어날 때를 대비해 다시 한번 요력을 빼앗아 두도록 하겠습니다."

동화제군은 찻잔을 들었다.

"늦지 않게 그 아이를 대피시키도록 하게."

"하지만 적호의 선체가 청구산에 숨겨져 있습니다. 청구로 데려오는 것이 더욱 위험할 수도 있지 않을까요."

동화제군은 그 말에 곰곰이 생각에 빠졌다.

"그 말에도 일리는 있구먼. 그럼 그 아이를 잘 부탁하네. 그 아이가 죽으면 그 요력은 바로 적호에게 돌아갈 것이야. 자네는 평생의 하나뿐인 반려를 잃게 되고 적호의 출현으로 구천은 다시 한번 호족과 전쟁을 치르게 될 것이니 그 점을 잊지 마시게."

"네, 동화제군."

은호는 어두운 얼굴로 인사 후 궁성을 빠져나왔다. 그러고는 우산을 쓰고 길을 걸어 자신의 집으로 돌아가서는 다시 한번 차원의 문을 열었다.

거기는 결계로 싸인 공간 속에 병사 여섯 명이 적호의 선체를 지키고 있었다.

"천호, 오셨습니까."

그는 고개를 끄덕이고는 주위를 보았다. 결계가 흔들리거나 한 기척은 조금도 없었다.

"적호의 관에 아무 문제는 없는가?"

"예, 천호."

그는 관을 손으로 쓸어 보았다. 전투로 그는 이 결계에 참여하지 못했지만 지금의 제군과 상제가 결계를 쳐서 적호를 따르는 무리의 눈을 차단하고 은닉시킨 선체였다. 그냥 화장을 하면 되리라 여기지만 불로 태어난 적호인지라 화장이 되지 않았다. 수장을 할 경우 적호의 선체를 이용하려는 무리가 나타날 수 있어 호족의 장지에 묻거나 수장할 수도 없었다.

적호는 잠이 들어서도 여전히 그 강대한 요력이 모이는 시발점이었고 지금의 관이 그 요력을 흩어지게 만드는 중이었다.

'적호.'

그에게는 막냇동생이었고 아끼는 아이였다. 누구보다 호족의 제후에 어울리는 아이였고 그저 장난이 심하고 정이 많을 뿐이었다.

호족의 자긍심이 강해 천궁에서 무례하게 굴면 응당 똑같이 갚아 주는 아이였고 다른 족들의 침입에도 불같이 일어나 전쟁을 치르고야 마는 아이였다.

가장 호족스러운 호족. 가장 강하고 아름다운 호족이었다. 그는 어린 동생을 막지 못한 자신을 자책하고 있었다. 인간 세상의 환란도 환란이었지만 금기를 범한 것은 누구도 용서할 수 없는 일이었다.

그 금기가 이렇게 성공하여 그 인간이 다시 환생하게 만들 거라고는 아무도 몰랐다.

삼신할미가 점지하지 않고 태어난 아이. 다음 환생이 없는 아이. 천궁에서 금기라 불릴 인간이면서 인간이 아닌 종족이 탄생된 것이다.

그는 눈을 감았다. 그에게는 그 금기로 태어난 인간을 처단해야 하는 임무가 있었다. 하지만 적호의 마지막 바람이자 적호의 모든 것이었던 인간을 그의 손으로 처단할 수는 없을 것 같았다.

'적호, 왜 심판인으로 날 택한 것이냐. 제군이라면 널 그대로 소멸시킬 수도 있었거늘. 혹 내가 소멸시키지 못하고 널 지킬 수밖에 없기에 일부러 날 택한 것이냐.'

그는 깊은 한숨을 내쉬고는 인원을 증원하라 이르고 그곳을 빠져나왔다.

܀

주희는 지희가 누군가와 함께 오는 것을 보았다.

"어, 정훈 선배."

"아, 주희구나."

정훈은 환하게 웃어 보였다. 그러고는 지희를 보았다.

"지희 아버님께서 여우를 치료하는데 굉장히 특이한 색의 여우라고 해서 보고 싶어서 따라나섰어. 너도 가는 거니?"

"네, 선배."

그녀는 지희의 몸에서 뿜어져 나오는 분홍색의 빛들을 보았다. 굉장히 사랑스러운 기분이 드는 빛에 그녀는 자신도 모르게 미소를 지었다.

"어, 선배가 궁금해해서. 괜찮지?"

지희가 눈도 마주치지 못하고 하는 말에 그녀는 고개를 끄덕였다.

"괜찮지, 뭐. 너만 좋다면."

지희는 민망한 미소를 지어 보이더니 정훈을 두고 옆으로 와서 살짝 귓속말을 했다.

"아니, 그날 정훈 선배에게 이야기했더니 꼭 보고 싶다고."

"누가 뭐래?"

지희는 손을 비틀며 웃어 보였다. 저 분홍빛은 사랑의 감정인 것 같았다. 손으로 잡고 싶은 사랑스러운 빛깔에 물든 지희는 정말 예뻐 보였다.

"정훈 선배가 자주 놀러 와서 너도 잘 알지?"

그녀는 자신의 분신의 기억을 떠올리며 억지 미소를 보였다. 너무 쾌활한 자신의 모습이 도통 적응이 안 되었다.

"넌 사장님이랑 있어야 쾌활해지나 보다. 정말 사랑스럽고 귀여워서 남자들이 다 너만 보고."

"아니야."

지희는 웃으며 주희를 툭 쳤다.

"나도 알려 주라. 나도 귀여움 좀 받자."

그녀는 하하 하고 웃고는 서둘러 정훈의 차가 주차된 곳으로 이끌었다.

함께 차를 타고 출발하는데 지희가 그녀의 팔에 팔찌처럼 묶어 둔 꽃을 보았다.

"예쁘다. 사장님 선물?"

"어떻게 알았어?"

지희는 부러운 듯 그녀를 보았다.

"매일 이 꽃을 주시는데 모를 수가 있어?"

지희는 꽃잎을 만져 보고는 주희를 보았다.

"희자매님, 로맨틱한 왕자님과의 연애 부럽습니다요."

주희는 민망해 미소만 지었다.

"와, 진짜 말을 못 했는데. 백은호 씨 무슨 모델인 줄 알았어. 너무 심하게 잘생긴 거 아니야? 남자들 모두를 오징어로 만들던데."

정훈은 그렇게 이야기하며 백미러 너머로 주희를 보았다.

"난 네가 남자 친구 생겼다고 해서 학교 학생일 줄 알았는데 사장님이라니. 대단한데, 주희? 그런데 그런 가게를 가지고 있는 것을 보면 꽤나 부자인가 보지? 그 건물 자체가 다 너희 사장 거라며?"

주희는 그에게 들어 본 적이 없는 말이라 고개를 갸웃했다.

"그런가요?"

"이런, 넌 모르나 보지? 거기 차령 씨가 그러던데. 너희 사장님 그 건물 주인이라고 하더라. 가게가 백 평이 넘던데 대단한 거 아닌가?"

그녀는 알 수 없는 말이라 그저 웃음으로 넘겨 버렸다. 사실 그녀는 은호가 호족이고 천호라는 관직을 가졌다는 걸 빼고는 아는 것이 없었다. 호족으로서의 은호도 인간 세상에서의 은호도 모른다는 것이 조금은 민망한 기분이 들었다.

"그런데 둘이 엄청 뜨거운 사이 같던데. 결혼은 생각하며 만나는 거야? 넌 몰라도 사장님은 결혼 적령기같이 보이던데."

그 말에 은호가 천호인 자신에게 키스했으니 결혼해야 한다고 말했던 것이 떠올랐다. 순간 주희의 얼굴이 확 달아올랐다.

"어라, 어라? 너 정말 사장님하고 결혼하는 거야? 부모님은?"

"몰라."

그녀는 얼른 대답하고는 얼굴을 손으로 눌렀다.

"이야, 얌전하던 주희가 가장 먼저 결혼하겠어."

정훈이 놀리듯 이야기하는 말에 그녀는 손을 내저었다.

"놀리지 말아요, 선배."

그는 미소를 보였다.

"그런데 너희 가게 말이야. 많이 바쁘니?"

"왜요?"

"지희, 우리 병원으로 스카우트하려고."

"정말요?"

지희는 괜히 얼굴을 붉혔다. 그녀는 웃으며 지희 손을 잡아 주었고 차는 어느덧 지희 아버지가 근무하는 동물원에 도착했다.

뭔가 붉은 기운이 퍼지는 기분이었다. 그녀는 고개를 갸웃하며 안으로 들어섰다.

"아빠."

"오, 지희 왔구나. 주희도 오래간만이다."

"안녕하세요, 아버님."

주희는 웃으며 다가갔다가 순간 움찔하고 말았다. 붉디붉은 여우였다. 주홍색의 붉은빛을 가진 여우가 이쪽을 지긋하게 보는데 다른 여우들이 그 아래 엎드려 있었다. 확실히 그녀가 잘못 본 것이 아니었다. 아홉 개의 꼬리가 부채처럼 펼쳐지는 모습에 그녀는 움찔했다.

"특이한… 여우네요."

말이 잘 나오지 않았다. 위험한 기분이 들었다. 허리 쪽으로는 벼락을 맞은 듯한 탄 자욱이 남아 있었다.

"음, 지난번에 벼락 치던 날 발견되었는데 아무래도 벼락을 맞았나 봐. 낙뢰가 떨어졌다는 보고는 없었는데."

뭔가 등줄기가 오싹해졌다. 벼락 치던 날 지희를 끌어내리던 그 여자와 관련이 있던 것일까? 시간이 오래된 일인데. 그날 은호와 대적했다던, 그 여우일까?

"많이 다쳤었나요?"

"음. 처음에는 사람을 친 줄 알았는데 차에서 내려다보니 이 여우였어. 살아날지도 의문이었는데, 내가 수의사니 망정이지."

아버님은 그렇게 말하고는 미소를 지었다. 정훈은 여우 무리를 보며 와 하고 탄성을 질렀다.

"저런 종은 처음 보는데요?"

아버님은 고개를 끄덕였다.

"그렇지? 나도 처음이야. 도감이라는 도감을 다 보고 있어."

"저런 털이라니. 혹시 모피 사업자가 도축을 위해 들여온 것일까요?"

아버님은 심각한 표정이 되었다.

"모르지."

정훈 선배와 아버님은 머리를 대고 고민에 빠져 있었다.

"이쁘지? 난 저렇게 이쁜 털을 가진 여우는 처음이야."

"나도 처음이네."

그녀는 말을 끌면서 그 여우를 보았다. 뭔가 보통의 여우와는 확연히 달랐다. 그 여우가 천천히 몸을 일으키는데 온몸에 찌르르하는 파장이 흘렀다. 뭔가가 몸 안에서 공명을 하듯이. 여우가 눈을 가늘게 뜨더니 천천히 그녀들이 서 있는 우리 쪽으로 다가왔.

그 여우가 다가오면 다가올수록 몸 안의 파장이 점점 커지더니 그녀의 팔에 걸어 둔 꽃이 바스러지도록 말라 가는 것이 느껴졌다.

'확실히 일반 여우는 아니야. 저런 꼬리가 있을 리 없잖아. 분명 호족이다.'

"어? 오늘 기분 좋아? 꽃님아?"

지희가 다정하게 여우에게 말하자 여우는 내민 손에 부드럽게 고개를 비볐다.

"얘 굉장히 사람을 잘 따라. 너도 만져 볼래?"

"아니. 괜찮아."

그녀는 몸을 피했다. 여우가 아닌 것이 분명했다. 호족이라면, 벼락을 맞은 호족이라면 은호에게서 천뢰를 맞은 그 여우일 거라는 확신이 생겼다. 그렇다면 지난번에 지희를 노렸으니 다시 한번 지희를 노리고 온 것일지도 몰랐다.

"진짜 얌전한데."
"지희야, 떨어져."
"응?"
순간 찰나의 일이었다. 여우가 입을 벌린다고 생각한 순간 어디에서 그런 힘이 났는지 여우가 공중으로 날아올랐다.
"지희야, 위험해!"
그녀는 지희를 밀쳐 내고 몸을 돌렸다. 순간 눈앞이 붉게 변했고 몸 안에 뭔가 찢어지는 고통을 느꼈다.

은호는 갑자기 사라진 그녀의 기척에 놀라서 바로 안개로 변해 그녀에게 날아갔다.
"주희!"
그가 소리치며 그녀를 안아 올리는 순가 그 안에 있던 사람들이 놀라서 비명을 질렀다.
"드디어 손에 넣었다. 그분의 요력 계집. 역시 너였구나."
그는 고개를 들어 앞을 보았다.
"홍아."
여우는 날래게 몸을 피해 버렸다. 주희의 목에서 붉은 피가 넘쳐흐르고 있었다.
그는 손으로 주희의 상처를 막았다. 인간들이 있으니 법술을 쓸 수가 없었다. 어서 몸을 숨겨야 한다.
인간들은 119를 부르고 정신이 없었다. 그는 우선 그녀를 안아 들었다.

"사장님 어떻게?"

"부르는 것보다 가는 게 빠를 거야. 내가 데리고 가지."

"차는요!"

"내 차가 빨라."

그는 그렇게 말하고는 그대로 문을 열고 나가며 안개로 변해 사라져 버렸다.

주희의 몸이 점점 차가워지는 것이 느껴졌다.

"주희."

그는 다급하게 말하고는 그녀를 침상에 눕히고 법력을 펼쳐 우선 흐르는 피부터 막았다.

그녀의 몸에서 뭔가가 피어오르듯 온몸이 피로 물들어 가고 있었다.

"위험하다."

그는 놀라서 그녀를 보았다. 그녀가 가진 호족으로서의 힘은 미미하다. 그녀를 살리기에는 너무 작은 힘이라 이대로라면 살아날 수가 없었다. 그는 손을 뒤집어 자신의 안에 숨겨 둔 적호의 요기를 끌어올려 주술로 만들어 그녀에게 먹이려 했다. 하지만 주희는 조금의 미동도 없이 흐려진 눈으로 천장만을 보고 있었다.

그는 요기구슬을 입에 물고 그녀의 입술에 입술을 대고 바람을 불어 겨우 그녀에게 삼키게 했다. 홍아의 공격으로 몸 안에 있던 적호의 요기가 흩어지고 있었다.

아마 이대로 요기가 모두 흩어진다면 그녀를 지탱하던 몸이 모두 붕괴될지도 몰랐다.

그는 주희의 몸에 자신의 요력을 불어넣어 적호의 요기가 요력으로 발현될 수 있게 도와주었다. 그녀의 입에서 아픔의 비명이 울렸다.

"주희, 정신 차려."

그녀가 비명을 지르는 것이 느껴져 그는 그녀의 손을 꽉 잡았다. 그녀의 꼬리가 두 개 더 발현되고 있었다. 이 아픔이 아마도 그녀에게 더욱 큰 요력을 발현시키게 만드는 것 같았다.

"주희, 제발."

그가 나직하게 말하며 그녀를 꽉 안아 주었다. 온몸이 타들어 가게 아플 것이다. 거기다 상처까지 입었으니 더욱 그 고통이 클 것이다.

그는 자신들의 주위로 보호막을 치고 다른 곳에 피해가 없도록 만전을 기했다.

그날 밤 종일, 하늘에 붉은 번개가 내리며 많은 호족들이 불길함에 잠을 설쳐야 했다.

목이 너무나 아팠다. 몸은 관에 갇힌 듯이 사방이 막힌 기분이었다.

'**아프구나.**'

그녀는 눈을 감은 채 고개를 끄덕였다. 그 이상은 움직일 수가 없었다.

'**누구냐. 널 이렇게 만든 것이.**'

"불타는 듯한 빛깔의 여우."

'**홍아구나.**'

흐릿한 목소리였다.

"홍아?"

'**나의 시종이지. 많이 아팠더냐? 내가 너의 보복을 해 주랴?**'

"싫어. 그러지 마. 그쪽도 많이 아프니까 화가 나서 그런 걸 거야."

그쪽에서 더 이상 말이 없더니 나직하게 말했다.

**'착하구나.'**

그 말을 끝으로 몸이 붕 떠오르는 것 같더니 포근하고 따스한 온기를 느낄 수가 있었다.

주희는 천천히 눈을 뜨고는 아픔에 몸을 움찔했다. 그러다 자신의 손을 꼭 잡고 잠이 든 은호를 보았다.

"은호 씨?"

은호는 천천히 눈을 뜨더니 미소를 지었다. 하지만 그는 하룻밤 사이에 수척해 보였다.

"괜찮은가요?"

그녀는 그를 한참을 보았다.

"여우가."

"알아요. 지난번에 놓친 자예요. 내 실수로 당신이 이런 아픔을 겪은 거예요. 미안해요."

은호가 애틋한 손길로 머리카락을 넘겨 주자 주희는 그의 손을 꼭 잡았다.

"어떻게 여기 온 거예요? 집에서 걱정할 텐데."

"차령이가 모두 조작해서 잊어버렸을 거예요. 당신을 병원에 데려갈 수는 없었어요. 그랬다면 그들은 당신이 인간과 다른 점을 찾아냈을 거니까요."

"인간과 다른 점?"

그는 고개를 끄덕이더니 그녀를 품에 안아 주었다.

"쉬어요. 기력이 많이 빠져서 힘들 거예요."

그녀는 그에게 꼭 안겨 있었다. 그러고는 한숨을 쉬며 입을 열었다.

"그 홍아라는 자는 왜 절 죽이려 하는 거죠?"

은호는 그녀의 머리카락을 넘겨 주며 가만히 있다가 조심스럽게 입을 열었다.

"내가 지금 막 홍아라고 이름을 말했던가요?"

그녀는 천천히 고개를 저었다. 그러고는 문득 생각난 듯이 입을 열었다.

"꿈에서 누가 홍아라고 그랬는데. 당신이 나 잠든 사이 말한 줄 알았어요."

그는 그녀를 가만히 안고 머리를 쓰다듬어 줄 뿐 말을 하지 않았다.

"은호 씨?"

"자도록 해요. 많이 피곤할 테니 나중에 생각하죠."

그녀는 그의 수척한 얼굴을 올려다보고는 알겠다는 듯이 고개를 끄덕였다.


차윤은 불퉁한 얼굴로 그녀에게 식사를 차려 주었다.

"은호 씨는……?"

"천호님은 지금 수련 중이십니다. 어제 누구씨를 구하려고 법력을 너무 많이 쓰셨어요. 어쩌다가 다친 건지 몰라도 호족이 그렇게 쉽게 목을 물리다니. 변변치 못하군요."

쏘아 대는 차윤의 목소리에 그녀는 움찔해서 몸을 움츠렸다.

"거기다 홍아라니. 아니, 그 호족 옆에는 왜 간 겁니까? 일족으로부터 버림받은 자를 가까이하다니. 벌써 나쁜 길로 들어선 건 아닌지, 원. 거기다 저 불길한 머리색이라니. 이제는 사라진 줄 알았던 흑혈호의 머리색이잖아. 아휴, 불길해."

차윤은 심술스럽게 말하고는 휙 나가 버렸다. 차령처럼 밝은 사람일 줄 알았는데 예상외로 자신에게 차갑게 대하는 모습에 주눅이 들었다. 호족이라고는 하지만 그녀는 이쪽의 전통은 아무것도 모르는지라 그들의 생활에 너무 무지했다. 차윤이 저렇게 대하는 것이 이방인과 같은 자신을 껄끄러워해 그러는 것이라 생각되자 주희는 속이 상했다.

거기다 자신 때문에 법력을 소비했다는 것을 보니 상처가 커서 그도 힘이 들었던 것 같았다.

그녀는 거울 앞에 서서 자신의 목을 보려다 깜짝 놀라 그 자리에 멈춰 섰다. 붉은 머리카락은 지난번보다 더 붉어져서 검붉은 색에 가까웠다. 마치 불이 타오르는 듯이 어둡고 붉은빛이었다. 머리카락 밑 부분은 밝은 빨강을 띠고 있었다. 얼굴은 창백한 흰색이고 입술은 붉디붉었다. 거기다 그녀의 눈동자 색도 지난번보다 어두운 붉은색으로 빛나고 있어서 마치 다른 사람 같았다. 목에도 상처 하나 없었지만 그녀가 어릴 때부터 가지고 있던 점도 보이지 않았다. 완전히 다른 사람이 된 듯 바뀐 모습에 그녀는 너무 놀라 거울에서 눈을 뗄 수 없었다.

호족은 인간 남자를 매료시키는 미모를 타고난다고 차령이 이야기해 준 적이 있었는데 그녀의 바뀐 외모는 은호에 비해도 전혀 떨어지지는 않아 보였다.

'어떻게 된 거지?'

그녀는 주춤대며 거울에서 물러났다. 모습이 너무 변해서 자신인지도 몰라볼 지경에 이르렀다. 본디 그녀의 모습 위에 머리카락 색이 바뀌고 눈동자 색이 바뀌고 살도 빠진 모습이기도 했지만 어딘지 다른 분위기였다.

"흑혈호는 뭐지?"

"요기가 가장 많은 호족이에요. 지금은 사라졌어요."

중얼거리던 주희가 놀라서 고개를 들었다. 은호가 언제 온 건지 그녀에게 다가왔다.

"흑혈호는 태고신 중 하나지요. 태어날 때부터 요기를 배 안에 다른 호족보다 많이 타고나며 인간의 생사에 관여하는 장난스러운 호족이지요. 당신과 같은 붉은색과 검은색이 도는 머리카락이 특징이며 태어날 때 이미 선인이 되어 태어나요. 금은호와 마찬가지로 역대 하나 정도 나오는 희귀한 족속이지요."

"금은호?"

"나예요."

"네?"

그녀가 호기심을 보이자 그는 한숨을 쉬었다.

"내 머리색은 법력을 쓰면 금빛으로 변하지요. 은색 털을 가진 집단 중 금은호만이 나타나는 성질이에요. 그래서 우리를 천호라고 부르는데 역대 나 이외에는 탄생한 적이 없어요. 태고신 중 한 명이 금은호로서 천호를 지내셨다고는 들었지요. 내 할아버지 되시는 분이지요."

"그럼 부모님도요?"

"부모님은 백호와 흑호셨어요. 아마 어머니 쪽이 흑호와 혈호 사이의 출신이라 흑혈호와 연관이 있었겠지요."

그는 그렇게 말하고는 그녀의 뒤로 돌아와 그녀의 머리카락을 그러모아 올려 주었다.

"그럼 그 흑혈호는."

은호는 조용히 한동안 침묵하다가 그녀의 손을 잡고는 한숨처럼 이야기했다.

"내 동생이에요."


주희는 생각에 잠겨 있었다.

은호의 동생이 흑혈호라는 일족이 두려워하는 존재라고 했다. 그리고 적호라는 이름의 전대 제후가 그의 동생이라는 말도 했다. 금기를 범했다고. 그렇다면 전대 호제후는 흑혈호이며 적호라 불리는 그의 동생이었고 그 동생이 금기를 범해 그의 손으로 처단했다는 말이 되었다.

그녀는 한숨을 쉬었다. 그가 주희를 살리기 위해 먹인 구슬은 대단한 요기의 주인의 것이라고 했는데, 그녀의 변화된 모습이나 필적할 자를 생각해 보면 그의 동생인 적호의 요기구슬일 것이다.

"무슨 생각을 해요?"

은호가 물어보자 그녀는 고개를 들었다.

"아니요. 그저, 좀 생각할 일이 있어서요."

그녀는 청구에 하루 반나절 있는 동안 꼬리 세 개를 발현시켰고 지금은 다섯 개의 꼬리를 가지게 되었다.

"몸은?"

"괜찮아요. 여기와 인간의 세상은 시간이 다른데 가 봐야겠어요."

"요력을 사용할 수 있겠어요?"

"꼬리를 누르는 것이 생각보다 쉬워서 놀랐어요. 그리고 조금만 생각하니 제 모습도 바꿀 수 있더군요."

그녀가 차분하게 이야기하자 그는 한숨을 쉬었다.

"죽간을 읽기는 어려울 거예요. 당신이 아는 인간 세상의 말로 적은 책을 줄 테니 연습을 하는 것도 좋겠지요."

그녀는 그가 내민 책을 받아 들었다.

"고마워요."

주희는 겨우 이야기하고는 그를 보았다. 얼마 전 카페를 다녀왔을 때는 그토록 즐거웠는데 갑자기 기분이 축 처졌다.

"인간 세상에서 오래 살았어요?"

은호는 고개를 끄덕였다.

"그럼 여자도 많았겠죠?"

그는 무슨 소리냐는 듯이 주희를 보았다.

"그냥 그런 생각이 들어서요."
"없어요. 우리 호족은 한 여자만 만나고 인연을 이루도록 되어 있어요."
그 말에 그를 올려다보았다.
"그렇다면 이번 생에 당신은 그런 인연을 만났나요?"
은호는 그녀를 한참 보더니 손으로 그녀의 뺨을 쓰다듬었다.
"어떨 것 같은가요?"
그는 천천히 그녀의 입술에 입술을 겹쳤다. 그래서 문 앞에 서 있는 차윤이 그 모습을 보고 주먹을 억세게 틀어쥐는 것도 모르고 있었다.

은호와 함께 집으로 돌아간 주희는 실로 오랜만에 부모님을 뵈었다. 그런데 부모님이 주희가 남자 친구와 결혼을 전제로 사귄다는 걸 알고 있는 것에 뜨끔하고 놀랐다.
"하여튼 처음 볼 때부터 영."
"여보."
어머니가 호되게 말하자 아버지는 고개를 팩 돌렸다.
"아까워서 저러신다. 아직 나이가 있어 당장 결혼하겠다는 것도 아닌데……. 편하게 있어요."
은호는 어색한 미소를 지었다.
청구에 있을 때 일이 좀 길어질지도 모른다며 잠시 인간계에 가서 인사를 하고 홍아를 잡을 때까지 청구에 머물자는 이야기를 주고받았다.

아직 요력을 다룰 수가 없는 그녀로서 또다시 인간 세상에서 무방비하게 홍아를 마주친다면 어떤 일이 일어날지 끔찍한 생각이 들었다.

"그래서 부모님이 외국에 계신다고요?"

"네."

어머니는 알고 싶은 것이 많은 눈치였다. 그러고는 그녀를 보고는 그저 흐뭇하게 웃어 보였다. 부자에 젊고 잘생긴 남자를 만난 것이 어머니는 그저 좋은 모양이었다.

"우리 딸에게 이렇게 잘해 주는 남자 친구가 생기다니 좋기는 하군요."

은호는 웃으며 어머니가 식사를 챙겨 주자 감사 인사를 했다. 주희는 불안 불안한 시선으로 아버지를 보았지만 계속 표정이 안 좋아 보였다.

"아빠."

"영 도둑놈 같아서."

그녀는 피식 웃었다.

"아픈 동안 너 간호하는 걸 봐서 내가 인정해 주는 거야."

아버지는 불퉁한 목소리로 말하고는 그녀가 동물에게 다친 이야기를 했다. 환술의 위력이 무섭기는 한 듯했다. 모두가 그녀가 다친 것이 치명적이지는 않았다고 생각하고 있었고 그가 그동안 병간호를 했다고 여기고 있었다.

"너무 빠른 결혼은 안 된다. 알았지?"

"네, 아빠."

주희는 걱정 가득한 목소리에 콧날이 시큰해지는 것을 느끼며 아버지를 안았다. 아버지에게서 나오는 따스한 주홍빛의 느낌이 그녀를 같이 에워싸며 아버지의 걱정이 하나하나 마음속에 들어왔다.

주술 덕분인지 너무나도 수월하게 주희의 부모님은 그의 부모님을 뵙는 여행을 다녀오라고 해 주었다. 은호와 주희는 집을 나와 그의 차에 올라탔다.
"시간이 너무 빠르군요. 벌써 방학이라니."
"다음 학기 지나고 나면 청구산으로 완전히 옮겨야 할 거예요."
그녀는 그의 말에 한숨을 쉬었다. 우선 차는 가게에 주차해 두고 가야 한다는 말에 차에 오르고 보니 은호가 운전도 할 줄 안다는 것이 신기했다.
"차령 씨만 저렇게 일하게 두고 괜찮아요?"
그는 고개를 끄덕였다.
"다시 한번 말하지만 이곳은 위험해요. 홍아가 당신의 존재를 깨달았으니 또다시 당신을 노릴 거예요."
"그런데 왜 날 노리는지 이야기해 줘야죠."
은호는 고개를 숙이더니 한숨을 쉬었다.
"청구산 내 집에 도착하면 이야기해 줄게요."
그는 차를 세우더니 가게에는 들어가지도 않고 우산을 펼쳤다. 그녀는 그 화려한 우산을 보며 웃어 보였다.
"왜요?"

"이 우산 덕에 기억이 났거든요. 여자 우산처럼 화려한 우산인데 은발의 남자가 쓰고 있으니 눈에 띨 수밖에요."

그녀는 그렇게 말하고는 그와 우산을 쓰고 거리를 걸어 금방 청구에 도착했다.

"천호!"

그는 몰려든 사람에 놀라서 주위를 보았고 놀란 주희도 그에게 찰싹 달라붙었다.

"무슨 일인가."

"현천상제께서 오셨습니다. 죄인을 압송하신다고."

"죄인?"

은호가 되물어 보자 차윤이 얼른 들어섰다.

"천호, 현천상제께서 죄인을 압송하신다며 얼른 천호를 들라 하셨습니다. 속히 서두르시지요."

그는 주희를 보았다.

"잠시 이곳에서 기다리도록 해요."

"네. 다녀오세요."

주희는 그가 나가는 등 뒤로 차가운 얼굴로 자신을 보는 차윤을 보았다. 차령과는 친하다고 생각하지만 차윤의 저런 차가운 태도는 왜인지 알 수가 없었다.

그녀는 시무룩해서 자리에 앉아 있었다. 순간 공간이 심하게 흔들리더니 차령이 나타났다.

"차령 언니."

"좀 불길해서 말이지. 천호께서 가게에 들르실 줄 알았는데 그

낭 사라져서 얼른 따라온 거야."

"네?"

차령은 뭔가를 적어서 방의 사면에 붙였다.

"현천상제께서 오셨다는데 현천상제가 누구예요?"

차령의 얼굴이 어두워졌다. 융통성 없는 현천상제가 직접 왔다는 건 천호를 억눌러서라도 찾는 걸 가져가려는 것이다.

"하늘의 대빵 중 하나. 요괴 퇴치 전문, 그 정도로 알아 둬."

차령은 바쁘게 주위를 보았다.

"그런데 어떻게 왔어요? 왜 불길해요?"

"어제 계속해서 붉은 천뢰가 떨어졌거든. 그건 불길한 징조야. 흑혈호가 태어날 때 떨어지는 천뢰야. 거기다 그 천뢰는 우리 호족에게는 꼭 안 좋은 추억을 불러일으키니 분명 누군가 현천상제께 흑혈호를 멸해 달라 부탁했겠지."

그녀는 놀라서 입을 벌렸다.

"어제 인간계가 흔들릴 정도의 낙뢰였으니 아마 홍아들도 눈치를 챘을 거야. 현천상제께서도 어려운 문제를 안고 있고 싶지는 않으실 것이니."

차령은 한숨을 쉬더니 그녀를 보았다.

"어제 요기의 발현, 너지?"

주희는 천천히 고개를 끄덕였다.

"아무래도 그런 것 같아요."

"지금 천호의 요력으로 네 모습을 숨긴 거지?"

"아니요. 이제는 제가 스스로 할 수 있어요."

차령은 그녀를 보더니 고개를 저었다.

"그냥 지금 인간계로 도주하는 게 좋을 것 같다."

"그럼 그 죄인이 저라는 건가요?"

주희는 너무 놀라 말이 막히고 말았다. 그녀가 무슨 죄를 지어서 죄인으로 끌고 간다는 것인지 알 수가 없었다. 믿기지도 않고 뭔가 오해가 있을 거라 생각하며 헛웃음을 지었다.

은호는 현천상제 앞에 예를 갖추었다.

"현천상제."

"예를 차릴 것 없다. 오늘은 그저 확인할 것이 있어서 온 것이니."

그는 자리에서 일어나며 현천상제의 앞에 공손히 섰다.

"천호, 어젯밤 구천이 울릴 정도의 천뢰가 들끓었다. 그것에 대해 나에게 할 말이 있을 것인데."

은호는 현천상제를 살피고는 미소를 지었다.

"걱정하시는 일은 없습니다."

"호오, 그런가? 하지만 호족 측에서 고발이 있었으니 나도 관여를 안 할 수가 없군."

고발이라는 말에 은호의 눈이 가늘어졌다.

"무슨 고발이었습니까."

현호는 어두운 얼굴로 한쪽에 서서 그를 보고 있었다. 아마 이미 고발한 자가 누구인지 아는 듯했다.

"그날 동화제군께서 천호에게 흑혈호에 대해 이야기한 것으로 아는데. 흑혈호가 나타나다니, 이 일은 어찌 된 일인가?"

그는 웃는 얼굴을 했다.

"현천상제, 뭔가 오해가 있은 듯합니다. 흑혈호는 나타나지 않았습니다."

현천상제는 턱을 괴고는 빙그레 웃어 보였다.

"내가 들은 것과는 다르군. 흑혈호 특유의 검붉은 머리카락의 여인이 나타났다고 하던데. 거기다 금기를 어긴 증표인 주홍빛으로 끝부분이 물들기까지 한."

은호는 미소를 지우지 않고 공손하게 말했다.

"어두운 곳에서 보면 닮아 보일 수도 있으나 흑혈호는 아닙니다. 흑혈호의 선체는 저희 호족들이 잘 지키고 있으며 아시다시피 지금 혈호의 계통은 남아 있지 않습니다. 혈호의 계통과 흑호의 계통이 아닌 이상 흑혈호는 나타나지 않는다는 것을 알고 계시지 않습니까, 현천상제."

현천상제는 고개를 끄덕이더니 고갯짓을 했다. 그러자 병사와 차윤이 같이 들어왔다.

"자, 본대로 이야기해 보거라."

차윤은 무릎을 꿇고 앉아 차분하게 입을 열어 어제의 상황을 이야기하기 시작했다. 은호는 노여움이 일었지만 어떻게 해서든 표를 내지 않고 그 이야기를 끝까지 들었다.

"자, 그럼 그 여인을 내가 직접 보고 판단하도록 하지."

"현천상제, 현천상제께서도 익히 동화제군께 들어서 알고 계실 겁니다. 그 아이는 호족으로 환생을 하여야 하는 아이였으나 제 판단의 실수로 부모 없이 호족으로 거듭 태어나는 중입니다. 그리하여 그 죄를 물어 제가 대신 벌을 받겠습니다."

현천상제는 웃으며 고개를 저었다.

"누가 감히 천호를 벌하겠는가. 보고 판단할 터이니 불러오게."

은호는 현천상제의 알 수 없는 얼굴을 보며 입을 꾹 다물고는 인사 후 물러 나왔다. 그가 방으로 가자 군사 몇이 난처한 얼굴로 서 있었다.

"무슨 일들인가."

"천호, 현천상제의 명으로 죄인을 데려가려 하였으나 안에서 거부 중이라."

은호는 화가 치밀어 자신도 모르게 소리쳤다.

"누가 죄인이라는 말이더냐! 저 안에 있는 여인은 내 여인이다. 돌아가라!"

호족들은 놀란 얼굴로 얼른 돌아갔다. 그가 다가가자 문이 열리더니 차령이 얼굴을 내밀었다.

"천호."

"고맙구나. 험한 꼴을 당할 수도 있었는데 도와주어."

차령은 고개를 깊이 숙여 인사하고는 비켜섰다. 혼란스러운 얼굴의 주희가 그를 올려다보았다.

"뭐가 어떻게 된 거죠?"

"별일 아니에요. 그저 새로운 호족이 나타나서 현천상제께서 보고파 하시는 겁니다."

그녀는 그의 말에 자리에서 일어나 차령이 입혀 준 옷을 매만지고는 그를 따랐다. 안으로 들어서니 젊디젊은 얼굴의 남자가 어딘지 근엄해 보이는 표정으로 그녀를 바라보았다.

"현천상제, 말씀하신 호족입니다."

현천상제는 미소를 보였다.

"법술인가? 인간의 모습을 유지하기 위함인 듯한데."

은호는 웃어 보였다.

"아직은 인간의 부모가 생존해 계시니 큰 충격을 받으실 듯하여 이 모습을 유지 중입니다."

현천상제는 대수롭지 않은 듯이 고개를 끄덕이고는 그녀를 한참 보았다.

"이름이 무엇이냐?"

그녀는 눈치를 보았다.

"강수희라고 합니다."

현천상제는 미소를 지었다.

"주희라. 어울리는구먼. 안 그런가, 천호?"

그는 웃어 보일 뿐 더 이상 말을 하지 않았다.

"그래. 호족이라고 해도 이렇게 완벽하게 인간의 형상을 유지한다는 것은 선인만이 가능하지. 그래, 언제 호족이 되었느냐?"

그녀는 당황해서 은호를 보았다.

"현천상제, 이 아이는 자신이 호족인지에 대한 자각도 희박합니다."

주희는 그 말에 민망해져서 은호를 살짝 흘겨보았다. 현천상제는 웃으며 그녀를 한참 보았다.

"그래. 아직은 어린 여우 하나에 상제가 오다니. 이보다 우스운 일도 없지. 안 그런가? 그래서 말인데 천호, 적호의 선체를 구천에서 보호할까 하는데."

은호의 인상이 갑자기 차가워졌다.

"그건 아니 될 말씀입니다. 적호가 비록 금기를 범했다고는 하나 저희 호족의 제후였던 자입니다. 제후는 대대로 호족의 터에 있어야 합니다. 아시지 않습니까, 상제. 전대 제후의 선체가 이 청구산의 결계가 된다는 것을. 지금처럼 인간들이 수시로 저희 쪽을 넘보는 시기에는 결계가 드러나면 많은 혼란을 야기할 것입니다."

현천상제는 턱을 괴고 그를 한참 보았다. 주희가 보기에 이 현천상제라는 신선도 그냥 돌아갈 기세는 아닌 것으로 보였다.

주희는 이쪽과 저쪽의 눈치만 보고 서 있었다. 뭔가 굉장히 높은 사람들이 이야기하는 것 같은데 무슨 말인지는 하나도 못 알아듣겠고 괜히 끼어들 수도 없어 눈만 굴리고 있었다.

계속해서 웃는 얼굴로 싸움하는 모습을 보자니 인간이든 신선이든 다를 바가 없는 것 같았다.

"이봐, 여자."

그녀는 깜짝 놀라 현천상제를 보았다. 조금은 짜증이 난 듯한 얼굴이었다.

"말을 해 보거라."

"네?"

"인간을 어떻게 생각하느냐."

그녀는 무슨 소리냐는 듯이 고개를 갸웃거렸다.

"제가 인간인걸요?"

"뭐라?"

현천상제는 한참 있다가 웃음을 터트렸다.

"이런, 아직도 호족이라는 자각이 없는 아이구먼. 이봐, 여자, 호족은 용맹하고 장난을 좋아하고 피를 즐기는 자들이다. 먼저 걸어 온 싸움에 결코 물러나지 않고 자신이 믿는 신념을 위해서는 금기도 가볍게 어겨 버리는 자들이다. 용족들이 호족을 대등하게 생각하는 이유도 그들의 용맹함 때문이지."

현천상제는 웃더니 그녀를 한참 보았다.

"꼬리가 다섯 개까지 나왔다고? 아직 네 개가 모자라니 인간의 본성이 지워지지 않은 건가?"

어쩐지 무시하는 듯한 발언에 주희가 발끈해서 고개를 들었다.

"아니거든요. 좀 높은 사람이라고 그렇게 거들먹거리는 것 별로네요. 제 본성이 어디가 어때서요? 호족이든 인간이든 내가 보기에는 다를 바가 없어 보이는데요."

현천상제는 재미있다는 표정으로 주희를 보았다.

"어이, 여자."

"강주희라고 말했죠. 그리고 아까부터 선체 어쩌구 하는데 호족이라면서요. 호족이면 여기 있어야지 웬 참견이에요. 불가침 조약, 뭐 그런 것 없어요? 듣고 있으니 화가 나던데."

은호는 정말 당황한 표정으로 그녀를 보았고 현천상제는 웃음을 터트렸다.

"아, 정말 간만에 이렇게 웃어 보는군. 천호, 역시 호족이구나. 발끈해서 지위 고하를 막론하고 이 내게 고개를 들고 덤비다니 말이야."

은호는 가볍게 고개를 숙였다.

"주희가 사는 인간 세계는 왕이 거의 존재하지 않습니다. 관직에 있다 하더라도 일반인이 굴복하지 않습니다."

"흠, 이상한 곳이야. 하여튼 재미난 아이로군. 종종 데리고 구천에 올라오게. 주희야, 네가 구천에 올라오면 내가 구천 가장 높은 곳을 구경시켜 주마. 그리고 네 낭군이 천뢰로 심판하는 모습도 보여 주마."

"네? 낭… 뭐요?"

"낭군."

그녀의 얼굴이 삽시간에 빨갛게 달아올랐다.

"아니에요."

현천상제는 웃더니 자리에서 일어났다.

"길일은 잡아 두었네. 천호의 혼인을 내 놓칠 수가 없지. 이미 대신이 자네의 혼인을 하늘에 알리고 제를 지냈으니 번복할 수 없네."

은호는 현천상제를 향해 인사를 올렸다.

"걱정해 주시는 마음은 알겠으나 아직 주희는 각성하지 못하였고 그리고……."

현천상제는 손을 들어 말을 잘랐다.

"호족들의 불안을 잠재워야지. 그리고 내가 오는 바람에 놀라서 호족들 앞에서 저 여인, 아니 주희를 내 여자라고 하지 않았나. 그것으로 이미 호족들 사이에 부인으로 인식되었을 것이야."

그는 입을 꾹 다물었다. 가만 보니 지금 현천상제가 들이닥친 것은 그의 혼인을 서둘러 공표하기 위해 온 것이 분명했다. 호족 땅에 발을 들이기 위한 구실이 필요하던 터에 차윤이 발고를 함으로써 명분이 생긴 것이었다.

현천상제는 미소를 지어 보이더니 밖으로 나섰다.

"혼수는 넉넉하게 보내도록 하지. 아무래도 저 아가씨는 혼수를 준비하지 못할 것 같으니 내가 주희의 아버지 역할을 해 주지."

순간 현천상제가 그녀를 돌아보고 웃어 보였다. 이윽고 상제는 갑자기 나타났을 때처럼 하얀 빛에 싸여 사라지고 말았다.

은호는 끙 소리를 내며 머리를 짚었다.

"지금 저게 무슨 소리예요?"

"참견쟁이의 참견. 여봐라."

"네, 천호."

"가서 차윤을 불러와라."


주희는 심드렁한 표정으로 은호의 집으로 돌아왔다. 가마까지 태워 주다니 무슨 영문인지 모르겠다. 엎드려 절을 하는 사람들도 있어 더욱 당황스러웠다.

'뭐지? 왜 저러지?'

그녀가 가마에서 내리자 안에서 시종들도 뛰어나와 절을 했다.

"왔어? 별일 없었지?"

"차령 언니, 뭔가 이상해요. 왜들 저러죠? 현천상제는 혼수를 준비한다 하고 이게 무슨 일인지 모르겠어요."

차령은 찻잔을 들어서 마시며 어깨를 으쓱해 보였다.

"이상하기는 뭐가. 좀 늦은 감이 있지. 거기다 아까 천호께서 내 여자라고 했잖아."

"그건 우리가 사귀니까."

주희는 기어들어 가는 목소리로 이야기했다. 사귄 지 얼마나 되었다고 그런 표현을 쓴 건지.

"그건 인간계 이야기고. 호족에서 내 여자라고 하는 건 부인이라는 소리야."

"네?"

"부인이라고. 천호의 정식 부인."

그녀는 입을 딱 벌렸다.

"전 청혼받은 적 없어요."

차령은 피식 웃었다.

"청혼이라는 게 뭐야? 우리는 인연이면 혼인하는 거야."

"인연이면 혼인? 사랑은요?"

차령은 고개를 저었다.

"인연인데 사랑은 무슨 소용이야. 이미 그럴 운명인데."

주희는 그 말에 우뚝 멈추었다. 운명이라는 말이 너무나 크게 와 닿았다. 이미 은호가 그녀의 운명을 알고 다가온 거라면, 그는 그저 인연이라 그녀에게 혼인을 하자고 하는 것일까? 그녀가 그를 보는 이 마음이 운명이라서일까? 아니면 정말 사랑인 것일까? 주희는 은호의 진심이 무엇인지 헷갈려 한동안 마음이 심란해졌다.
"무슨 생각 해?"
"아니요, 그냥."
차령은 조금은 미안한 얼굴을 했다.
"현천상제는 딱딱한 분이라 당황스러웠지?"
"아니요. 전혀."
"우리 언니가 널 밀고했다고 하던데, 미안해."
주희는 시무룩하게 입을 열었다.
"뭐, 좀 그럴 수도 있죠. 나도 어떻게 된 건지 모르겠고 이상한데, 옆에서 보면 얼마나 이상했겠어요."
차령은 한숨을 쉬었다.
"그렇게 생각해 주는 건 고맙지만, 언니가 일족을 모욕하고 배신한 건 맞아."
그녀는 인상을 찡그러다. 뭐, 이상하니까 고발한 건데 그걸로 배신이라는 건 좀 과하다는 생각이 들었다.
"그게 무슨 일족을 배신하는 거예요. 특별히 일족을 생각하는 거지. 나도 잘은 모르지만 앞전 흑혈호가 금기를 어겨 일족을 위험하게 했는데 비슷하게 보이는 인간이 나타났으니 의심을 품을 수밖에요. 너무 거창하게 말하지 말아요."
주희가 웃으며 말하자 차령은 무슨 말인가를 하려다가 입을 다물어 버렸다.

"모두가 너 같으면 좋겠지만······."

차령은 말을 흘리고는 멀리 하늘에 이는 낙뢰를 보았다. 검은색의 어두운 낙뢰가 하늘을 가를 때마다 차령은 주먹을 꼭 쥐었다.


은호는 입을 꽉 다물었다. 상제의 소행을 이미 현호는 아는 듯했다.

"호제후, 잠시 이야기 좀 하지."

현호는 눈살을 찌푸렸다.

"그 전에 처리해야 할 일이 있습니다."

은호는 현호가 서둘러 나가려 하자 현호의 어깨를 잡았다.

"숨기는 것이 있구나. 말해라. 오늘은 그냥 넘기지 않을 것이니."

현호는 움찔해하더니 눈치를 보았다.

"상제와 무슨 거래를 한 거냐. 상제가 여기까지 겨우 시종의 말 하나에 달려오지는 않았을 터."

현호는 난처한 얼굴을 하더니 한숨을 쉬었다.

"사실, 형님이 인간계에 가고 나서 급보가 들어왔습니다."

"급보?"

"적호의 선체에 요기가 모이고 있습니다. 그 힘이 너무 거대해서 현천상제께서 알아차릴 정도였지요. 현천상제는 지금 주희 몸속에 담긴 요기를 빼앗길까 걱정하시고 있습니다. 그럴 거면 천호께서 전력으로 지킬 수 있는 이유와 호족들이 지켜야 하는 명분이 있어야 한다고 하셨지요."

 은호는 눈을 가늘게 떴다.

 "첫째, 출군을 할 명분. 그건 이미 적호의 요기가 모이기 전 차윤이 올린 상소문이 있어서 쉽게 충족이 되었습니다. 둘째, 호족들 앞에서의 천호의 발표. 현천상제의 압박을 받으면 천호께서 호족들 앞에서 그 아이의 신분을 정할 것이라 생각하셨고 그대로 되었지요. 셋째, 호족들의 결속. 천호의 혼인식으로 주희를 지켜야 할 결속이 다져지게 되었습니다. 호족에게는 천호의 부인이야말로 꼭 지켜야 할 상징이니까요. 태고신이시면서 혼인을 안 하셨고 자손을 보신다면 다시 한번 금은호가 탄생할 수 있으니 호족들은 죽을힘을 다해 주희를 지킬 것입니다. 그리고 주희가 가진 힘은 그녀가 눈을 뜨지 못해서 그렇지, 천지를 환란에 빠트릴 수 있는 흑혈호의 힘이니 천호께서 어떻게는 눌러 수시는 것이 상제의 입장에서도 도움이 되겠지요. 저희도 다시 한번 적호가 깨어나 환란을 만들어 호족 전체가 하늘에 죄를 짓는 일을 되풀이하고 싶지 않았습니다."

 은호는 현호의 말을 들으며 입술을 악물었다.

 "그런 건 나에게 먼저 이야기를 했어야 하지 않나? 그대는 내가 호족을 생각도 하지 않는다고 여기는 건가?"

 "아닙니다. 왜인지 주희와의 혼인을 미루시는 듯하여 그런 잔꾀를 낸 것입니다. 그리고 이미 만나 본바, 그녀가 죽는 것을 저역시 원하지 않았습니다."

 은호는 현호의 말에 아무 말도 할 수 없었다. 셋 중 가장 정이 많고 여린 것이 현호였다. 타인에 의해 그런 부분을 감추고 살게 끔 강요를 받아 왔을 뿐. 그래서 현호가 제후 자리에 맞지 않았던 것을 그는 알고 있었다.

"현호."

현호는 고개를 숙였다.

"형님의 인연이 나타난 건 실로 처음이지 않습니까. 거기다 호족의 여인이라면 어느 누구도 반대하지 않습니다. 인연을 내려 주는 하늘이 이번에는 저희 호족을 벌하지 않으신다 생각했습니다."

현호의 말에 은호의 마음이 아려 왔다. 이런 식으로 인연이라고 말하고 싶지는 않았다. 시간은 많았고 그녀가 호족으로서 완전한 각성을 이루고 모든 것을 알게 될 때 말해 주고 싶었다.

"알았다."

"그럼 차윤의 처단을 마쳐야겠습니다."

은호는 손을 내저었다. 그저 지금은 생각할 시간이 필요했다.

낙뢰가 떨어지는 소리에 마음이 점점 더 불안했다.

"저기, 차령 언니."

"응?"

"이 낙뢰는 왜 떨어져요? 지난번에는 내가 그랬다고 하지만, 혹시 나처럼 누가 요기가 발현되는 거예요?"

차령의 표정은 어두워졌다.

"아니."

"그럼 뭐죠?"

"신경 쓰지 마."

주희는 인상을 썼다. 그러고는 낙뢰가 떨어지는 곳을 보았다.

"이상한 낙뢰예요. 검은색에 저건 일반 낙뢰가 아니……."

검은 낙뢰를 보던 그녀는 아까 차령이 말한 일족을 모욕했다던 말이 생각났다.

"차윤은 어디 있어요?"

차령은 아무 말도 하지 않았다.

"차윤이죠?"

그녀가 나가려고 하자 차령이 손을 잡았다.

"호제후가 내리는 심판이야. 감히 천호의 반려를 모욕했으니 당연한 거야."

"뭐가 당연해요!"

그녀는 차령의 손을 뿌리치고는 달려 나갔다.

"주희야."

순간 붉은 빛으로 산화되어 빛이 날아가듯 주희가 날아가는 모습에 차령은 놀라고 말았다.

"설마……. 주희야!"

주희는 한달음에 낙뢰가 떨어지는 곳에 도착했다. 그녀는 자신이 어떻게 도착했는지도 모르고 헝클어진 머리카락을 쓸어 올렸다.

큰 형틀 주위로 검은 낙뢰가 내리치고 있었다. 차윤은 덜덜 떨며 그 중앙에 묶여서 누워 있었다.

아직 형은 집행되지 않았는지 차윤은 상처 하나 없어 보였다.

"다행이다."

순간 낙뢰가 차윤의 발아래 떨어지며 작은 차윤의 발에 불길이 붙었다. 차윤의 고통스러운 비명 소리가 들리자 주희는 기겁을 하며 그쪽으로 다가갔다.

"다가오지 마라. 그대도 낙뢰를 맞게 된다."

그녀는 상단에 마련된 자리에 근엄하게 서 있는 현호를 보았다.

"호제후님, 왜 이런 일을 하세요? 너무 심하잖아요?"

현호는 차가운 얼굴로 주희를 보았다.

"천호의 반려를 구천의 주인인 현천상제에게 고함은 일족을 기만하는 행위이니 부인께서는 물러나 주시지요."

그녀는 기가 차서 한참을 보았다. 아직 청혼도 받지 못했는데 무슨 부인이라는 말인가. 거기다 그런 오해로 이런 끔직한 형벌이라니. 차윤이 울면서 몰랐다고 살려 달라고 빌고 있었다. 정말 저러다 죽기라도 하면 어쩌려고 그러는 건지.

"전 괜찮아요. 오해였잖아요. 이제 그만해요. 빨리 치료하게……."

순간 머리 위로 검은색 낙뢰가 떨어지더니 불길이 치솟았다. 그녀가 돌아보니 차윤의 몸을 불길이 갉아먹듯이 차올라 가고 있었다.

그리고 다시 현호의 몸에서 검은 기운이 피어오르더니 낙뢰가 일기 시작했다. 다른 생각을 할 틈도 없이 차윤을 향해 몸을 날려 그녀를 감싸 안았다.

이미 몸에 불이 붙어 괴로워하는데 저런 낙뢰를 맞으면 죽을

게 뻔했다.

"부인!"

순간적으로 날아 떨어지는 낙뢰에 그녀는 눈을 감았다. 순간 붉은 기운이 그녀의 몸에서 섬광처럼 빠져나오더니 그녀를 향해 떨어지는 낙뢰를 반으로 갈랐다. 그리고 주위를 에워싼 검은 결계를 부숴 버렸다.

현호는 놀란 얼굴로 그 모습을 보았고 옆에 서 있던 군사들도 그 모습에 웅성거리기 시작했다.

뒤늦게 달려온 은호가 손을 내저어 그곳을 가득 메운 붉은 빛을 제압하고 나서야 모두들 조용해졌다.

"주희."

그녀는 차윤을 안은 채 꼼작하지 않았다. 붉은색 꼬리가 다시 갈라지며 그녀의 고통에 찬 비명이 울렸고 하늘을 가를 듯 붉은 낙뢰가 떨어졌다.

"천뢰다!"

누군가 외침과 동시에 낙뢰가 현호의 발아래 내리꽂혔다. 현호는 눈을 가늘게 뜨고는 주희를 바라보았고 은호는 결계를 쳐서 모두를 그 안으로 가둬 버렸다.

차윤은 눈을 뜨고는 자신을 안은 여자를 보았다.

"왜……?"

차윤은 눈물을 흘리며 물었다. 순간 정신을 잃은 줄 알았던 주희가 눈을 떴다.

"넌 불길한 흑혈호인데… 또 천호를 아프게 만들 흑혈호인데……."

주희가 손을 내밀어 불에 타 버린 차윤의 손을 잡아 주자 흰색의 불길이 피어오르더니 상처가 아물어 가기 시작했다. 차윤은 놀란 얼굴로 자신의 상처를 보았다. 흑혈호는 이런 짓을 하지 못한다. 그래서 전쟁에 나가면 흑혈호는 항상 피투성이의 모습으로 돌아다녔다.

"괜찮아. 아프지 않아. 괜찮아."

주희는 중얼거리고는 그대로 정신을 잃었다. 은호가 다가와 주희를 안아 들었고 차령이 와서 그녀를 부축했다.

"주희."

은호의 창백한 얼굴을 보며 차윤은 자신이 그를 곤란하게 만든 것에 미안해 눈물을 펑펑 흘리기 시작했다.

"죄송합니다, 천호. 죄송합니다."

은호는 차윤의 말에 아무 말도 안 했다. 벼락이 계속해서 떨어지고 있었다. 모두들 두려움에 웅성거리는데도 그저 조용히 창백한 주희를 안고는 자신의 법력으로 그녀의 상처를 치료하고 있었다.

차령은 차윤의 상처를 살피고는 그에게 다가왔다.

"천호, 죄송합니다. 언니에게 주희에 대해 바르게 설명하지 못했습니다."

"괜찮다. 차윤이 왜 흑혈호를 그렇게 싫어하는지 이미 알고 있다. 너희 부모님이 흑혈호를 막아서다 돌아가신 것을 내 어찌 모르겠느냐. 그리하여 내가 너희를 거두어들인 것인데."

차령은 고개를 깊이 숙였다.

"설명을 못 한 것은 나 자신이다. 그녀가 어느 호족으로 태어날지도 모르게 된 것도 나의 잘못이다. 하늘이 정한 운명을 미뤄 보려 한 내 욕심에 모든 혼란이 야기된 것을 뉘를 탓하겠느냐."

그는 조용히 이야기하고는 주희를 보았다.

"그냥 환생하게 두었다면 주희도 이런 고통 없이 호족으로 태어났을 것이다. 모두가 내 미련 때문이지."

그는 주희를 안아 들었다.

"호제후."

"네, 천호."

현호가 고개를 숙였다.

"아내의 부탁도 있으니 차윤에 대한 형벌은 그만둬 주시게."

"천호, 하지만 많은 이들이……."

"오해라고 하지 않은가. 치욕을 당한 본인이 괜찮다고 하는데 옆에서 계속 형벌을 가한다면 얼마나 마음의 상처를 받겠는가. 이제 차윤도 자신의 잘못을 알 터이니 그만하시게."

현호는 다시 한번 고개 숙여 예를 갖추었다.

"천호께서 그렇게 말씀하시니 벌로 앞으로 백 년간 천호의 반려의 시중을 들도록 하겠습니다."

그는 고개를 끄덕이고는 잠잠해지는 낙뢰 사이로 주희를 안고 발걸음을 옮겼다.

인간계의 환란 때문에 직접 원시천존의 명을 받아 내려온 은호는 그 참담함에 치가 떨릴 지경이었다.

"관성제군."

관성제군은 차가운 얼굴로 무너지고 피범벅이 된 성을 보고 있었다.

"이래도 두둔할 건가."

그는 더 이상 말을 할 수가 없었다.

"그대의 동생은 실로 대단하군. 얼마 전 그대에게 천뢰의 형벌을 받았다고 알고 있다. 그런데 오늘 이러한 변고를 내렸다. 한 나라를 불태우고 지금은 어디로 간 건지······."

그는 입술을 깨물었다.

"왜."

"그 인간의 사체를 찾아간 듯하다."

은호는 고개를 떨구었다. 그 인간의 죽음에 분노한 것일까.

"지금 적호는 어디 있습니까."

관성제군은 고개를 저었다. 순간 하늘에서 보라색 구름이 급히 내려오는 것이 보였다.

"천호! 큰일 났습니다."

"무슨 일이냐."

어린 신선은 피가 튄 옷을 입고는 구름에서 굴러떨어지듯 내려섰다.

"적호가 구중천에 난입하여 원시천존의 금서를 훔쳐 달아났습니다. 지금 청구로 현천상제께서 출병하신다고 합니다. 현천상제께서 천호께서 오시지 않으신다면 청구산을 불바다로 만들 수도 있다고······."

그는 더 이상 말을 듣지 않고 바로 구름을 불러 올라탔다.

'적호!'

멀리 번쩍이는 섬광과 무간을 연 듯이 벌어진 검은 공간이 보였다. 그는 멀리서 붉은 옷을 입은 적호를 보았다. 그리고 그 앞에 서 있는 현천상제와 제단에 쓰러진 호족의 시체들을 보았다.

"적호!"

적호가 그를 천천히 돌아보는데 적호의 손에는 그가 아는 호족이 잡혀 있었다.

"천호, 오셨습니까."

메마른 눈이었다. 차갑다 못해 소름 끼치는 목소리. 적호의 철선은 피로 범벅이 되어 색을 알아볼 수도 없었고 핏방울이 흘러내리고 있었다.

"적호, 무슨 짓이냐. 일족을 희생시키다니."

그가 소리를 질렀다. 적호의 몰골은 말이 아니었다. 머리부터 발끝까지 피를 뒤집어쓴 적호의 창백한 얼굴에도 피가 튀어 있었고 입에서는 피가 흘러내리고 있었다.

"이것들은 호제후인 나의 명을 거역하여 처단하였습니다."

그는 경악한 표정으로 적호를 보았다. 어린 여우 둘이 바들바들 떨고 있었다. 이번 세대에 태어난 아이들이었다.

"적호, 아이들이 보고 있다."

적호는 그 남자를 공중으로 던졌다.

"안 돼!"

하지만 적호는 눈 하나 깜짝하지 않고 철선을 펼쳐 그자의 몸을 갈라 그 생명을 취하였다.

"십만 명."

그는 피로 범벅이 된 시체를 땅에 떨어지기 전에 안아 들고는 어린 여우들을 감싸 안았다. 그리고 눈 깜짝할 사이에 여우들을 현천상제의 옆으로 옮겼다.

"상제."

그는 상제의 몸에 난 큰 상처에 놀라 현천상제를 올려다보았다.

"호제후는 호제후구나. 천호, 적호의 힘에 나도 탄복하는 중이다."

그는 적호를 돌아보았다. 뭔가 주술을 외우는 것 같은 모습이었다. 그는 적호가 요력을 끌어올리는 것을 보았다.

"저 상태에서 또 요력을 올리다니, 괴물이군."

현천상제가 이마에 흐른 피를 닦아 내더니 다시 칼을 고쳐 들었다. 적호를 업호하고 있는 홍아가 그를 보더니 고개를 저었다. 뭔가 말이 하고 싶은 듯 보였지만 싸우느라 그럴 틈도 없어 보였다.

"기다리라."

현천상제는 그렇게 말하고는 공중을 날아가 적호의 철선을 받아쳤다. 번쩍이는 섬광에 서로의 살점이 찢어져 나가는 듯 공중으로 피가 튀어 올랐다. 현천상제의 무서움을 모르는 것은 아니나 지금 이 공간은 좋지 못했다.

이 공간은 호족의 성지라서 천족들이 힘을 쓸 수 없는 공간이기도 했고 호제후의 힘이 극대화되는 곳이기도 했다.

"느려. 약해."

적호가 음울하게 말하더니 웃어 보였다.

"현천상제의 몸으로 나에게 지다니, 그 명성 금이 가겠구나."

"닥쳐라, 적호."

"날 이기려면 그대의 힘으로는 안 된다. 같은 호족이라면 모를까."

적호의 말에 현천상제는 눈을 가늘게 떴다.

"이러는 이유가 뭐냐. 넌 구천에서 너무 많은 신족을 죽였다."

"그대들도 나에게 같은 짓을 하였다. 날 따르던 이들을 도륙하지 않았더냐."

적호의 철선이 바람을 가르자 땅 위에 있던 현천상제의 수하들이 살이 찢어지고 뼈가 상하여 바닥으로 쓰러졌다.

현천상제 또한 그 바람으로 인해 왼쪽 팔 위에 깊은 상처를 입었다.

"날 이기고 싶다면 천호를 보내라."

적호가 나직하게 말하자 현천은 뒤로 물러섰다. 구천이라면 현천상제의 힘이 월등하게 강하겠지만 이미 청구산 호족의 성지에 들어섰으니 같은 힘이 아닌 이상 싸울 수가 없었다.

현천상제는 은호를 보았다.

"천호, 그대의 호족의 일이다. 그대가 처리하라."

은호의 눈이 놀라움으로 커졌다. 부상이 없는 은호와 만신창이가 된 적호의 싸움의 승패는 너무나 뻔한 것이었다.

"상제, 그것은……."

"이건 그대의 일이다."

그는 현천상제의 입과 배에서 쏟아지는 피를 보았고 구천의 병사들이 죽어서 산을 이루고 있는 것을 보았다. 적호의 주위로 화염이 퍼져 나갔다.

"천호, 그대가 아니라면 누가 절 막을 수 있더이까."

적호의 웃음을 머금은 목소리에 은호는 자신의 등에 숨겨 둔 칼을 꺼내 들었다. 유리처럼 투명한 날에 그의 천뢰가 으르렁거리며 일기 시작했다.

"적호, 넌 너무 많은 이들을 죽였다. 일족도 천족도. 구천을 어지럽히고 인간 세상을 어지럽힌 죄를 목숨으로 갚거라."

적호는 미소를 지어 보였다.

"날 지금 죽이지 못한다면 난 모두를 죽일 것입니다. 아시겠습니까, 천호?"

그는 어린 차령과 차윤이 부들거리며 떨고 있는 모습을, 그리고 그 아이들의 부모가 적호의 철선에 갈기갈기 찢겨져 죽은 모습을 보며 입술을 꽉 깨물었다.

"적호!"

은호는 눈을 떴다. 그날의 일이 생시처럼 다가왔다. 그 후 그와 적호는 거의 반나절을 싸웠었다. 그의 칼과 얼음이 대지를 눈보라로 바꾸고 적호의 화염을 모두 그의 요기 안에 가두어 얼려 버릴 때까지 그들의 전쟁은 끝나지 않았었다.

적호의 무시무시한 철선의 바람이 불꽃을 안고 그에게 날아들어 그의 천뢰를 가르고 하늘이 붉은빛으로 물들고 대지가 얼음으로 얼어붙어 버렸다.

가까이 있던 생명을 지닌 것들은 모조리 화염에 휩싸였고 그 화염 위로 눈보라가 휘몰아쳐 모든 생명을 앗아가 버렸다.

지금 호족의 성지라 불리던 그곳은 죽음과 불꽃과 눈보라만 존재하는 것 같았다.

 마음까지 얼려 버릴 것 같던 그의 공력이 적호의 화염을 뚫고 적호의 어깨를 관통하였다. 적호가 비틀대며 철선에 겨우 의지해서 서 있자 그 상처에서 흘러내린 피가 대지를 붉게 타오르게 했다.

"적호, 그만 무기를 거두거라."

 그가 차갑게 이야기했다.

"왜? 어째서? 난 그럴 마음이 전혀 없는데."

 적호는 자신의 손을 철선으로 그어 자신의 피를 가득 실어서 그에게 철선을 날렸다. 철선에 담겨 온 피가 흩뿌려지더니 그의 팔과 다리에 상처를 남겼고 그의 상처를 따라 핏방울이 흘러 떨어졌다. 적호가 그 하얀 얼굴에 기괴한 미소를 보이더니 하늘을 올려다보며 다시 뭔가를 외우는 것 같았다. 그리고 한순간 눈이 시릴 듯한 빛들이 적호의 몸에서 빠져나가 현천상제가 열어 둔 무간지옥으로 빨려 들어갔다.

 그는 그 빛 속에서 적호가 웃는 것을 보았다. 그리고 적호의 요력이 급격히 빠져나가는 것을 느끼며 적호를 굴복시켰다. 적호는 웃으며 그에게 요기구슬을 부탁하고는 깊은 잠에 빠져들었다.

'꼭 천호여야 합니다. 천호만이 지켜 주실 수 있습니다.'

 그의 품에 안겨 끊어질 듯하던 그 말을 잊은 적이 없었다. 금기를 범하고 십만 명의 선인을 죽인 것은 살아생전에 씻을 수 없는 죄였다.

 하지만 그는 지금 와서 다른 생각을 하곤 했다.

그때 적호의 반려가 죽지 않았다면 그날의 끔찍한 참상이 일어났을까 하는 의심 말이다.

그는 아직도 적호를 찌르던 때의 감각이 손에 느껴졌다. 그의 칼에 가슴을 찔리고도 웃어 보이던 그 얼굴과 그의 손을 타고 흐르던 뜨겁던 적호의 피까지도 눈앞에 아른거렸다.

그는 자신의 손을 보았다. 동생을 직접 처단한다는 것처럼 괴로운 일도 없었다.

'적호, 네가 다시 돌아온다면 난 어떤 얼굴을 해야 하는가.'

그는 조용히 반문하며 깊은 한숨을 쉬었다.

온몸이 아팠다.

**'잘했네. 현호 녀석 꽤나 놀랐을 거다.'**

키득거리는 목소리였다.

**'많이 아픈 거냐? 내가 조만간 현호 녀석을 혼내 주마. 조금만 견디거라.'**

부드러운 손길이었다. 붉디붉은 머리카락이 그녀의 뺨을 스치는 것 같았다.

주희는 인상을 찡그리며 서서히 눈을 떴다. 누굴까. 그 목소리의 주인은. 점점 더 또렷하게 들리는 목소리에 그녀는 한숨을 쉬었다.

"정신이 들었어?"

그녀는 걱정스러운 차령의 목소리에 그쪽을 보았다.

"아. 차윤은······?"

차령은 한숨을 쉬더니 미소를 지어 보였다.

"걱정 마. 쉬고 있어. 네 노비가 되었으니 잘 부탁해."

"노비? 그런 구시대적인 것도 있어요?"

그녀는 일어나려다 몸이 아파서 도로 누워 버렸다.

"움직이지 마. 호제후의 낙뢰를 가르다니. 아직 눈도 뜨지 못한 주제에 그런 짓을 했으니 몸이 아플 수밖에."

그녀는 눈을 깜빡였다.

"낙뢰를 어떻게 갈라요. 말도 안 돼."

차령이 인상을 찡그리며 말하려고 막 입을 열 때 문이 열리고 은호가 들어섰다.

차령은 얼른 일어나 인사하고는 바로 자리를 비켜 주었다.

"몸은?"

"괜찮아요."

그녀는 이불을 모아 얼굴을 가리며 말했다.

"왜 그러지요?"

"그냥 지금은 좀······."

"그냥 말해요. 궁금한 것 많을 텐데."

그녀는 이불을 천천히 내려 그를 보았다.

"그때, 절 우연히 만나서 사고 난 저를 살려 준 건가요. 아니면 사고 날 것을 알고 온 건가요."

은호가 망설이는 기색을 보며 그녀는 이미 그가 알고 왔다는 것을 느끼게 되었다. 가슴 한쪽이 조금 아파 왔다. 정말 호족은 인연이라는 것에 사랑도 없이 다가오는 걸까? 그래서 처음부터 유독 그녀에게 친절했던 걸까?

"알고 갔어요."

그녀는 눈을 내리떴다.

"그럼 다시 만난 것도 당신이 만나게끔 만든 건가요?"

그는 천천히 고개를 끄덕였다.

"언제부터 제가 당신의 인연이라는 것을 안 건가요. 꼬마일 때부터?"

그는 다시 고개를 끄덕이고는 그녀의 안색을 살폈다.

"무리를 했으니……."

"밖이 소란스럽군요. 무슨 일이 있나요?"

은호는 뭔가를 말하려다 입을 다물어 버렸다.

그녀가 다시 그를 보자 그는 창을 보더니 자리에서 일어났다.

"혼인식을 준비 중이에요."

"누구요?"

은호는 난처한 얼굴이었다.

"설마."

그는 고개를 끄덕였다.

"왜요?"

주희가 당황하여 물어보자 그는 더 당황한 듯이 그녀를 보았다.

"당연한 것 아닌가요? 우리는 인연부에 기록된 인연이고 이미 다른 이들이 알게 되었으니 혼인해야 하는 건데요."

그녀는 그를 한참 보았다.

"싫어요."

"뭐?"

"나를 사랑하지도 않잖아요. 그냥 사귄다는 건 좋은 감정으로 만난다는 거지, 처음부터 내가 인연인 줄 알고 다가왔으면서 절 좋아하기나 한 건가요?"

그녀가 불신에 가득 찬 목소리로 물어보자 그는 입이 막힌 듯 아무 말도 할 수 없었다. 그녀의 눈빛은 실망으로 흐려지더니 고개를 돌려 버렸다.

"피곤해요. 쉴게요."

은호는 자신을 밀어내는 주희가 처음이라 머뭇거리다 쉬라고 이야기하고는 밖으로 나왔다.

왜 대답을 못 했을까. 사람 속이는 걸 호족만큼 잘하는 족속도 없는데 그저 그녀가 마음에 들어 할 만한 말을 해 주면 되는 것이었다.

하지만 은호는 그러고 싶지 않았다. 그녀의 물음에 문득 그녀와 함께한 시간들이 떠오르더니 그녀가 자신의 인연부에 없었다면 어떻게 되었을까를 생각했던 것이다.

주위는 혼인식을 준비하느라 난리도 아니었다.

"그만두거라."

그가 엄하게 말하자 모두들 움찔했다.

"아니 될 말씀입니다, 천호. 이미 현천상제께서 날도 보내시고 예물도 보내어 진행을 멈출 수는 없습니다."

그는 그 말에 차가운 얼굴로 돌아섰다.

"호제후에게 물어라. 이 혼인을 멈추려고 하는데 어떻게 하겠느냐고."

그는 휙 돌아서서 자신의 거처로 들어섰다.

머릿속은 엉망으로 엉켜 버렸다. 인간 세상에 살기도 했었지만 그들이 사랑한다고 하는 소리를 들으며 우습기도 하고 번거로운 일이라는 생각을 했었다.

자신의 인연도 아닌 사람과 겨우 한 달도 못 사귀면서 사랑 타령 하는 꼴을 보니 저렇게 가식적인 것은 처음이라 여겼었다.

인연부에 적힌 대로 만나서 살면 사랑 없이도 얼마나 완벽하게 살아갈 수 있는데 저렇게 피곤한 일을 하는 건지 한심했었다.

그런데 지금 영 심란하고 이상한 기분이 들었다. 그녀가 혼인식을 거부하니 화가 나기도 했고 실망스럽기도 했고 사랑이 없다는 말에 그녀가 자신을 사랑하지 않는다는 말로만 들렸다.

여태 주희를 제 인연이 아닌 다른 것으로 여겨 본 적이 없었고 항상 고매하게 홀로 사색을 즐기듯 여인을 가까이하지 않았었다. 인연이 아닌 걸 알면서 야합을 가진다는 건 너무 불결하게 느껴졌던 것도 사실이었다.

은호는 한숨을 쉬고는 서성거리다가 다시 주희의 방으로 갔다. 훌쩍거리는 소리가 들리자 마음이 무거워졌다. 인간들의 혼인은 부모의 주선 아래 이루어졌던 것 같은데 주희의 부모는 철저하게 외면당한 것이다. 그가 조심스럽게 문을 밀고 들어서자 침상에 엎드린 붉은빛 머리채가 보였다.

은호는 천천히 다가가 그녀의 옆에 앉았다.

"주희."

주희가 얼른 눈물을 훔치더니 그를 표독스럽게 노려보았다.

"왜요."

처음 주희를 보았을 때는 고분고분했는데 아무래도 꼬리 수가 많아질 때마다 성격도 변화가 오는 것 같았다. 그는 피식 웃었다.

"웃고 싶지 않아요. 놀릴 거면 가세요."

"여기가 내 방인데."

그녀가 벌떡 일어나려다 아파하며 주춤거리자 그가 꽉 잡아 주었다.

"혼인식은 멈추라고 했어요."

그녀는 그 말에 입술을 꼭 깨물었다. 역시 그녀를 사랑하지 않은 것이다.

"잘됐네요. 그럼 저 집에 갈래요. 돌려보내 주세요."

그는 심술 난 듯 말하는 주희를 가만히 안아 주었다. 주희는 그를 뿌리치려다 등이 아파 멈추었다.

"인간계로 가요."

"네?"

"정식으로 당신 부모님께 허락을 받아야 할 것 같아요. 당신과 같이하고 싶다고 부모님께서 허락해 달라고 말이에요."

주희가 은호를 올려다보자 그는 그녀의 뺨을 부드럽게 만져 주었다.

"우리 호족에게는 사랑이란 단어가 사라지고 없어요. 그건 인간에게 존재하는 감정이라고 치부했고 호족들은 서로를 아껴 주고 헌신한다고 표현하지요. 그 사랑이라는 말은 금기가 되었어요."

그녀는 놀란 눈으로 그를 보았다.

"우리 호족이 사랑을 금기시하는 이유는… 당신도 짐작하겠지만 전대 흑혈호가 그 사랑이라는 감정으로 인해 구천에 쳐들어가서 구천의 궁성을 부수고 금기에 손을 댔기 때문이에요. 그 사랑 탓에 호족은 모든 신선들로부터 규탄을 당했고 얼마간 하늘로부터 벌을 받았으며 역대에 전례 없이 호제후를 천호가 척살하기에 이르렀어요."

그녀는 그의 말에 눈을 깜빡였다. 선대 호제후라면 그의 동생이라 들었는데 그럼 그는 자신의 손으로 혈육을 죽였다는 소리였다. 그녀가 예상한 대로 그가 직접 그 일에 나선 것이다. 그녀는 은호의 팔을 꼭 쥐었다.

"그 이후 사랑이라는 말은 결코 입에 올릴 수 없는 말이 되었고 이제야 하늘이 우리 호족을 벌하는 것을 멈추었다고 생각하게 되었죠."

"왜죠?"

그는 한참을 있다가 그녀의 머리카락을 넘겨 주었다.

"호족의 마을이 이상하지 않았나요?"

"네?"

"얼마 보지 못했어도 호족의 마을이 이상하지 않았느냐 말이에요."

그녀는 고개를 갸웃하고 생각해 보고는 호족의 마을에 아이가 없다는 것을 기억해 냈다.

"우리 호족의 벌은 하늘이 인연을 내려 주지 않아 아이가 태어나지 못하는 것이었어요. 가장 어린 세대가 그대가 인간계에서 만난 호족 삼남매죠. 그 아이들도 근 천 년의 시간이 흐른 아이들이고 호족으로서의 성장도 아주 느리게 되었어요. 모두가 천신으로부터 보호받지 못하여 생긴 일이었고 우리 일족의 대가 이어지지 못할 거라 모두들 걱정을 했어요. 그런데 나의 인연으로 당신이 나타났으니 천계에서도 축하를 하는 것이며 우리 호족들도 모두 더 이상 하늘이 우리를 벌하지 않으신다고 믿게 된 것이죠. 그들이 혼인으로 들뜬 이유도 그런 것이에요."

그녀는 그의 말에 아무 말도 하지 않았다.

"나 또한, 그 사랑이라는 것이 하늘에 반대되는 감정이라 여겼었고 그래서 인정하지 않으려 한 것인지도 몰라요. 주희, 지금 내 감정은 당신이 다칠까 봐 돌봐 주고 싶고 아껴 주고 싶고 당신이 다른 이를 보는 것이 무척이나 화가 나고 싫어요. 이것이 인간들이 말하는 사랑이라면 난 당신을 사랑하고 있는 것 같아요."

그녀는 그의 말에 눈을 크게 뜨고 그를 올려다보았다. 귀까지 빨개진 은호가 너무 사랑스럽게 보였다.

"은호 씨."

그녀는 몸을 천천히 일으켜 그를 마주 보았다.

"정말 사랑인 거예요?"

은호가 주희를 보더니 천천히 입술을 찾았다. 주희는 눈을 감고 그에게 꼭 안겨 들었다. 그가 천천히 그녀를 침상에 눕히는데도 모르고 그의 목을 껴안고는 그의 머리카락을 쓰다듬었다.

"주희야, 옷… 어머. 천호, 죄송합니다. 죄송합니다."

그는 그녀와 황급히 떨어져서는 얼굴이 빨개서 나가는 차령을 보았다.

"흠."

은호가 헛기침을 하자 그녀는 자신도 모르게 킥 웃었다.

"은호 씨."

"응?"

"이 혼인 안 하면 당신이 곤란한 거죠? 그 현천상제라는 사람 아주 높아 보이던데. 거스르면 항명이나 뭐 그런 것 아닌가요?"

그는 그녀를 보더니 웃어 보였다.

"내가 알아서 할 것이니 마음이 내키지 않으면 하지 말아요."

"누가 안 내킨대요."

그녀가 입술을 내밀며 말하고는 얼른 입을 가렸다. 그러고는 은호의 눈치를 봤다.

"그럼 나와 혼인해 줄 건가요?"

"정식으로 청혼해 주면요. 한마디로… 프러포즈 반지라도 달라는 거죠."

"반지?"

그녀는 고개를 끄덕였다.

"네. 당신과 나의 결혼반지요."

그는 피식 웃었다.

"옷 갈아입어요. 인간 세상에 가서 당신이 좋아하는 걸로 사옵시다."

그녀는 키득거리고는 그를 올려다보았다.

"그런데 여기 오고 말투 이상해졌어요. 처음 만났을 때의 촌스런 말투로 돌아간 거 있죠?"

"그대가 너무 점잖하지 못한 것이오."

주희가 순간 은호의 목을 안고 그의 목에 코를 비볐다. 그러고는 얼른 떨어졌다. 왜 갑자기 그러고 싶었는지 알 수가 없었는데 은호가 싱긋이 웃었다.

"인간으로서의 감정은 남아 있으면서 행동은 호족스럽게 하고 있는 거 알아요?"

그녀의 뺨이 빨갛게 달아오르자 그도 똑같이 그녀의 목에 코를 대고 문질렀다. 괜히 기분이 좋아지며 포근해지는 것 같았다.

༄

홍아는 자신이 가지고 온 피를 보았다. 그 여자아이의 목을 물어뜯어 적호의 요기를 어느 정도 훔쳐오는 것에 성공했다. 이제 선체만 찾는다면 적호를 깨울 수 있을지도 몰랐다.

"알아보라 한 것은 어찌 되었느냐."

"예. 현천상제께서 오기는 했으나 적호님의 선체는 아직도 청구산에 남아 있습니다."

"일전에 결계가 흔들린 곳을 알아보았느냐?"

"네, 홍아 님."

홍아는 피를 모아 둔 병을 손바닥에 올렸다.

"뭔가 우리가 숨어 들어갈 수 있는 계기가 있어야 하는데."

"안 그래도 상제가 주관하는 혼인식이 치러진다 합니다. 천호의 혼인이니 주변 경계도 느슨해지지 않을까요?"

홍아는 눈을 가늘게 뜨고는 고개를 끄덕였다.

"모두 일전에 대비하고 적호님을 따르는 이들을 포섭해라. 천호의 혼인식에 우리는 적호님을 되찾는다."

"네."

그녀는 주위를 보았다. 인간계로 추방당한 긴긴 시간을 적호를 기다리며 지냈었다. 그분의 사랑이 결코 잘못이라 여기지 않았고 그분이 인간 세상을 섬멸하려 한 것도 그녀는 가능하나 여겼었다. 적호님은 잘못하신 일이 없었다. 그저 금기라는 굴레를 씌워 현천상제가 마음대로 정한 일일 뿐. 감정이라곤 없는 냉혈한이니 친동생을 죽이라 천호에게 명하였고 적호도 더 이상 대항을 못 하고 일족과 천호를 위해 희생되었던 것이다.

홍아는 눈을 감았다.

남겨진 무리를 이끌며 마음이 이미 얼어 버린 것 같았다. 그저 그분이 눈을 뜨는 것을 한 번만 볼 수 있다면 바라는 것이 없었다.

"이제 곧 돌아오실 겁니다, 적호님."

홍아는 조용히 이야기하고는 한숨을 쉬었다.

⚜

인간계로 돌아오니 시간이 많이 지나 있었다.
"가게는 누가 봐요?"
"차령이 혼자."
"하지만 아까 청구산에서 봤는데."
"혼자 문을 열고 왔다 갔다 하면서 지희랑 하고 있지."
"지희가 방학에도 안 쉬었어요?"
"음. 쉬려다가 그 남자와 좀 싸운 것 같아요."
"남자요?"

그는 고개를 끄덕여 주었다. 그녀가 생각해 보니 그 남자라는 사람이 아무래도 정훈 선배인 것 같았다.

"아. 정훈 선배. 거기 알바 가는 것 아니었어요?"
"당신을 다치게 만들어서 그 죄스러움에 여기를 그만두지 못한 거지요."
"어떡해……."

주희는 안타깝다는 듯이 말하고는 주위를 둘러보며 힘없이 입을 열었다.

"그런데 벌써 개강했나 봐요."

그녀가 시무룩하게 말하자 그는 픽 웃었다.

"아마도 그렇게 된 것 같군요."

"한동안 학교 그냥 다녀도 돼요?"

그는 가만히 생각을 하더니 고개를 끄덕여 주었다.

"혼인식 준비를 진행한다 해도 앞으로 6일은 걸릴 거니까. 그동안 인간계에 있는 것도 나쁘지는 않지요."

은호는 그렇게 말하고는 그녀에게 가까이 오라고 손짓했다.

"왜요?"

"우선 반지."

그가 그녀의 손을 잡고는 우산을 펼치려고 하자 그녀가 그를 잡았다.

"응?"

"우리도 인간답게 움직여 봐요."

"호족인데?"

"절 생각해 주세요. 아직 따라가려니 머리가 핑글핑글 돈다고요."

그는 미소를 보이더니 우산을 접었고 우산은 금방 사라졌다.

"참 신기하군요. 우산 어디로 보낸 거예요?"

"간단한 술법이에요. 소매 속에 넣고 다닌다고 봐야 하나?"

그녀는 그의 손을 잡아 이리저리 훑어보고는 한숨을 쉬었다.

"에휴, 상식으로는 이해가 안 되는군요. 가요."

은호는 웃으며 그녀의 손을 잡고 길을 걸었다. 사람들의 시선이 닿든 말든 상관없이 걸어 다니는 길이 너무나 좋았다. 홍아라는 여자가 자신의 목숨을 노리든 말든 지금은 그와 함께 있는 이 시간이 너무나 좋았다.

겉모습은 그저 사람 같은데 다른 종족이라니 믿어지지 않지만 이미 실체를 보고 났으니 안 믿을 수도 없었다.

그가 이것저것을 보고 핸드폰으로 검색도 하고 하는데 그 모습이 인간과 전혀 다를 바가 없었다. 하지만 가끔 알 수 없는 물건을 갑자기 만들어 내는 것을 보면 인간이 아닌 건 확실하기는 했다.

주희는 학기 동안 알바를 잠시 중단했다. 단지 그의 가게에 일보다는 공부를 하러 간다는 것이 맞을 것이다.

그러는 동안 부모님과 상견례 비슷한 것을 했는데 그의 부모님 대역으로 호족의 장로가 찾아왔다. 어머님은 돌아가셨다고 둘러대는데 부모님이 너무 쉽게 믿어 놀랄 정도였고 장로는 아주 서툴게 말을 하며 그의 눈치를 보는 것이 느껴졌다. 다행히 어머니는 그저 좋아하시면서 대학 졸업 전에 하는 결혼이 걱정이라고 이야기하셨다.

아버지는 극구 반대를 외쳤지만 그래도 딸이 좋다고 하니 어쩔 수 없이 승낙을 해 주셨다.

"그런데요."

"음."

"우리 결혼 너무 장애 없이 일사천리 아닌가요?"

"인연이니까요."

그녀는 뭔가 껄끄러운 기분이 들었다.

"그래도 뭔가 이상해요. 한 번쯤 누가 태클 걸고 넘어질 것 같은데, 너무 조용해서 불안하다고 해야 하나."

은호는 그녀를 보고 한참을 있다가 웃으며 찻잔을 주었다. 될 수 있으면 조용히 그냥 넘어가기를 바라는데 아무래도 주희는 뭔가 이상하다고 느끼는 것 같았다.

"뭘 그래요. 그나저나 중간고사 기간이라고 안 했나요?"

"아, 그렇죠."

"인간계에서 살 집을 알아봤는데 오늘 가 보겠어요?"

그녀는 눈을 크게 떴다.

"인간계에서 살 집요?"

그는 고개를 끄덕였다.

"아무래도 인간으로서의 부모가 걱정일 테니 그것도 좋겠지요. 부모님을 위해서라도 그리고 인간일 때 열심히 공부했을 테니까. 그 꿈을 이루고 싶은 것 아닌가요?"

그녀는 그를 올려다보고는 미소를 지었다.

༒

홍아는 조용히 자신을 따르는 무리에게 적호의 선체가 있는 무덤을 어떻게 들어갈지에 대한 이야기를 나누고 각자에게 일을 내렸다.

"하지만 결계가 너무 심해 선체에 다가갈 수 있을지."

"선체를 가지고 올 필요는 없다."

무리들은 이상하다는 듯이 그녀를 올려다보았다.

"그렇다면 어떻게 적호님을 깨울 수 있다는 겁니까?"

홍아는 웃으며 자신의 손바닥 위에 올려진 유리병을 보여 주었다.

"적호님의 선체에는 이미 요력이 흐르고 있다. 그러니 저들의 결계가 버티지 못하고 흔들렸던 것이다. 저 피는 적호님이 깨어날 매개체. 저것을 적호님에게 옮기기만 하면, 적호님의 입술에 단 한 방울이라도 나를 수 있는 존재라면 벌레라도 상관이 없다."

홍아는 일어났다.

"혼인식이 늦추어져 아쉽기는 하지만 그래도 4일 정도 남았으니 우리도 구천으로 올라가야 한다. 현천상제가 나오는 날, 그날이 우리가 복수를 완성하는 날이 될 것이다."

홍아는 자신의 손안에 든 주희의 피를 바라보며 다짐했다. 적호를 그렇게 만든 현천상제와 천존들 그리고 제군들에게 보복을 하리라고. 금기를 어겼다고 벌을 내리라고 한 상제를. 거기에 동행하여 자비심이라고는 하나도 보이지 않던 천존들을. 그리고 적임자로 천호를 추천한 제군들까지. 용족들이 하는 일들은 모두 자신들의 순리에 맞추어져 호족의 처지는 생각지 않았다. 천신의 뜻이라고 말은 하지만 그 천신의 뜻이 어찌 용족에게만 들린다는 말인가. 이해할 수 없는 부분이었다.

그녀는 이를 악물었다. 창천의 하늘 아래 쓰러져 간 적호를 살리기 위해서는 못 할 짓이 없었다.

호족의 기가 강한 호천인 지금. 지금이야말로 적호를 깨워 지난날의 보복을 마무리해야 할 시기였다.

주희는 지희와 선배를 보며 피식 웃었다.

"그런데 은호 씨는 왜 내가 여기 아르바이트하면 안 된다고 한 거예요?"

그는 시치미를 떼고 있다가 천천히 고개를 돌렸다.

"내가? 아마 떨어뜨려 놓기 싫어서겠지요. 지난번처럼 위험한 일이 생길까 봐."

그녀는 입술을 삐죽 내밀었다.

"아. 오늘 구천에서 예식을 주관하는 제관녀가 왔더군요."

"제관녀요?"

"음. 신부복이나 다른 것들 때문에 온 것 같아요."

"드레스요?"

"드레스? 그거 뭐요?"

그녀는 혀를 끌끌 차고는 휴대폰으로 얼른 찾아서 보여 주었다.

"아. 이런 것은 아닐 거예요."

"그럴 것 같아요. 옷부터도 상고시대인데요, 뭐."

지희는 기분이 좋은지 뽀르르 달려왔다.

"너 언제 말할 거야?"

"응? 뭘?"

은호는 아무 말도 안 했고 주희는 당황해서 입을 열었다.

"차령 언니가 그러던데, 결혼한다고."

그녀는 놀라서 입을 딱 벌렸다. 그가 매섭게 차령을 노려보자 차령은 얼른 도망가 버렸다.

"아, 그게."

"부러워라. 진짜 부럽습니다, 희자매님."

그녀는 얼른 지희에게 고개를 숙여 보였다.

"별말씀을요, 희자매님."

은호는 그 모습을 보며 이상하다는 듯이 미소 지었다. 그녀도 자기도 모르게 나온 버릇에 입술을 살짝 깨물었다.

"그나저나 언제 결혼이야? 나 부르는 거지?"

"당연하지."

주희가 쑥스러워하며 이야기하자 은호가 차를 따르더니 지희의 앞으로 내밀었다.

"꼭 와 줘야 주희가 좋아할 것 같군요."

지희는 얼굴을 발그레하게 물들이고는 미소를 지었다. 몸이 배배 틀리는 것이 기분이 어지간히 좋은 것 같았다.

"네, 사장님. 당연히 가야죠. 하객석에 예쁘게."

그녀는 고개를 살래살래 저었다. 아직도 지희가 은호에게 저런 감정이 남아 있다니 조금 화가 나려 했다. 순간 그가 그녀의 손을 꽉 쥐었다.

"조심."

그녀가 놀라서 그를 보자 그가 고개를 저었다. 그러고는 그가 얼른 시간을 멈추게 했다.

"화를 내면 이렇게 되거든요."

"네?"

그녀는 그가 보여 준 잔을 보고야 기겁을 했다. 그가 준 찻잔이

부글부글 끓다 못해 검게 그을려 있었다.

"어머, 이게 뭐예요?"

"이 백자 잔 200년 된 건데. 당신이 화내면 이렇게 불이 나거나 컵이 깨진다는 거지요."

그녀는 얼른 백자 잔을 놨다.

"그럼 테이블도……."

그는 한숨을 쉬더니 컵을 둥실 띄워서는 한동안 보았다.

"완전히 그을렸군요."

"미안해요."

그녀가 어쩔 줄 몰라 하자 그는 웃어 주었다.

"질투했다고 인정하면 용서해 주지요."

그녀는 그를 흘겨보았다.

"안 했어요."

"그럼 이대로 계속 시간 멈춰 둬요?"

"아뇨."

주희가 뾰로통하게 말하자 은호는 피식 웃더니 그녀의 뺨에 키스해 주었다. 그녀가 놀라서 그를 보자 그는 그녀의 어깨에 손을 대고 깨끗해진 잔을 그녀의 손에 쥐여 주었다.

"화내지 말고요."

그녀가 고개를 끄덕이자 그가 힘을 풀어 다시 시간을 가게 만들었다.

"어머? 언제 사장님 손이 그리로 가 있어?"

놀리듯 하는 말에 그녀는 그를 살짝 밀쳤다.

"지희 씨도 얼마 후에 결혼할 것 같은데요."

"네?"

지희가 놀란 듯 말하자 그는 미소를 지었다. 사실 월하를 위협해서 정훈의 인연부를 보고 온 길이었다.

"아마도 같은 일을 하는 종사자에게 청혼을 받을 것 같은데요."

주희는 그를 보며 눈을 크게 떴고 은호는 그녀의 손을 쥐고 흔들어 주었다.

"에이, 설마요."

"사실이면 밥 사는 겁니까?"

"네? 당연하죠. 사실 아니면 제가 얻어먹을 거예요."

그는 웃었다.

"난 손해 볼 짓은 안 해요. 그럼 맛있는 걸로 기대하죠."

주희는 그를 올려다보았다. 그가 그냥 한 말은 아닌 듯하고 아까 지희에게 한 말들이 사실이라면 어디선가 알아 온 것뿐이다. 지희는 장난이라도 좋다고 웃으며 아르바이트를 마치고 돌아간 후지만 결코 장난이 아닌 것 같았다. 주희는 차를 마시고 있는 그의 옆에 바짝 붙어 앉았다.

"정말이에요?"

"뭐가요?"

"지희요. 정말 정훈 선배에게 청혼받는 거예요?"

은호는 그녀를 빤히 보았다.

"왜, 질투 나요?"

"그럴 리가요. 정말이면 너무 좋아서 그렇죠. 지희가 정훈 선배 좋아했으니까."

그는 고개를 끄덕이고는 그녀의 손을 쥐었다.

"우선 집에 가구가 들어왔으니 가 봐야겠지요?"

"청구산이요?"

그는 고개를 저었다.

"집에. 여기 인간계에 있는 집 말이에요."

그녀는 눈을 내리뜨고는 한참을 가만히 있었다.

"가 볼까요?"

"인간답게요."

"음."

그는 그렇게 말하더니 열쇠를 흔들어 보였다.

# 14

주희는 아파트 안을 보았다. 둘이 살기에는 충분히 넓었다. 부모님은 벌써 집까지 장만한 것에 놀라워하시는 눈치였고 그녀도 그가 인간계에 정말 집이 있다는 것에 놀라고 있었다.

가끔 시끄러운 장로를 피하기 위해 인간계 집에 결계를 치고 숨어 있었다는 이야기를 듣고야 납득이 가서 고개를 끄덕였다.

그녀는 가구를 돌아보았다.

"와."

"음."

그녀는 웃으며 은호를 보았다.

"어떻게 알았어요? 나에게는 한마디도 안 물어보더니."

그는 뒤로 와서 그녀를 감싸 안았다.

"지난번에 집 보여 주었을 때 딱 봐도 실망한 기색이었거든요."

그녀는 피식 웃었다. 그날 실망한 건 사실 다른 이유였는데. 은호는 그녀가 집 안을 휑하게 해 둔 그를 탓하는 것으로 알았던 것이다.

"그랬나요?"

"이 정도면 마음에 드나요?"

그녀는 고개를 끄덕였다.

"마음에 들어요. 소파도 식탁도. 은호 씨는 고풍스러운 게 좋을 텐데 이래도 괜찮아요?"

그는 그녀를 안은 팔을 풀지 않고 있어 얼굴을 볼 수 없었다.

"은호 씨?"

순간 그가 그녀를 돌려 안았다.

"당신만 좋다면요."

주희는 그를 올려다보았다. 그러고는 그의 팔을 슬그머니 풀었다.

"그럼 가요."

그녀가 다시 나가려 하자 그가 그녀의 손목을 잡아당겨 안았다.

"은호 씨."

"참기 힘든데."

"응?"

순간 그가 그녀의 얼굴 위로 손을 내렸고 그녀가 걸어 둔 술법을 풀어 버렸다. 그가 그녀의 붉은 머리카락을 손가락으로 쓸어

내리고 그녀의 뺨을 천천히 쓰다듬었다.

"은호 씨, 지난번에는 혼인식까지 기다린다 했으면서."

그녀가 놀리듯 말하자 그는 고개를 저었다.

"나도 내가 그렇게 인내심이 많은 신선이라 여겼는데 아니었던 것 같군요."

그녀는 자신도 모르게 웃어 버렸다. 지난번 집을 보러 왔을 때도 이런 비슷한 분위기가 이어졌는데 그가 그녀를 풀어 주며 혼인식까지 얼마 안 남았다고 이야기했었던 것이다. 그 후 조금은 미묘한 분위기가 이어졌는데 아마 그도 그걸 의식한 모양이었다.

"그래도 혼인식까지 이틀 정도."

하지만 그녀의 다음 말은 비명 소리에 가려졌다. 그가 그녀를 번쩍 안아 들더니 어깨로 침실 문을 밀치고 안으로 들어갔다.

"은호 씨?"

"전통이에요. 신방에는 신랑이 안고 들어가는 게."

그는 천천히 걸음을 옮겨 그녀를 침대 위로 내려 두었다. 그녀는 그의 목에 팔을 감은 채 그를 끌어당겼다. 그는 그녀의 위로 엎드리듯 하며 그녀를 내려다보았다.

"너무 적극적인 신부군."

"본디 이런 성격 아니라고요. 나도 모르게 자꾸."

그는 그녀의 얼굴을 부드럽게 쓰다듬고는 그녀의 입술을 손가락으로 쓸었다.

"당신 부모님들이 알면 뭐라 할까요."

"도둑놈."

그는 웃더니 그녀의 입술에 입술을 살짝 겹쳤다가 떼고는 그녀를 봤다.

"도둑놈이라도 좋을 것 같은데요."

은호는 그렇게 말하고는 몸을 일으키더니 주희의 몸을 누르듯 덮쳐 왔다. 그러고는 그녀의 뺨을 감싸 쥐고 그녀의 입술을 찾았다. 주희는 그의 목에 팔을 감으며 그의 키스에 빠져들었다. 그의 입술이 천천히 입술을 더듬더니 그녀의 입술 사이로 그의 혀가 밀려들어 왔다. 그녀는 눈을 감고는 약하게 신음하며 그의 등을 손으로 쓸었다. 그의 손이 위로 올라와 옷깃을 잡고는 천천히 풀어 내리자 앞으로 단추 형식으로 된 원피스가 소리 없이 미끄러졌다.

그가 입술을 떼고는 그녀의 몸을 슬쩍 보고 미소 지었다.

"과감한걸."

그녀의 원피스 아래 레이스로 된 청보라의 브래지어와 같은 세트의 팬티뿐이라는 것을 알았다면 더 빨리 벗겨 버릴 걸 그랬다는 생각이 들 정도였다.

그녀가 숨찬 듯 거칠게 신음 소리를 내며 그의 목을 잡아당겼다.

"당신이니까."

그녀가 그렇게 말하고 그의 목덜미에 키스하자 그는 그녀의 브래지어 후크를 끄르고는 탐스런 가슴을 감싸 쥐었다.

"으음."

그녀가 입술을 깨물며 신음하고는 그의 셔츠 단추를 빠르게 풀었다.

"찢어도 되는데."

그가 나직하게 말하자 그녀가 옷을 쥐고는 거침없이 잡아당겼다. 단추가 후둑 소리를 내며 사방으로 튀었다.

"야성적이네, 나의 신부는."

그가 놀리듯 말하자 그녀가 그의 어깨를 물었다.

"포악하기도 하고."

그가 약한 신음 소리와 함께 그녀를 살짝 들어 그녀 밑에 깔린 옷들을 치워 버렸다. 그녀는 그의 목을 꼭 안고 다시 그의 입술을 찾았다. 은호는 그녀를 내려 두며 그녀의 입술에 깊이 키스를 이어 갔다. 그녀의 가슴이 부드럽게 자신의 가슴을 압박해 오는 것에 그는 약한 신음 소리를 냈다. 그의 가슴에 마주 닿은 그녀의 가슴 끝 정점이 단단하게 솟아올라 그의 가슴에 닿았다. 순간 그는 손을 내려 그녀의 가슴을 움켜쥐었다. 한 손 안에 탄력 있게 들어오는 그녀의 가슴을 쥐고 손바닥으로 문지르듯 애무하자 그녀가 파르르 떨며 그의 어깨를 잡았다.

"은호 씨……."

그가 그녀의 목덜미에 입술을 내리고는 그녀의 가슴 쪽으로 미끄러지듯 입술을 옮기면서 허리로 손을 내렸다.

그녀가 몸을 들썩이며 그의 허리춤으로 손을 내려 그의 바지 단추를 거칠게 잡아당기자 그는 그녀의 손을 잡아 자신의 등으로 돌리게 한 후 그녀를 내려다보았다.

"적극적이고 아주 과감해."

그는 그렇게 말하고는 그녀의 귓불을 이로 물었다.

"읍."

그녀가 그의 등에 손톱을 박았다.

"장난은 그만 쳐요."

그녀가 겨우 이야기하고는 그의 얼굴을 손으로 감싸 쥐고 당겨서 다시 입술을 겹쳤다. 그는 웃으며 살짝 고개를 뒤로 했다.

"키스를 정말 좋아하는군."

"은호 씨."

그녀가 짜증 내듯 말하자 그가 웃으며 그녀의 입술에 키스해 주었다. 그녀는 그의 목에 매달리다시피 하더니 그를 밀쳐서 눕히고는 그의 몸 위로 몸을 붙이고 그의 입술을 찾았다.

그는 웃음을 보이며 그녀가 하고픈 대로 두었다.

그녀의 혀가 그의 고른 치아를 건드리고 안으로 밀려들어 왔다. 그는 그녀의 혀를 낚아채듯이 입 안에 가두고는 빨아들이며 그녀의 엉덩이 속에 손을 넣어 속옷을 벗겨 내렸다.

그러고는 그녀의 허리춤의 오목한 곳을 문지르며 천천히 다시 돌려서 그녀를 눕혔다.

그녀의 입에서 거친 숨소리가 울려 퍼지며 그의 허리춤으로 손이 내려오자 그는 그녀의 가슴 정점을 입 안에 빨아들였다. 그녀가 몸을 반쯤 일으키며 신음 소리를 내는데도 그녀의 유두를 입 안에 넣고 빨아 당기고 이로 살짝 깨물며 놀리듯 희롱했다.

"으응……."

그녀는 그의 아래에서 몸을 파르르 떨며 눈을 감았다. 그가 손을 내려 그녀의 습지를 쓸어내리고 그녀의 다리 사이에 숨은 은밀하고 촉촉한 곳으로 찾아들었다.

처음에는 당황한 듯 허벅지를 딱 붙이고 어쩔 줄 몰라 하던 그녀가 그의 손길에 금세 허물어지며 허리를 들어 올렸다.

"이, 이상해요."

그녀가 중얼거리며 숨찬 호흡을 뱉어 내자 그는 그녀 안으로 손가락을 미끄러트렸다.

"앗."

그녀가 단발성 비명을 지르며 몸을 움츠렸다. 그가 천천히 그녀 속을 문지르듯 손가락을 움직이며 그녀의 배에 자잘한 키스를 퍼부었다.

"으음."

그녀는 손가락을 입에 물고는 신음 소리를 참았다. 이런 건 외설스럽다고 생각하면서도 어느 한편으로는 기대감에 눈앞이 반짝거리는 기분이 들었다. 그가 좀 더 깊은 곳으로 들어와 주었으면 하는 바람과 그리고 뭔가 부족한 듯한 허전함에 허리에 전기가 오는 듯이 찌릿거렸다.

그녀는 그가 몸을 일으키자 눈을 뜨고 그를 올려다봤다. 그의 피부에 그녀가 만든 흔적이 붉게 피어 있었다. 그의 은발 머리카락이 풀어져 허벅지 주위를 간지럽혔고 그의 깊은 눈 안엔 흐트러진 그녀만 있을 뿐이었다. 그가 자신의 바지 버클을 끄르는 것을 보던 그녀가 부끄러움에 살짝 시선을 돌려 버렸다.

"이제 부끄러워?"

그가 놀리듯 이야기하더니 그녀의 허벅지 안쪽을 다시 충동질했다.

"아앙."

그녀는 자신도 모르게 민망한 신음 소리를 내고는 손으로 입을 막아 버렸다.

바지를 벗어 던지는지 툭 하는 소리가 나더니 그가 그녀의 허벅지를 만지던 손길을 거두고는 그녀의 다리를 넓게 벌려 잡는 것이 느껴졌다. 그녀는 긴장한 채 눈을 감았지만 실상 그녀의 안쪽에 닿은 것은 그의 부드러운 혀였다.

"안 돼요!"

그녀가 놀라서 외쳤지만 그의 혀는 아랑곳없이 그의 손길이 만든 곳을 따라 안으로 밀려들어 왔다. 그 길을 따라 다시 그의 손이 따라 들어오자 그녀는 고개를 뒤로 젖히며 길게 신음 소리를 냈다. 머릿속이 타들어 가는 기분이 들었다. 그의 혀가 굴리듯 안을 훑어 오자 그녀는 신음을 지르며 흐느꼈다. 그의 손가락이 그녀의 진주를 손가락에 쥐고 살살 돌리다 꼬집듯이 만져 오자 이제는 다리가 부들거리고 떨리는 기분을 느꼈다. 음험한 젖은 소리가 귓가를 적셔 오고 그녀는 손으로 입을 막은 채 머리를 저으며 흐느꼈다.

그가 고개를 들더니 그녀의 다리를 추스르고는 자신의 성난 부분을 문질러 왔다.

"그만할까?"

그녀가 눈을 뜨고는 흥분으로 반짝이는 그의 눈을 보았다.

"그만할까?"

그가 다시 한번 물어보면서도 자신의 남성을 그녀의 입구에 바짝 밀어붙였다. 조금 들어온 그를 느끼며 그녀는 입술을 악물었다. 그는 다시 빠져나가며 그녀의 다리 안쪽을 자신의 남성으로 문질렀다.

"싫어요. 어서."

"뭐?"

그가 짓궂게 물어보자 그녀는 다시 한번 입술을 악물었다. 그가 다시 안으로 조금 밀려들어 왔다가 빠져나가며 애태우자 그녀는 숨을 몰아쉬었다.

"제발… 으읏!"

그녀가 그에게 서툴게 허리를 들어 올리자 그가 그녀의 허리를 쥐더니 단숨에 안으로 파고들었다.

"아앗."

그녀는 처음 느껴 보는 아픔에 비명을 지르며 눈을 감았다. 그가 끝까지 들어온 건지 배 안이 뻑뻑하게 느껴졌다.

그는 꼼짝도 하지 않고 그녀를 내려다보더니 그녀의 땀이 밴 이마에 키스해 주었다.

"움직여도 될까?"

잇새로 말하듯 그가 이야기하자 그녀는 고개를 저었다. 지금 움직이면 그를 품은 그 부분이 망가질 것 같았다. 너무 거대하고 너무 꽉 들어맞아 움직이는 것 자체가 불가능할 것 같았다.

그녀의 안에서 숨을 고르던 그가 그녀의 이마에 자신의 이마를 대고 거칠게 숨을 쉬었다. 그러고는 조금 몸을 움직여 그녀의 반응을 살폈다. 그녀는 그가 살짝만 움직여도 그를 꽉 조이며 눈을 꽉 감고는 고개를 젖혔다.

싫어하는 반응은 아니었고 그를 머금은 부분도 충분히 젖어 넘칠 정도였다.

허리를 좀 더 크게 움직이자 그녀의 입술이 벌어지더니 가쁜 숨소리와 함께 신음 소리가 터져 나왔다.

그는 그녀의 허리를 꽉 잡고는 빠르게 움직이기 시작했다. 이제는 여유를 부릴 정신도 없었고 더 이상 참을 수도 없었다. 그의 입에서도 산발적인 신음이 터져 나왔다. 목으로 흐른 땀이 그녀의 배 위로 떨어지는 것을 보며 그는 눈을 감아 버렸다. 그가 움직일 때마다 수축하는 게 보일 정도로 그녀의 납작한 배에 그의 흔적이 뚜렷하게 나타났다.

그녀가 숨이 찬 듯 입을 크게 벌리고 숨을 들이마시며 그의 목을 안았다.

"은호 씨. 은호 씨."

그녀가 정신없이 그를 부르며 다리가 허공중에 달랑거렸다. 그가 그녀의 위로 몸을 낮추고는 입술을 겹쳤다. 그녀는 흐느끼면서도 그의 키스에 반응하며 신음하는 것 반 숨을 몰아쉬는 것 반으로 그의 키스를 받아들였다.

그녀의 그 분홍색 혀가 너무 귀여워서 그는 몇 번이나 자신의 입 안에 넣고 빨아들였고 그녀의 엉덩이를 움켜쥔 채 좀 더 자신

쪽으로 끌어당겼다.

침대가 삐걱거리는 소리가 날 정도로 거친 움직임을 이어 가던 그가 그녀의 안에서 갑자기 빠져나와 그녀를 안아 들었다.

그녀가 눈을 뜨고 당황한 듯 보자 그가 그녀를 자신의 위에 앉게 하고는 마주 안은 채 몸을 엮었다.

그녀는 그의 손길에 당황하면서도 그의 목을 안은 채 몸을 움직였다.

"더 깊어요."

그녀가 중얼거리자 그는 좀 더 깊이 그녀를 안고 싶어 그녀의 다리를 더 활짝 열었다.

그녀가 비명을 지르며 그의 목을 안고는 그의 목에 입술을 대고 신음 소리를 내며 울었다.

그는 그렇게 움직이다가 그녀를 다시 눕히고는 최고 절정을 향해 몸을 거칠게 움직였다. 빠르고 거친 그의 움직임에 그녀는 난파선처럼 출렁거리다 바다에 가라앉는 것처럼 숨차 하며 고개를 뒤로 한 채 길게 비명을 질렀다. 그도 그녀의 몸 안에 깊이 뿌리 내린 채 몸을 떨며 신음 소리를 내더니 천천히 그녀 안으로 가라앉았다.


주희는 숨을 쉴 수도 말을 할 수도 없는 기분이었다. 모든 것이 하얗게 바뀌더니 아무 기억이 없었다. 머릿속이 텅 비고 온몸에 힘이 하나도 없었다. 이 정도로 좋을 거라고는 상상도 못 했었다. 여태 남자 경험은 없었지만 그래도 알 건 다 아는 성인이었고 친구들의 이야기로도 대충은 알고 있다고 여겼었다. 하지만 은호와의 방금 관계는 친구들이 말하는 좋다는 개념과는 완전히 달랐다.

"무슨… 무슨 일이 일어난 거죠?"

그녀는 자신의 쉬어 버린 목소리에 흠칫 놀랐다. 그는 주희의 위에 엎드린 채 숨을 고르다가 고개를 들더니 그녀를 내려다보았다.

그가 뺨을 부드럽게 만져 주는데 그녀는 자신도 모르게 고개를 돌려 그의 손바닥에 입술을 비볐다. 아직도 몸이 뜨거웠다.

"글쎄. 천명을 받았다?"

"천명?"

그가 그녀의 위에서 내려와 그녀를 품에 당겨 안았다.

"하늘이 정해 준 인연이 오늘 하나로 연결되었으니, 본디 붙어 있어야 하는 짝을 만나 그 운명을 같이하는 거죠."

그녀는 그에게 안겨서 숨을 고르며 그의 가슴에 고개를 기댔다.

"천명이라."

"왜 그러죠?"

그녀는 천천히 고개를 들어 그를 보았다.

"내가 천명이 아니라면 이런 기분 못 느끼겠죠? 당신은 날 보지도 않았을 거고."

그가 그녀의 뺨을 만져 주더니 한참을 보았다.

"우리가 운명인 건 변하지 않죠. 하지만 내가 아무리 호족이고 호족은 운명이 아닌 여자와의 야합을 전적으로 꺼린다고 해도, 당신을 만났다면 운명이 아니라도 가까이 두려고 했을 거예요."

그녀가 놀라서 눈을 크게 떴다.

"아프지 않아요? 피가 좀 났는데."

그녀는 얼굴을 붉혔다.

"그런데 야합을 꺼린다는 건 무슨 말이에요?"

은호가 피식 웃더니 그녀를 보았다.

"나에게도 당신이 처음이라는 것."

"거짓말."

"응?"

"당신같이 멋있고 잘생긴 사람이 여태 혼자라니요. 만 년이 넘는데?"

그가 웃으며 그녀의 뺨에 입을 맞추었다.

"만 년이든 십만 년이든 난 내 운명이 아닌 여자를 품고 싶지 않았으니까요. 이런 기분은 운명이 아닌 이상 느낄 수 없어요, 우리 호족은. 아마 당신도 내가 아닌 다른 남자와 이런 일이 생긴다고 해도 이런 기분은 못 느낄 거예요."

그녀는 눈을 동그랗게 뜨고 그를 보았다.

"그럼 내가 당신 키스에 약했던 것도 이런 거예요? 나 여태 다른 남자들에게는 무심했어요. 아무리 잘생긴 남자라고 해도 하나도 관심 가진 적 없는데."

은호가 웃으며 그녀의 입술에 다시 키스해 주었다. 주희는 자신의 질문도 잊은 채 그에게 기대며 그의 키스에 속절없이 빠져

들었다. 한참 동안 키스를 되돌리던 그가 고개를 들고 그녀의 입술에 촉촉하게 번진 자신의 타액을 손가락으로 닦아 주었다.

"나 또한 마찬가지예요. 당신 키스에 너무 약하지. 우리 둘 다 하나뿐인 인연이라 서로만 느낄 수 있으니까요."

그녀는 그의 말에 웃으며 그의 목을 안았다.

"다행이에요. 당신이라."

그가 웃으며 그녀를 안았다. 그러고는 손을 휘저어 방의 모든 불을 꺼 버렸다.

"불이 켜진 것도 몰랐어요."

그녀가 부끄러운 듯 나직하게 말하자 그는 웃음을 터트리며 그녀를 자신의 아래로 굴려 눕혔다.

외박은 외박이었나. 아버지의 화가 머리끝까지 난 상태에 그녀는 손가락만 꼬아 댔다. 그냥 오려고 했지만 이상하게 그와 있으면 떨어지기 싫어서 그냥 하룻밤을 신혼집에서 보내고 온 길이었다. 어머니는 그저 웃으며 곧 결혼하니 그럴 수도 있지라고 말해 주셨지만 아버지는 역시 그를 당장이라도 가죽을 벗겨 놓을 듯 구셨다.

주희는 부끄럽기도 하고 어쩔 줄을 몰라 하며 자신의 방으로 얼른 숨어들었다.

그녀는 문에 기대 자신의 입술을 손으로 쓸었다. 정말 굉장한 밤이었고 두 사람 다 혼인식까지 는 참을 수 없는 분위기이기는 했다.

그녀는 얼굴을 손으로 가렸다. 어떻게 은호를 봐야 할지. 아침에도 서로 얼굴을 마주하자마자 다시 침대로 직행했었는데. 어쩌다 이렇게 야한 아이가 되었는지 그녀는 자신을 책망하다가도 배시시 웃기를 반복했다. 온몸이 나른하고 피곤한데 기분은 좋은 하루였다.

주희는 침대에 대자로 누워 한숨을 쉬었다. 예식도 금방 치러질 거고……. 그녀가 설명 들은 바로는 호족의 땅인 청구산 정토에서 한 번 치르고 구천의 성에서 다시 천존 앞에서 식을 치른다고 했다.

인간 세상의 혼인식은 청구산 정토 이후에 치르기로 했기에 그녀는 총 세 번이나 그에게 시집가는 형상이 되었다. 그녀는 피식 웃었다.

한 남자와 세 번이나 같은 결혼을 해야 하다니. 하긴 예식의 차례가 있어서 굉장히 복잡하다고 들었는데. 그녀는 벌떡 일어나 그에게 배운 술법으로 서재의 책을 불러왔다.

"우와, 편하네. 이것."

그녀는 중얼거리고는 책을 펼쳐 읽었다. 얼마 전까지 호족의 글자를 하나도 못 읽었는데 요력이 증가하니 이런 글자도 이해할 수 있게 되었다.

"진짜 편하다. 어학 기능 탑재인가?"

그녀는 곧 예법에 관한 부분을 펼쳐서 읽기 시작했다.

"육례? 납채, 문명, 납길, 납정, 청기, 친영? 뭐가 이래 복잡해."

그녀는 하나하나 읽으며 이미 납채와 문명, 납길, 납정의 차례가 끝났음을 알 수 있었다.

"뭐야. 난 호족으로는 부모가 없으니 그냥 스스슥 지나가 버렸네? 그래도 예물은 다 받았구나. 뭐야. 청기도 이미 현천상제가 정해 버려서 끝난 거잖아? 식만 치르면 완전 끝이네?"

그녀는 책을 덮고는 손바닥을 엎어서 본디 자리로 보내 버렸다.

그녀는 입술을 내밀었다. 하나도 하는 게 없는 결혼이었다. 지금 인간계에서는 부모님이 그래도 혼수를 고른다 정신이 없었고 어머니가 날짜를 잡으러 철학관을 세 군데나 돌아서 오셨다지만 호족으로서 그녀는 아무 가족이 없었다. 만약 그녀가 정상적으로 호족으로 태어났다면 그 가족은 어떤 사람일까.

그녀는 거기까지 생각하다가 자신 안에 잠이 든 요기구슬을 기억했다.

적호라고 하는 전대 호제후. 그녀의 요력은 모두 그 요기구슬로 인한 것인데, 그렇다면 그녀는 그 호제후의 아이가 되는 걸까? 역적인데?

그녀는 고개를 저었다. 지금으로서는 아무 생각 없이 그저 은호의 신부가 되는 것만 생각하고 싶었다.

그녀는 침대에 엎드리고 누워 눈을 감았다. 차츰 잠이 그녀를 감싸 안았다.

불꽃이 피어올랐다.

눈앞에 은호가 있었다. 그의 머리는 금빛으로 물들어 있었고 손에는 투명한 검이 들려 있었다.

그의 눈에는 눈물이 흐르고 있었다.

'은호 씨?'

"왜 이렇게 된 것이냐. 지금 널 봐. 금기를 범하고 살아남을 수 있는 호족은 없다."

그녀는 자신의 손을 봤다. 피로 얼룩진 손을 보며 그녀는 영문을 몰라 그를 다시 봤다.

"적호, 왜."

순간 그녀의 입에서 다른 이의 목소리가 흘러나왔다.

"천호, 전 이 금기를 범하기 위해 제 모든 요력을 쏟아부었습니다. 아마 지금 천호의 적이 될 수 없겠지요. 하지만 제게는 무엇보다 중요한 일이었고 후회는 없습니다."

은호는 고개를 저었다.

"왜 나에게 도움을 청하지 않았느냐."

"천호, 호족의 죄인이며 구천의 죄인인 절 동정하지 마시고 천존이 택하고 상제가 택하신 일을 거행하시지요."

그녀는 팔을 벌렸다. 그가 전혀 주희임을 못 알아보는 것 같았다.

그의 눈에서 흐르는 그 눈물에 가슴이 아팠다.

'아아, 보고 말았구나.'

그 음험한 목소리였다.

'몰라도 되는 것을.'

그 말과 동시에 그가 일으킨 천뢰가 그의 칼을 타고 흐르더니 가슴에 박혀 들어왔다. 아픔은 느껴지지 않았지만 그의 꽉 다문 입술과 질

끈 감은 눈을 보며 그에게 이 형벌이 얼마나 고통스러운지 알게 되었다.

'바보거든. 천호는. 날 죽이지 못했으니.'

그녀는 자신의 안에서 들려오는 소리에 눈을 감았다.

쓸쓸한 듯 울리는 목소리였다.

'그 덕에 천호가 저렇게 방황을 하게 되었지. 나름 천호라는 관직이 잘 어울렸는데 모든 것을 버리고 인간계로 가게 만들었으니.'

목소리가 점점 멀어졌다. 그녀의 손에 흐르던 피도 사라지고 그녀 앞에 처연하게 흐느끼던 은호도 사라졌다.


주희가 잠에서 깨어나니 언제 온 건지 은호가 옆에 앉아 있었다.

"은호 씨 어떻게 왔어요?"

그는 약간 어색하게 웃었다.

"갑자기 당신의 기 안에서 다른 것이 느껴져서요."

그녀는 그가 잡아주자 일어나며 그의 품 안에 안겼다.

"정문으로 들어온 거예요? 아니면 몰래?"

"몰래."

그녀는 코에 주름을 잡아 보였다.

"그런 것도 느껴요?"

그는 고개를 끄덕이더니 그녀의 얼굴을 빤히 봤다.

"특별하게 바뀐 건 없는 것 같은데."

"없어요. 그래도 오니까 좋은걸요."

그는 웃으며 그녀의 등을 쓸어 주었다,

"그럼 난 돌아갈게요."

"왜요?"

"부모님."

그녀는 그제야 아, 하면서 고개를 끄덕였다.

"참, 날 잡혔어요."

"알아요."

"그런데 정말 3개월 후인데."

"어차피 우리 혼인식 끝나고 나서예요. 괜찮아요."

그녀는 궁금해서 참을 수 없었던 것을 물어보려고 입을 열었다.

"호적에 올리는 것, 그 어느 것도 걱정하지 않아도 되니까 괜히 걱정 사서 하지 말아요."

"예?"

"분명 그거잖아요. 호족인데 여기 주민등록증이나 이런 게 있나, 그런 것. 분명 가지고는 있어요. 환술이기는 하지만 말이지."

그녀는 고개를 저었다.

"그런데 생일은 맞아요?"

은호는 고개를 끄덕여 주더니 우산을 펼쳤다.

"나중에 봐요."

"음."

주희가 입술을 내밀자 그는 뺨에 입을 맞춰 주고는 그대로 사라져 버렸다.

"너무해. 키스해 주면 어디가 덧나나."

그녀는 중얼거리고는 미소를 지으며 다시 누웠다. 하지만 그 미소는 오래가지 않았다.

 꿈이 사실이라면 그녀의 꿈속에 말을 걸었던 사람이 적호라는 소리다. 왜 자신이 이런 목소리를 알게 되는 걸까. 그리고 그가 적호를 죽이며 흘린 눈물이 마음에 걸려 그녀는 한동안 가만히 천장을 보았다.

 "당신 참 나쁘다. 우리 은호 씨 가슴에 그렇게 큰 상처를 남기다니. 당신 깨어난다면 내가 가장 먼저 욕이라도 해 줘야겠어."

 그녀는 중얼거리고는 한숨을 푹 쉬었다.

∽

 차령은 뽀르르 달려오더니 주희를 보았다.

 "역시."

 "네?"

 그녀가 움찔해 물어보자 차령은 묘한 웃음을 지었다.

 "아니야. 아무것도. 그나저나 네 친구 말이야. 이제 아르바이트도 안 하면서 또 왔어. 화가 나서 술 마시고 있다."

 "술이요?"

 그녀가 깜짝 놀라서 물어보고는 지희를 보러 가자 은호가 언제 왔는지 차령을 불렀다.

 "천호, 무슨 일이십니까?"

 "차윤이 안 보이는구나."

 차령은 인상을 찡그렸다.

"장에 간다고 들었습니다. 무슨 시키실 일이라도."

"차윤에게 주희에 대해 이야기해 둬야 할 것 같아서."

차령은 웃으며 고개를 숙였다.

"이미 제가 이야기해 두었습니다. 너무 걱정하지 않으셔도 될 겁니다."

그는 걱정스러운 얼굴이 되었다.

"차령아."

"네?"

"아무래도 홍아가 주희의 목을 물어뜯은 것이 마음에 걸리는구나."

"제가 기척을 따라가 볼까요?"

은호는 고개를 저었다.

"이미 사라졌더구나. 지난번 부상으로 요력 절반을 잃었을 것인데도 왜 저다지도 끈질긴지 알 수가 없구나. 저들은 적호를 보호하고 있는 호족의 마음을 모르는 것인지……."

차령은 한숨을 쉬었다.

"내일이면 혼인식인데 정말 괜찮을까요? 주희 집에는 뭐라 설명하실 겁니까?"

"잠시 환술을 걸어 둘 생각이다. 혼인하고 바로 돌아오면 이곳의 혼인날이라 바쁠 것 같구나."

"그러시군요. 알겠습니다. 그럼 전 주희와 함께 청구산으로 가겠습니다. 예식에 대한 것도 알려 줘야 하고, 신부복도 입어 봐야 하니까요."

그는 고개를 끄덕였다. 차령은 웃으며 주희에게로 다가가 푸념 중인 지희의 이야기를 같이 들어 주고는 주희를 데리고 스태프실로 들어가 버렸다.

은호는 주희가 수줍게 미소 지으며 가는 것을 보고는 인상을 찡그렸다. 왜 이렇게 불안할까. 내일이면 식을 치를 것이고 주희와 그는 영원히 하나가 될 것인데 뭐가 이렇게 그를 불안하게 만드는 것인지 알 수가 없었다.

그는 이마를 짚었다.

"주인님?"

은호는 새로 들어온 점원을 보았다.

"향아, 인간 세상은 재미있느냐?"

향아는 방긋이 웃었다.

"인간 남자들이 재미있습니다."

그는 고개를 저었다.

"너무 놀리지는 말거라."

향아는 미소를 지어 보이고는 그대로 멀어졌다. 차령이보다 연배가 높아서인지 귀가 나오거나 꼬리가 나오거나 수염이 나오지는 않았으나 인간 세상은 처음이라 여러 면에서 조금 서툴기는 했다.

은호는 찻잔을 들면서 하늘을 보았다. 부디 아무 일 없이 예식이 치러지길 간절히 기도할 뿐이었다.


차령과 예복을 입어 보던 주희는 너무 화려해서 눈이 멀어 버릴 것 같았다.

"세상에, 아직도 이런 옷이 있어요? 사극에서나 본 적 있는 옷인데."

"무슨 소리야. 이 옷을 우리가 얼마나 공들여 만들어 둔 건데. 우리 일족이 모두 힘을 모아서 만든 거야."

그녀는 웃으며 비단을 손으로 쓸어 보았다.

"예뻐요."

"예쁠 수밖에."

차령은 뿌듯하게 이야기하고는 그녀의 머리에 관을 씌워 주었다.

"음, 관도 잘 어울린다. 너 요력 풀어 봐. 머리 빛하고 어울리나 보게."

그녀는 차령이 꾸며 주는 것을 거울을 통해 보며 숨을 몰아쉬었다. 혼인이라니 고풍스럽기도 하고 설레기도 했다. 웨딩드레스를 입어 볼 때와는 또 다른 기분이라 그녀는 숨을 깊이 들이켰다.

"긴장되니?"

"그럼요."

차령은 싱긋이 웃었다.

"천호께서 잘해 주시지?"

"네."

"천호께서 다정하시지."

"네."

차령이 짓궂은 미소를 지어 보이자 그녀는 의심스러운 시선으로 차령을 보았다.

"무슨 말이 물어보고 싶어서 그래요?"

차령은 미소를 지어 보이더니 그녀를 보았다.

"천호께 사랑 많이 받았구나. 주희는."

"네?"

순간 차령이 그녀의 가슴 윗부분을 손가락으로 찔렀다. 주희는 그 시선을 따라가다 동그랗게 자리 잡은 그의 키스 마크에 깜짝 놀라서 옷을 손으로 눌렀다. 차령은 빨갛게 달아오른 그녀의 얼굴을 보며 키득거리고 웃기 시작했다.

"하여튼 언니는."

차령은 그녀를 한참을 보았다.

"이제 언니라고 부르지 마."

"네?"

"넌 천호의 부인이 될 테니까. 천호의 부인은 우리 부족 중 가장 높은 신분이야. 호제후도 인사를 해야 하는 신분이 되는 거니까 존대를 하면 안 된다."

주희는 웃음을 지우고 차령을 보았다.

"그리고 호제후가 형을 집행할 때 네가 나서서 막아 준 덕에 언니가 목숨을 건졌어. 고마워."

주희는 차령을 보고는 웃어 보였다.

"당연한 일이니까 고마워할 필요 없어요. 그리고 나 한참 어린데 언니라 부르지 않는 건 싫어요."

차령은 한숨을 쉬었다.

"인간 세상에서는 어떨지 모르지만 규범을 따지는 청구산에서는 안 될 말이야. 그러니 시키는 대로 해."

차령은 그렇게 말하고는 그녀의 머리에 비녀를 꽂아 주었다.

"이쁘다. 우리 주희. 꼭 행복하게 살아야 한다."

주희는 가만히 차령의 손을 잡았다. 예식의 법도를 알려 주러 장로의 부인들이 들어왔지만 주희는 눈물을 가득 매단 채 차령의 손을 꽉 쥐고 있었다.

홍아는 몸을 숨기고 멀리 떨어진 눈앞의 청구산을 보았다. 청구산 기슭까지 어떻게 숨어 들어왔다.

내일 호제후가 잠시간 다른 종족들을 맞이하기 위해 결계를 풀게 된다. 물론 호족의 성지에는 결계가 강화될 것이다.

어린 여우 하나가 뛰어노는 것을 보자 미소가 지어졌다. 어린 여우라면 결계에 걸리지 않고 들어갈 수 있었다. 아직 신력도 없는 여우라면 모두들 긴장하지 않는다.

홍아는 문득 궁금해졌다. 과연 적호님이 자신 앞에 펼쳐진 복수의 대상자들을 어떻게 다룰지. 그들에게 적호님의 건재함을 알릴 수 있는 절호의 기회였다.

내일 예식이 끝날 때쯤 은호는 평생의 반려가 목이 물어 뜯겨 죽어 나가는 것을 보게 될 것이다. 적호에게 천뢰검을 찔러 넣던 그 아픔 이상의 고통을 느끼게 될 것이다.

홍아는 어린 여우를 향해 미소를 지었다.

저들이 그녀를 행복하게 만들어 줄 것이다.

'적호님, 조금만 더 기다리시면 됩니다.'

홍아는 간식을 꺼내어 어린 여우를 유혹했다. 아직은 말도 못하는 그냥 여우처럼 보이는 어린 것이라 유혹도 쉬울 것이 분명했다.

홍아는 자신의 계획에 확신이 있었다. 억울하게 잠이 든 적호를 깨우고 그들에게 복수를 하겠다는 일념이 지금 그녀를 버티게 만든 것이니까.

현호는 조금 애가 타는 마음으로 주위를 둘러보았다.
"아직도 못 찾은 것이냐?"
"네."
그는 한숨을 쉬었다.
"천호의 혼인식이 앞으로 몇 시간도 남지 않았는데. 상제께서는 도착하셨느냐?"
"아직 도착하지 않으셨습니다. 동화제군께서 관성제군, 문창제군과 함께 도착해 계신 것으로 알고 있습니다. 그리고 결혼을 주관하시는 천성낭랑께서도 이미 도착하셨습니다."
"걱정이군. 이 혼인식 후에는 천계에서 천황 앞에서 다시 혼인식이 치러지거늘, 어찌 이 아이가 사라진 것이냐. 혹시 손님들 사이에 섞여 들어간 건지 결계가 잠시 풀어진 사이에 변고가 생겨 인간계로 떨어진 것인지 잘 찾아보거라."

"예, 호제후."

현호는 초조한 마음을 누르며 천단을 향해 걸었다. 오늘의 혼인식은 호족 전체의 죄를 사함을 알리는 것이기에 더욱 중요한 것이었다. 호족의 존망이 걸렸다고 봐도 좋을 것이 이 혼인식이다. 조금도 흐트러지면 안 되는 것인데 마음속에 뭔가가 계속 걸리고 있었다. 불길함이 떨쳐지지 않으니 이 기분을 어찌 누를 수가 없었다.

원시천존의 금서를 훔쳐 금기를 행한 것이 보통의 잘못은 아니었고 그 죄로 적호는 목숨을 잃었었다. 그 죄를 짊어지고 여태 인연이 나타나지 않던 호족들에게 천호의 인연이 나타난 것 하나만으로도 모두가 드디어 하늘로부터 죄를 사하게 되었다고 기뻐들 하고 있었던 것이다. 다시 흑혈호가 나타났든 뭐든 호족 전체가 괴멸할 지경이었는데 아이가 태어날 수 있게 된 것에만도 감사하여 흑혈호든 부모가 없든 모두 잊어버린 것이다.

하지만 현호는 이 불길하고 찜찜한 기분을 떨칠 수가 없었다. 거기다 호족의 보배 같은 아이들 세 명 중 하나를 잃어버린 것이 이토록 기분이 나쁠 수가 없었다. 요즘 들어 호기심이 많아 이곳저곳 쑤시고 다니기는 하나 아직 인간으로 변화할 줄 모르는 아이들이라 여간 걱정이 아니었다. 혹여 잔혹한 인간을 만난다면 아직 요력도 발현되지 않아 그저 여우로 보일 것이고 잡혀가서 끔찍한 일을 당할지도 모르는 일이라 그는 사색이 되어 버린 것이다.

이 좋은 날 어찌 이런 일이 일어날 수 있는지. 그는 속으로 불안함을 감추고는 천단을 향해 걸어갔다.

불길함을 느낀 건 비단 현호만이 아니었다. 은호는 예복을 갈아입고도 정체 모를 불안함에 어찌할 바를 몰라 했다. 장로들은 모두가 모여 그의 수발을 들며 오늘같이 좋은 날이 온 것을 기뻐하고 있었다.

적호의 인연은 인간이었어서 다음 후손을 남긴다고 해도 호족을 이끌 수장은 될 수가 없었고 지금의 현호는 아직 미혼이라 후손이 없었다. 하늘을 노하게 한 죄로 아이가 태어나지 못하던 호족에게 천호의 반려가 나타난 것은 다음 호족의 수장이 태어남을 의미하는 것이라 장로들의 기쁨은 다른 때와는 다른 것이었다.

"천호께서 이렇게 좋은 일을 만들어 주시니 이 모두가 천호를 아끼시는 천신의 복이지요."

그는 억지 미소를 지었다. 신경이 곤두서서 몸에 있는 털들이 다 일어설 것 같았다.

장로들은 그를 보고는 상제를 맞이하러 다들 물러났.

그와 동시에 세 명의 제군이 들어섰다.

"신랑보다 궁금한 건 신부인데 말이지."

"제군."

은호가 인사하자 세 명의 제군이 손사래를 쳤다.

"관성, 이번에도 그 고집스러움으로 호족 땅에 안 오려고 하였지?"

문창제군이 장난스럽게 이야기하자 동화제군이 눈썹을 살짝 들어 올리며 관성제군을 보았다.

문창제군은 장난스러운 모습으로 은호를 보더니 귓속말을 했다.

"월하가 울더군. 자신이 인연을 아주 잘 맞혔다고."

그는 인상을 찡그렸다.

"동화제군께서 직접 오실 줄은 몰랐습니다."

동화제군은 미소를 보이더니 문창제군을 보았다.

"워낙 그대가 문창만 보고 가 버리니 내 직접 보러 온 것이지. 아직도 그때 적호의 일로 날 원망하나 해서."

"원망이라니. 천호가 제군을 원망할 리가 있습니까. 그 일을 상정한 것은 다름 아닌 저였으니 원망이라면 저 관성을 해야지요."

관성제군이 긴 수염을 쓸며 이야기하자 동화제군이 웃어 보였다. 제군의 수장인 동화제군은 미소를 보이며 이야기하지만 세 명의 제군 중 가장 높은 위치이고 그의 위에는 삼존만 존재할 뿐이었다.

"그럴 리가요. 동화제군께 원망이라니요. 관성제군께도 원망이라는 마음은 없습니다. 그저 동생을 제대로 보살피지 못한 저의 무능함이 부끄러울 뿐입니다."

"그럼 다행이구먼. 하나 그대가 무능하다니. 그렇다면 다른 천계의 녹을 먹는 자들 모두가 무능하다는 말인가? 그러니 그런 생각은 하지 마시게. 그대의 천호로서의 직위는 그대로이니 이만 돌아오지 그러나."

그는 가만히 고개를 숙였다.

"제 동생이 원시천존의 금서를 건드려 금기를 범하였는데 무슨 낯으로 돌아갈 수 있겠습니까."

동화는 고개를 끄덕였다.

"이미 원시천존께서도 자네의 일에 대해 알고 계시고 동생과 그대가 무관하다 생각하시네. 만약 다 같이 생각하였다면 어찌 호족들이 무사할 수 있었겠는가. 원시천존께서는 그대를 벌할 마음이 없으시네. 단지 호족 중 일부 무리들에게 그 지엄함을 보이신 것, 그뿐이지."

그는 고개를 깊이 숙였다.

"다음 연회에서 천존이 직접 나오신다고 했으니 그때 다시 한번 이야기를 들어 보게."

"예, 동화제군."

동화제군은 다른 제군들과 함께 다른 곳의 인사를 받기 위해 걸음을 했다. 은호는 붉은 비단과 꽃으로 장식된 천단을 보았다. 천신께 제를 지내는 이곳이 그들의 예식을 위한 장소였다. 하지만 그의 마지막 기억은 이 천단 위로 창성의 하늘에서 떨어져 내렸던 적호의 피투성이가 된 모습이었다.

'왜 이런 날 적호의 기억이 떠오르는 것이냐. 왜.'

은호는 주먹을 틀어쥐었다가 힘을 풀었다. 그러고는 예식을 알리는 뿔고동 소리를 들으며 식장으로 발길을 옮겼다.


주희는 예복을 입고 관을 쓰고는 베일을 썼다.

"차윤이 안 보이네요?"

"아직은 벌을 받는 중이야. 상처도 회복되지 않았고. 그러니 조금 기다려야 할 거야."

"차령 언니."

"응?"

그녀는 머뭇거리다가 계속 생각하던 것을 물어봤다.

"혹시 차윤 언니가 은호 씨를 좋아한 것 아니죠?"

차령은 한참을 생각하더니 웃어 보였다.

"자신의 연이 아닌 남자를 좋아하는 경우는 극히 드물어. 하긴 천호께서는 차윤의 생명의 은인이시니 그럴 수도 있겠지만, 내가 아는 차윤은 그렇지 않아. 아마 주인으로서 섬기는 것이 과했던 것이지."

주희는 불안해서 안절부절못했다. 인간계에서 먼저 식을 치렀다면 좀 더 여유로웠을지도 모르는데 과연 잘 살아갈 수나 있을지 여러 가지로 걱정이 되었던 것이다.

"불안해하지 마. 넌 하늘이 정한 운명을 만나 그 사람에게 가는 거니까. 이건 천명이고 필연이야."

그녀는 고개를 끄덕이고는 한숨을 쉬었다.

순간 문이 열리더니 장로가 들어섰다.

"가시지요."

그녀는 장로의 인도에 따라 식장으로 걸어 들어갔다. 난생처음 보는 사람들이 즐비했다.

천단이라 불리는 곳은 거의 산 정상에 있어 오르기도 쉽지 않앉지만 장로의 도술 덕분에 쉽게 올라올 수 있었다.

그녀는 천단 앞에 서 있는 은호를 보았다. 은빛 머리카락 위에 금빛 관을 쓰고 있는 그는 다른 날들보다 더 멋있고 잘생겨 보였다. 그녀는 가슴이 두근거려 그대로 쓰러질 것 같았다.

그녀가 천단에 가까이 가자 그가 다가와 그녀의 손을 잡아 주었다. 그와 그녀가 같이 천단 위로 올라서자 천선낭랑이 그들을 인도해 주었다.

예식이 치러지는 동안 그들은 천신과 지신에게 절을 올렸고 합환주를 나눠 마셨다. 식은 길고도 길어 무릎이 아릿하게 아플 정도였다. 그럼에도 너무 긴장을 해서인지 쓰러지지 않고 견딜 수 있었다.

천성낭랑이 하늘을 향해 그리고 군중을 향해 이 둘의 혼인이 성립됨을 고하는 순간이었다. 갑자기 저 멀리 평야에 검붉은 벼락이 떨어지며 불길이 일었다.

순간 제군을 둘러싼 신들이 자리에서 일어났다.

"적호!"

은호도 자리에서 일어나 주희를 감쌌다. 뭐가 어떻게 되어 가는지 모르는 상황 속에 검붉은 벼락과 함께 불길 속에서 사람이 보이기 시작했다.

'아, 이 불길함은 바로 네가 돌아오는 것인가.'

은호는 입술을 깨물며 주희를 자신의 등 뒤로 숨기고 손에 천뢰검을 불러들였다.

결계가 느슨해진 틈으로 홍아 일행이 몸을 숨기고 찾아들었다. 천존은 오지 않았으나 제군과 상제는 왔다고 들었다.

홍아는 자신이 잡아 둔 여우를 보았다. 미혼술에 걸려 이미 이성이 없는 상태였다.

"자, 귀여운 아가. 넌 시키는 대로 하면 된단다. 알았지."

여우는 코를 발로 문지르고 있었다. 홍아는 여우의 목에 붉은 구슬 목걸이를 해 주었다.

"자, 저 방으로 들어가서 결계를 해제하고 이 구슬을 적호님의 입술에 대면 된단다. 착하지. 다 끝나고 나면 널 자유롭게 해 주마."

홍아는 여우를 만져 주며 웃어 보였다.

"자, 가야지. 엄마가 부르는구나. 엄마가 관에 누워서 슬퍼하고 있어. 나쁜 무리가 엄마를 가둬 두었으니 그 약을 먹여서 엄마를 깨워야지. 넌 용감한 아이란다. 알았지?"

땅에 내려놓자마자 여우는 뛰어서 풀숲을 헤집기 시작했다.

"홍아 님, 괜찮을까요? 일족의 마지막 아이들입니다."

홍아는 차가운 표정이 되었다.

"아무리 적호님이 깨어난다고 해도 관성제군을 이길 수는 없습니다. 오늘은 관성제군도 와 있는 자리입니다."

홍아는 염려스러운 이야기를 하는 동료를 보았다.

"아무리 관성제군이 전쟁의 신이라 해도 여기는 호족의 땅인 청구산이다. 전대 호제후의 기운이 서린 이곳에선 아무리 관성제군이라도 적호님을 상대하기는 어려울 것이다."

"하지만 이곳의 영기를 가장 많이 흡수할 수 있는 분은 적호님이 아닌 천호이신 것도 아시지 않습니까."

홍아는 웃어 보였다.

"그래. 맞아. 여기서는 관성제군의 힘보다 천호이신 은호 님의 힘이 상위이다. 하지만 천호에게는 지금 약점이 생겼다. 그 어리고 약한 것을 납치하여 끌고 갈 수 있다면 천호는 관성제군과의 전투에 끼어들지 못하신다. 어차피 적호님에게 요력을 바쳐야 하는 아이이니 납치해서 우리가 죽여 버리는 게 적호님의 거부감을 덜기에도 좋겠지."

다른 이들이 웅성거렸다.

"하지만 천호를 어떻게 떼어 놓을 수 있다는 말입니까?"

"동화제군이 오셨지 않더냐. 동화제군과 현천상제에게 위해를 가한다면 신부는 그저 둘 수밖에 없다."

"하오나 현천상제가 누구입니까. 원시천존의 화신이자 분신이라 불리는 분입니다. 거기다 요괴를 퇴치하는 신으로 저희와는 상극인 신입니다."

홍아는 부하들을 보았다. 두려운 상대이기는 하나 호족의 땅에서 쉽게 칼을 빼어 들 수 없는 것도 현천상제의 입장이라 분명 천호가 나서서 제압할 수밖에 없었다.

"우린 우리가 살기 위해 이러는 것이 아니다. 적호님을 살려 예전의 기력을 회복하는 것이 먼저일 뿐이다. 우리는 적호님을 살리기 위해서라면 죽어도 좋다고 맹세했었고, 오늘이 그날이다. 저 여자아이를 잡아 오지 못하면 적호님의 요기는 예전으로 돌릴 수가 없다. 거기다 천호께서 가지고 있는 요기구슬이 필요한 것도 사실이다. 그러니 저 여자아이는 어떻게 해서든 잡아가야 한단 말이다."

홍아가 앙칼지게 이야기하자 모두들 조용해졌다.

인간 세상으로 내려가면 아무리 신들이라도 쉽게 손을 댈 수는 없었다. 인간들이 천계의 일에 휘말리는 것을 극도로 싫어하는 원시천존이 현천상제가 인간 세상에 적호를 정벌하러 가는 것을 용납하지 않을 것이 분명했다.

홍아는 오늘로 자신의 목숨을 버릴 각오를 하고는 이 일을 벌였다. 그러니 적호는 무슨 수를 써서라도 인간계로 모셔 가야 하는 존재였다.

"어라? 어제부터 안 보이던 패아일세."

모두가 왁작거렸다.

"패아, 네 어머님이 얼마나 걱정한 줄 아느냐. 이 개구쟁이 녀석."

어른들은 아기 여우에게 몰려들어 웃어 주었다.

"이 녀석아, 오늘이 얼마나 중요한 날인 줄 아느냐? 이런 날 사고를 치다니, 혼쭐이 날 거다."

아기 여우는 코를 비벼 댔다.

"어? 이 녀석이 왜 이러지?"

아기 여우가 몸을 털자 여우의 몸에 뿌려져 있던 미혼향이 확 퍼져 나갔다.

"이게……?"

어른들은 몸을 비틀거렸다. 그와 함께 결계의 빛이 하나씩 어둠에 잠식당해 갔다.

"어서 알려야 한다… 어서……."

어른들은 비틀거리며 몸을 돌렸지만 이미 미혼향에 하나둘씩 쓰러질 뿐이었다. 아기 여우는 몸을 다 털고는 다시 뛰어서 지하로 이어진 계단을 향해 내려갔다. 그러고는 관 앞에 멈추었다. 자기의 힘으로는 열 수 없는 것이라 낑낑거리고 울 뿐이었다. 하지만 바로 목소리가 들려왔다. 주술을 빌려줄 테니 들 수 있다고. 아기 여우는 앞발로 열심히 관을 밀었고 홍아의 주술 덕에 아주 조금 틈을 만들었다.

아기 여우는 그 사이로 파고들어 갔고 목에 달고 있던 구슬을 누워 있는 사람의 입술에 댔다. 순간 구슬이 녹아내리고 그 피가 그 사람의 입 안으로 흘러들어 갔다. 순간 천천히 빛이 일더니 붉은빛 두 눈이 번쩍 뜨였다.

아기 여우는 놀라서 관을 빠져나왔고 순간적으로 꼬리가 하나 보이더니 갈래갈래 나뉘어 아홉 개의 꼬리가 나타났다. 그와 동시에 하늘 위에서 벼락이 떨어져 무덤을 부숴 버렸다.

아기 여우가 너무 놀라 멍하니 바닥에 앉아 있는데 차갑고 하얀 손이 아기 여우를 안아 들었다.

"어린 여우가 어처구니없는 짓을 했구나."

나직한 목소리였다. 아기 여우는 눈을 들어 자신을 내려다보는 사람을 보았다. 검붉은 머리카락이 땅바닥에 끌리는 사람이었고 눈은 붉은 빛을 뿜어내고 있었다.

"미혼술에 걸린 것이냐. 가여운 것."

그리고 아홉 개의 꼬리가 부채처럼 확 펼쳐지더니 눈앞이 하얗게 변해 갔다.


은호는 칼을 들고 주위를 보았다. 적호를 따르는 무리들은 잡귀들의 무리라 호족은 물론 다른 종족의 추방자들도 다수 포함되어 있었다.

"은호 씨."

주희가 놀라서 그를 잡았다.

"괜찮아요. 내가 당신을 지킬 테니 걱정하지 말아요."

차령도 손에 검을 들었다. 아니, 시대가 언제인데 아직도 칼인가 하는 생각을 하다가 비상용 전기 충격기라도 가지고 올 걸 하는 생각도 들었다.

동화제군은 웃는 얼굴을 지우지 않았고 현천상제는 부채를 펄럭거렸다.

"천호, 너무 걱정 말게. 난 오늘 적호의 얼굴을 볼 생각이니."

은호는 기가 찬 표정이었다.

"이미 아셨단 말입니까?"

"깨어나야 할 운명이 깨어나는 것이지. 단지 내가 염려하는 건 저 아가씨야. 어리석은 것들이 정말 적호를 미치게 할까 걱정이니 우리는 신경 쓰지 말게. 그리고 내 하나만 말하지."

은호는 고개를 들고 상제를 보았다.

"오늘 여기서 검을 뽑아 드는 것은 호족과의 전쟁이 아니라 우리의 일신을 지키기 위함이니, 그대가 나서지는 말고 그대의 아내를 지키거라. 내 오늘 즐거이 적호를 만날 것이니."

상제가 그렇게 말하자 관성제군이 미소를 보였다. 이미 이들은 오늘 적호가 깨어날 것을 알고 결판을 내기 위해 온 것이다. 그는 칼을 꽉 잡았다.

멀리 들판을 가로지르는 무리가 보이자 관성제군은 혀를 찼다.

"저런 잡귀 쪼가리가 감히 현천상제를 노리다니 가소롭지도 않습니다."

현천은 칼을 잡을 기분이 전혀 아닌 듯이 웃어 보였다.

"내가 그동안 너무 무력하게 지냈나 보오."

문창제군은 고개를 저으며 차를 가져오라 했다. 소풍을 나온 듯 유유자적한 모습에 주희는 기가 찰 노릇이었다.

"아, 아. 새신부와 함께 이리 오시게. 여기가 더 안전하이."

천선낭랑은 이미 동화제군 옆에 자리를 잡고 차를 마시는 중이었고 장로들은 안절부절못하고 있었다. 은호는 칼을 든 채 주희와 함께 그 자리로 갔다. 동화제군은 그녀를 가만히 보고는 웃어 보였다.

"각성이 늦은 아이구나. 그래도 충분히 자랐으니 되었다."

"네?"

주희가 어리둥절해하자 천선낭랑이 웃어 보였다.

"이런, 아직 어린아이라 우리가 누구인지 모르겠구나. 내가 소개를 하마."

"지금 전쟁 중입니다, 천성낭랑."

은호가 주의를 주자 천선낭랑은 웃어 보였다.

"뭘 그렇게 긴장하누. 그대가 있고 관성제군이 계신데 누가 감히 이길 수 있다는 말인가. 안 그런가, 천호? 우리 현녀의 구애를 그렇게 무시하고서 이리 어여쁜 아이를 잡아 올 줄은 몰랐구나. 그래, 이름이 주희라고?"

"네? 네."

천선낭랑은 그녀의 손을 쥐고 웃어 보였다.

"무서워 말거라. 네 낭군은 호족 중 가장 강한 자이며 관성제군과 싸워도 지지 않을 정도의 힘을 가진 자이다. 아무리 적호라고 해도 천호를 이길 수는 없다. 단, 저 무른 사내가 마음이 약해서 차마 죽이지 못한 것일 뿐. 이미 제군께서도 이리될 것을 아시고 그에게 적호를 멸하라 하신 것이니 너무 걱정 말거라."

천단을 향해 오르는 무리 중 수장으로 보이는 자가 칼을 들고 뛰어오고 있었다. 그럼에도 은호는 그쪽을 보지도 않고 서 있었다. 모두들 태평한데 주희만 놀라서 은호의 팔을 잡았다.

"은호 씨!"

그가 그쪽을 보지도 않고 손을 뻗자 하늘에서 벼락이 치기 시작했다. 그리고 그 벼락은 보랏빛을 일으키며 땅으로 곤두박질쳐서 뛰어오는 무리들을 일시에 섬멸해 버렸다.

"호오, 역시 천호의 천뢰만큼 아름답고 강한 것은 없지. 왜 천뢰검을 쓰질 않나? 더 강력한 천뢰를 만들 것인데."

현천상제가 차를 마시며 물어보자 동화제군은 웃어 보였다.

"저런 조무래기들을 상대로 천뢰검이라니 우습지 않은가, 상제."

"그런가요, 제군."

그녀는 그의 머리카락이 금빛이로 날리는 것을 보았다. 천호라고 불리는 또 하나의 그의 다른 얼굴. 그녀는 그를 한참 보았다. 은빛으로 빛나는 머리카락일 때도 아름답다 생각했지만 금빛으로 빛나는 머리카락에 검은 눈이 이토록 아름다울 줄은 몰랐었다. 하늘에만 있다는 여우 천호의 모습에 그녀는 넋을 잃고 그를 보았다.

"이런, 이런. 우리 어린 신부가 또다시 천호에게 반한 모양이야."

천선낭랑이 놀리듯 말하자 은호가 그녀를 돌아보았고 주희의 얼굴은 빨갛게 물들었다.

"신부가 참 순진하구먼. 하긴 남자인 나도 천호의 저 모습에 청혼을 했다가 차이기는 했지."

동화제군의 말에 모두 웃음을 터트렸다. 상대는 죽이겠다고 몰려서 뛰어오는데 이렇게 즐거울 수가 있다니. 여기 신들은 모두 제정신이 아닌 것 같아 주희는 머리가 아파 왔다.


홍아는 적호가 깨어난 것을 확인하고 피리를 불어 모두들 자신의 위치로 가 적을 공격할 것을 명했다. 하지만 천호의 천뢰에 나가떨어지는 그들의 모습을 보며 입술을 악물었다.

약아 빠진 상제는 분명 오늘 일을 짐작한 것이다. 적호가 기력을 다 회복하려면 꼭 천호의 요기구슬이 필요하다.

홍아는 다시 돌격부대를 보내었다. 이번에는 앞선 자들보다 좀 더 강하고 빨랐지만 역시 천호의 상대도 못 되는 것들이었다.

홍아는 다른 호족 일원들과 앞으로 나섰고 그제야 천호가 그들을 바로 봤다.

"천호."

홍아는 천천히 인사를 했다. 홍아를 보는 그의 눈빛은 살벌하다 못해 두려울 지경이었다.

"뻔뻔하구나. 이 자리가 어떤 자리라고 여기에를 오는 것이냐."

현호는 가만히 천호의 뒤에 서서 그녀를 보고 있었다.

"호제후, 그간 안녕하셨습니까."

"일족의 배신자가 천단에 오르다니. 네가 그러고도 살아 돌아가길 바라는 것이냐!"

현호가 외치는 소리에 제군이 쓱 돌아보았다. 문창제군은 고개를 저었다.

"이런, 내 살아생전 호제후가 화를 내는 것을 다 보다니. 이런 날도 있구나."

홍아는 고개를 숙였다.

"일족의 천단을 더럽힐 마음은 아니었습니다. 하지만 이날이 아니면 결코 호족의 영산에 오를 수 없기에 그렇게 한 것입니다."

은호의 눈빛이 푸른빛을 더하자 현호가 앞으로 나섰다.

"천호, 이런 일에 힘쓰실 필요 없으십니다. 홍아는 저희 호족이니 제가 처리하겠습니다."

은호는 현호를 보았다. 현호가 호제후인 이상 호족의 벌은 현호가 내려야 하는 것이다. 그는 천호의 위치라 모든 요괴들을 처벌할 수 있지만 호족 땅에서만큼은 호제후가 알아 처리해야 하는 것이었다.

"저희는 다른 뜻이 없습니다. 단지 적호님의 요기구슬을 돌려주십사 이야기드리는 겁니다."

관성제군이 콧방귀를 뀌었다.

"듣자 하니 맹랑하군. 저런 것들이 섞였으니 적호가 그런 꼴이 된 것이지."

"제군, 부디. 이곳은 호족들의 땅입니다."

현호가 이야기하자 관성제군은 손을 내저었다.

"우리 천상의 신들에게 위해가 가지 않는다면 상관하지 않겠네."

주희가 안절부절못하고 있자 동화제군이 그녀의 손목을 잡았다.

"네?"

"도발에 넘어가지 말거라. 지금 저들이 노리는 것은 네 낭군도, 여기 삼제군도, 상제도 아닌 바로 너다."

그녀가 동화제군을 가만히 바라보자 그는 미소를 보였다.

"그들은 네 목숨이 필요한 것이고 너의 낭군은 그것을 알기에 널 보호하려는 것이다. 그러니 넌 우리들 사이에 가만히 있으면 된다. 감히 관성의 칼을 보고도 달려든다면 그건 얼간이에 병신인 것이지."

그녀는 그 말에 자신도 모르게 품 하고 웃어 버렸다. 이렇게 근엄하게 보이는 하늘의 신이 얼간이라 말하니 긴장이 풀려 버렸다.

"그래. 웃거라. 웃으니 보기 좋구나. 뭐니 뭐니 해도 오늘은 너의 혼인식이 아니더냐."

동화제군이 그렇게 말하자 문창제군이 차를 건네어 주었다.

"오늘은 오래 묵은 일에 매듭을 지을 날이다. 너의 혼인에 큰 선물이 될 것이야."

그녀는 문창제군의 말과 동화제군의 알 듯 모를 듯한 미소에 어이가 없어 할 말을 잃고 말았다. 지금 그녀의 남편 될 사람이 동생이랑 전투를 치르게 될 마당에 일을 매듭짓는다니. 그녀의 결혼식 선물이라니. 기가 차서 펄쩍 뛸 노릇이었다.

홍아는 호제후가 나서는 순간 입술을 꽉 물었다. 하필 제군들 사이에 저 아이가 있다니. 오늘은 이대로 후퇴를 하고 인간 세상을 노려야 하는 걸까? 하지만 이대로는 도망도 못 간다. 지금 막 잠에서 깬 적호가 과연 그녀를 두고 도망을 칠 수 있을지. 인간 세상이 너무 많이 변해 버려 적호님이 적응이나 할 수 있을지도 걱정이었다.

점점 거세어지는 불꽃의 돌풍이 산천초목을 태워 들어가는 것으로 보아 완전하게 각성을 하신 것은 분명했다.

'그래. 적호님을 위해서라면, 그분이 도주할 수 있는 시간을 벌 수 있다면 오늘 현호님의 손아래 죽어도 난 만족할 수 있어.'

현호가 앞으로 나서자 홍아는 입술을 깨물었고 다른 호족들도 마찬가지로 긴장으로 바짝 얼었다.

"넌 아직도 그 버릇을 못 고친 것이냐! 끝내 적호를 깨워!"

현호의 목소리가 쩌렁쩌렁 울렸다. 현호의 힘은 암흑. 그는 그 힘을 싫어해서 잘 사용하지 않았다. 무간의 힘이라고 불리어 현천상제가 태어날 때부터 예뻐했다고 알고 있었다.

현호가 자신의 손에서 검을 빼어 들었다. 그가 날 때부터 가지고 태어난 몽매의 검을 치켜들자 모두들 두려움에 물러나려 했다.

"지켜야 한다!"

홍아가 외치자 다들 다시 칼을 고쳐 잡았다.

"적호님이 우리를 어떻게 살려 주셨는지 잊지 마라. 자신의 목숨을 바쳐 우리를 살리셨다. 오늘 그분을 위해 목숨을 빼앗긴다 해도 그날 받은 목숨의 자락 두려움은 없다!"

현호가 눈을 가늘게 뜨더니 하늘을 향해 칼을 올려 들었다. 그러자 검은 번개가 칼로 스며들더니 주위로 번개를 내리치기 시작했다.

은호는 그런 현호의 모습을 바라보고 있었다.

"이런, 나의 현호가 드디어 저 힘을 사용하는군."

현천상제가 흥미진진한 표정을 지었다.

"전투에 가장 용감한 호족의 전쟁이니 볼만은 하겠지만 워낙에 요란해서 말이지."

동화제군이 쓰게 이야기했다.

"제군, 자리를 피하심이 어떠신지요."

"아니야. 난 오늘 적호를 만나 볼 심사이니, 죽이지들은 말고 대충 하시게."

은호는 인상을 썼다. 그녀는 동화제군에게 팔이 잡혀 움직이지도 못하고 그 자리에 있었다.

"이 아이는 걱정 말게. 적호가 온다 해도 내어 주지 않을 것이니."

은호는 고개를 끄덕이고는 다시 현호를 보고 섰다.

현호의 번개가 쓸고 간 자리가 암흑으로 바뀌며 하나둘 증발시켰다. 너무 큰 요력을 요하는 기술이라 어지간해서는 쓰지 않는 것인데 오늘은 정말 모두를 죽여 버리리라 마음을 다잡은 것 같았다.

은호는 칼을 고쳐 쥐고는 눈을 감았다. 석호가 어디쯤 오는지 감지해 보기 위함이었다. 그의 마음속으로는 적호가 이대로 도망을 치는 것과 이쪽으로 와서 천신 일행과 마주치는 것 중 무엇을 걱정하는지 알 수 없을 지경이 되었다.

'이번에 마주하면 정말 널 죽여야 하는 것이냐, 적호.'

그는 입술을 악물었다. 현호가 적호를 죽이기에는 지금 너무 많은 요력을 낭비했다. 아마 적호는 그가 처분할 것이기에 다시 한번 오늘 같은 일이 일어날 것을 대비해 적호를 따르는 무리를 모두 섬멸하려는 의지인 것 같았다.

적호와 그의 운명은 어차피 하나가 하나를 죽이는 운명이 될 것인지, 정말 천신이 그를 이토록 잔혹하게 몰아가려는 것인지 은호는 가슴 가득 아픔만 일었다.

그대로 잠들어 있었다면, 아니 그가 주희의 인생에 끼어들지 않아 그녀에게 요기구슬을 주지 않았다면 그는 영원히 적호와 이런 휴전 상태를 유지했을지도 모른다.

하지만 주희를 살리지 않았다면 오늘 같은 감정을 알 수는 없었을 것이다. 그녀를 지키기 위해서라면 그는 잔인해질 수 있었고 자신의 핏줄이라 해도 잘라 낼 수 있을 것 같았다.

'적호, 이번에는 예전과 다르다. 네가 금기를 범해서 살리고 싶었던 사랑이 있었듯이 나 또한 목숨을 걸고 지켜야 할 사랑이 생겼다. 오거라, 적호. 이번에는 나도 전력을 다할 것이다.'

그는 입술을 악물었다.


적호는 멀리서 전해져 오는 요기와 선기를 느꼈다.

"호오, 또다시 천신들인가."

적호는 천천히 걸음을 옮겼다. 적호의 걸음걸음마다 불꽃이 일었다.

"하아, 내 고향부터 태워 버리다니 쓸모없는 힘이구나."

적호는 옷자락을 흔들어 대지에 붙은 불을 껐다.

"이럴 때 분노라도 해 주시면 이 불길을 얼려 버릴 것인데 그 분노가 다른 데를 향해 있구먼, 천호."

적호는 기지개를 켜듯 몸을 쭉 폈다. 무덤 밖으로 나오니 미혼술로 쓰러진 호족들이 보였다.

"쯧, 못쓸 짓을 했구먼."

적호는 손을 뻗어 대지에 떠도는 미혼술의 향을 모두 모아들였다. 호족들이 점점 정신을 차리더니 적호를 보고는 놀라서 그대로 얼어 버렸다.

"적호."

누군가 칼을 고쳐 잡자 적호가 그쪽을 노려보았다. 칼이 윙윙 소리를 내더니 그대로 부러져 버렸다.

"상대를 보고 털을 세워야지. 내가 누구인 줄 알고 감히 나서느냐, 어린 여우들아."

호족들은 덜덜 떨며 이러지도 저러지도 못하고 서 있었다.

"덤비지 말거라. 지금은 나도 힘 조절이 안 되니. 자칫하다가 그대로 타 버리는 수가 있다. 천단에 무슨 일이 있느냐. 천신의 기가 느껴지는데."

호족 중 하나가 떨리는 목소리로 입을 열었다.

"오늘은 천호의 혼인식이 있는 경사스러운 날이다. 현천상제가 와 계시니 넌 상대가 안 된다."

적호는 미소를 지었다.

"불충한 것. 감히 너라고 부르다니."

적호가 손을 뻗어 움켜쥐듯 주먹을 쥐자 이야기를 했던 호족 청년이 숨이 막힌 듯이 그대로 주저앉아 버렸다.

컥컥거리는 청년의 얼굴이 벌겋게 달아오르자 모두들 놀라서 그를 보았다. 적호는 한동안 있다가 주먹 쥔 손을 풀었다.

"오늘은 이쯤 해 두마. 좋은 일이 있는 날이니 살생은 하지 않겠다. 덤비지 않으면 죽지 않을 것이니 다가오지 말라."

그렇게 말하고 적호는 천천히 걸어서 천단을 향하기 시작했다.
"패아야, 그래. 이야기를 해 보렴. 인간 세상에서 어떻게 살고 있었는지, 천호가 어떻게 살고 있었는지 말이다. 그리고 그 아이 이름은 무엇인지, 어떻게 생겼는지 말이다."
적호는 아기 여우를 어르며 이야기하고는 미소를 지었다.
"어서 만나고 싶구나. 그 아이."
적호는 천단을 바라보았다.
"그래도 신성한 곳인데 요기를 저렇게 내뿜다니. 아무래도 홍아가 무례를 범하는 것 같구나."
적호는 혀를 차더니 패아를 보았다.
"우리 빠르게 가 봐야 하니 넌 내 옷 속에 들어가 있거라. 잘못하다가 그 예쁜 털이 타 버릴지도 모른다."
패아는 얼른 적호의 옷 속으로 숨었고 적호는 불을 일으키는 구름을 타고 천단을 향해 날아갔다.

## 16

 무간에 빠진 동료들의 비명이 귀에 올렸다. 홍아는 이마에서 피가 흘러내리는 것을 느끼며 칼을 고쳐 잡았다.
 "지난번에 천호에게 당했다고 하더니 요력이 반으로 줄었구나, 홍아."
 홍아는 입술을 악물었다.
 "호제후, 호제후를 향해 칼을 드는 절 용서하십시오."
 홍아는 그 옛날 현호의 부드러운 미소와 적호처럼 홍아도 동생으로 대해 주던 날들을 기억했다. 아마도 현호 또한 그런 것들을 기억하는 것 같았다. 태도호의 자식들 중 가장 다정한 분이시니 지금 일족을 향해 드는 칼이 얼마나 무거울지 짐작이 가고도 남음이었다.

하지만 그녀가 택한 것은 적호님이었다. 어릴 때부터 같이 자라고 같이 웃고 떠들던 적호의 꿈이 그녀의 꿈이었고 적호의 선택이 그녀의 선택이었다. 지금은 적호가 없어 그녀의 선택이 잘못되었다 할지 몰라도 그래도 현호에게 갈 수는 없었다.

"호제후, 이렇게 요력을 쓰셔도 괜찮습니까? 적호님이 오실 건데요."

"적호는 천호께서 알아서 하실 것이다. 난 제후로서 추방된 호족을 섬멸할 뿐이다."

홍아는 칼을 단단히 잡았다. 눈앞이 흐릿했다. 너무 많은 요력을 잃었고 너무 많은 요력을 사용했다. 적호가 무사히 빠져나가야 할 텐데 하는 걱정과 많은 동료들이 희생된 것에 대한 죄책감이 앞섰다.

"늙은 장로들은 싸우려 하질 않는군요."

"너도 알 것이다. 천단에서의 싸움은 호제후의 선택임을. 장로가 나설 필요는 없다."

단호한 목소리였다. 오늘의 현호는 여태 알던 그런 모습이 아니었다. 더 이상 호족을 위해하는 이들을 살려 두지 않겠다는 결연한 의지가 담겨 있었다.

홍아는 칼끝에 요력을 담아 현호를 향해 날렸지만 현호의 칼에 그대로 다른 쪽으로 날아가 버렸다.

"너의 요력이 감히 제후인 나에게 닿을 것 같으냐."

홍아는 숨을 몰아쉬었다. 요력의 한계치를 넘어서는 것 같았다. 그녀만 바라보는 다른 호족들을 모두 책임져야 했다. 적호가 이 청구산을 빠져나갈 때까지 호제후를 여기 잡아 두기 위해, 천호를 잡아 두기 위해 희생된 다른 무리를 생각해야 했다.
"요력이 다한 것 같구나. 무리하지 말거라."
은호의 목소리에 그녀는 고개를 번쩍 들었다. 은호의 주위로 보이는 보라색과 백색의 오라가 지금 그가 능력을 최대치로 끌어올린 후라는 것을 알려 주었다.
"천호, 말씀은 감사하나 그럴 수 없습니다."
"넌 적호를 도망시키기 위해 지금 죽을힘을 다하지만 당사자는 그런 기분이 아닌 듯하다."
"네?"
현호가 칼을 거두어 들였다. 그녀는 멀리 보이는 붉은 불꽃의 구름을 보았다.
"적호님……!"
"더 이상 끼어들지 마라."
홍아는 이대로 적호가 잡힐까 걱정이 앞섰다. 그리고 멀리 구름을 보느라 방어가 느슨해진 호제후를 향해 마지막 일격을 날렸다.
'부디 적호님 도주를. 차원의 문을 열 수 있는 천호께서 만들어 둔 출구로 어서 빨리.'
홍아는 자신 쪽을 보지도 않고 손을 내밀어 그 불꽃을 막아 내고 외려 자신을 향해 무간의 힘을 날리는 현호를 보며 눈을 감았다.
'끝이다. 난 저 힘을 당해 낼 수 없다.'

순간 무간의 번개가 내려치기 직전 붉은 번개가 무간의 힘을 갈랐다.

"이런, 이런. 안 돼. 나의 아이에게 손을 대면 쓰나요, 오라버니."

붉은 번개가 쓸고 지나간 자리, 드디어 그녀, 적호가 나타났다.

붉은색의 옷은 피를 머금은 듯 보였고 주희보다 더 검붉은 머리카락은 피의 노을과도 같았다. 희디흰 피부에 요염한 미소를 지은 여인은 세상 어디에도 없을 미인이었다.

"적호."

그녀는 천천히 걸어 나왔는데 그 걸음걸음마다 화염이 일렁였다.

"이런, 오라버니들을 뵙습니다. 호제후, 천호, 그간 무탈하셨는지요."

적호는 아주 비아냥거리듯이 이야기하더니 인사를 해 보였다. 그리고 천천히 몸을 돌려 현천상제를 보고 절을 했다.

"이 몸을 보시려 하늘에서 납신 것에 감사드립니다."

"말은 바로 하지, 적호. 우린 천호의 혼인식을 보러 온 것이니."

현천상제가 이야기하자 적호는 빙긋이 웃었다.

"적호님."

그녀는 홍아를 돌아보았다.

"널 끝내는 건 나다. 그래서 살려 둔 것이다."

홍아는 어리둥절한 눈으로 적호를 보았다. 은호는 앞으로 걸어 나왔다.

"은호 씨!"

주희가 은호를 막으려고 부르는 순간 그 검붉은 눈이 그녀를 향했다. 그러고는 미소를 지어 보였다.

"이제야 보는구나, 주희."

주희는 놀라서 그 여인을 보았다. 이 목소리. 음험하게 가라앉은 목소리는 주희가 아는 목소리였다.

주희와 적호의 시선을 현호가 몸으로 차단했다.

"넌 깨어나지 말았어야 했다. 일족을 위해서 말이다."

적호는 웃으며 현호를 보았다.

"호제후, 그런 섭섭한 소리는 마시지요. 누가 호제후의 자리를 넘본답니까?"

"적호!"

장로들은 웅성거리기 시작했다.

"천호, 신부를 소개하셔야죠. 천호의 막냇동생으로서 제가 그 아이를 보고 싶습니다."

그녀는 흠칫해서 동화제군의 옆에 바짝 붙었다.

"어림없는 소리 말거라."

적호는 키득거렸다.

"왜요. 제가 저 아이 목이라도 물어뜯어 버릴 것 같습니까?"

적호는 한 발 다가왔다.

"그날 절 찌르실 때의 미련은 없어 보이십니다, 천호. 그럼 결판을 낼까요?"

순간 적호의 몸에서 검은색의 번개와 붉은색의 번개가 일더니 두 번개가 합쳐져 검붉게 빛이 났다.

은호의 몸에서도 보라색의 번개가 일어나기 시작했다.

"안 돼요."

"응?"

동화제군이 왜 안 되냐는 듯이 주희를 보았다.

"두 사람 남매인데 왜 싸우는 걸 구경해요. 말려야죠!"

"왜 말리느냐. 호족의 일은 호족이 알아서 처리하는 것이다. 이 청구산에서 다른 족이 들어와 호족을 섬멸한다면 그게 바로 전쟁이지."

그녀는 답답해서 가슴을 치고 싶었다.

"아니, 그러니까 섬멸을 왜 해요? 잘못한 게 있으면 야단치고 다시는 안 그러도록 교육을 시켜야죠."

관성은 그녀를 흘긋 보고는 말도 안 되는 소리라는 듯이 고개를 저었고 문창은 재미있다는 듯한 표정을 지었다.

"인간의 방식이냐?"

"네!"

동화는 고개를 끄덕이고는 다른 두 명의 제군을 보았다.

"인간의 방식은 여전하구먼. 그래서 또 배신을 당하고 그 잘못이 다시 일어나고."

"그러니 섬멸해야지요. 두 번 다시 죄를 짓지 못하게."

관성이 무시무시하게 대답했다.

그녀는 기가 차서 그들을 보았다.

"부처님은 자애롭거든요. 이런 일로 죽이라 하지 않을 거라고요."

"오, 너도 불존을 아는구나. 그래. 불존의 가르침은 자애롭지. 하지만 천계를 다스리는 것에도 법도는 있단다."

"법도가 자애를 이겨요? 여기 책임자가 누구세요?"

"안 오셨다."

그녀는 발을 구르고 싶은 기분이었다. 지금 은호는 동생과의 일전이 목 앞인데 이놈의 꽉 막힌 신선들은 결계를 치고 차를 마시면서 농담만 하고 있었고 장로들은 그저 호족 전체에 불똥이 튈까 봐 전전긍긍하고 있었다.

은호의 천뢰가 땅을 가를 듯 떨어졌다.

"여전하시군요, 천호. 그대로이십니다."

"적호, 왜……."

적호는 미소를 보였다. 그러고는 그를 향해 철선을 펼쳐 들었다. 철선은 불에 달구어져 붉은 빛을 뿜어냈다.

"사용한 지 오래라서 정확하게 떨굴 수 있을지 모르겠습니다. 조심하십시오, 천호."

적호가 철선으로 강하게 바람을 일으키자 불과 번개가 회오리바람이 되어 은호를 덮쳤다.

"은호 씨!"

그녀가 기절할 듯 부르자 적호가 이쪽을 보고 빙긋 웃었다.

"걱정 마. 죽지 않아."

"네?"

그녀는 적호의 장난스러운 말에 너무 기가 차서 그녀를 보았다.

"봐 봐. 털 하나 태우지 못했잖아?"

은호의 주위로 금빛 구름 같은 것이 둘러쳐져 있었다.

"너의 불꽃은 여전히 마음에 들지 않는구나."

그는 손을 땅으로 향해서 위로 퍼 올리는 듯한 동작을 했고 땅에서 무수한 얼음 결정이 떠올랐다. 그가 검을 휘두르자 얼음들이 일제히 적호를 향해 날아갔다.

적호는 웃으며 그것을 그대로 받아들였다. 적호의 뺨에서 피가 흐르고 그녀의 불길이 꺼졌다.

"왜 피하지 않은 것이냐, 적호."

은호가 걱정스럽게 물어보자 적호는 웃어 보였다.

"이 불을 꺼야 해서요. 알다시피 발현으로 생긴 불은 저도 다스리기 어려워서 천호가 이 술법을 쓰지 않으면 꺼지지 않지요. 첫 발현으로 나라 하나를 태울 때 천호께서 이 술법을 날리지 않았다면 화염지옥을 따로 만들 필요가 없었을 겁니다."

그녀는 은빛으로 식어 버린 철선을 보더니 방긋이 웃었다.

"드디어 식었구먼."

적호가 허공중에 소매를 휘저어 보이자 대기를 가득 메웠던 불꽃과 번개가 사라져 갔다. 은호도 갑작스러운 적호의 태세 전환에 놀라 한동안 가만히 보고 있었다.

"여전히 강하십니다, 천호. 자랑스러울 정도로 말입니다."

적호가 웃으며 말하더니 두 손을 모았다가 펼치자 그 속에는 낡은 두루마리가 보였다.

"그건!"

적호는 웃으며 다가왔다. 아까처럼 대지를 태우지는 않았지만 여전히 위압적인 분위기는 있었다.

"다가오지 말거라."

"그럼 목을 따시면 될 것을. 아마도 상제께서는 이 두루마리가 무척이나 필요하실 건데요. 아니 그렇습니까?"

현천상제는 웃으며 주위에 드리웠던 결계를 치웠다.

"태을구고천존이 절 구해 주신 건 모두가 이 두루마리 때문일 건데요."

은호는 눈을 내리떴다. 역시 적호가 깨어날 것을 이미 알고 온 것이다. 무간의 주인인 태을구고천존은 망자의 혼을 다스리는 분이었다. 그런 분이 적호를 무간에서 끌어내셨다면 이 모든 것은 삼존이 정한 일이라는 뜻이었다.

"그렇다, 적호여. 태을구고천존이 그대를 지옥에서 건져 낸 것은 모두가 원시천존의 깊은 은혜이다."

적호는 빙긋이 웃어 보였다. 그러고는 다시 두루마리를 감추었다.

"무슨 짓이냐? 여기서 널 죽여 버릴 수도 있다."

적호는 웃어 보였다.

"물론 그러실 겁니다. 하지만 두 가지 약조를 받을 것이 있습니다."

"그 약조란 것은……."

"이미 아실 겁니다. 제가 금기로 살린 두 사람을 그냥 두십시오."

은호는 그 말에 귀가 번쩍 뜨이는 것 같았다. 하나가 아니라 둘이라고? 분명 자신의 반려를 살려 내려 한 것은 알고 있지만 어째서 둘이라고 말을 하는 것일까.

현천상제는 눈을 내리뜨고는 미소를 지었다.

"그대가 목숨을 소진해서 한 일이었다. 원시천존은 이미 그들을 용서하셨다. 단지, 감독이 주어졌을 뿐이다. 그들이 정말 인간인지 혹은 호족인지, 그리고 그들이 정말 마음을 가지고 있는지 말이다. 한쪽은 이미 시험이 끝났고 감독도 쥐어진 상황이다. 너도 알지 않느냐. 우리가 그들을 처리하지 않을 거라는 것을."

적호는 천천히 다가와 현천상제 앞에 서더니 무릎을 꿇고 고두로 절을 했다. 그러고는 두루마리를 공손하게 올렸다.

"그 말씀 감사드립니다. 어떠한 벌을 내리신다 해도 달게 받을 준비가 되었으니 그 두 사람의 목숨을 보존해 주시옵고 부디 지켜 주십시오."

현천상제는 두루마리를 손에 쥐고는 자신의 손바닥을 뒤집어 사라지게 했다.

"이미 그들을 지켜보았다. 그리하여 너에게 내릴 벌도 정해 두었다. 오늘은 천호의 혼인식이거늘 그대가 너무 화려하게 끼어들었구나."

적호는 천천히 고개를 들더니 주희를 보았다. 주희는 그 눈빛에서 뭔가 이상한 것을 느꼈다.

"제 마지막 금기를 완성하게 해 주시어 감사합니다, 문창제군."

문창제군은 웃으며 다가와 적호를 일으켜 주었다.

"사실은 나도 궁금했었다. 그 금기가 가능한 것인지 확인하고 싶었지. 너를 그냥 둔 것 또한 내 불순한 연구 목적이었으니 감사하지 않아도 된다."

적호는 일어나 은호를 보았다. 그러고는 미소 지으며 다가갔다. 은호도 칼을 이미 거두고 자신의 동생을 보고 있었다.

"그때 마음고생을 시켜 정말 죄송했습니다, 천호. 그리고 제 마지막 술법을 완성해 주셔서 감사합니다."

그는 눈을 가늘게 떴다가 놀람으로 점점 커지더니 주희를 보았다. 적호는 천천히 돌아서서 자신의 무리들을 보았다. 그러고는 동화제군을 보았다.

"동화제군, 저에게 내릴 벌은 무엇이든 받을 터이니 절 따르던 무리들을 무간의 지옥으로부터 끌어내 주십시오. 그들은 절 기다린 죄뿐입니다."

동화제군은 자리에 앉은 채 꼼짝도 안 하고 있더니 한숨을 쉬었다.

"오늘은 제대로 된 천호의 천뢰를 구경하려 했거늘, 그 아름다운 모습도 보지를 못하게 하고 바라는 것은 뭐가 그렇게 많으냐."

"천호께서도 곧 일궁으로 돌아가실 겁니다."

적호가 공손하게 말하자 관성이 수염을 슬었다.

"흥, 예전에 볼 수 없던 고분고분한 모습이군."

적호는 가슴팍에서 어린 여우를 꺼내어 현호에게 주었다. 현호는 잠이 든 패아를 안아 들었다.

"벌을 내려 주시지요, 호제후."

현호는 적호를 한참 보더니 손을 내밀어 그녀의 얼굴을 쓸었다.

"나의 누이여, 왜 그대가 이런 짓을 벌였는지 알지만 왜 우리에게 도움을 청하지 못한 건가는 매번 생각한다."

적호는 고개를 숙였다. 그러고는 웃어 보였다.

"그 당시는 어렸고 사리분별을 하지 못했습니다. 그러니 벌을 내려 주십시오."

현호는 눈을 꾹 감았다.

"적호와 그 무리들을 청구에서 영원히 추방한다. 살아서는 두 번 다시 청구산으로 돌아오지 못할 것이다. 하지만 천단에 제를 지낼 때는 예외를 둔다."

적호는 그 말에 환하게 웃어 보였다.

"감사합니다, 호제후."

동화제군은 자리에서 천천히 일어나더니 무리를 끌고 다가왔다.

"천계의 벌은 그대가 만든 금기의 인간을 그대가 지키는 것이다. 그 인간이 사리사욕을 채우기 위해 인간으로서 해서는 안 될 짓을 할 시 그대가 그 책임을 져야 할 것이다."

"명을 받들겠습니다, 제군."

동화제군은 발걸음을 돌렸다.

"천호의 혼인식이 엉망이 되었으니 다시 날을 잡아서 식을 올리도록 하지. 우리는 이만 물러간다."

"네, 제군."

주희는 그 말에 고개를 갸웃했다.

"저기요, 제군."

"무슨 일이냐?"

"식 다 올린 것 아닌가요?"

동화제군은 눈썹을 휘며 그녀를 보았다.

"뭐가 그리 급하더냐. 공표를 못 받아 무효가 되었으니 오늘 밤은 혼자 잠들거라."

그녀는 동화의 말에 얼굴이 홍당무가 되었다.

은호가 감싸 안아 주자 주희는 눈을 꼭 감았다.

"미안하지만 그리는 아니 되겠습니다, 제군."

"호오, 첫날밤을 미리 치른다 이 말인가? 뭐, 좋을 대로 하게."

얼굴에 불이 나는 듯해서 그녀는 얼굴을 손으로 부쳐 댔다. 그러다 자신을 물끄러미 보고 있는 적호를 보고는 침을 삼키며 은호의 뒤에 숨었다.

"천호, 그 아이 잠시만 볼 수 있습니까?"

은호가 순순히 그녀의 손을 잡고 적호에게 다가갔다. 경계심이 일어 주희가 몸을 최대한 멀리하려 하자 적호는 웃어 보였다.

"이렇게 자랄 거였어."

"네?"

은호는 아무 말 없이 적호를 한참 보았다.

"이상하지요, 천호? 왜 제가 그런 부탁을 했는지를."

은호는 고개를 끄덕였다.

"금기를 행할 때 한 가지 마음에 걸리는 것이 있었습니다. 그 당시 시기를 놓치면 나의 반려는 영원히 무간지옥을 떠돌게 되었고 전 그의 영혼이 떠나기 전에 담을 수 있는 그릇을 만들어야 했습니다. 그런데 그러기 위해서는 깊은 수면에 빠질 만큼 제 모든 요력을 쏟아부어야 했지요. 이미 저와 그분 사이에 아이가 생겼는데 말입니다."

은호는 놀란 눈초리로 적호를 보았다.

"그래서 가장 먼저 생사부를 훔쳐 냈습니다. 저와 그 사람의 아이의 생사부. 그가 죽고 제가 아이를 낳게 된다면 그 아이가 어떻게 될지를."

은호는 말도 안 된다는 표정을 지어 보였고 적호는 고개를 끄덕였다.

"그 아이는 태어나 천호의 반려가 될 운명이었으나 인간과의 혼혈임으로 유한한 생명을 가지게 되어 천호의 곁에 얼마 머물지 못하고 떠날 운명이었습니다. 그리고 두 번째는 아버지의 태생인 인간으로, 그리고 그 인간으로서의 생이 끝나면 다시 어머니인 저의 태생인 호족으로 태어날 운명이었습니다. 세 번의 생사 모두 천호를 만나야 하는 천호의 반려였지요."

그는 아무 말도 할 수 없었다.

"긴긴 시간 천호의 반려가 나타나지 못한 것도 모두가 제가 이 아이를 환생치 못하게 하고 제 요력으로 가두어 버렸기 때문이지요. 하지만 제가 제 반려의 그릇을 만드는 것에 너무 큰 힘을 써서 아이의 영혼을 모두 잡아 둘 수가 없었습니다. 그리하여 빠져나간 아버지에게 물려받은 인간의 부분이 다시 환생하게 된 것입니다. 완벽할 수 없는 아이였는데 인연에 이끌린 천호께서 이 아이에게 제 요기구슬을 주시는 바람에 아이는 완벽한 제 영혼을 찾았던 것이지요."

그는 주희의 꼭두각시가 왜 그렇게 성격이 달랐는지, 그리고 요즘 들어 성격이 바뀌어 가던 주희를 생각하며 납득할 수 없던 그 행동들이 한꺼번에 이해가 되기 시작했다.

적호는 천천히 손을 내밀어 그녀의 뺨을 만졌다. 그녀가 놀라서 몸을 움츠리려 하자 미소를 지어 보였다.

"나와 그 사람의 딸, 미안하구나. 홍아에게 그 일을 말하지 못해 널 아프게 했구나."

그녀는 적호를 한참 동안 보았다. 자신과 같은 머리색에 눈빛이었다. 어딘지 측은한 기분에 그녀는 가만히 그 눈을 바라보았다.

"네 아비처럼 사람을 치료하는 힘을 물려받았구나."

적호는 그리 말하고는 현호를 보았다.

"어떠냐. 꼬리도 다 발현 못 한 내 아이에게 무간의 불꽃이 잘려 나간 심정은."

현호는 혀를 찼다.

"또 그 말투하며."

적호는 돌아섰다.

"그럼 돌아가겠습니다."

"적호."

적호는 은호를 보지 않았다.

"왜 부르십니까. 이제 자주 뵐 건데요."

"뭐?"

"전 청구산에만 발을 들일 수 없을 뿐, 천단의 예식은 올 수 있으며 천궁에도 오를 수 있습니다. 제 딸아이의 혼인이지 않습니까."

그녀는 기가 차서 한참을 있었다. 이 젊은 아줌마가 엄마라니. 아니, 심지어 아줌마로 보이지도 않는데.

"딸이라니요?"

"주희, 그건 내가 천천히 설명할게."

"잠깐만요. 적호가 제 어머니라고 하고 천호의 동생이면 사촌이라는 거예요? 근친인데? 말도 안 돼."

그는 머리를 짚었고 적호는 깔깔거렸다.

"호족은 사촌 간에 혼인이 가능하다. 부모가 다르면 능한 일인데 뭘 그리 놀라누. 태고신의 피를 지키는 것인데."

주희가 놀라든 말든 적호는 무리를 이끌고 사라졌다. 현호는 엉망이 된 천단을 보며 고개를 저었고 장로들은 힘이 없어 자리에 풀썩 주저앉았다.

신방으로 들어선 주희는 얼른 베일부터 젖혔다.

"이게 뭐예요? 나 아직도 이해가 안 가요."

은호는 머리를 짚고 그녀를 한참 보았다.

"이야기해 줄게요. 적호에 대해. 우리 일족의 치부이기는 하지만 이제는 사면받은 죄인이니 말해도 되겠지."

그는 그녀의 손을 잡고 앉히고는 왜 적호가 그런 짓을 벌인 것인지 이야기해 주었다.

"적호가 태어났을 때, 태도호의 딸이 태어난 것에 모두들 축하를 하였어요. 거기다 태어난 아이는 흑혈호로서 가장 용맹하고 가장 요력이 큰 아이였지. 본디 선인으로 태어나 부릴 수 있는 술법도 많았거니와 자신이 정진하여 아주 몹쓸 요력만 늘였거든요."

그는 혀를 차며 이야기하고는 고개를 저었다.

"엄청난 술법을 익힌 적호는 하루가 멀다 하고 인간계에 내려가 장난을 쳤어요. 그 장난이 도가 지나쳐 나라를 망하게 하고 왕을 척살하는 등 계속해서 전쟁을 불러들였죠. 그저 자신이 놀고 싶어 사막을 만들기도 하고 요기를 발현시켜 피폐하게도 했으니 그 잘못에 친계가 들끓었어요. 천존은 그런 적호의 버르장머리를 고치지 위해 인간을 사랑하는 마음이 필요하다 생각했고 월하노인에게 인간의 반려를 연결해 주라고 명을 내렸죠."

그는 그렇게 말하며 그녀의 뺨을 쓸어 주었다.

"그 뒤 적호는 인간을 만나 사랑에 빠졌고 그 인간이 어려움에 처하자 인간으로 변신해 그의 옆에 머물며 아내가 되어 살아갔어요. 하지만 인간의 모습으로도 감출 수 없었던 적호의 미모에 왕이 반하게 되어 적호의 반려를 전장으로 내몰아 살해하였지요. 그것이 첫 번째 반려의 죽음이었어요. 깊은 절망에 빠진 적호는 그의 다음 환생을 기다리며 인간 세상을 떠나와 청구산의 여우 굴에 틀어박혀 한동안 밖으로 나오지 않았죠."

거기까지 이야기를 마친 은호는 잠시 숨을 골랐다.

"그다음 생은 의원으로 태어났고 의녀로서 그와 함께 살아갔지요. 그러나 전쟁의 시기인지라 역병에 걸려 또 길게 살지 못하고 적호의 마음을 아프게 한 채 죽어 버렸어요. 두 번째 슬픔은 적호에게 큰 충격을 주었고 인간을 위해 노력하던 그의 모습에 인간을 더욱 미워하게 되어 버렸죠. 그들이 적호가 약초를 캐러 간 사이에 그를 병을 고치라는 명분으로 역병이 창궐한 궁성에 가두었고 그리하여 그리 죽어 버렸으니, 그 미움에 난을 일으켜 한동안 인간계는 전쟁이 끝나지 않았어요."

사랑이 얼마나 대단하면 전쟁을 일으킬 정도였을까. 눈앞의 남자가 그렇게 처참히 죽는다면……. 주희는 어쩐지 적호의 마음이 이해가 될 것 같아 가만히 고개를 끄덕였다.

"그리하여 천존이 그 인간을 좀 더 빨리 환생시켰지요. 하지만 적호의 마음은 불안했어요. 마지막 환생이었고 그가 이번에 죽어 버리면 두 번 다시 만날 수 없었으니까요. 적호는 그 인간을 신선과 같이 살리기 위해 오래된 금기에 손을 대었어요. 다른 인간의 목숨을 취해 그의 수명을 늘리는 일을 자행한 것이지요. 피에 범벅이 되고 천인공노할 짓을 저지르면서도 그를 살리기 위해 적호는 혼신의 힘을 다했어요. 하지만 너무 많은 인간을 죽여 자신의 반려를 살리고자 했으니 천존도 더는 지켜볼 수 없었죠."

자기가 명해 인간과 연을 맺게 했으면서, 왜 그로 인해 아픔을 겪는 적호를 처벌하려 하는지. 주희는 천존이라는 존재에 어쩐지 화가 치밀었다. 그런 그녀의 표정을 읽은 은호가 주희를 다독이며 이야기를 이어 나갔다.

"천존이 관성을 시켜 직접 적호를 잡아 오게 했고 적호는 그 인간이 보는 앞에서 끌려가게 되었어요. 적호는 그 인간에게 손을 대지 않는다면 무슨 벌이라도 받겠다고 하였고 천뢰의 심판을 견뎌 냈죠. 온몸이 까맣게 거스르고 피가 땀구멍마다 흘러내렸지만 적호는 쓰러지지 않고 버텨 냈어요. 하지만 적호가 인간계로 내려갔을 때 그 인간의 반려는 적호의 죄를 사하기 위해 자신의 목숨을 내어놓은 후였죠. 적호는 그의 임종을 지키지 못했고 그길로 지상에서 그 많은 생명을 갈취하며 관성제군과 일전을 치르고, 천궁으로 올라 원시천존의 금서에 손을 대고, 천궁의 반을 부수고, 천족을 죽이고, 다시 호족의 성지에 와서 호족들을 섬멸하였어요. 적호의 손에 죽어 나간 자들만 십만이었죠."

그녀는 그의 말에 너무 놀라 입을 다물지도 못하고 있었다.

"적호는 진심으로 자신의 반려를 사랑했어요. 그의 혼이 돌아오길 기다릴 때 그가 환생하길 기다릴 때 먹지도 자지도 않고 그저 수경을 통해 그의 환생인을 찾았고, 그가 환생을 하고 나면 그를 위해 모든 것을 다 했어요. 자신의 몸이 만신창이가 되어도 그 자를 위해서라면 어느 것 하나 싫은 내색도 없었죠. 인간계에서 선계의 힘을 잘못 사용하여 인간의 반려가 다칠까 봐 모든 것을 요력 없이 이겨 냈고 그 인간의 모든 것을 사랑했어요. 정말 어리석을 정도로 맹목적인 사랑이었죠."

거기까지 말한 은호의 표정은 슬퍼 보였다.

"하지만 그 외골수적인 사랑이 그 많은 희생을 불러오고 적호

또한 고통에 밀어 넣었다는 것에 호족들은 사랑이라는 단어에 치를 떨게 되었죠. 한 사람을 살리기 위해 십만의 목숨을 빼앗아 갔으니 그 두려움이 뿌리 깊게 적호에게 남아 버린 거지요. 나도 몰랐지만 적호의 배 속에 당신이 있었다니, 아마도 적호는 반려를 그대로 보낼 수도 자신의 딸을 포기할 수도 없었을 거예요. 모든 산천초목을 태워서라도 두 사람을 살리기 위해 적호는 자신을 희생한 것이지요."

적호가 왜 천계의 미움을 받게 된 건지, 왜 사랑이라는 단어를 그토록 조심하는지를 듣고 알게 된 주희는 눈을 내리떴다.

"나보다 먼저 운명부를 보고 선택했으리라고는 생각도 못 했었어요."

그가 조용히 이야기하자 그녀는 그를 올려다보았다.

"전 어떻게 이해해야 할지 모르겠어요. 적호의 상황을 생각하면 불쌍하고 이해 못 할 바는 아니지만, 그래도 조금은 의지할 사람을 찾았어야 하는 것은 아니었나 싶어요. 그리고 가장 화가 나는 건……."

"화?"

주희는 고개를 숙였다.

"당신을 좀 더 빨리 만날 수 있었는데, 두 번의 생을 더 당신과 함께할 수 있었는데, 이제 전 세 번째 환생이 되고 다시는 당신을 만나지 못할지도 모르잖아요."

그는 그녀를 천천히 당겨 안고는 미소 지었다.

"아니. 이번에는 아마도 당신이 날 기다려야 할 거예요. 당신은 호족이에요. 호족의 수명은, 그것도 태고신의 혈족의 수명은 무척이나 길지요. 그런데 난 수십만 살인데 당신은 고작 스물셋이에요. 호족으로서는 상상도 못 할 신체적 성장이지. 호족은 대부분 몇천 살은 넘어야 혼인할 수 있는데 난 아기랑 혼인하는 격이니."

그녀가 깜짝 놀라서 그를 올려다보았다.

"수십만 살?"

그는 인상을 찌푸렸다.

"태고 때 우리 부모님이 탄생하셨고 그 후에 내가 장자이니 어쩔 수 없는 것이지요."

그녀는 눈을 내리떴다.

"정말 지구 나이와 같은 거예요?"

"그 지구 나이라는 것이 뭐지?"

그녀는 고개를 저었다.

"아니요. 그럼 당신도 더 오래 살 수 있으면 우리는 오래오래 같이할 수 있나요?"

그는 고개를 끄덕이고는 그녀의 손등에 입술을 올렸다.

"그리고 호족에게 삼생은 없어요. 우리는 깊은 수면에 빠질 뿐이지. 그 시기는 자신이 직접 선택해요."

그녀는 그의 품에 기대었다.

"자, 이제 궁금증은 해결되었나요?"

"아뇨. 아직 머리가 못 따라가겠어요. 받아들이기는 하겠는데 이해가 쉽지는 않아요."

그는 미소 지어 보이더니 그녀의 입술에 가볍게 키스했다.

"그럼 이해가 빠른 쪽으로 알아보는 건 어때요."

그녀는 그를 보고는 고개를 저었다.

"혼인식이 무효라고 하잖아요."

"인간계는 일주일 후가 혼인이에요."

"벌써요?"

그는 고개를 끄덕이고는 그녀의 입술에 깊이 키스했다. 그녀도 더 이상 말을 하지 않고 그대로 그의 품에 안겨 들었다.

"저기."

"응?"

"인간계 집으로 가요. 여기는 좀, 아직. 식 올리고."

그는 고개를 저어 보이고는 옷을 갈아입으라고 했다. 그녀가 술법을 써서 얼른 옷을 갈아입고는 그의 앞에 서자 그도 옷을 갈아입고 그녀를 보고 미소 지었다. 그러고는 우산을 펼치며 그녀에게 손을 내밀었고 그녀는 그의 손을 잡고 웃으며 우산 아래로 들어갔다.

❦

결혼식은 성대하게 치러졌다. 부모님은 감격의 눈물을 흘리셨고 아버지는 졸업과 동시에 혼인한 그녀가 영영 못마땅한 눈치였다.

주희는 드레스를 입은 채 그에게 안겨 호텔의 스위트룸으로 들어섰다.

"드레스 벗고 올 것을, 부끄러워라."

그는 웃으며 그녀를 안고 가서 침대 위에 내려 두었다.

"인간계의 드레스는 처음이니까, 내가 벗기고 싶어서요."

그녀의 얼굴이 달아오르자 그는 그녀의 뺨에 손을 올리고는 천천히 입술을 겹쳤다.

"아직도 긴장돼요?"

그녀가 고개를 끄덕이는 사이 그가 드레스 지퍼를 내려 벗기기 시작했다.

"저기."

"응?"

"불은."

"언제 우리가 불 끈 적 있어요?"

그녀는 은호의 가슴을 때려 주었다. 은호는 미소 지어 보이더니 그녀의 드레스를 벗겨서 발치로 밀어 버렸다.

"은호 씨."

그녀가 조그마하게 부르자 그는 자신의 드레스셔츠 단추를 풀기 시작했다.

그녀가 손을 올려 그의 옷 벗기는 것을 돕자 그는 그녀의 입술에 키스하며 그녀를 침대로 쓰러트렸다.

그녀는 그의 키스에 빠져 그가 옷을 완전히 벗겨 내리는 것도 모른 채 그의 목을 안고 키스를 되돌렸다.

"매번 과감해지는군, 나의 신부는."

그녀가 입술을 떼더니 그를 살짝 흘겨보고는 그의 아랫입술을 깨물었다.

"아야."

"신부를 놀린 벌이에요. 전 앙칼진 암여우거든요."

그는 그 말에 웃어 보이더니 그녀의 목에 코를 대고 비볐다. 그녀도 키득거리며 그를 안고는 그의 등을 만지다 그의 뺨에 손을 올렸다. 그리고 그의 얼굴을 끌어 올려 다시 입술을 겹쳤다. 그의 입술이 기분 좋게 밀착되어 오더니 그의 혀가 입 안으로 파고들었다. 주희는 그의 혀에 혀를 얽으며 그의 바지를 끌러 내렸다. 그의 손이 가슴을 문지르고 움켜쥐듯 쥐자 그녀는 숨을 몰아쉬며 그의 입술에 대고 신음 소리를 냈다.

"오늘은 술법 풀지 마."

"네?"

"인간인 모습의 당신도 내가 먼저 안고 싶으니까요."

그녀는 웃으며 그의 목을 안았다. 그러고는 다시 입술을 겹치고는 그의 등을 애무하기 시작했다.

그의 손이 허리를 애무하고는 아래로 내려가 그녀의 다리 사이로 미끄러지자 그녀는 몸을 약간 움츠려 그의 손을 죄어들었다.

능숙하게 움직이는 그의 손길에 그녀의 몸도 점점 더 뜨거워지기 시작했다.

"어서요."

그녀는 고개를 흔들었다. 그러고는 그의 바지를 완전히 벗겨 내리고는 그의 성난 부분을 쥐고는 애무하기 시작했다.

"오늘이 첫날밤인데."

그가 이 사이로 억지로 이야기하자 그녀는 그의 목에 입술을 올렸다.

"빨리요. 나 못 참겠어요."

그는 끙 하고 신음 소리를 내더니 그녀의 다리 사이로 몸을 낮추었다. 강하게 안으로 들어오는 그를 느끼며 그녀는 숨을 멈추었다. 항상 너무 완벽하게 자신을 가득 채우는 그의 몸에 기절할 것 같은 기분이 들었는데 오늘은 더욱 자극적으로 느껴졌다.

"아아."

그녀는 길게 신음하며 그의 목을 꼭 안았다.

"괜찮아?"

그가 숨을 헐떡이며 물어보자 그녀는 고개를 빠르게 끄덕였다.

"어서요."

그는 웃어 보이더니 몸을 일으켜 그녀의 엉덩이 옆에 자신의 무릎을 받치고는 빠르게 움직이기 시작했다.

그녀의 허리가 들려져 그가 하는 행동이 고스란히 보였다. 주희는 그 색정적인 모습을 보며 그에게 손을 뻗었고 그는 그 손을 깍지 껴 잡고는 느리게 빠르게 변화를 주며 움직여 나갔다.

"은호. 아아, 은호 씨."

그가 목을 젖히며 움직이는 모습을 보며 그녀는 눈을 감고는 한 손으로 베개를 꽉 잡았다. 그와의 관계는 나날이 좋아지기만 했다. 지금도 지난번보다 더 좋아서 뭐라 말을 할 수 없었다.

드레스가 엉망으로 구르는 침대 위에 그의 옷도 여기저기 벗겨져 있었다. 옷 무더기 안에서 둘의 숨소리와 바스락거리는 소리만 울리고 있었다.

그가 움직임을 멈추더니 그녀를 일으켜 세우고는 다시 안으로 파고들었다.

"날 봐, 주희."

그녀는 그의 목을 안고는 그의 허벅지 위에 걸터앉은 채 허리를 움직였다. 그가 손으로 그녀의 엉덩이를 받치고 움직이게 할 때마다 그녀는 숨을 몰아쉬었다.

"주희."

그녀가 그를 보자 그의 땀에 젖은 얼굴이 생생하게 보였다. 목에 일어선 핏줄이라든가 그의 황홀경에 빠진 눈빛까지. 그녀는 그의 뺨을 감싸 쥐고는 그의 눈을 보며 신음 소리를 냈다.

"사랑해."

그녀는 입술에 키스를 하며 그의 목을 꼭 안았다. 사랑한다고 말해 주고 싶은데 도저히 입에서 그런 말을 할 수가 없이 숨찬 호흡만 나올 뿐이었다.

그가 다시 한번 그녀를 눕히고는 뒤로 돌리더니 뒤에서 안아 오자 그녀는 시트에 얼굴을 댄 채 길게 신음했다. 그가 그녀의 배를 안은 채 움직이고 있었다. 그녀가 은호를 보기 위해 고개를 살짝 돌려 보고는 그를 향해 뒤로 손을 뻗자 그가 손을 깍지 껴 잡아 주었다. 끝나지 않을 것 같은 절정에 몸이 부르르 떨렸고 그녀의 몸 안으로 그의 모든 것이 넘쳐 들어왔다. 그의 긴 신음 소리와 함께 그녀는 무너지듯 풀썩 쓰러졌다.

"주희."

"응."

그녀는 그의 품에 안겨 호흡을 가다듬으며 그에게 꼭 안겨 들었다. 그의 가슴에 입술을 맞추고는 그를 올려다보자 그는 미소를 보였다.

"할 말 없어?"

그녀는 피식 웃었다. 그러고는 그의 가슴에 입술을 대고 그의 납작한 유두를 희롱했다.

"주희."

"참지 않아도 되는데. 나 이제 수업도 안 가고, 내일도 우리는 쉬는데. 아빠 눈치도 안 보고."

그는 그녀의 말에 입술을 꽉 깨물더니 그녀를 금방 다시 눕히고는 위로 올라왔다.

"정말 내가 얼마나 참는지 알고나 있나?"

"알죠. 그래서 나도 참았고요."

그녀는 그의 목을 안았다.

"오늘 못 자게 할 텐데."

"전 좋아요."

그는 웃음을 지으며 고개를 흔들었다.

"역시 당신은."

"호족스럽다, 그러려고 그러죠?"

그는 웃으며 그녀의 입술에 키스해 주었다. 주희도 그를 꼭 안았다. 한참의 키스 후 그가 고개를 들자 그녀는 달아오른 얼굴로 입을 열었다.
"사랑해요."
그는 미소를 지었다.
"사랑해. 영원히. 나의 하나뿐인 신부."
그녀는 웃으며 그의 목에 팔을 감았다.

# 에필로그

주희는 거실에 앉아 눈을 한일자로 한 채 앞에 앉아 있는 여자를 노려보았다.

"어머, 주희 넌 언니 기억 안 나? 사촌 언니잖아. 오래 외국 생활 하다가 돌아왔는데 너 시집갔다고 하니까 보고 싶다고 하더라. 신혼집 보고 싶다고 해서 같이 왔어. 기억 안 나니? 둘이 찍은 사진도 있는데?"

주희는 어머니가 내미는 강아지와 찍은 사진을 보고는 다시 한 번 그쪽을 보았다. 그녀는 키득거리고 있었다.

"네. 잘 보이네요. 그런데 은호 씨가 알면 뭐라 할지."

"아휴, 백 서방이야 좋다고 할 거다. 언제 네 일에 관해 싫다고 한 적 있니? 그나저나 개원해야지?"

"네."

"안 그래도 네 사촌 언니가 일 도와준다더라. 잘할 자신이 있다고."

어머니가 그렇게 말하고는 지금은 주희의 방에 사촌 언니가 들어와 있다고 이야기를 했다. 참다못한 주희가 술법으로 시간을 정지시키고는 그쪽을 노려보았다.

"무슨 짓이에요. 우리 부모님이라고요."

"그래. 현생의 부모님. 나도 알고 싶었고 은혜에 보답하고 싶어서."

"적호!"

적호는 어깨를 으쓱했다. 그러고는 방긋이 웃어 보였다.

"부모님께 환술을 걸면 어떻게 해요."

"난 만나는 사람마다 환술 걸어."

"그냥 이 집으로 오면 되잖아요."

"으으응. 천호가 천뢰를 떨굴 거야. 앞으로 50년간 인간 세상에 살기로 천계에 허락받았다고 하던데, 그 50년 나랑 못 어울려 주니? 아주 찰나의 시간인데."

주희는 이를 악물었다. 적호는 인간계의 결혼식엔 오지 않았지만 청구산과 천계의 결혼식에는 아주 뻔뻔하게 얼굴을 비쳤다. 청구의 장로들은 입에 거품을 물었고 천계의 신들은 그럴 줄 알았다는 표정이었다.

장난이 너무 심해서 주희도 혀를 내두를 정도였는데 이 장난이 예전의 백억분의 일도 안 된다고 현호가 이야기할 때는 거의 질려 갈 지경이었다.

"한동안 네가 자란 방에서 널 추억하며 살려구."

"적호, 왜."

"아아아. 인간계에서는 사고 안 칠 거야. 걱정하지 마. 네가 있는 동안은 태우거나 벼락을 치거나 물난리를 내거나 하지 않아. 참, 물난리는 내 담당이 아니다. 그건 천호만이 가능하구나."

주희는 고개를 저었다. 만날 때마다 느끼지만 정말 이해할 수 없을 정도로 자기주장이 강하다는 것이다.

"아, 그리고 홍아가 미안하다고 이걸 전해 주라고 했다."

주희는 적호가 내미는 것을 받았다. 그건 은으로 된 나비 귀걸이였다.

"이건……?"

"수호부."

주희는 미소를 지었다.

"고맙다고 전해 주세요."

"그래. 알았어. 어라어라, 왔다."

주희가 놀라서 문을 보는 순간 은호가 나타났고 그와 동시에 적호가 술법을 풀어 버렸다.

"어머, 백 서방 언제 왔나? 오늘 안 나간 건가?"

그가 당황하더니 웃어 보였다.

"잠시 들렀는데 세 분이 이야기 중이라 못 들었나 봅니다."

주희는 억지로 미소를 지었고 은호는 이를 갈듯 적호를 보았다.

"왜 또 온 거냐."

"에이, 천호."

적호가 어리광 부리듯 이야기하자 그는 인상을 썼다.

"예전처럼 네 어리광에 넘어가 뭐든 괜찮다고 할 오빠가 아니다."

적호는 입술을 삐죽거리더니 손을 내밀었다.

"청죽 돌려받으러 왔소이다. 오라버니의 백은죽을 가져왔으니 돌려주시오."

그는 고개를 저어 보이더니 손을 뒤집어 청죽을 내어 주었다.

"역시 이게 있어야 나다워 보인다니까."

"적호, 너 그 인간을 감시하러 가는 것 아니었더냐?"

"음, 그자가 돌아왔으니 나도 돌아왔지요."

"널 알아보더냐?"

"전혀요."

"그래도 웃음이 나오냐?"

적호는 환하게 웃었다.

"살아 있지 않습니까."

"다른 여인은?"

적호는 웃어 보였지만 그 모습에서 결코 웃지 않는다는 것을 알 수 있었다.

"매일 밤 꿈에 붉은 옷을 입은 여자에게 도륙을 당하고 있으니 조만간 황천으로 가지 않을까 싶습니다."

"인간의 생사에는 관여하면 안 된다."

적호는 빙긋이 웃었다.

"그게 어찌 제 잘못입니까. 간이 약한 그 인간의 잘못이지."

그는 머리를 짚었다.

"주희야, 엄마 간다."

"누가 엄마예요!"

주희가 빽 소리를 지르자 적호는 다가와 주희의 머리카락을 헝클어트렸다.

"에구, 귀여운 것. 마음과 다른 소리를 하는구나."

적호는 질색을 하는 주희의 뺨에 뽀뽀까지 하고는 은호를 향해 소리 질렀다.

"나 가요, 오라버니. 이제 자주 봅시다."

그는 적호가 요란하게 사라지고 나자 머리를 짚었다.

"그런데 석호는 왜 문으로 다니죠? 모두들 사라질 수 있는 것 아니에요?"

"아니요. 차원의 문을 만들 수 있는 것은 나의 능력이고 그것도 청구를 지나야 가능한 것이지. 저 아이는 내가 만든 차원의 문은 알지만 청구로 발을 들일 수가 없어서 그냥 나가서 다닐 뿐이지요."

"아. 그나저나 천계에 다녀온 건 잘되었구요?"

그는 고개를 끄덕였다. 그녀는 그의 옷을 벗겨 주며 웃었다.

"그래도 그 와중에 슈트로 환복은 했네요."

"인간계니까요."

그녀는 웃으며 그가 옷 갈아입는 것을 보고는 그를 등 뒤에서 안았다.

"아, 너무 보고 싶었어요, 우리 신랑."

"그러니 같이 가자니까요."

"인간계와 시간이 너무 다르니까요. 저 개원해요."

그는 고개를 끄덕였다.

"알아요. 그래서 돌아왔어요."

"그리고 지희 결혼해요."

"좀 늦었군."

그녀는 웃으며 그를 보았다. 벌써 인간계에서 결혼한 지 5년의 시간이 흘러 있었다.

적호는 자신이 금기로 살려 낸 인간을 그림자처럼 따라다니는 중이었고 그녀는 다른 동물병원에 인턴으로 들어가 경력을 쌓아서 개원을 앞두고 있었다.

그와 적호의 관계도 무난하게 흘러가는 중이었고 현호가 가끔 집으로 놀러 오곤 했다.

부모님이 돌아가실 때까지라고 한시적으로 걸어 났다고는 해도 그녀는 그가 인간계에 자신의 공무를 미뤄 두고 같이 와 준 것만 해도 감사할 따름이었다.

언젠가 적호가 그녀에게 아버지를 보여 주겠다고 했지만 아직도 적호가 그녀의 어머니라는 것은 믿을 수 없는 실정이라 그저 아무 말도 안 했다. 적호는 상식으로 말을 할 수 없는 호족이라 그냥 그저 바라보기로 했다.

은호는 너무나 다정하고 상냥했고, 가끔 화가 나서 벼락이 치든가 주위가 얼어붙기는 했지만 그래도 자주 싸우지는 않았다.

"뭘 그렇게 생각해요?"

"그냥 이것 저것요."

그는 돌아서서 그녀를 품에 안았다.

"아, 그리고 월하가 자신의 부인 몰래 말해 주더군."

"무슨 말을요?"

"우리의 아이들."

그녀의 눈이 휘둥그레졌다.

"삼신이 우리를 아주 다복하게 만들었다고 하는군요."

"다복요?"

그는 고개를 끄덕였다.

"우리는 앞으로 여섯 명의 아이를 둘 거라고."

"여섯?"

그녀가 깜짝 놀라서 말하자 그는 고개를 끄덕였다.

"당신이 어려서 많은 아이를 가질 거라고 하더군. 그래서 가장 큰아이는 말이지."

"큰아이는요?"

"조만간 생길 거라고 나보고 오늘부터 열심히 힘을 쓰라고 하더군."

그녀가 입을 딱 벌리자 그가 그녀를 번쩍 안아 들었다.

"앗, 내려요!"

그녀가 발을 구르는데도 그는 웃으며 주희를 안고 방으로 들어가서는 그녀를 침대에 내려 두었다.

"너무 보고 싶었어요. 당분간은 천계에 가지 않겠다고 말했어요."

"동화제군이 싫어했겠군요."

"당신 부모님의 명부를 다시 적으라고 하시던데."

"너무해요."

"내가 말렸어요."

그녀는 웃으며 그의 목에 팔을 감았다.

"잘했어요."

"상 줘야지."

그녀는 그의 머리카락을 쓰다듬고는 그를 한참 보았다. 그러고는 천천히 그의 입술에 입술을 겹쳤다. 그가 와락 달려들듯 입술을 찾자 그녀는 얼른 입술을 뗐다.

"왜."

"밥 먹고요."

"싫어요. 난 당신이 더 고픈데."

"배고파요. 당신 올 거라 음식 많이 준비했다고요. 어서요."

그는 단호하게 고개를 저었다.

"술법으로도 날 못 이기고 체력으로도 못 이겨요. 내 굶주림부터 먼저 채우고."

그녀는 코에 주름을 잡아 보였다.

"못됐어."

그는 웃어 보이더니 자신의 옷을 벗어 던졌다. 행복한 웃음이 집 안에 퍼져 나갔다. 주희는 자신이 인간이든 호족이든 이 사람과의 인연은 영원히 포기 못 하리라는 것을 알게 되었다.
 "고마워요."
 "응?"
 "날 찾아 줘서."
 그는 웃으며 품 안에 녹아드는 그녀의 코끝에 키스해 주었다.


                                                    마침

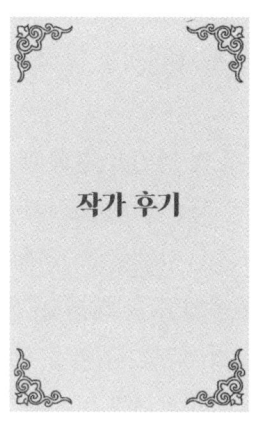

### 작가 후기

처음 이 글을 생각하게 된 건 〈산해경〉을 읽으면서부터입니다.

좀 생소한 이야기가 많은 〈산해경〉이라는 책에서 구미호라는 존재가 우리가 알던 한국 구미호와 다른 것이 흥미를 끌었습니다.

천호라는 직책을 가진 구중천, 혹은 구천의 관직에 오른 여우라는 것이 재미있었습니다.

여기에 천호 백은호는 몇십만 년을 살아서 뭐든 재미없는 꽉 막힌 남자입니다.

은호는 대대로 태고신이며 모든 것을 가진 남자이죠. 하지만 단 하나, 재미가 없습니다.

사는 것도 재미없고 싸울 상대도 없고요. 하지만 그에 비해 동생인 백적호는 싸우는 것도 좋아하고 삶 자체를 즐기는 호족입니다.

처음 글을 만들면서 은호의 연인을 정할 때 그냥 일반 인간 여자를 생각도 했었고 살인 사건과 연관을 지을까도 생각했습니다.

홍아 일족이 적호를 깨우기 위한 살인 사건에 휘말린 남주와 여주로요. 그러면서 여주의 직업도 경찰을 생각했었습니다.

하지만 적으면 적을수록 글이 너무 어두워지면서 적호가 완벽한 악역이 되었어요. 아무리 적어도 이건 결국 비극이었기에 쓰던 글을 멈추고 다시 처음부터 시작하게 되었습니다.

그 당시 가장 아끼던 제 딸 같은 강아지 두 마리가 각기 다른 병으로 부병 중이라 조금이라도 어두운 것을 피하고 싶었던 것 같습니다.

그러다 보니 가볍고 조금은 멍해 보이는 남주와 여주가 탄생하게 되었습니다.

이 글을 적으면서 암으로 그리고 치매로 투병 중이던 제 딸 같은 아이 둘을 2주 간격으로 보내게 되었고 그 탓에 글이 완성되기까지 시간이 좀 흘렀습니다.

그 당시 마음이 너무 무거워 가벼운 이 글을 적을 수가 없었거든요.

돌이켜 보면 이미 알고 있던 이별이었기에 마음을 다잡을 수 있었던 것 같고 밝은 글이었기에 그나마 그 아픔을 견뎌 낸 것 같습니다.

 그렇기에 이번 글은 밝으면서도 제 기억에는 약간의 슬픔을 간직한 글이 되어 버렸습니다.

 글 중간에 여주가 기르는 강아지의 죽음은 본디 깔려 있던 복선과도 같은 일이었지만 제 아이가 가고 나서 적을 때는 너무나 마음이 아파서 화면만 한참 보고 있었던 기억이 납니다.

 술법으로 태어나 남주로 인해 인간에서 호족이 되는 여주인공은 참 적응력이 뛰어난 인물입니다.

 남주는 그렇게 오래 산 호족치고는 조금은 순진하게 그려 보려 했으나 어떻게 표현됐는지는 읽어 주시는 독자님들의 생각 여하에 달린 것 같습니다.

 글을 끝내고 수정을 하면서 그 당시 너무 슬퍼서 놓쳤던 것들을 하나하나 바로잡을 수 있었습니다. 놓친 부분들을 찾아 주신 편집자분들께 다시 한번 감사를 드립니다.

 전 다른 나라의 신화나 이야기를 무척 좋아하는 편입니다. 그래서 이번 〈산해경〉에 푹 빠져 버린 건지도 모르겠습니다.

 준비 중인 적호 이야기에서는 좀 더 도교의 사상을 많이 표현하고 싶지만 글을 쓰다 보면 어떻게 녹여 내야 할지 고민에 휩싸이곤 합니다.

 글을 읽어 주시는 모든 분들과 수정에 힘써 주신 분들, 그리고 변함없는 저희 드림팀에게 감사와 사랑을 보냅니다.

그리고 이제는 하늘의 별이 된 나의 아기. 볼 수 없는 아픔에 상사(相思)가 되어 매일을 눈물짓게 하는 딸들에게 아직도 많이 보고프다고, 사랑한다고, 그립다고 이야기하고 싶습니다.

다음 생이 있다면 다시 한번 나에게로 와서 같은 시간을 살아가길 바란다. 사랑해.